中宣部主题出版重点出版物选题
“十四五”国家重点图书出版规划项目

为什么战旗美如画

董保存 等
——
著

春风文艺出版社
·沈阳·

图书在版编目（CIP）数据

为什么战旗美如画 / 董保存等著 . -- 沈阳 : 春风文艺出版社 , 2024. 11. -- ISBN 978-7-5313-6787-1

Ⅰ . I25

中国国家版本馆 CIP 数据核字第 2024FR7609 号

春风文艺出版社出版发行
沈阳市和平区十一纬路 25 号 邮编：110003
辽宁新华印务有限公司印刷

责任编辑：	韩　喆	责任校对：	张华伟
装帧设计：	丁末末	幅面尺寸：	160mm × 230mm
字　　数：	350 千字	印　　张：	27.25
版　　次：	2024 年 11 月第 1 版	印　　次：	2024 年 11 月第 1 次
书　　号：	ISBN 978-7-5313-6787-1	定　　价：	69.00 元

编者说

鸣镝声声催征，风展战旗如画。为献礼建军一百周年，铭记中国人民解放军为胜利做出的巨大贡献、激励新时代后来者勇毅前行，春风文艺出版社策划出版了《为什么战旗美如画》一书，与读者共同重温记忆中的星火燎原，追述红色年代里的浴火重生，再现我军走过的辉煌历程。

本书从追溯代表军队历史和荣誉的战旗来源出发，以解放军功勋部队的经典战役为主要书写内容，铺展开少为人知的战事故事和具有深度细节的军旅历程，使无数令人缅怀、激人奋进的钢铁战士形象逐一涌现。

著者与编者始终怀抱的，是对各个时期战功卓著部队的敬仰和感念，力图彰显的是全军官兵保持和发扬不怕牺牲、敢打必胜的战斗作风和优良传统。书稿创作者以权威军史史料为基础，广泛查阅、求证历史文献资料，恪守遵循历史逻辑、秉持实录历史的写作准则，旨在呈现出一部真实严谨、具有历史品格的纪实作品。

习近平总书记曾说，“崇尚英雄才会产生英雄，争做英雄才能英雄辈出”。书写战旗背后的浴血荣光，重现民族挺立进程中的英雄，正是出版此书的初心。

“为什么战旗美如画，英雄的鲜血染红了它。”书写战旗部队钢铁洪流般的滚烫的历史，出自对革命先辈由衷的自豪与缅怀，对蹈锋饮血的将士们的无限钦佩与感动，和对英雄辈出的光荣岁月的深切崇敬与铭记。

从 1927 年到今天，战旗激励的不仅是全军官兵，同样激励着亿万人民，先辈的舍生忘死，只为心中的信念坚守、理想实现；今日，在强国建设、民族复兴新征程上，战旗蕴含的红色基因，必将赓续传承、履践致远。

目录

铁军

所向披靡

人民军队是一支英雄辈出的伟大军队，在革命、建设和改革等各个历史时期，曾涌现出3000多个被授予荣誉称号的英模部队。其中有一个称号最为特殊，也仅授予过一支部队。这就是被命名为“铁军”的红军第一方面军第4军第11师。

铁军者，勇敢善战之师也。《东北抗日联军第一路军军歌》里有一句歌词:“铁般的军纪风纪要服从，锻炼成无敌的革命铁军。”由此可见，要想成就铁军威名，就必须兼具铁的纪律和攻无不克的战力。

1925年11月21日，国民革命军第四军独立团在广东肇庆成立，叶挺任团长。此后，该团从广东出兵参加北伐，首战碌田，长驱醴陵，力克平江，直入中伙铺，奇袭汀泗桥，大战贺胜桥，攻占武昌城，立下赫赫战功，被世人称为“铁军”。

巧合的是，红1军团第4军第11师，前身是由叶挺独立团和秋收起义部队一部组成，天然地与“铁军”称谓和铁军精神产生了不解之缘。根红苗正的红11师堪称中国人民解放军的老底子，是一支猛将、战将云集的英雄部队。即便如此，这支部队赢得“铁军”称号，也是靠铁的意志和浴血搏杀出的累累战功。

第三次反“围剿”胜利后，红12师整编为红11师，王良任师长，张赤男任师政委，张际春任师政治部主任。为了扫清根据地内土豪劣绅的据点，解除后顾之忧，进一步巩固中央苏区，1931 年 11 月初，他们奉军团命令率领红 11 师从兴国折回石城，攻打反动堡垒——红石寨。

红石寨位于石城屏山的东部，距中央苏维埃政府所在地瑞金 100 余公里，分为大、小两寨，地势险要，易守难攻。这里是国民党军师长赖世璜的老巢，聚集了石城、宁都、瑞金、广昌和福建宁化的 1000 多名顽匪和土豪劣绅。张赤男、王良率领红 11 师来到红石寨附近的屏山、驿前一带，经过侦察，针对不利于我军的地形条件，决定不宜强攻，以避免不必要的伤亡，而采取长围久困的战术，迫使敌人弹尽粮绝，无法固守，自行瓦解投降。为此，他们指挥部队和地方游击队把红石寨围了个水泄不通。

一个多月后，龟缩在寨上的敌人眼看坐吃山空，终日惶惶不安。小寨的寨主赖德丰恐寨破人亡，在我军强有力的政治攻势下，被迫答应下寨投降。这时，敌人出动十几架飞机，向红石寨守敌投下了大量弹药和粮食，妄图挽救这帮苟延残喘的亡命之徒。经蒋介石这样一打气，原本答应投诚的小寨敌人翻脸不认账了，大寨的敌人更是气焰嚣张。于是，张赤男、王良决定改变战术，尽快结束这场战斗，下达了“攻下山寨，活捉土豪劣绅”的命令。第一次攻打时，因地形太险要，我军部队攻不上去，但同时也发现了敌人在火力上的弱点。张赤男、王良亲自下到第 33 团的主攻连队，发动干部、战士献计献策，综合了战士们提出的“云梯攻寨法”，准备第二次攻寨。

1932 年第一天的拂晓，红 11 师在地方游击队的配合下，开始了攻寨战斗。张赤男、王良临阵指挥，与团长林发、政委刘忠一起在第 33 团挑选了 36 名红军战士组成突击排，并命令迫击炮连猛轰山寨，掩护部队进攻。攻破小寨后，张赤男和王良率领全师乘胜冲上大寨。不料，敌人突然封锁了寨门，把攻寨部队隔成两半。

面对这种突然出现的情况，两人立即指挥部队改变进攻路线，命令突击排悄悄地从敌人背后绕过去，乘其不备，架起云梯，一个接一个迅速地攀上了几十米高的悬崖绝壁。敌人只顾去寨前死命扼守，以为后有天险，因而疏于防备。突击排冲破天险，在敌人背后发起攻击，打得敌人鬼哭狼嚎，尸横遍野。经过三四小时的战斗，敌人除被击毙和坠崖而死外，其他全部举手投降，我军俘敌 1300 余人，小寨寨主赖德丰被活捉，大寨寨主也被迫跳崖毙命。

红石寨战斗的胜利，解除了我军的后顾之忧，对巩固中央根据地起到重要作用。

1932 年 1 月，中共苏区中央局做出攻打赣州的部署。2 月 4 日，第一方面军发起赣州战役，张赤男和王良奉命率领红 11 师独立作战，攻取赣南新城，阻击来自广东的国民党军余汉谋旅增援部队，掩护彭德怀指挥的红 3 军团攻打赣州。

新城地处粤赣咽喉要道，北达赣州，南通广东南雄，东有江水隔离，城的四周皆为池塘环绕，城外一片开阔地带，毫无隐蔽之处。这里的敌人早已筑起了明碉暗堡，构成了他们防御的重要据点。因此，攻占新城，阻击增援的敌人，对于攻打赣州十分重要。

张赤男和王良接到命令，即率领部队经信丰、南康赶往新城。不料，广东的余汉谋独立旅已抢先一步，占领了新城。

为了完成阻击敌军增援部队的任务，2 月 15 日上午，张赤男和王良指挥红 11 师同敌独立旅展开了一场恶战。第 32 团指挥所设在光溜溜的坟包上，指挥部队向敌人发起冲锋。由于敌人工事坚固，火力甚猛，我军经数次冲锋，未能攻破。我军副排长、副连长、营参谋长及战士等先后倒下有20余人，第32团副团长肖君玉也牺牲了。张赤男和师长王良赶到第32团指挥所，与团长向玉成和政委杨成武一道指挥战斗。

敌人密集的子弹打在他们四周，封锁住面前一片开阔地和两个鱼塘之间唯一的通道。战士们正在向前运动，一连又倒下了几个战士。突然，一个战士又爬起来跃进，张赤男正在指挥部队改变进攻路线，看见这个战士暴露在敌人密集的火力之下，十分危险。他不顾个人安危，猛地站起来疾呼："卧倒，卧倒！"战士听到他的呼唤卧倒脱险了，但一颗子弹从敌阵飞来，打中了张赤男的头部。张赤男当场壮烈牺牲，时年26岁。

噩耗传来，全师官兵异常悲愤，高喊着"为政委报仇"，奋勇冲向敌阵，于当日黄昏时分攻占新城。

"铁军"荣誉战旗

战后，红 1 军团授予红 11 师“铁军”称号，总政治部的《红星》报上发表文章号召向张赤男政委学习。朱德总司令主持张赤男的追悼会，高度评价了张赤男的英雄事迹。在瑞金休养的红军总政委毛泽东称赞道:“张赤男是个非常好的同志。”

1932 年 3 月，红军第一方面军第 1 军团正式命名红 11 师为“铁军”。

模范红五团

井冈山上铸军魂

“模范红五团”作为铁军部队的一部分，与铁军一样有着 97 年光荣历史。从井冈山革命根据地创建之初，到长征前夕，红 5 团前身部队工农革命军第 1 团、第 28 团 3 营、第 4 军第 2 纵队、第 4 军第 11 师等英勇奋战，扩充整编，越战越勇，越打越大，为红一方面军的发展壮大做出了重要贡献。红 5 团前身部队参加的许多战役战斗，都是在毛泽东和朱德亲自指挥下进行的，他们从中学到了游击战争的精髓，自身不断地进步，不断地发展。

1928 年 2 月 18 日，第一次反“进剿”，新城镇首战告捷。中共湖南省委前敌委员会书记毛泽东，指挥工农革命军第 1 团、第 2 团一个营和部分群众发起攻打江西宁冈县（今属井冈山市）新城镇的战斗。毛泽东亲自召集第 1 团团长张子清、政委何挺颖，第 2 团团长袁文才、政委何长工商讨具体方案。决定以第 1 团 1 营从南门，3 营从东门，团特务连从北门三面攻击，第 2 团一个营在西面埋伏，在运动中消灭敌人。清晨战斗打响后，1 营攻击分队突然开火，2 连连长谭希林率连随即跟上，配合攻击分队当即杀伤在南门外选锋书院出早操的敌军约一个排，2 连 2 排排长韩伟冲锋在前，首先击毙带操的敌排长。残敌丢下枪械仓皇逃进数十米远的南门。3 营在攻击东门受阻的情况下，营长伍中豪重新组织火力压制城楼上的敌军，掩护突击分队冲过护城河桥。营部文书宋任穷忙碌地上传下达营长交给的战斗任务。8 连党代表罗荣桓指挥突击分队随即火烧东门。

东门被突破，敌军全线动摇，从东、南、北门纷纷撤逃，向西门突围。工农革命军 1 团各部沿街追出西门，与埋伏在西门外的第 2 团那个营一起，前后夹击残敌于西门外的水田。经过半天激战，全歼守敌国民党赣军第 27 师杨如轩部第 79 团一个正规营和宁冈县一个靖卫团。工农革命军一举攻克新城，打破敌人对井冈山的第一次“进剿”。

1929 年 2 月 9 日，大柏地战斗，被红 28 团党代表陈毅称为“红军成立以来最有荣誉之战争”。当时，朱德、毛泽东正率领红 4 军主力转战至江西省瑞金县（今瑞金市）以北的大柏地一带，而国民党军第 15 旅刘士毅部两个团也自澄江尾追红军至瑞金。中共红 4 军前委从贺子珍等侦察小分队队员在瑞金城收集到的报纸中获悉敌情，遂果断决定，打一场伏击战。毛泽东在主持由营以上干部参加的前委扩大会议上说：“趁刘士毅孤军冒进、兵骄将傲之际，我们利用大柏地镇的有利地形，布个‘口袋阵’狠狠揍他一顿。”

朱德选定镇子以南的麻子坳至前村一带 5 公里长的峡谷布成“口袋阵”。因为这里植被茂密，两山夹一谷，中间只有一条小道纵贯南北山谷，地形非常不错，可以采取伏击手段将敌军歼灭。军参谋长朱云卿代表朱德、毛泽东宣布具体战斗部署：以红 28 团 1 营在西侧山坡的树丛中设伏，红 31 团在东侧山坡的树丛中设伏，红 28 团 3 营和军特务营、独立营配置在东、西两侧之间的最底部正面堵击；以红 28 团 2 营在隘前村警戒并诱敌进入伏击区。

2 月 10 日下午 3 时，敌第 15 旅第 29 团、第 30 团进到隘前村时，遭红 2 营警戒分队阻击。2 营营长萧克率营主力冒着蒙蒙细雨，边战边撤，诱敌不断以新的兵力进入大柏地。战至黄昏，双方形成对峙。2 月 11 日是农历大年初二，拂晓时分，朱德军长见时机已到，一声令下："打！"红 4 军伏击部队突然发起攻击，红 28 团 1 营从右翼迂回到茶亭东，3 连在连长粟裕带领下冲锋在前，与兄弟连队密切协同，攻占了敌第 15 旅指挥部，截断该旅的退路；红 28 团 3 营向敌正面发起进攻；红 31 团向敌左翼进攻，并占领南侧高地；军特务营营长毕占云迅速率部迂回到前村南侧。

红 4 军对敌军形成包围，并乘势发起总攻。激战中，敌我展开白刃格斗，缺枪少弹的红军还拿起石头和枪托与敌人拼搏。之前作为诱敌部队的红 28 团 2 营，也作为第二梯队投入战斗。红 31 团 2 连连长张宗逊奉命带连队增援，由正面向敌人发起冲锋。战斗到白热化阶段，军长朱德带警卫连从半山坡下来，冲在前头，平时很少摸枪的党代表毛泽东也提着枪奋不顾身地往前冲。战到中午，红军歼敌第 15 旅两个团大部。大柏地战斗是红 4 军从井冈山南下以来的首次胜仗，粉碎了敌人的尾追，使红军得以转危为安，为向赣南闽西进军打开了新的局面。

后来担任中华苏维埃共和国临时中央政府主席的毛泽东再次来到大柏地时，吟词一首《菩萨蛮·大柏地》，词中留下了"当年鏖战急，弹洞前村壁。装点此关山，今朝更好看"的壮美词句，生动地描述了大柏地战斗的激烈场景。

1929 年 3 月 13 日，长汀战斗，红军第一次统一了军装。此时，盘踞在长汀的国民党福建省防军郭凤鸣第 2 混成旅，因红 4 军主力危及其地盘，急以一个团在长汀城西南的长岭寨山地设防；以另一个团进犯长汀以南的四都镇，企图将红 4 军主力逐出闽西。与此同时，红 4 军针锋相对，毛泽东就在四都镇陂溪村旁的丰沛草坪上召开军委扩大会议，他说：“我军要想在闽西立足，就要进攻长岭寨，消灭土著军阀郭凤鸣，夺取长汀。”朱德遂以第28团向进攻四都镇之敌出击，在预期遭遇战中歼其一部，迫其残部回退长岭寨。

3月13日上午10时，红28团居左，红31团居右，特务营和独立营随军部居中，三路迎敌而进。毛泽东大手一挥：“趁郭凤鸣主力立足未稳，一鼓作气往山上扑！”敌人到四都镇北的一个小山头，刚刚被迫仓促展开，发现我军突然出击，一时惊慌失措，招架不住，就向长汀方向溃退。朱德军长命令特务营：“迅速追击！”特务营在营长毕占云率领下，紧盯着敌人猛追猛打，独立营也加入了追击，不让敌人中途集结。敌人哪见过这凌厉攻势，一路丢盔弃甲，直到胜华山脚下的陂溪才止住发抖的阵脚。

3月14日一早，红4军主力分为两路进攻长岭寨，以一部兵力从左翼迂回其侧后，主力从正面攻击。经3小时激战，全歼守军，击毙其旅长郭凤鸣，并乘胜攻占长汀城。此役，红4军得到很大的补充，为全军上下每人缝制了一套灰布新军服，一顶缀有红色五角星的新军帽，一双新绑腿，军容焕然一新。红4军主力占领长汀县城后，一是建立了长汀县革命政权，极大地鼓舞了闽西人民的斗争热情；二是进行了整编。

1929年5月23日起，红军1个月内三打龙岩城，闽西苏区初步建立。朱德和毛泽东根据原驻龙岩的国民党福建省防军第1混成旅主力正在广东省潮州、汕头地区同粤军作战，闽西兵力薄弱的情况，决定乘虚攻打龙岩城。5月23日清晨7时，红4军第1纵队、第3纵队迅速突到龙岩城外，向西门及附近五里苍的西桥发起猛攻，一小部城外的敌军第1混成旅猝不及防，向龙岩城溃退。红军尾追，一部突入城内，一部转攻南门。

同时，红 4 军第 2 纵队在胡少海、谭震林的指挥下，也先攻龙岩城北门外的小山，占领了制高点，接着向北门发起猛攻。上午 10 时许，突破西门和北门的两路红军在城内会合，搜剿残敌。

战斗结束后，毕占云和支队党代表敬懋修到军部汇报。刚一进门，毛泽东就问："怎么样？部队伤亡大吗？"敬懋修回答："没什么伤亡，就是胜利成果不大。"毛泽东笑了："怎么说胜利不大呢？把敌人赶跑了就是胜利嘛！"毛泽东又指着毕占云对朱德说："你的小老乡会打仗哟。"朱德说："川军和湘军都能打嘛，无湘不成军啊！"当日，红军撤出龙岩城，进占坎市。

5 月 26 日，红军进攻永定，守敌暂编第 2 旅一部弃城退往上杭，而退往永福镇的敌军重占龙岩城。6 月 3 日，红 4 军第 2 纵队再次攻打龙岩城，敌军不战自逃，红军再次占领龙岩城。不久，福建省防军第 1 混成旅旅长陈国辉率主力回援闽西。红军主动撤出龙岩、永定，转向上杭的才溪、新泉休整。途中在白沙歼灭敌暂编第二旅一小部。6 月 19 日拂晓，红 4 军在龙岩县地方武装配合下，奔袭刚返回龙岩城的陈国辉旅主力，乘其不备，红军第 1、第 2、第 3 纵队分别突然从南、北、西三面发起猛攻，迅速攻入城内。红 4 军三打龙岩的战斗，使闽西地区的革命形势有了迅速发展，各县、区普遍建立了苏维埃革命政权，闽西苏区初步建立起来。

长征途中，传承"铁军精神"的红 2 师第 5 团担任中央红军左路左纵队开路先锋，突破敌人四道封锁线时，一占安西圩，二夺桥头镇，三抢九峰山，四战湘江守尖峰岭；强渡险乌江，主攻青杠坡；四渡赤水时，二渡太平渡，三渡茅台镇；助攻娄山关，迂回黑神庙；二夺遵义城，抢占水师坝；激战猪场坝，龙街佯渡金沙江，牵敌大树堡；翻越夹金山，侧攻毛儿盖；穿过松潘大草地，助攻天险腊子口，继续创造了壮怀激烈的英雄战绩。

1933 年 8 月 1 日，中央革命军事委员会根据中华苏维埃中央政府工作会议决定，在中国工农红军成立纪念日首次进行隆重纪念活动，组织一场综合运动会。第 2 师第 5 团积极参加综合运动会，并获得了总成绩第一名。与此同时，在红军总部考评组对部队武器装备、内务、着装、行军宿营、防空、警戒、思想政治工作、管理教育、官兵关系和伙食等 10 个方面的检查考核中，第 5 团的评定成绩也均为优秀。据此，中央革命军事委员会授予第 5 团“模范红五团”奖旗一面。

“模范红五团”荣誉战旗

8 月 14 日，在运动会闭幕式上，红军总政委周恩来将“中国工农红军模范第五团”的锦旗授予红 5 团。该团政委刘忠跑步上主席台庄严地从周总政委手中接过锦旗。在总结讲话中，周恩来热烈赞扬红 5 团是红 1 军团中“三个铁拳之一”，也是红 1 军团的“三虎之一”。另两只铁拳和两只猛虎分别是红 1 团、红 4 团。周恩来谆谆赠言红 5 团:“(红 5 团) 是全军的模范，但你们不要骄傲，要一直当模范，当到把国民党军队彻底消灭。直到中国革命战争最后胜利了，你们还要当模范! ”

牺牲决胜团

大红一团斩荆棘

庆祝新中国成立70周年阅兵式上，“牺牲决胜团”战旗以南部战区陆军第74集团军排头兵的英姿亮相于第二列第二辆猛士敞篷越野汽车上。看到“牺牲决胜”时，无人不对这种壮怀激越，置之死地而后生的英雄气概发出由衷的赞叹；无人不为这种绝地反击，最终制胜的英雄壮举而欢呼喝彩。当战旗上的4个“一”字映入眼帘时，一种令人自豪的震撼油然而生，这正是军内绝无仅有的“四红一”。

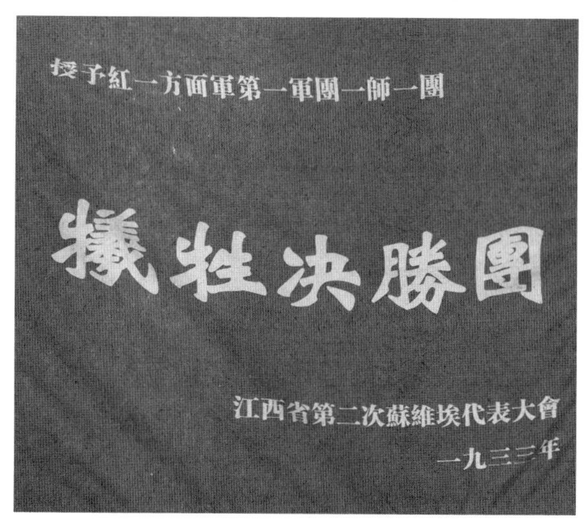

“牺牲决胜团”荣誉战旗

1933 年 9 月起，历时一年的中央革命根据地第五次反“围剿”战役开始了，牺牲决胜团经历系列苦战，接受了严峻的考验。最初，党内“左”倾冒险主义者积极推行“御敌于国门之外”“短促突击”“分离作战”等一系列的错误战略战术，红 1 团随主力部队进攻冒险，全线出击，付出了不少代价；后来依托堡垒，实施短促突击，又打了不少硬仗、苦仗、恶仗。

尤其是 1934 年 2 月下旬在赣中黎川县三岬嶂战斗中，红 1 团表现勇猛，战绩突出。当时，国民党军以李树森第 94 师为主，在傅仲芳第 67 师和霍揆彰第 14 师配合下向三岬嶂攻击，红 1 军团首长命令红 1 师必须迅速占领三岬嶂要地，并且坚决守住。受领任务后，红 1 师师长李聚奎立即命令红 1 团团长杨得志迅速率部抢占三岬嶂，从正面顶住进攻之敌李树森第 94 师的攻击，坚守住阵地，不让国民党军前进一步；命令红 3 团从侧后佯攻，红 2 团从右翼打击国民党军。

三岬嶂山不大，长不足千米；但尖峭，约 500 米高；山坡坑洼不平，长满了杂草和树木；山底周围是一马平川。总体上看是一个易守难攻的军事要地。

当晚，天下细雨，杨得志带领部队在长满青苔的泥泞山路上急行军，不少人摔倒了爬起来，带着满身的泥水继续前进。部队冲到山顶后，杨得志命令三位营长赶快构筑工事，以防国民党军天亮后进攻。全团在山上整整干了一夜，卧沟、跪沟，从山腰到山顶修了好几层。

第二天拂晓，杨得志与政委符竹庭绕山转了一圈，才看清三岬嶂的全貌。他们把团指挥所设在深坑里。之后，杨得志去各营检查战前准备情况。赶到最前沿的 3 营阵地，营长尹国赤报告说：“团长，今天这个仗怕是不那么好打。”杨得志说：“要有信心，国民党军虽然多，但我们占据有利地形，在兵力配备上要小心，不能硬拼。”赶到2营阵地，杨得志见营长陈正湘正沉着地指挥战士们加固工事，就开口表扬道：“你们准备得好，我心里踏实了许多。”

战斗打响后，国民党军李树森第94师在多架飞机的扫射轰炸帮助下，疯狂地向三岬嶂进攻。由于红2团从侧翼攻击的力量不足，敌人一下子冲到红军阵地前沿。情况万分紧急，但红1团拼全力顶住，咬牙坚持到老大哥部队红4团的增援。

战斗中，杨得志和符竹庭几次被炸断的树木打倒，身上盖满了树枝和泥土。激战从拂晓一直打到傍晚，红1团指战员们面对强敌毫不畏惧，顽强阻击，多次把攻到山顶的国民党军赶了下去，但也付出了沉重的代价，其中2营只剩下不到100人。接着，由红1师首长统一指挥红2团、红4团从侧翼向敌人狠狠攻击，红1团从正面压下，红3团从侧后攻击。一声令下，4个团的红军向敌人猛烈攻击，把敌人的阵脚一下子打乱了，迫使敌第94师慌忙撤退。红1团乘胜追击，追了好几里地，守住了三岬嶂。

战斗结束后，红1团受到上级表彰，团长杨得志、营长陈正湘、连长刘应梅、排长宋玉琳等荣获三等红星奖章。

1934年9月，红1团作为红1师的主力，在兴国县西北的高兴圩、狮子岭坚守一个月左右，付出了不小的牺牲，没有丢失一寸土地，打完了第五次反“围剿”的最后一仗。

长征途中，红1团担负左路红1师右纵队的先遣任务，突破敌人4道封锁线时，夺新田，穿汝城，战潇水，血战湘江守脚山铺；二渡乌江时，一渡天险回龙场，二闯天险梯子岩；四渡赤水，助攻遵义城；主攻强渡大渡河，策应协夺泸定桥；翻越梦笔山，穿过松潘大草地；北上白龙江，安抵哈达铺，继续创造了辉煌壮烈的英雄战绩。

1927 年 11 月，中共赣西特委组织领导吉安、兴国、分宜、安福、永丰等县部分农民进行武装起义，即著名的赣西起义。这次起义的规模仅次于南昌、秋收、广州三大起义，与著名的黄麻起义旗鼓相当。12 月，由赣西起义武装分别合编为工农革命军第 7 纵队、第 9 纵队。这就是红 1 团最早的具有游击性质的前身部队。后来，中共赣西特委在吉安、永丰、兴国三县之交的崇山峻岭建立了东固革命根据地，有力地配合了井冈山革命根据地的斗争，被当地群众誉为“上有井冈山，下有东固山”。

不过，由于东固山根据地的部队游击性质较重，较之井冈山根据地的红 4 军、红 5 军得到的正规训练和实际战斗要少，直到一年半之后的 1930 年 1 月，才成立红 6 军。这样，就形成了资历虽老，却是新军，战斗力也稍欠的情况。但是，红 6 军在首任军长黄公略的率领下，克服不足，发扬优长，以初生牛犊不怕虎的精神，紧急追赶，部队进步很快。

1930 年 7 月，红 6 军改编为红 3 军，并与红 4 军、红 12 军合编为红 1 军团。这样，一支朝气蓬勃的小老虎便与两支王牌部队并驾齐驱了，并且一亮相红 3 军就排在第一位，当上排头兵。这既是老大哥部队的谦虚，也是对新部队的鼓励。毛泽东在《蝶恋花・从汀州向长沙》一词中，就用“赣水那边红一角，偏师借重黄公略”的词句，对黄公略及其率领的部队做了很高的赞誉。很快，陈毅调任新成立的红 22 军军长，也是上级对他的肯定和信任。

8 月 20 日，在著名的奇袭文家市战斗中，军长黄公略指挥红 3 军第 1 纵队、第 3 纵队首先从文家市后山发起进攻，迅速占领了高升岭、棺材岭等制高点。后来，第 1 纵队组织 80 名突击队员，手持马刀和驳壳枪，在密集的火力掩护下，由纵队长柯武东亲自率队带头冲锋，向下猛冲时，遭敌顽抗，不幸腹部中弹，小肠外溢。战士们要抬送他下山，但他置生死于度外，一手挥动驳壳枪，一手塞进外流的小肠，死死捂住伤口，坚强地说："不要管我，要追住敌人！"后来他昏倒在冲锋的阵地上，在被战士们送往约10公里外的文家市红军后方医院途中，因失血过多而牺牲。

不久，军长黄公略亲率第1纵队、第3纵队再次发起冲锋，终于在兄弟部队的配合下，一举歼敌3个团又1个营，取得了红1军团成立后的第一次大捷。以后在战醴陵、攻吉安等战役中，红3军都发挥了重大作用。不到一年，红6军就成了一支强有力的战斗部队。当时，黄公略与朱德、毛泽东、彭德怀被人们并称为"朱、毛、彭、黄"。

如果说黄公略、陈毅对红6军初创时期进步提升快有功，那么蔡申熙、罗炳辉对红6军成立之前的打基础也功不可没。蔡申熙作为江西省委军委书记，积极整顿地方部队，扩大革命武装，1929年下半年就把赣西南游击武装组成了4个独立团和10个纵队。

峡江之役胜利后，队伍撤退时，作为总指挥的蔡申熙却率警卫排最后一个撤出阵地。途中，他们遇到几位身负重伤的战士。蔡申熙什么也没说，径直背起一个小战士就往前跑，直到精疲力竭地停下来喘粗气。当负伤的战士发现把自己从火线上背下来的正是23岁的总指挥时，禁不住眼泪夺眶而出。

红1团以甘于奉献，不怕牺牲，能打仗，打胜仗，勇于决战，最终决胜的精神闻名全军。该团及其前身部队97年的光荣历史，记录了牺牲决胜的辉煌。红1团部队的历史就是一部"牺牲决胜"的历史。自1933年被授予荣誉称号至今，红1团"牺牲决胜"的战斗精神始终融于官兵血脉，涌现"大渡河十七勇士"红2连、"狼牙山五壮士”红 7 连、“黄土岭功臣炮连”红 1 炮连、“密云尖刀连”5 连、“攻坚英雄营”2 营、“翠岗红旗团”、“顽强抗敌团”、“一等战功团”等一大批敢于争取胜利、完成任务的英雄集体和个人，铸就了一把永不锈刃的打赢尖刀，充分展现了人民军队无坚不摧、敢打必胜的战斗豪情。

模范红十二团

从平江起义走来

1928年7月22日11时许，烈日当头，湖南平江县城东门外天岳书院操场上，800多名勇士全副武装，颈系红领带，精神振奋，昂首挺胸地成方队站立着。周围有千余群众观看。操场临时搭建的简易主席台上，一位中等个头、30岁左右的青年军官发表铿锵有力的队前讲话，这正是著名的湘军独立第5师第1团团长彭德怀。他正在与共产党人滕代远等组织领导平江起义誓师大会。彭德怀愤怒地声讨国民党背叛革命，屠杀工农群众的罪行，揭露军阀长官克扣兵饷，使士兵一贫如洗的腐败现象。他大声疾呼："我们再也不为军阀卖命了！"随即又带领起义官兵高呼口号："打倒国民党政府，打倒土豪劣绅！""解除反动武装，建立红军，实行官兵平等！""拥护中国共产党，为工农大众利益而奋斗！"担任部队总值日官的1营2连连长李灿以全团士兵委员会总代表的身份庄严宣布："从现在起，全体官兵脱离国民党，举行武装起义！"接着，全团按照彭德怀的部署，以迅雷不及掩耳之势，向平江城发起进攻。

当天下午1时，李灿率领1营进至县政府、警察局、清乡队等处，活捉了伪县长、省清乡督察专员、警察局长、财政征收处主任等反动分子。黄纯一率领3营，缴了师特务连的械，副师长、师参谋长逃跑，其余反动军官全部被俘。战斗约进行了一个半小时，解除了城内全部反动武装，俘敌千余人，缴获大量枪支、弹药，释放了被关押的五六百名群众，占领了平江城。

7月24日，当地游击队和四乡农民，扛着梭镖，举着红旗，潮水般涌向月池塘广场。几万军民在那里召开了庆祝大会。彭德怀和滕代远都在大会上讲了话，宣布平江工农兵苏维埃政府成立和中国工农红军第5军成立。彭德怀任军长兼第13师师长，滕代远任第5军党代表。彭德怀原来指挥的第1团1营、2营、3营，扩编为红军第13师的第1团、第4团、第7团及特务连、迫击炮连、重机枪连等。其中第1团团长为雷振辉，党代表为李灿。

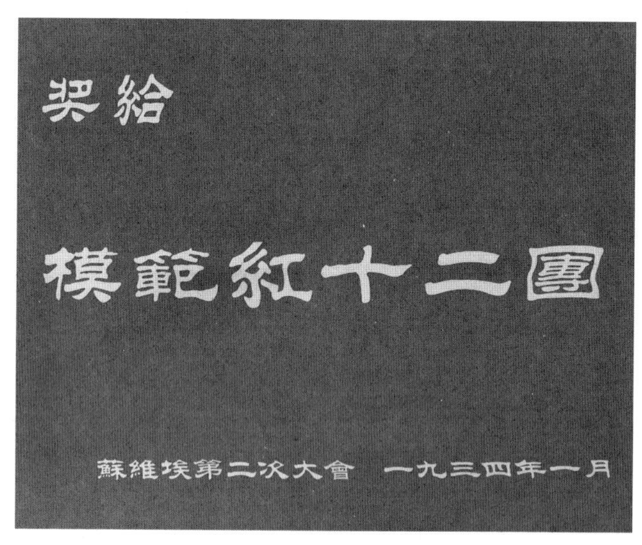

“模范红十二团”荣誉战旗

2019年10月1日，在国庆70周年大阅兵的100面荣誉战旗方阵中，“模范红十二团”作为北部战区的第二面光荣战旗赫然在列。

1929年1月14日，第三次反“会剿”时，彭德怀率领红4军第 30 团、第 32 团留守井冈山，毛泽东和朱德率领红 4 军主力 3600 余人从茨坪、小行州等地向赣南出击，实施“攻势防御”方针和“围魏救赵”战法，诱敌回援，以解井冈山之围，并乘势发展新的革命根据地。

1 月 25 日，井冈山军民冒着寒雪在彭德怀、滕代远领导下，进行了守山战斗部署。共设 7 个防御要点，其中，李灿率领的第 30 团第 1 大队和徐彦刚的第 32 团 1 连防守黄洋界哨口，抗击敌第 3 路军。

27 日，战斗打响，湘敌以猛烈炮火，分别向黄洋界、八面山哨口轰击，赣敌则向桐木岭哨口发起攻击。红军守山部队冒着风雪严寒，与敌人展开激烈战斗，工事被敌炮火炸毁，战士们抢修好，又被炸毁，又抢修，就这样，击退了敌人的多次进攻。红军与敌军激战三昼夜后，终因寡不敌众，黄洋界、桐木岭、八面山、朱砂冲、双马石等五大哨口相继失守。

在四面受敌、孤军无援的情况下，彭德怀、滕代远按照中共湘赣边特委的决定，率余部 500 多人向遂川方向突围。第 30 团第 1 大队和第 32 团 1 连等余部在无路可走的情况下，用绑腿结成长绳，沿悬崖抓长绳并借助野藤下山。又因被敌人阻隔，且战且退，转入深山，在当地坚持斗争。敌人占领大小五井之后，调集 4 个团的兵力向九龙山进攻，茶陵、永新、宁冈地方武装与敌苦战三日后，安全转移，退入深山。

1929 年 9 月中旬起，第 30 团第 1 大队扩编的红 5 军第 5 纵队，在纵队长李灿、党代表何长工率领下，跨过险峻的幕阜山脉，挺进鄂东南，开辟新苏区。先是突然猛攻崇阳县城，打击俗称“常练队”的地方反动民团，全歼守敌 100 余人，占领县城，首战告捷，大振军威。接着，第 5 纵队连续突袭，消灭了通山县境横石潭、拓石、大畈等3个集镇的“常练队”，缴枪300多支，而后进驻通山县黄沙镇，开展扩红工作，进行政治宣传。10月中旬，第5纵队在1000多人的农民赤卫队协助下，攻打通山县城，激战3小时，全歼国民党守军夏斗寅部1个营，俘敌300多名，缴枪300多支。10月底，第5纵队在3000多人的农民赤卫队配合下，一举攻克阳新县城，歼国民党守军范石生部2个营。11月7日黄昏，第5纵队采用火攻，攻占了大冶县城。不久，第5纵队又先后横扫刘仁八、白沙镇、小箕铺、三溪口等十几个集镇的“常练队”。

12月13日夜，李灿、何长工又指挥第5纵队按计划分乘300多条小船，渡过韦源湖，包围了三面环水的大冶县城，先用一个排佯攻，诱敌出城，然后与打入国民党军独立第15旅内部的共产党员程子华等里应外合，再次攻占了大冶县城，活捉敌县长，歼敌逾千，俘敌400多人，缴枪900多支。这就是著名的“大冶兵暴”。程子华是周恩来派去打入国民党军独立第15旅的，在该部争取和团结了一部分士兵，建立了党的组织。他们与第5纵队取得联系后，共同制订了里应外合、夺取大冶城的计划。接着，打入国民党军内部的共产党员白玉杰也发动了阳新起义。这样，不到3个月时间，李灿、何长工指挥第5纵队在鄂东南左右开弓，连战皆捷，部队扩编为3个支队，发展壮大到6000多人，开辟了大片新苏区，打开了新局面，红军声威大振，一时震惊了武汉、长沙的国民党当局。

1930年12月，中央革命根据地进行第一次反“围剿”战役，由红5军第5纵队几经整编改称的红5军第3师，在师长彭遨率领下随红3军团在宁都县小布地区隐蔽集结。12月29日，红3师奉命作为右路军第二梯队乘夜暗开往龙冈。次日，在上固参加歼灭国民党军主力张辉瓒第18师的战斗中，红3师迅速插到南垄、龙冈间的三大山村，主要是阻击该敌向西北的突围，并遏制敌第 54 旅向龙冈的增援。接着，红 3 师又奉命赶往南团，向东韶追击，参加歼灭国民党军谭道源第 50 师的战斗。

1931 年 4 月初，中央革命根据地进行第二次反“围剿”战役，红 3 师配合红 1 军团，于 5 月 15 日在东固、富田一带，隐蔽进到江树头。16 日一早迂回敌侧后，攻占固陂圩，歼灭国民党军公秉藩第 28 师后勤兵站，并封锁了固陂圩通往山坑的山口要道，切断了第 28 师的退路。接着，彭遨指挥红 3 师又于 5 月 19 日赶至白沙，兜击国民党军上官云相第 47 师尾部，歼灭其第 1 旅残部。5 月 22 日，红 3 军团进抵中村一线，奉命向正在构筑阵地的国民党军高树勋第 27 师发动攻击。红 3 师为前锋从正面猛烈攻击敌第 27 师阵地，红 1 军团兜击包抄其后路，歼灭第 81 旅，俘其官兵 2300 余人。5 月 27 日，红 3 师参加广昌县城进攻战斗，与守城的国民党军第 5 师激战，攻克广昌城，歼敌一部，敌师长胡祖钰重伤后毙命。5 月 30 日，红一方面军决定攻打建宁县城，红 3 师参加主攻。31 日拂晓，红 3 师奉命向守城国民党军刘和鼎第 56 师发起攻击。当日，红一方面军攻克建宁，俘国民党军 3000 余人。至此，彭遨率红 3 师五战五捷，战果显赫，为打破国民党军对中央革命根据地的第二次“围剿”做出了重要贡献。

毛泽东在《渔家傲·反第二次大“围剿”》一词中对激烈战斗的生动描写“枪林逼，飞将军自重霄入。七百里驱十五日，赣水苍茫闽山碧，横扫千军如卷席”，其中就有红 3 师和彭遨等英雄将士的缩影。

1931 年 7 月初，中央革命根据地进行第三次反“围剿”战役，红一方面军继续贯彻毛泽东“诱敌深入”的方针，决定“避敌主力，打其虚弱，胜后再追”。红3师与红3军团各部一起，由闽赣绕道千里，经瑞金回师兴国，向高兴圩集结。一路上穿山越岭，连续行军作战。8月上旬，红3师参加了莲塘和良村战斗，配合兄弟部队歼灭国民党军上官云相第47师大部、郝梦龄第54师师部及两个旅。11日，参加攻打黄陂，歼灭国民党军毛炳文第8师一个旅。9月，先参加了在高兴圩与国民党军蒋光鼐第19路军的战斗，后参加了在方石岭歼灭国民党军韩德勤第52师的战斗，和兄弟部队一起俘获韩德勤（后逃跑）以下万余人。红军接连取得胜利，粉碎了国民党军第三次“围剿”。

1932年12月开始，中央革命根据地进行第四次反“围剿”战役，红3军团作为中央纵队，由黎川县附近集结地域向南丰地区开进。南丰县以抚河做屏障，又有坚固的防御工事，敌人还派驻重兵把守。1933年2月12日黄昏，攻城战斗开始，红3军团从西边担负主攻，而红3师则担负主攻的主攻，冒雨向敌外围阵地发起进攻，在红1师配合下夺得堡垒10多个。接着，再攻城内主要堡垒。激战至13日清晨，红3师未能突破敌人的主要阵地。为了摸清敌情，寻找突破点，彭遨亲率王平、文年生、何德全等几名团领导潜入距敌阵不足百米处侦察。不幸遭敌军轻重机枪袭击，彭遨头部中弹，血流如注，在火速送往后方医院途中，因伤势过重而光荣牺牲，年仅30岁。2月28日清晨，在黄陂战斗中，红3师参与围歼桥头附近的敌李明第52师前卫第155旅，任务是与红2师协同向安槎、桥头攻击，并适时向军坪方向迂回，断敌后路。

攻击开始后，红3师攻势凌厉，逐次夺占了安槎以南阵地，在向北纵深发展时，遭到了罗山之敌的阻击。这时，预备队红1师奉命出击，楔入安槎敌人右侧背，并实施攻击，敌全线惊恐。红3师与红 2 师一起乘势占领罗山一带敌人阵地，并向西堵截逃敌。激战至上午 11 时，敌第 155 旅被全歼。不久，接替韩德勤任第 52 师师长的李明被红 9 师击毙。下午 3 时，红 3 师前锋第 11 团一路向北挺进至霍源，断敌第 59 师后路。至 3 月 1 日上午，红 3 师与红 1 师和红 22 军合力将敌第 59 师消灭，敌第 59 师师长陈时骥被俘。3 月 21 日，在草台冈战斗中，作为军团预备队的红 3 师以主力参加了关键的龙嘴寨之战，率先突破敌军阵地；而后以一部参与了制胜的黄柏山之战，配合兄弟部队从南北两个方向攻击敌人。最后，在雷公嵊南端的大排村附近和兄弟部队一起猛烈阻击援敌。红 3 师为歼灭敌萧乾第 11 师做出了应有的贡献。

1934 年 1 月 22 日，中央苏区利用第五次反“围剿”的间隙，在瑞金沙洲坝召开了中华苏维埃第二次全国代表大会。毛泽东在大会报告中强调：要用强力对付阶级敌人；对人民要实行最宽泛的民主；只有人民群众才是真正的铜墙铁壁。红 12 团因为英勇善战，战绩突出，在这次大会上被授予“模范红十二团”荣誉称号。

3 月 13 日，在南丰县西南山区兰溪圩反击作战中，作为中央纵队主力之一的红 12 团在团长谢嵩指挥下接连击退敌人的 4 次进攻。特别是该团 5 连，坚守马鞍寨阵地，英勇抗击敌人 3 个团在 7 架飞机掩护下的猛烈攻击，连续打退敌人多次进攻，并乘敌撤退松懈之际，实施短促突击，歼敌一部。3 月 24 日，在泰宁县西北山区太阳嶂阻击作战中，红 12 团 5 连在师部侦察队配合下，接连抗击敌王仲廉第 89 师 3 个团的轮番进攻，胜利完成了阻击任务，被红 3 军团授予“以少胜多顽强防御模范红 5 连”奖旗。在祝捷大会上，军团政委杨尚昆把“铁的红五连”奖旗授给红 12 团 5 连。他深为指战员们的革命英雄主义精神所感动，并对彭德怀军团长在军事指挥上的智慧、经验和魄力感到钦佩。

红 12 团攻守兼备，敢打恶仗，被《红星》报以《英勇善战的十二团》为题，发表文章赞扬其“充分表现了铁的红军英勇无敌，值得每一位指战员敬仰和学习”。

强渡乌江模范连

长征路上跨激流

“强渡乌江模范连”在国人心中一直是英雄连队的突出代表。这个连队在红军二万五千里长征中，为打破国民党军队的围追堵截，战胜自然天堑，建立了不朽功勋。

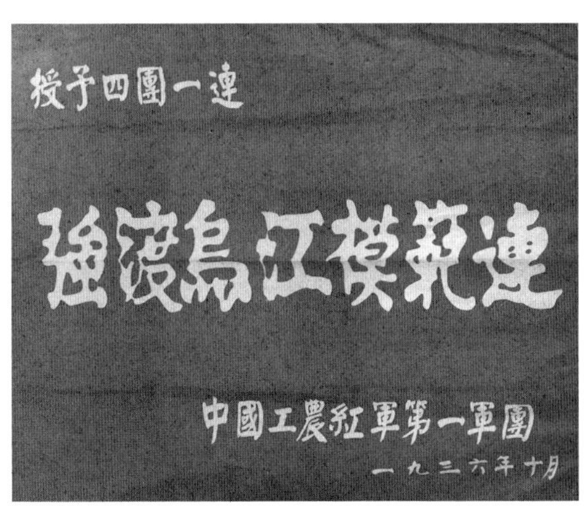

“强渡乌江模范连”荣誉战旗

强渡乌江的战斗行动，始于长征途中的1934年12月31日。当时，红1军团第2师第4团，即著名的铁军“红四团”，奉中革军委命令，在团长耿飚、政委杨成武指挥下，从百里之外急行军至贵州乌江中游瓮安县以北江界河南岸渡口，准备强渡到江北岸，为红军进军遵义开辟通道。江界河渡口位于龙塘乡。这里是典型的山区，通往渡口的公路九曲十八弯。而且，乌江这一段江面水深流急，江面宽 250 米左右，两岸悬崖绝壁，明暗礁石多，像一条乌青色的蛟龙向东北方向奔腾，素有“天险”之称。无论投下什么东西，转眼就冲得无影无踪。此时，正值岁末年初，江水挡道，两岸铺雪，追兵渐近，敌情紧急。

1935 年元旦清晨，耿飚和杨成武就立即赶赴战斗实地仔细侦察。此时，天空阴暗，不一会儿又飘起了雪花。只见江面浓雾弥漫，江界河对岸的景物难以分辨。经轻机枪扫射对岸进行火力侦察，发现对面渡口大道约有一个连的国民党军防守，火力较强。耿飚他们又询问当地老乡，得知渡口上游 500 米处，有一条很小的傍山小路，勉强可以走人，但也有国民党军的排哨；离江岸一公里处的庙里，驻有国民党军的团部；半山腰上驻着预备队；两岸的渡船都被国民党军破坏烧毁。

老乡告诉战士们，渡乌江必须具备三个条件，第一要有大木船，第二必须是大晴天，第三要有熟悉乌江水性的好船夫。这三个条件目前红军都不具备，而且对岸还有国民党军的较强火力封锁，想渡过乌江还真是难上加难。而眼下到了这个紧急关头，将士们必须豁出命来完成强渡任务，别无选择！

下午，耿飚和杨成武到师部汇报敌情和具体战斗预案。最后，红 2 师师长陈光和政委刘亚楼决定：佯攻渡口的大道，主攻上游 500 米处的小路。并强调佯攻要大张声势，偷渡要隐蔽迅速！

耿飚和杨成武领命而回，立即分头动员，组织力量，准备强渡。先抓紧用 1 个营的兵力，从下午到晚上运送毛竹和石料到南岸渡口，以引起对岸守敌的注意；并在上游小路附近悄悄扎制了几十个竹筏，准备强渡之用。每个竹筏用 5 根毛竹来扎制，先把竹干上的枝杈削净，再在两头和中间用小钻各打一个眼，而后用小竹竿横穿起来，最后用竹绳把大小竹竿捆紧。另外，在竹筏的前端用火烤一下，使它翘起来，以减轻水流的阻力。双层竹筏则用 10 根毛竹扎制。连夜又到各连队挑选了 18 个能攻善守、会游敢泅的干部战士，组成一支渡江突击队。

元月 2 日上午 9 时，红 4 团开始试渡。助攻方向，以轻重机枪的猛烈火力扫射江北岸敌渡口据点。主攻方向，在上游 500 米处从 18 名勇士中挑出 8 名，让他们拉着一条粗绳索游到对岸，以便后续部队武装泅渡。试渡前，杨成武对 8 名勇士进行了思想动员：“今天下雪还有风，风也冷，江水更冷。但是，再冷，也不能阻挡我们战斗的热血。”3 连连长毛正华率先站出来表达坚定的决心：“为了突破乌江，完成战斗任务，就是寒风冰水，我们也要坚决过去！”杨成武说：“好，祝你们成功！”随即让通信员端过来一壶酒，耿飚、杨成武分别给八勇士每人斟上一碗。大家高举酒碗，一饮而尽，顿时浑身发热，豪情万丈。接着，耿飚一声令下：“出发！”八勇士牵绳依次下水。过江快三分之二了，一切进展顺利。突然之间，“轰、轰、轰”几发迫击炮弹炸响，一下子就打断了八勇士牵拉的绳索。敌军发现了红军武装泅渡，立即用迫击炮阻拦轰击，瞬间造成红军八勇士 1 人牺牲，7 人被迫返回，首试失利。

强渡乌江的渡河点

第二次，红4团在当夜组织实施偷渡，派3个双层竹筏陆续下水。几十分钟后，终因江宽水急，只有3连连长毛正华率领5名战士加一挺轻机枪的第一个竹筏渡过乌江，另外两个竹筏被激流冲往下游。虽然没有造成人员伤亡，但渡江形势不容乐观。

元月3日凌晨，中革军委副总参谋长张云逸代表刘伯承总参谋长来到红4团督战，传达军委指示说："追踪我们的国民党军薛岳纵队离这里不远了，形势危急，4团应迅速完成渡江任务。"另外，一同随张云逸来到红4团的军委工兵营1连和干部团特科营工兵连，指导第2师工兵连利用时机，抓紧准备架浮桥。刘亚楼也派师政治部干部加强火线思想工作，进一步鼓舞战士们的斗志。杨成武和耿飚果断召开团党委紧急会议，决定第三次由1营出动60多只竹筏，立即分批进行大规模强渡。战斗前，红4团指战员聆听了中革军委的指示精神，情绪激昂，纷纷请战，愿做最大牺牲渡过江去，确保党中央和红军主力安全渡江。

上午9时，第一批渡江的还是3只双层竹筏。17名勇士划着竹筏渡到距江对岸约50米处时，被敌军发现，立刻枪声大作。我军则用密集的火力压制还击。这时，在江对岸峭壁下突然传来一阵激烈的枪声。原来是昨晚成功渡江后，隐蔽在悬岩下一个俗称"老虎洞"的杂草丛生的小洞里的毛正华连长和5名战士向岩上敌堡发起仰攻射击。红军两边夹击，让敌军乱了方寸，慌乱射击。17名突击队员趁势划筏登上对岸，并与毛连长他们会合。接着，这23名勇士迅速占领岸边阵地，并向纵深发展。与此同时，1营第二批突击队由1连组成，以几十只竹筏，在20多挺轻重机枪掩护下，冒着敌人的枪林弹雨，向对岸出击驶去，十几分钟内成功强渡乌江。登上江对岸的红4团1连向守敌发起猛攻。在红军一片喊杀声和手榴弹的爆炸声中，守敌1个排死伤过半，残余向山上逃窜。突然，敌军大量预备队冒出来反扑，1连且战且退，被迫往江边退守，情况十分紧急。这时，在团指挥所通过望远镜观察战斗进程的陈光和刘亚楼命令炮火支援。很快，军团直属炮兵连连长赵章成和指导员王东保来到了阵地。在阵地上，赵章成亲自操作八二迫击炮，把4发炮弹准确地打到江对岸敌军阵地。敌军顿时溃散，红军1连乘势反击，不久就击败了敌军。

在江南岸的红4团3营协同各路工兵连队架设浮桥，立即展开砍竹、伐木、扎竹排、集石料等作业。他们将几百个竹筏串联起来，横排铺起，连接乌江两岸。方法要点为四：一是编织大量的竹箩筐装上石块做成石锚，甚至用铁块做成铁锚，用来固定竹筏；二是把毛竹劈成细篾再编成竹绳，用来连接牵引竹筏；三是每个竹筏之间再用细竹绳甚至绑腿布捆绑固定结实；四是在竹筏上铺门板或木板。

经过36小时连续奋战，浮桥快速架好。红军中央纵队和红5军团部队踩着浮桥安全顺利地跨过乌江。就这样，国民党军号称的“乌江天险”被红军突破了。当薛岳等部队追到乌江边时，红军已烧毁浮桥，离江北岸有数十里之遥了。

元月15日，红军乘胜占领了遵义城后，由邓小平主办的总政治部《红星》报第三版用大字标题刊登前线通讯《伟大的开始——1935年的第一个战斗》和《军委奖励乌江战斗中的英雄》，对红4团在决定中央红军生死存亡的关键时刻成功突破乌江天险，保证中央红军顺利渡江的英雄事迹进行了广泛有力的宣传。

不久，红4团1连又在奇袭腊子口的战斗中，勇立奇功，再创辉煌。当时，团政委杨成武与新任团长黄开湘商定：正面由杨成武指挥，用2营6连从正面进攻，夺取木桥，猛攻隘口。另派1营1

连、2 连，由黄开湘率领，沿右岸的峭壁迂回到敌人侧后奇袭敌人，达到全歼敌人占领隘口的目的。9 月 16 日深夜，战斗开始后，已由 3 连连长调任 1 连连长的毛正华，首先率连队尖刀排悄悄地迂回到腊子口右侧，攀登陡峭登上崖壁，摸到敌人后面去。有一个外号叫“云贵川”的苗族小战士手持带铁钩的长竿，钩住岩缝，像猴子那样攀上险峻高耸的峭壁，他顺着陡壁最先爬了上去，然后将事先接好的绑腿缠在树干上放下来，后面的红军战士拉着绑腿一个接一个地上去了。

黑夜中，正当正面战斗激烈进行的时刻，一红一绿两颗信号弹在夜空中升起，黄开湘已经率部全部登上顶峰。迂回成功！当 3 颗信号弹又腾空而起时，大部队发起总攻了。刹那间，冲锋号声、机枪声、迫击炮声和呐喊声响彻腊子口的上空。山上山下，还有包抄部队，都吹起了总攻军号，向腊子口方向各个炮楼和暗堡里的敌人发起总攻击。战士们从各个方向向敌人射击，敌人乱作一团，从空中掉落的一个个手榴弹在敌群中爆炸，许多敌人被炸死炸伤。

红军战士突然出现在敌人的后方，吓得敌人魂飞魄散，扔下枪支仓皇逃命。敌人逃跑时在树林里放起了火，一时间火乘风势，烈焰腾空，噼啪声响遍山间。红军战士们在忽闪忽闪的火焰中冲锋陷阵，穷追不舍。当腊子口的顶峰披上霞光时，团长黄开湘率领的 1 连、2 连迂回部队和 6 连敢死队胜利会师了。

红 4 团拿下天险腊子口，为中央红军打开北上的门户。军团政委聂荣臻来到腊子口桥头，面对半尺深的手榴弹破片层，伫立良久，慨然长叹。聂荣臻说：“关非不险，路非不难，倘使我们的部队有一营之众纵深防守，纵有 10 万之师又焉能叩关而入？是我们的部队太勇猛、太机智了！”战后，2 连荣获“腊子口连”奖旗一面。

1 连被授予的荣誉战旗

1936 年 10 月，红军三大主力在静宁、会宁地区胜利会师之后，红 1 军团代理军团长左权、政委聂荣臻在梳理总结长征时期的战绩时，决定补授第 2 师第 4 团 1 营 1 连“强渡乌江模范连”荣誉称号。

红军强渡乌江战斗时涌现的英模 22 人荣获“突破乌江战斗英雄”称号，每人还获奖励军衣 1 套。其中，第 4 团 3 连连长毛正华荣获三等红星奖章。

1961 年，中国人民解放军八一电影制片厂将当年红军突破乌江的战斗故事，拍成电影搬上了银幕，生动地再现了这一声东击西、出其不意、攻其不备、强攻加智取的典型战例，成为几代人百看不厌的红色经典传奇。

1985 年 10 月，第 43 军番号撤销，该连改编为第 54 集团军第 127 师第 379 团 1 营 1 连。和平建设时期，该连完成了 1998 年长江抗洪抢险、“和平使命 –2005”中俄联合军演、汶川抗震救灾等一系列急难险重任务，为人民立下不朽功勋。

进入新时期，“强渡乌江模范连”改编为第 82 集团军某合成旅某连。这支叶挺独立团的先锋连队，必将在改革强军的新征程中书写新的光荣。

大渡河连

强渡红军生死河

大渡河，古称沫水。发源于青海玉树，流经四川中西部，后汇入长江。全长 1155 公里。大渡河水流汹涌，两岸地势险峻，自古有“大渡天险”之说。

100 多年前，太平天国名将翼王石达开，率数万大军来到大渡河边，因山洪暴发，河水猛涨，抢渡不成，粮尽援绝，最后全军覆没。大渡河畔的悲剧，让后人唏嘘不已。

中国工农红军长征途中，在国民党军队的围追堵截下，来到大渡河畔。只见两岸高山，一河怒水，惊涛拍岸，奔腾咆哮。后有追兵，前有“大渡天险”阻挡，与当年石达开的情境惊人相似。蒋介石得知此消息，急调兵遣将，妄图使“朱毛”红军成为第二个石达开。

“大渡河连”前身是红军第一方面军第 1 军团第 1 师第 1 团 1 营 2 连，是 1927 年秋收起义中诞生的红军连队，也是解放军历史最长的连队之一。1928 年，2 连在江西积极发动群众，组织工农武装，第一次把红旗插上兴国县城。

1935 年 5 月 24 日晚，红 1 军团第 1 师第 1 团团长杨得志率部冒雨赶到大渡河安顺场。同时到达这里的还有红军总参谋长刘伯承、红 1 军团政委聂荣臻等。

红军将领感到蒋介石是师法清代将领骆秉章对付石达开，企图凭借大渡河天险堵截红军，完成对红军的包围。

大渡河安顺场这一段，河宽百余米，水急浪高，漩涡密布，特别是暗流涌动，没有舟楫难以过河。此刻的大渡河，成为红军的生死河。渡过去，红军生；渡不过，红军灭！

部队经过一路强行军，赶到大渡河附近，停下来隐蔽。红 1 军团第 1 师李聚奎师长、杨得志团长则到离安顺场几里地的一个山口用望远镜仔细观察。

他们从望远镜中看到前方河边有两条船。天无绝人之路，这可是两条救命船哪！李聚奎真是喜出望外。他对杨得志说，晚上可分几路直奔河边，一定要拿下这两条小船，要万无一失！

李聚奎师长召开了作战会，对作战任务做了分工：团长杨得志带 1 营负责夺取安顺场，然后强渡；3 营担任后卫，留在原地掩护指挥机关；团政委黎林带领 2 营马上到安顺场渡口下游发动佯攻，吸引敌人的主力。

红 1 团 1 营营长孙继先是小跑着来到安顺场的。

在半山腰的一个煤棚里，孙继先见到了师长、团长，也见到了表情严峻的刘伯承和聂荣臻。

刘伯承说："1 营长，现在给你下达任务：一、消灭安顺场的守敌。二、以最快的速度找到过河的船。三、立即过河。四、过河后迅速抢占滩头阵地，掩护后续部队过河。"并约定每完成一项任务，点一把火为信号。

中国人民解放军原总参谋长杨得志回忆说："过大渡河时，我们团先袭击了安顺场。安顺场有七八十户人家，我们到那里时，驻守那里的敌人正在喝酒、打牌。他们的哨兵喊口令，问是哪一部分。我们一直往前走，敌人就开枪，我们一个冲击，很快就把他们打散了。

“大渡河的河水很急，两边都是高山峻岭，悬崖陡壁，找了一个晚上，我们找到一条船和几名船工，就开始准备渡河。很多战士都要求参加大渡河的战斗。我们选出 18 名官兵组成渡河敢死队。

“第二天上午，勇士们冒着敌人密集的枪弹，分两次乘船穿越急流，当时选的 17 个人，第一船过了 9 个人，第二船由营长孙继先带着继续过。那时，孙继先是 1 营营长。第二船 8 个人，加上孙继先，也是 9 个人。我是团长，是第三船过去的。第一船抵达北岸，迅速抢占渡口要地，和敌人激烈地交锋。第二船上去后，在滩头会合，才稳住了阵脚。

“过河时，河水那么急，敌人又在对岸打枪，怎么成功了？这里还有个幕后英雄赵章成。他是上级配属给我们的炮兵连连长。他带的炮兵连，只有 3 门迫击炮，我问他带了多少炮弹，他说一共才只有 3 发，1 门只有 1 发。我的天哪！我说你要打准哪。我们部队过河时，敌人在对岸的碉堡里疯狂扫射，赵章成咣咣两发炮弹，敌人的两座碉堡就上了天。这 3 发炮弹，最后还剩下 1 发。”

由于火力又准又猛，把敌人打得抬不起头来，减轻了渡船的压力，为奋勇队强渡争取了时机。奋勇队队员不顾子弹在船前船后乱飞，奋力向前冲去。抢滩登岸的时候，更是奋不顾身，勇往直前。

敌人当然不肯就此罢休。他们一次次发起反扑，企图趁勇士们立足未稳，把他们赶下河去。

红军的炮弹、子弹又一齐飞向对岸的敌人。烟幕中，敌人纷纷倒下。十七勇士在孙继先营长的指挥下，趁此机会猛扑敌群。勇士们占领了对岸的工事。红军终于渡过了大渡河。

1935 年 5 月 30 日出版的《战士》报上，刊载着红军长征强渡大渡河的十七勇士名单，他们是：2 连连长熊尚林，2 排排长罗会明，3 班班长刘长发、副班长张麦克，战士张桂成、萧汗尧、王华停、廖洪山、赖秋发、曾光吉、郭世昌、张成球、萧桂兰、朱祥云、谢良明、丁流民、陈万清。

当年给勇士们的奖励是：每人 1 套列宁装、1 个笔记本、1 支钢笔、1 个搪瓷杯和 1 双筷子。这就是红军当时的最高奖励了。

要说明的是，声名赫赫建立奇功的勇士们，除了孙继先外，在新中国成立前全部阵亡，没能看到革命胜利的一天，也没有享受到革命胜利的果实。

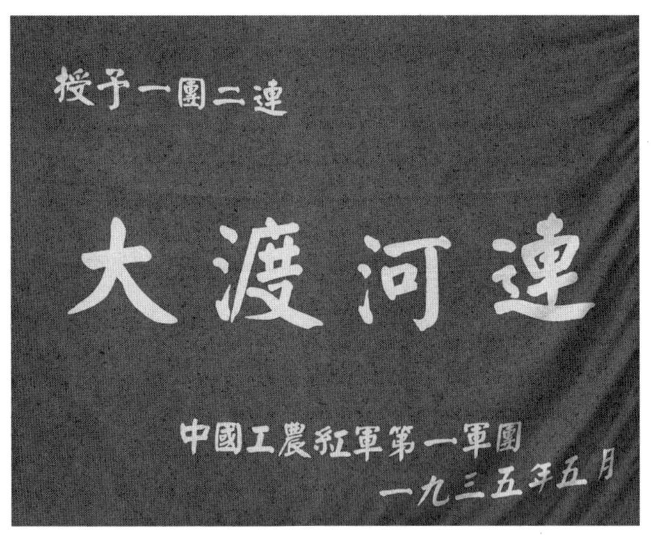

“大渡河连”荣誉战旗

当被问到强渡大渡河的究竟是十七勇士还是十八勇士时，杨得志说：“这两个说法是有原因的。两条船上共有 18 个人。由于船太小，一次容不下 17 位同志，我们决定分两次强渡。第一船由熊尚林同志带领。为加强领导，第二船派营长孙继先同志掌握。营长孙继先同志身先士卒，带队强渡大渡河，这不是18个人吗？宣传的时候，就是说17个突击队员。没有说有领导干部。那时就是领导带头打仗，带头让荣誉嘛！”

强渡大渡河，锻炼了部队，“敢打硬仗、不怕牺牲”成了红1师的战斗精神。这种精神融入血脉，代代传承。

几十年来“大渡河连”为了夺取革命胜利和保卫胜利的成果，可谓敢打敢拼，不畏艰险，屡立战功。经过几十年的洗礼，“大渡河连”的旗帜，越来越鲜艳，大渡河的精神，源远流长。

平型关大战突击连

打破日军“不可战胜”之神话

经典老歌《好一座平型关》中有这样一段歌词:“顶峰顶破九重天，雄关雄踞万重山。华夏中原谁镇守？横空出世平型关。”

正如歌中所唱，平型关是一座险关，“山形如金瓶，要塞筑天险”，毗邻紫荆、雁门两关，虎踞京畿西屏。平型关是一座英雄关，“山有壮士骨，关有英雄胆”，八路军首战日寇，一场血战，取得大捷，举国欢腾、士气大振、震惊中外。这支诞生于八一南昌起义、参加一至五次反“围剿”作战的红军连队，也在此役中一战成名，功载史册。

1937 年七七事变后，日本侵略者发动全面侵华战争，中国则展开了全国性抗战。七七事变发生的第二天，中共中央就发出通电，向全国人民呼吁:“平津危急！华北危急！中华民族危急！只有全民族实行抗战，才是我们的出路！”同日，毛泽东、朱德、彭德怀等红军领导人致电蒋介石，表示红军将士愿意“为国效命，与敌周旋，以达保土卫国之目的”。

8 月 13 日，日军把战火烧到上海，直接威胁到国民党统治的心腹地区，蒋介石急欲调动红军开赴前线，因而在国共谈判中开始表现较多团结合作的愿望，终于达成国共合作抗日多项协议。

8月22日，国民政府军事委员会发布红军改编命令。25日，中革军委发布命令，宣布红军改名为国民革命军第八路军（简称“八路军”），誓师抗日。该连随即改编为八路军第115师第343旅第685团5连。

由于敌强我弱，加上国民党实行片面抗战路线和单纯防御方针，正面战场的战局非常不利，日军占领大片领土，人民陷入水深火热之中。在中华民族处在生死存亡的危急关头，八路军出师开赴抗日前线。

8月30日，八路军第115师主力进抵黄河西岸，31日东渡黄河，向晋东北恒山地区挺进。9月7日，在山西省侯马车站换乘火车，沿同蒲铁路继续北上。

与此同时，日军察哈尔派遣兵团沿平绥铁路侵入山西境内，于9月13日占领大同并南下进逼雁门关。日军华北方面军第5师团迅速由宣化南下晋察冀边区，企图突破平型关要隘，与西线日军合击雁门关，为其攻占太原打开通路。

针对日军的进攻企图，国民党军决定在平型关、雁门关、神池长城一线，集中主要兵力防守太原地区，意图依托险峻山地及长城天险，阻止日军进入山西腹地。为配合友军固守平型关、雁门关及长城各隘口，尽力守卫太原，八路军总部命令第115师向平型关、灵丘出动，相机侧击向该线进攻之敌；第120师进至雁门关地区。

此时，日军除由大同向雁门关正面进攻外，9月20日，日军第5师团第21旅团一部占领灵丘县城，然后孤军冒进，于22日进占平型关以北东跑池，23日先头进抵平型关附近，并对在平型关正面防御的国民党军阵地进行试探性攻击。

第115师当即决定，抓住日军骄横轻敌、疏于戒备的弱点，运用平型关地域有利地形，在平型关至东河南镇公路两侧地区，以伏击手段歼灭向平型关进犯之敌。

平型关位于山西省东北部古长城上，自古就是河北、山西两省的重要交通隘口。从平型关山口至灵丘县东河南镇，是一条狭窄谷道，其间的关沟至东河南镇有大约 13 公里的地段，沟深道窄，地势险要，两侧高地便于隐蔽部署兵力，是理想的伏击战场。

师部命令，5 连所在的第 343 旅迅速由大营镇进至平型关东南的上寨地区隐蔽集结，进行战前准备。24 日，国民党军第 2 战区第 3 集团军给第 115 师送达《平型关出击计划》，拟订以其第 71 师附新编第 2 师及第 8 旅一部，出击平型关以东之日军，配合第 115 师作战。

同日，第 115 师组织各级指挥员进行现场侦察，具体部署为：以第 686 团占领小寨村至老爷庙以东高地，实施中间突击；以第 685 团占领老爷庙西南至关沟以北高地，“拦头”截击日军先头部队，协同第 686 团围歼进入伏击地域之日军；以第 344 旅第 687 团阻断日军退路并阻击灵丘、涞源方向之援军；以第 688 团为师预备队。为隐蔽行动意图，保证战役的突然性，第 115 师各部队均于当夜冒雨进入伏击阵地，并于 9 月 25 日拂晓前完成战斗准备。

从上述部署来看，第 685 团在平型关战斗中处在“关门打狗”的“关门”位置，也是面临日军反扑最激烈的地方，而 5 连的任务是截击日军先头部队，即拦头歼敌。

第 685 团团长杨得志耐心地提醒参战指战员：“一定要告诉所有的同志——从干部到战士，以至炊事员——这次战斗非同一般，政治意义更巨大。国民党军队的溃逃不仅助长了敌人的嚣张气焰，而且对热心抗战的人民群众是个很大的打击。如今人民的希望寄托在我们的身上，他们在看着我们哪！党中央，毛主席，朱德、彭德怀等首长也在等着我们的胜利消息。所以，这一仗一定要发扬我们敢打敢拼、不怕流血牺牲的传统，彻底消灭这帮侵略者！打出八路军的威风来，打出中国人民的志气来！”

9 月 25 日拂晓，日军第 5 师团第 21 旅团一部及 100 余辆汽车、200 余辆马拉大车和火炮组成的行军纵队，沿灵丘至平型关公路西进，7 时许全部进入第 115 师伏击圈。

由于道路狭窄、雨后泥泞，日军车辆、人马拥挤堵塞，行动缓慢。第 115 师抓住有利战机，全线突然开火，给日军以大量杀伤，并乘混乱之际发起冲击。第 685 团迎头截击，歼灭日军一部，封闭了其南窜的道路。

隐蔽在阵地上的 5 连指战员，眼看着日军的卡车一辆一辆从山谷中爬了出来，战士们瞪圆了愤怒的双眼，一辆，两辆……“全体冲锋，打！”团长杨得志果断地下达命令。顿时，机枪、步枪、手榴弹一齐开火，5 连连长曾宪生、指导员杨俊生带领战士们像猛虎、像暴风骤雨般地向鬼子冲去，仅 20 多分钟就用手榴弹炸毁了 20 多辆汽车。

战斗中，日军妄图抢占附近的小高地负隅顽抗。指导员杨俊生发现后，带领突击排向高地扑去，连长曾宪生率领另外两个排从两翼包抄。5 连率先抢占制高点后，居高临下，打退日军一波又一波的进攻。子弹打光了，就上刺刀同敌人肉搏，最激烈的白刃战于是在 5 连的阵地上展开。骄狂的鬼子端着刺刀向 5 连冲了过来，战士们也毫不畏惧，给敌人坚决回击。

曾宪生打仗有股子虎劲，外号叫“猛子”，战斗打响前就写下了“血战平型关，誓叫鬼子有来无还”的决心书，并鼓动战士们说：“靠我们近战夜战的光荣传统，用手榴弹、刺刀和鬼子干，让他们死也不能死囫囵了。”

白刃格斗中，曾宪生就像一只猛虎，冲进了敌群，挥舞刺刀，一连捅倒好几个鬼子。敌人见他如此厉害，便一齐围了上来。此时的曾连长身上已负伤多处并且体力不支，他毫不犹豫地拉响了身上最后的一枚手榴弹。轰——一声巨响，曾宪生与敌人同归于尽。

指导员杨俊生见连长牺牲了，怒火满腔，高声呼喊：“同志们，为连长报仇，和小鬼子拼了！”随后带头杀进敌群。曾连长的壮举鼓舞了全连官兵，靠着猛攻猛打、首冲敌阵的“突击精神”，和为了胜利一无所惜，除了胜利一无所求的必胜信念，连队官兵英勇冲锋，顽强作战，指导员身负重伤，依然指挥部队；排长牺牲了，班长顶替；班长牺牲了，战士接上指挥。

经过 6 个多小时浴血奋战，5 连官兵前仆后继，打到最后，全连只剩下 30 多位同志，依旧勇敢地与敌人拼杀，歼敌 100 余人，炸毁汽车 20 余辆，为取得战斗胜利做出重要贡献。

平型关大捷是全国抗战爆发后中国军队主动对日作战取得的第一个重大胜利，打破了侵华日军“不可战胜”的神话，极大地振奋了全国军民的抗战信心，提高了共产党和八路军的声望，对华北战局和全国抗战形势产生深远影响。

中国人民解放军军歌的词作者公木，当年将“首战平型关，威名天下扬”一句，写入了《八路军军歌》。9 月 26 日，毛泽东向八路军总部和第 115 师电贺平型关大捷。同月，第 343 旅授予 5 连“平型关大战突击连”荣誉称号，这也是平型关战斗中唯一被授予荣誉称号的连队。

在先烈牺牲精神的激励下，“平型关大战突击连”在抗战烽火中英勇杀敌，战果辉煌，先后被第 343 旅授予“军政双胜连”荣誉称号，被八路军东进抗日纵队授予“守如泰山，攻如猛虎”荣誉称号。

“平型关大战突击连”
荣誉战旗

解放战争时期，连队被编为晋冀鲁豫野战军第 1 纵队第 1 旅第 7 团 3 营 7 连，随部队参加平汉战役，挺进冀热辽，转战晋察冀保卫张家口，而后挥师南下，突破黄河天险，解放鲁西南，直扑陇海，千里跃进大别山。

解放战争后期，连队随百万雄师过长江，直捣南京，解放贵阳、重庆、成都，回师贵州，清匪反霸，为新中国成立做出突出贡献。

1953 年 11 月，连队改编为步兵第 136 团 9 连，赴朝参加西海岸反登陆作战、三八线争夺战、上甘岭守卫战和金城反击战等，获“英勇顽强旗开得胜”锦旗一面。

新中国成立后，连队长期坚持活学活用毛主席著作，促进了全面建设。1964 年 7 月 24 日，被国防部命名为“学习毛主席著作的模范红九连”。“红九连，嘿！红在哪儿？红在最听党的话，红军血脉党的枪，党叫干啥就干啥。真理火炬代代传，学习推动新步伐……”这就是红 9 连的连歌。

当年的 5 连虽然几易番号，但连队在战争年代所养成的顽强的战斗作风一直未变。他们始终发扬老红军的光荣传统，不断创造新的业绩。1976 年，连队参加唐山抗震救灾，荣获集体三等功。1987 年 5 月，连队参加大兴安岭扑火救灾，荣立集体一等功。

1998 年，在洪水肆虐时，连队奉命参加嫩江抗洪，官兵全程坚守在月亮泡水库最艰险的堤坝，在生死考验面前，连队官兵连续奋战 41 小时力保大堤不失，被四总部评为“抗洪抢险先进单位”，荣立集体一等功。

2015 年 9 月 3 日，连队光荣参加纪念中国人民抗日战争暨世界反法西斯战争胜利 70 周年阅兵式，成为 10 个英模部队方队之一，徒步接受检阅。连队现改编为陆军第 79 集团军某合成旅 9 连。

黄土岭功臣炮连

击落日军“名将之花”

2019年10月1日庆祝新中国成立70周年阅兵式上，通过天安门广场的100面英雄部队荣誉战旗中，有两面是涉及炮兵的，其中一面就是战功卓著、威名远扬的“黄土岭功臣炮连”。

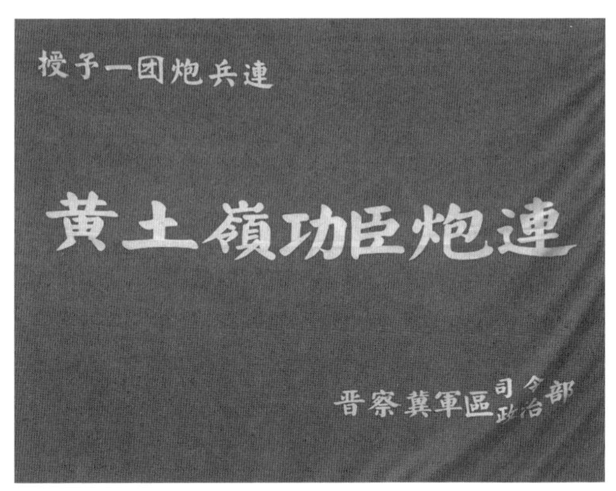

“黄土岭功臣炮连”荣誉旗帜

1939年11月7日，在著名的黄土岭伏击战中，八路军晋察冀军区第1军分区迫击炮连配属第1团英勇作战，用八二迫击炮击毙日军“名将之花”——阿部规秀中将，被晋察冀军区授予“黄土岭功臣炮连”荣誉称号。

黄土岭位于涞源县东南，与易县西部相邻，历史上曾是一座显赫一时的古堡，清王朝为守卫西陵曾驻兵于此。黄土岭以东1公里是校场村，再向东是上庄子村。这几个山村同处在西南、东北走向的十几公里山谷之中，山谷两旁山峦起伏，蜿蜒而去。

1939年11月3日，在晋察冀军区北岳区冬季反“扫荡”作战的涞源雁宿崖伏击战中，第1军分区司令员兼政委杨成武率部一举歼灭日军独立混成第2旅团独立步兵辻村宪吉1大队500余人，鼓舞了晋察冀抗日军民的士气。其中，第1军分区第1团在团长陈正湘和政委王道邦的领导下，英勇顽强，能攻善守，表现突出，勇立头功。

11月4日，不甘心失败的日军蒙疆驻屯军独立混成第2旅团旅团长阿部规秀中将亲率独立步兵2至5大队抽调的共计1500余人，分乘90多辆军用卡车，从张家口、涿鹿、蔚县等地分头疾驰涞源，对八路军进行报复性“扫荡”，扬言要与杨成武决战。

按照惯例，日军的旅团长通常都是少将，师团长才是中将，不过，也有极少数被认为优秀的、资历老的旅团长例外，如阿部规秀，还有独立混成第4旅团旅团长片山省太郎，以及后来接替阿部规秀遗职的人见与一，都是中将军衔。而且53岁的阿部规秀是10月2日才从少将晋升中将的，可认为是老资格；至于说“优秀”，是日军自诩他为擅长运用“新战术”的“俊才”和“山地战专家”。刚刚晋衔一个月，而且10天前还接到天皇颁布圣旨的赐赏慰问，一下子就损失一个大队，阿部规秀自然是羞怒难当，必定要报复。

斗志正旺的八路军著名战将杨成武也预判日军会有报复行为，所以率领部队在原地组织休整，以逸待劳，方便出击。如果说阿部规秀是日军“山地战专家”，那么杨成武、罗元发、陈正湘、张英辉等师团营级指挥员则是八路军的山地战高手。红军时期参加过著名的中央苏区第一至第五次反“围剿”作战，尤其是经过艰苦卓绝的二万五千里长征磨炼，他们对伏击战、进攻战等战术了然于心，对诱敌深入、欲擒故纵等兵法驾轻就熟。

杨成武预判与得悉日军的报复行动以后，立即请示军区司令员兼政委聂荣臻和第120师师长贺龙等首长。得到批准后，他受命统一指挥所部及第120师特务团、第3军分区第2团，共6个团的兵力，决心再次采用诱敌深入，并选择有利地形进行伏击的战术，给日军一个歼灭性打击。

此时，阿部规秀亲率来犯之敌分成两个梯队，先后经西龙虎村、白石口、鼻子岭、上碾盘，沿辻村宪吉大队所走老路开来。4日中午12时前后，敌第一梯队400余人进占三岔口、上下台。下午，敌进至雁宿崖，都是在搜寻已被掩埋的日军尸体和兵器。

我军第1团2营两个连在营长宋玉琳指挥下，背靠司各庄、黄土岭节节抗击，不断袭扰、侧击敌人。至6日早上7时许，3营张英辉营长带10连、11连到达司各庄接替2营继续诱敌。

阿部规秀果然上钩了。敌分兵两路向司各庄、黄土岭攻击前进，先头部队于6日午前进占黄土岭及校场，一小部进到上庄实行搜索、侦察。短短三天里，我军派出少量兵力，利用有利地形，巧妙地与敌周旋，完成了诱敌任务。各团主力均得到休整，各游击支队、大队均加强对边沿各据点、交通线之敌的袭扰活动。

6日晚9时左右，杨成武从军分区驻地南管头村给第1团团长陈正湘打来电话：“截至今晚7时，进占黄土岭及以东地段之敌约有1400人，估计该敌明日有继续东犯的可能；涞源及北石佛、插箭岭、白石口、三甲村等据点共有敌800来人；易县、满城、徐水及保定各点之敌正调整部署，随时可能向北线或西北策应。”

陈正湘答道：“请司令员放心，我团在‘口袋’底，坚决兜住并消灭鬼子！”

聂荣臻要求参战各团协同一致，密切配合，以积极的作战行动歼灭这股敌人。

杨成武沉着谨慎，遵照军区指示要点，对军分区进行了具体战斗部署。7日凌晨，第1团向寨坨开进。团长陈正湘带几个骑兵通信员、侦察员先行，提前到达寨坨东南山场口，向上庄子及以西黄土岭一带观察。部队于上午8时前后进到山口左侧山头时，天气已见晴朗，海拔800米以下山头的晨雾已开始消散。

陈正湘从望远镜中向西观察，发现敌先头部队已沿河沟进到上庄子，正向寨坨开进，敌主力缓慢地沿黄土岭以东河沟跟进。

原来，诡计多端的阿部规秀见这一带地形险恶，意识到很可能会有八路军伏击，所以他在黄土岭歇宿过夜。7日凌晨便临时变阵，改主动追寻为安全撤退了，决定继续东进，经寨坨村、煤头店、浮图峪返回涞源。

阿部规秀为防止遭八路军伏歼，将1500余人的队伍拉成一字长蛇阵，竟拖了三四公里。这说明阿部规秀在山地战中还确实有一套。部队前进时十分警惕，总是由30多人的先头部队携好几挺轻重机枪，先行占领路侧小高地，然后大队才跟进。这样反复交替前进，足以看出阿部规秀确是个很难对付的劲敌。

各营团还是按既定的战斗部署迅速向前运动。军分区迫击炮兵连9时半到达寨坨，陈正湘即令连长杨九秤带全连到793高地东边山沟隐蔽待命，确保一有任务能够随时就位。

中午 12 时许，日军先头部队从西向黄土岭东面的寨坨村靠近，到了下午 3 点钟左右，全部人马已进入黄土岭的狭窄小路。这时，黄土岭战斗打响了。埋伏在“口袋”底部正面的第1团、第 25 团突然对日军迎头痛击，右侧的第 3 团和左侧的第 3 军分区第 2 团从西南北三面合击过来。敌先头部队遭我军正面和左侧部队的突然袭击，慌忙向上庄子收缩，并抢占了上庄子村后东北山头，居高临下，拼命顽抗。

第1团方向，2 营抢占了白石沟、上庄子附近几个山头，为 1 营、3 营抢占上庄子以西至白脸坡一线阵地创造了条件。2 营营长宋玉琳趁敌立足未稳，立即带领 7 连在火力掩护下，迂回接近上庄子东南山头。激烈的争夺战随即展开。2 营以一个排的兵力向山头进攻，但由于敌人火力很强，第一次未能得手。宋营长和 7 连连长钟茂华重新组织力量，加强火力掩护，用一个排从正面冲击，一个排分别从两侧迂回夹击敌人。三面夹击下，上庄子东南小山头之敌死伤 30 余人，残敌转向西南溃退下山。上庄子东南山头被牢牢占领，村内的敌人向河滩落荒而逃。

黄土岭西北峰一线山头阵地已被第 3 军分区第 2 团占领。另一边，第 3 团则紧紧扼守住西、南阵地。第 120 师特务团也从长祥沟方向跑步赶来了，他们抓住战机，先头部队已乘虚控制了黄土岭村，一部分抢占了村东口南面的小山梁；该团主力也陆续赶到，并派部队从第 3 团的左侧占领黄土岭北面和西面的山头。敌人的退路已被截断，只能就地抵抗。

我军 5 个团把敌人压缩在上庄子附近一条长约 1.5 公里、宽约 100 米的沟里。100 多挺轻重机枪从各个山头一齐朝沟中打，手榴弹不停地飞向日军，整个黄土岭东部山沟峡谷杀声震天，枪声四起，到处是弹片、碎石和浓烈的硝烟。被八路军打蒙的日军依仗其兵力众多和火器优良，向寨坨阵地猛冲，遭到反击后，即掉头西向回窜，妄图从黄土岭突围，逃回涞源。

中午，日军集中近300人的突击队，再次在地面和空中的火力掩护下冲击黄土岭，但没有打开突破口。下午，校场东面之敌利用山地、河沟的死角，以拦阻火网抵御我军攻击。校场西面之敌则利用两侧山头及村沿的几处独立院落的围墙屋角，构成西向黄土岭的拦阻封锁火力，并再次组织约300人的突击队，向黄土岭进攻，企图打开逃窜的道路。

我军特务团控制黄土岭后，对敌人的突围已有充分准备。当敌人进到特务团各种轻武器有效射程之内时，该团突然向敌猛烈扫射，并以一部分从敌左侧实施反冲击。第2团、第3团也从黄土岭西北和校场南山以火力支援特务团的反冲击。敌计划破产，拖着尸体和伤兵缩回校场以西固守待援。

下午4时许，战斗正酣，陈正湘在793高地团指挥所用望远镜瞭望时发现，对面南山根东西走向山梁上有3个向北凸出的小山包，中间那个山包上有几个挎战刀的敌军官和几个随员，正举着望远镜向793高地及上庄子方向观察；在校场小河沟南面距南山小山头100米左右的独立小院内，有腰挎战刀的敌军官出出进进活动。

陈正湘判断，独立小院应是敌军的指挥所，南面小山包估计是敌军的观察所。他当即令通信主任邱荣辉跑步下山，向杨九秤连长传达命令：迫击炮迅速上山，在团指挥所左侧立即展开，隐蔽地构筑发射阵地。

很快，杨九秤和各炮射手到达发射阵地后，陈正湘给大家指示了目标后问道："你们迫击炮能否打到？"杨九秤目测距离后信心十足地说:“报告团长，直线距离约800米，在有效射程之内，保证打好！”

红军长征时期，炮兵连当时是红1军团直属炮兵连，配属第1团的前身红1团打头阵，担先锋。当时，红1团团长杨得志是渡河现场指挥，1营营长孙继先直接率勇士强渡，2营营长陈正湘负责掩护，炮兵连连长赵章成直接操炮射击。4个人密切配合，完成了红军强渡大渡河的壮举，日后均成为我军著名战将。

很快，炮兵连迅速进入阵地，测定方位、距离，炮手调整方向，瞄准目标，做好发射准备后，杨九秤又逐门炮进行检查。紧接着，4发炮弹接连呼啸着飞向高空，瞬间，在目标点爆炸。爆炸声在群山中回响，当硝烟消散后，陈正湘从望远镜里观察，看到小山包上的日军拖着死尸和伤员仓皇下山去，独立小院之敌跑进跑出，异常慌乱。接着，炮兵连又向独立小院北边的山沟里打了几发炮弹，以轰击在死角下隐蔽的敌人。

战后的11月21日，日本陆军省突然公布:“阿部中将……在这座房子的前院下达作战命令的一瞬间，敌人的一颗迫击炮弹飞来，在距中将几步远的地方落下爆炸。瞬息之间，炮弹碎片给中将的左腹部和双腿，以数十处致命的重伤……数小时后，当晚9点50分因流血过多，大陆战场之花凋谢了。”

这时我军才得知，在小院内被炮弹碎片击中腹部和腿部20多处而毙命的日军指挥官就是其旅团长阿部规秀中将。

这对日军真是一个莫大的讽刺！阿部规秀一方面被吹嘘为擅长运用“新战术”的“俊才”和“山地战专家”，一方面又因困兽犹斗，被强烈的报复心冲昏了头脑而屡屡犯错，甚至是低级之错。他本来知道诱敌深入是一个古老的计谋，却深信自己武器精良而被八路军牵着鼻子走，触犯了兵家之大忌。他也清楚在山谷幽深之处会遭到埋伏，却自认强大，竟铤而走险，违背了战争原则。等到他醒悟过来，为时已晚。他以反复交替前进之术来修正错误，已于事无补。最后，这位有“山地战专家”之称的“名将之花”，被我八路军的高手歼灭在山地幽谷之中。

日军失去战场指挥官，极度恐慌，六神无主地抬着阿部规秀，朝黄土岭拼命突围，又遭到了第3团、特务团的迎头痛击。随后，日军向寨坨突围，又被第1团击退。之后，日军反扑势头顿减，战法也乱了，不得不收缩兵力，便依托孤石山和校场南山前沿高地固守，掩护主力，等待援兵。同时，黄昏前还依靠飞机对我军实施轰炸、扫射，以阻止我军全面攻击。至此，敌我基本处于对峙状态。

8日清晨，天蒙蒙亮，793高地三堆烈火冲天而起，司号员易良才也吹响了冲锋号。我军轻重机枪向预定目标射击，迫击炮也向预定目标轰了几炮，以支援第1团1营、2营突击前进。这时，海拔200米以上的山头都被晨雾笼罩着，能见度只有100米左右。突击队冲向河滩时，遭到敌人密集火力的拦阻射击。突击队暂停前进，隐蔽待命，以便选择敌人火力薄弱地段，再行冲击。这时，除听到特务团方向有枪声外，其他团方向均无动静。

上午10时许，黄土岭上空飞来3架敌战斗机和1架运输机。在战斗机的掩护下，运输机连续投下7个降落伞，投下弹药、粮食和8名指挥官，协助残敌突围。由于我军战士多用缴获的敌黄呢大衣御寒，敌机从空中分不出来，因此有不少弹药、饼干投落到我军阵地上。

中午时分，日军驻保定、大同、张家口的部队纷纷出动，多路向黄土岭合击。下午，听到鼻子岭方向响了两梭子机枪声，原来是我游击3支队在三岔口与援敌绿川大队的先头分队已接上火了。

面对进展迅速的增援日军，聂荣臻判断战局已变化，全歼敌之战机已失。为避免陷入被动局面，遂命令参战部队立即撤出战斗。于是，由3营担任掩护，团主力向寨坨以东地区转移。

雁宿崖和黄土岭这两场战斗，成为北岳区1939年冬季反“扫荡”作战的重要战斗，环环相扣，形成姊妹篇。先有雁宿崖伏击战的大胜，后有黄土岭伏击战的辉煌。

这一重大胜利，轰动了全国，鼓舞了晋察冀边区广大军民。中共中央、八路军总部和全国各地友军、抗日团体、著名人士纷纷致电，祝贺黄土岭战斗取得的胜利。与此同时，震动了日本朝野和侵华日军总部。

日本东京《朝日新闻》发表《“名将之花”凋谢在太行山上》的报道，哀叹：“中将级指挥官阵亡，皇军成立以来，未曾有过。”“‘护国之花’凋谢了。”阿部规秀中将是整个抗日战场上被我军击毙的军衔最高的日军指挥官。杨成武也撰写了一篇题为《“名将之花”凋谢在太行山上》的文章，记述了八路军英勇抗击日本侵略者的壮举，刊登在中共中央北方分局的机关刊物《新长城》上。

战功卓著的第1军分区迫击炮兵连被晋察冀军区司令部政治部授予“黄土岭功臣炮连”荣誉称号。

“黄土岭功臣炮连”这支诞生于井冈山革命根据地的英雄连队，从革命战争的战火硝烟中一路走来，立下了不朽功勋，形成了“百发百中、威震敌胆”的神炮精神。

1993年，遵照中央军委命令，连队调整到驻香港部队某步兵旅装甲步兵1连。1997年7月1日凌晨，连队作为该旅装甲步兵营的先头连，奉命进驻香港，开始履行防务。

1997 年 7 月 1 日，1 连进驻香港场景

2017 年 11 月，连队进驻新围军营，与驻香港部队三军仪仗队合成改编为某中型合成营装甲步兵 1 连，拉开了连队创新发展的序幕。

白刃格斗英雄连

刺刀见血来搏命

“白刃格斗英雄连”诞生于抗日战争的烽火之中，1938 年 1 月成立于山西省沁源县南陈村，前身为山西青年抗敌决死队第 1 纵队 3 总队 3 大队 8 中队。

“白刃格斗英雄连”官兵练习刺杀

这支以“青年”为名的部队，一成立就抱定“在民族革命战争中”“决死的决心”。《山西青年抗敌决死队队歌》唱道：“起来吧，被压迫的同胞们！快起来，起来，向前进！我们要认清国家的危险，要打倒敌人和汉奸们！快迈开脚步向前，向前！不怕那一切危险和艰难，把全部力量献给民族。我们肯牺牲自己的家，就是死我们都愿意。把刺刀上起来，把枪口瞄好准，向前！向前！在战场上，我们永不退后。”

全国抗战开始后，山西成为中日军队双方必争的战略要地。1940 年，部队改编为新的决死第 1 纵队第 25 团，接受八路军总部和第 129 师领导。

1940 年春夏，就在各部队进行整训期间，第二次世界大战形势发生了重大变化。德国法西斯军队横扫北欧和西欧，迫使英军退出欧洲大陆，欧洲的反法西斯战争一度处于低潮。这一诡谲风云，极大地刺激了日本法西斯争夺亚洲、太平洋地区霸权的欲望。

为尽早结束中国战事，以便抽身南下，一方面日本加紧诱迫国民党蒋介石集团投降，1940 年 3 月和 6 月，日本军方代表同重庆国民政府代表先后在香港和澳门秘密进行关于停战条件的谈判；另一方面，日军对敌后抗日根据地加紧推行以铁路做柱、以公路做链、以碉堡做锁的“囚笼”政策，利用重要交通线对各抗日根据地进行分割和“扫荡”。

在这种情况下，1940 年 7 月上旬，中共中央发出《为抗战三周年纪念对时局宣言》和《关于目前形势与党的政策的决定》，号召全党同志克服面临的空前的投降危险与抗战困难，打退一切敌人的进攻，反对一切妥协投降阴谋，争取时局的好转。八路军总部认为，为坚决反对投降，振奋抗战军民，锻炼自身的力量，应当组织一次大规模的以破袭敌人交通线为主要目的的战斗，并部署八路军第 120、第 129 师及晋察冀军区部队和山西青年抗敌决死队等部队参加此次作战。因陆续参战的部队达到 105 个团 20 余万人，故史称“百团大战”。

1940 年 8 月 20 日夜，随着一颗颗红色信号弹升空而起，在蜿蜒数百公里的战线上，震惊中外的百团大战由此打响。

正太铁路东起河北正定，西至山西太原，全长200余公里，横贯太行山，是日军在华北的重要战略运输线之一，也是此次战役破击的重点。

为完成作战任务，第129师将参加正太线作战的部队编成左、中、右三路。左翼纵队由决死第1纵队第25团、第38团与第386旅第16团组成。该纵队担负正太铁路寿阳至榆次段的破袭任务，并相应拔除沿线的日伪军据点，其中第25团负责攻打马首车站，破击寿阳至马首车站及其以南的铁路，并派小部队牵制寿阳县城之敌。

第129师师长刘伯承在分配作战任务时特别强调：左翼纵队应先集中兵力坚决攻下芦家庄、和尚足、下湖、上湖、马首等车站和据点，成功后视情况向北、向西扩大战果；作战中要讲求战术，不能啃核桃，而是要一个一个砸核桃。

当时，盘踞在寿阳地区的日军派重兵，分别在马首车站和龙化山扎下了据点。为此，第25团决定将指挥部设在马首车站东边不远的大落坡村，除了派3营8连留守团部外，其余作战部队在团长和政委的率领下，全部参与前线的战斗。

百团大战打响后，决死第1纵队第25团指战员向各自的攻击目标发起猛攻，并于当日夜晚占领了马首车站。随后，第25团一面以一部兵力围歼残敌，一面组织群众就地展开破路行动。

8月21日一大早，部队炊事员像往常一样挑着木桶，朝村东边的水井走去。突然，他发现村外的深沟底，有一群黄色的影子正在向村子这边快速移动。他猛地意识到那些黄色的影子就是日军，马上飞奔回团部，向团参谋长李懋之报告情况。

李懋之立即命令8连跑步去村东阻击日军。然而就在命令下达后，一个问号却在李懋之的脑海中久久挥之不去。他不禁思考起来，前线的战斗正在进行，日军已经被包围在各个据点里，怎么又突然出现在这里呢？

原来，当战斗开始后，驻守寿阳地区的日军对八路军的行动部署并不清楚，直到残兵从前线溃败逃回后，才从他们口中得知战事的情况。日军决定孤注一掷，避开各个战场，派遣50余人的登木小队直接偷袭驻扎在大落坡村的第25团团部，妄图借此打乱八路军的部署，解除马首之围。

作为当时留守团部的最高指挥官，李懋之感到此事关系重大，立即命令前线袭扰据点的部队，派出一部分兵力紧急支援大落坡村。又召集当时在大落坡村所有可以作战的人员，决定不惜一切代价，消灭这股日军。

大落坡村南面临沟，而北面是一条大路和农田，整个村子呈“一”字形东西排列，布局简单，易攻难守。当时，村子里只有百余名负责警备任务的8连战士和一些机关后勤人员。如果日军这时攻进村里，后果将不堪设想。

此时，8连连长任尚琮已经率领1排和3排的部分战士，迅速占领了村东北的高地。同时，指导员张万清率2排赶往村东南抗击敌人。2排官兵边跑边给枪上好刺刀，刚出村口就碰到一群试图摸进村的日军端着刺刀迎面而来。

危急时刻，张万清高声大喊：“同志们，杀敌立功的时候到了，跟我冲啊！”战士们一个个像猛虎一样冲上去，与日寇展开了刺刀见红的白刃格斗，打退了敌人的进攻。

日军小队见偷袭不成，马上改为强攻。很快，日军的火力优势便显现出来，密集的机枪子弹像暴风雨般地倾泻在8连阵地上。看到 8 连被火力压制住，日军随即向村东北的高地发起了冲锋。这时阵地上的战士们将所有手榴弹向高地下面抛去，一连串猛烈的爆炸终于迟滞了日军的进攻。

同时，村东南的 2 排也从侧面向日军发动冲击。日军见进攻无果，又受两面夹击，无奈之下，只得撤进村东北的一片高粱地里，长势正密的高粱为日军提供了掩护。为了防止日军再次迂回进攻，2 排战士们紧追其后，也毫不犹豫地冲了进去。

就在这时，庄稼地里的高粱突然开始剧烈摇晃起来，并接连传出了日军的阵阵吼叫声，原来是日军小队发起了反冲击。2 排指战员在敌众我寡的情况下亮起刺刀便迎头冲了上去，与敌人展开了惨烈的肉搏。

击杀数名日军后，大家早已遍体鳞伤，体力不支，战士们一个个倒下，占据上风的日军向 2 排步步紧逼。看到眼前的情形，阵地上负责指挥的任尚琮立即下令，留下只剩余一个班的 3 排打掩护，其余所有战士上好刺刀，与日军进行最后的对决。

刹那间，冲锋的号角响起，喊杀声在 8 连的阵地上回荡，年轻的战士一个个跃出阵地，端着刺刀向日军冲去。很快，8 连战士与日军小队冲撞在一起，厮杀成一团，喊杀声、撞击声和惨叫声混杂在一起。

刺刀捅弯了，战士们就用枪托砸，枪托砸碎了就用铁锹砍，铁锹砍断了就用牙齿咬。打红了眼的战士们倒下一个，又扑上去一个。有一个年轻的战士，被日军刺中腹部之后，顶着刺刀扑了上去，在咬断了敌人的喉咙后，与敌人同归于尽……

这时，第 25 团从前线回援的部队陆续抵达大落坡村，对日军形成了包围，残存的日军士兵见大势已去，开始向东溃逃。

这次反偷袭战斗仅仅一个小时，其中白刃战就占了半个多小时，成功挫败了该部日军打乱八路军战斗部署的企图，打破了日本军人拼刺刀不可战胜的神话，打出了战胜日军的信心，打出了中国军人的血性和胆气！

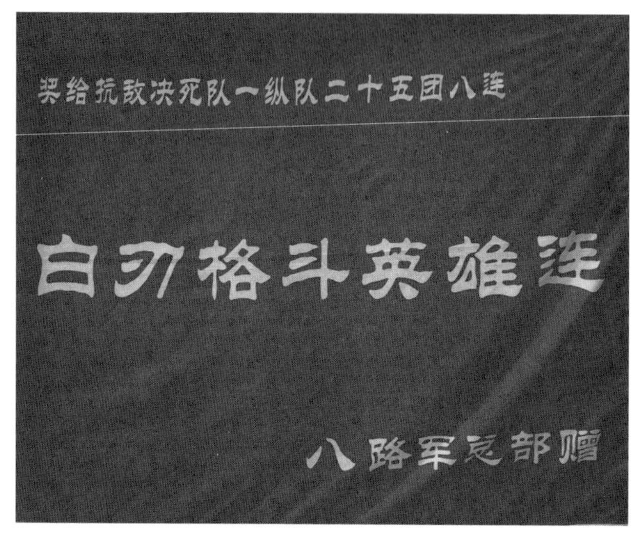

“白刃格斗英雄连”荣誉战旗

战后，8连受到八路军野战政治部主任罗瑞卿、副主任陆定一，以及刘伯承、邓小平的表扬。第129师师长刘伯承、政委邓小平授予该连“英勇顽强”锦旗一面，八路军总部授予该连“白刃格斗英雄连”荣誉称号。

在此后80多年的战斗历程中，连队官兵秉承“逢敌亮剑、有我无敌、刺刀见红”的血性胆魄，先后参加大小战役战斗200余次，被授予“攻无不克，守无不胜”“钢铁堡垒”“老山英雄连”和“抗震救灾英雄连”等荣誉。

“铁心跟党、敢打硬仗、誓死杀敌”的连魂，激励一代代“白刃格斗英雄连”传人，刺刀见红的英雄誓言永远传唱，敢于亮剑的红色基因薪火相传。

2015 年 9 月 3 日，连队参加纪念中国人民抗日战争暨世界反法西斯战争胜利 70 周年阅兵式，作为 10 个英模部队方队之一，接受了党和人民的检阅。

2017 年 8 月 1 日，习近平在庆祝中国人民解放军建军 90 周年大会上讲话提及“白刃格斗英雄连”等无数英雄群体和革命先烈，赞扬他们用生命所诠释的一往无前的英雄气概。

势如破竹十九团

猛虎下山振兵威

1938 年 12 月开始，晋察冀军区北岳区组织了两次大规模的参军动员，1 万多名政治纯洁、觉悟高的劳动人民子弟陆续充实到根据地的各个部队。在此基础上，1939 年 7 月间，按照八路军前方总部的整军训令，晋察冀军区第 19 团等一批部队，从游击部队上升为机动性较大、集中性较强的基干兵团，成为敌后抗日战场上的主力团。

聂荣臻根据这些部队的来源和使命，起了一个意义深远又十分亲切的名字：子弟兵。

由边区子弟组成的晋察冀军区第 19 团，是一支三营九连制的大团，各营有重机枪排，每连有轻机枪三四挺，全团兵力有 2000 多人。在成立之初，第 19 团就特别注意大力加强党的建设，陆续发展了一批新党员，党员人数达到总人数的 30% 以上，党支部成为连队的堡垒和核心，部队战斗力不断增强，可谓兵锋已砺待出鞘。

1940 年 8 月，八路军前方总部组织晋察冀军区、晋冀鲁豫军区和晋绥军区部队，开展以正太铁路为重点的大规模破击战役，即百团大战。

根据前方总部命令，晋察冀军区抽调第 19 团与其他兄弟部队组成右纵队，在司令员郭天民、政治委员刘道生统一指挥下，破袭乱柳至娘子关间的据点、铁路、桥梁，重点指向移穰至娘子关段，任务是截断铁路交通，随后向阳泉方向扩张战果。

8 月 20 日，战役正式打响。聂荣臻元帅日后回忆道：“我清楚地记得那一时刻的情景，真是壮观得很啊！一颗颗攻击的红色信号弹腾空而起，划破了夜空，各路突击部队简直像猛虎下山，扑向敌人的车站和据点，雷鸣般的爆炸声，一处接着一处，响彻正太铁路全线。指挥所的几个年轻参谋激动地对我说，他们参军以来，还没见过这样红火的战斗场面。”

第 19 团在团长李和辉、政委林接彪的带领下，各营按照预定作战方案，炸水塔、烧站房、毁铁路，连续向日军各据点发起猛烈进攻。

在移穰车站方向，第 19 团官兵趁天黑隐蔽接敌，在最短的距离上突然发起袭击，以迅猛的动作突入车站，靠短兵相接解决战斗，仅消耗了 18 颗子弹，就顺利攻进车站，将车站水塔炸毁，随后破坏铁路，又将移穰、乱柳间的电线截断回收 260 公斤。遭到重击的车站驻守日军疯狂反扑，为避敌锋芒，第 19 团相机退出了战斗。

24 日夜，第 19 团再次出击，将岩会附近九孔石桥炸毁两孔，割断回收电线 300 公斤。紧接着，趁日军首尾难顾之际，第 19 团第二次进攻移穰车站，将水塔彻底炸毁，同时又将九孔大石桥彻底炸毁，并破铁路 200 米，将撬挖下来的铁轨、枕木全部投入河中，并回收电线 2000 余公斤。

在第 19 团的破袭下，仅用了 8 天就炸毁石桥 5 座、隧道 2 条，毁铁路 1.5 公里，割缴电线 6900 余公斤，使敌在乱柳、盘石间交通通信全部陷入瘫痪。娘子关、乱柳间各据点的日伪军，只能靠飞机空投物资接济，惶惶不可终日。

日军“华北方面作战记录”对这次袭击记录道：“奇袭石太路沿线的敌军为第129师约6000人及晋察冀边区第2团、第19团及抗日军政大学学生队等。8月20日夜，娘子关、程家陇底、岩会、乱柳、辛兴镇、芦家庄等地我各警备队，突遭敌奇袭，公路、铁路被破坏。”

在连续的战斗中，第19团的子弟兵与日伪军反复搏杀，给敌人巨大的杀伤，但自身也蒙受较大的损失，战斗中，团长李和辉不幸牺牲。

我军出击正太路的行动，让日军受到极大威胁，急忙调集重兵，从8月25日起，向我军展开反攻。8月29日，根据晋察冀军区命令，第19团隐蔽抵达郝家庄一带集结待命。

此时盂县一带，由于日军抽调兵力进攻第129师，使得当地守备力量极为空虚，县城周围据点中的兵力，多不过200余人，少的甚至只有二三十人。人民军队的战术选择，一向讲究敌进我进，专找对手薄弱空虚处攻击。

这一次，第19团趁机向盂东攻击挺进，第2分区特务营、游击支队也配合作战，连续袭扰盂北日军各据点。“盂东盂北各据点敌军均异常恐慌，将笨重东西运向盂城，个别据点并拆毁工事，告别房东，有撤退之模样。”

9月1日，第19团先以一部攻克盂县东北的日军关头村据点，守敌仓皇退至西南会里村据点固守。另一部攻占盂县东南的河底镇。

在进攻会里的战斗中，第19团特别注意从战争中学习战争，认真汲取经验教训，特别注意“利用地形、地物的确实，接敌运动的荫蔽”，组织连续冲锋4次，自身却无一人伤亡。会里一战，毙敌20余人，第19团旋即向南挺进，再克下社敌据点，歼敌30余人，自身仅伤一人。接着，第 19 团乘胜猛追，激战一昼夜，又将上社攻克，守敌大部被歼。

残余日军百余人，在盂县城和西烟据点 100 多人的接应下，于 5 日向盂县城方向逃窜。第 19 团立即派出 5 个连赶到上社附近，协同特务营展开追击，另派 1 营在盂县城北截击。6 日上午，逃跑日军退到兴道村，便被我军包围，激战 5 小时，大部被歼，日军中队长当即毙命。缴获武器装备甚多，俘敌 14 人。残敌 80 多人逃到神泉附近，被我军包围在罗里掌山。

此时，第 19 团指战员已经冒着风雨连续奋战半个多月，不少战士九天九夜都没有睡过觉，但是一接到追歼敌人的命令，就迅速攀登嶙峋陡峭的罗里掌山，向敌人猛攻，最终取得了胜利。

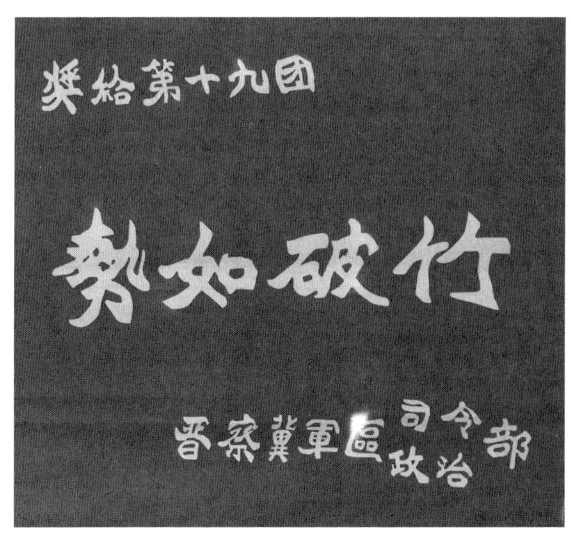

“势如破竹”荣誉战旗

9 月 18 日，日军独立第 3、第 4、第 9 混成旅团等部，调集兵力向盂县北部进犯。第 19 团在右纵队的统一指挥下，先敌设伏。20 日拂晓，日军先头部队进入伏击圈。经过数日激烈战斗，日军未能越雷池一步，被迫于25日全线溃退，纷纷向原据点撤退。

至1940年12月，第19团连续参加大小战斗几十次，纵横数百里，不怕疲劳，不畏强敌，共歼日伪军数千人，打出了“子弟兵”的威名。当月，第19团被晋察冀军区授予“势如破竹十九团”荣誉称号。

群众工作模范团

特别能战斗的英雄群体

1942 年秋，时任八路军第 115 师政治部主任兼山东军区政治部主任萧华来教导 3 旅第 9 团检查工作，对第 9 团良好的群众纪律，密切的军民关系，给予了充分肯定和赞扬，高度评价第 9 团继承和发扬了红军做群众工作的优良传统。

第 9 团在建立山东泰西抗日根据地和开辟巨南抗日根据地期间，深入宣传抗日救国十大纲领，帮助地方建立抗日政权和共产党组织，发展地方武装，组织抗日群众团体。在他们的帮助下，坚持抗日斗争的巨野马楼、蒋海、徐堂、葛集、大李庄“五大村”被山东人民誉为红五村。

每逢战斗间隙，干部战士便积极开展为群众做好事活动。行军时，宁绕百步走，不踏一青苗。盛夏奔袭作战，饥渴难耐，路过果林，无人摘食树上水果。冬天雪夜进村，干部战士通常蹲坐雪地，也不打扰群众。1941 年春节期间，该团组织群众生产自救，并在部队中开展每人每天节约四两米活动，把节约的粮食支援群众，自己以糠菜树皮充饥。1941 年，八路军冀鲁豫军区赠予第 115 师教导 3 旅第 9 团“群众工作模范团”光荣称号。

第 9 团的前身是全面抗日战争初期 1938 年 1 月成立的山东西区

人民抗敌自卫团，同年 11 月与其他抗日武装改编为八路军山东纵队 6 支队。1940 年 4 月改编为第 115 师第 343 旅运河支队第 4 团，同年 10 月改编为第 115 师教导 3 旅第 9 团。第 9 团有第 115 师老连队底子的野战团，作风硬朗，战斗力强。

解放战争时期的 1945 年 10 月，为了抗击国民党军队向解放区的大举进攻，准备机动地执行战略任务，晋冀鲁豫军区遵照中共中央关于编组超地方性正规兵团的指示，在河南滑县地区组成晋冀鲁豫军区第 7 纵队，其中，第 11 军分区第 9 团编为该纵队第 20 旅第 59 团。团队组成后，随即跟纵队奔赴南下豫东作战。

1947 年 3 月 16 日，北上赴东北后归建的第 1 纵队与第 7 纵队合编为晋冀鲁豫野战军第 1 纵队。6 月，晋冀鲁豫野战军挺进大别山。第 1 纵队第 20 旅随纵队南渡黄河，先参加鲁西南战役，然后连续行军 20 余天，行程 1300 里，粉碎敌人围追堵截，抵达大别山北麓，投入开辟豫东南的斗争。1948 年 5 月，中原军区成立，晋冀鲁豫野战军改称中原野战军。第 20 旅改称中原野战军第 1 纵队第 20 旅。之后，该旅曾参加宛东战役、开封战役、睢杞战役、襄樊战役。从 10 月开始，第 20 旅参加淮海战役。第 59 团始终作为第 20 旅的主力团参加上述战役战斗。

1949 年 2 月 18 日，根据中共中央军委关于统一全军编制及部队番号的命令，中原野战军改编为第二野战军，第 59 团随第 20 旅在河南鹿邑县五台庙正式编入第 18 军，为第 52 师第 155 团。

第 52 师部队是从抗日战争时期坚持冀鲁豫地区敌后游击斗争的地方武装和游击队，锻炼成为一支能打大仗、硬仗、恶仗的主力部队，是解放战争时期第二野战军部队中颇能攻坚且战斗力强的主力师。蒋介石亦称该师前身第 20 旅为战斗力甲等、善于攻防和土工作业之主力部队。第155团作为第二野战军中唯一的山东纵队部队，也是第18军最老的团队，部队基础好，能攻能守，作风勇猛，战斗力强，是军、师的第一主力团。在章缝集战斗中该团首先撕开蒋军整编第11师的防线突入寨内，在整编第11师封闭突破口后转入防御坚守既得阵地，顽强抗击整编第11师的疯狂进攻，固守一天之后杀出重围。此战凸显该团的强悍，既能突进去且守得住，又能杀出来。

第18军成立后，第155团随第52师先参加了渡江战役，4月26日在安庆至枞阳镇地段胜利渡过长江，向殷家汇、祁门、开化、衢州一线挺进，追歼逃敌。6月底开始，该军又先后配属第二野战军第4兵团，由第四野战军指挥，参加湘赣战役，配属第四野战军第12兵团参加衡宝战役，对白崇禧集团作战，在阳明山地区歼敌第58军，俘敌800余人。此后，第18军归建，集结邵阳地区，转入进军西南的准备工作。

1949年11月初，我军开始向大西南进军。第18军为第5兵团第二梯队，向湘西开进，相机参加作战。24日，挺进贵阳后，尾随第16军向川南疾进；第54师留驻毕节，对付黔滇敌军，保卫我入川部队侧后安全。主力经药连，沿镇雄、洛表、珙县，直出宜宾，截断了敌退滇之路。12月11日，国民党军第22兵团司令郭汝槐率所部第72军在宜宾起义。

12月中旬，在国共两军的最后一次大决战——成都战役中，第155团团长兼政委阴法唐率团从宜宾挥戈西进，8天征程250公里，追得国民党军宋希濂集团残部一万多人慌不择路，一头扎进大渡河谷。在阴法唐机动灵活的指挥下，第155团发扬大无畏的革命英雄主义精神，甩掉背包电台轻装前进，风餐露宿忍饥受冻，与敌人拼意志争速度，硬是不给宋希濂以丝毫喘息之机。12月19日，精疲力竭的宋希濂残军大部在今峨边县城附近被解放军聚歼，宋希濂等 10 多名将级军官当了俘虏。当宋希濂见到年轻的阴法唐团长，得知对他穷追猛打的解放军只有第 155 团 800 多人的兵力时，不禁大惊失色，懊恼不已，他一直以为追击自己的解放军有几个军呢。40 年后的北京人民大会堂，阴法唐中将还与宋希濂将军共商国家大事，执手笑谈当年奔走大渡河的往事，感慨万千。成都战役后，第 18 军留川西地区担任清剿国民党军队残余和土匪的任务。

1950 年 1 月，毛泽东决定：以中共中央西南局和第二野战军为主，在西北局和第一野战军的配合下，解放并经营西藏。1950 年初，西南局研究提议由二野第 18 军担任入藏任务，得到了毛泽东主席的同意。3 月 4 日，第 18 军在乐山举行了进军西藏誓师大会。1950 年 3 月 29 日，以第 18 军为主和云南军区第 126 团、青海骑兵支队、新疆独立骑兵师一部组成的大军，开始进藏。1950 年 10 月 6 日，在西藏地方当局拒绝和谈并以武力对抗的形势下，遵照党中央指示，人民解放军进藏部队发起昌都战役，扫除和平解放西藏的障碍。

昌都地区位于西藏东部横断山脉、三江流域的中上游，扼守青海、西康、云南、西藏交通要道，和内地有金沙江、澜沧江相隔，地势险要，交通不便，成为西藏东部门户。西藏地方政府中的反动势力，加大军事力量的投入，企图扼守昌都这个入藏的咽喉要道，阻击人民解放军进藏。人民解放军为了排除进藏障碍，打通和平解放西藏的道路，决心组织昌都战役。在作战部署上，区分为南、北两个作战集团，并以北集团为主要作战方向。北集团以第 52 师为主，第 52 师又以战斗力最强的第 155 团在正面担任主攻。10 月 8 日，部队渡过金沙江，与兄弟部队做斜梯次展开。13 日，3 营进抵生达地区遭敌阻击，由于藏军阵前有一条流速较快的小河，河底多为鹅卵石，部队冲锋时站立不稳，暂时无法过河，双方形成对峙。后来，团主力到达，在兄弟部队配合下，火力加强，组织严密，至19日突破当面之敌的防御阵地，进抵昌都近郊。

至24日，经大小战斗20余次，一举歼灭了藏军9个代本（1个代本相当于1个团），其中第9代本起义。此役共歼敌5700余人，第155团为解放昌都，打开进军拉萨的大门，做出了应有的贡献，为和平解放西藏创造了条件。

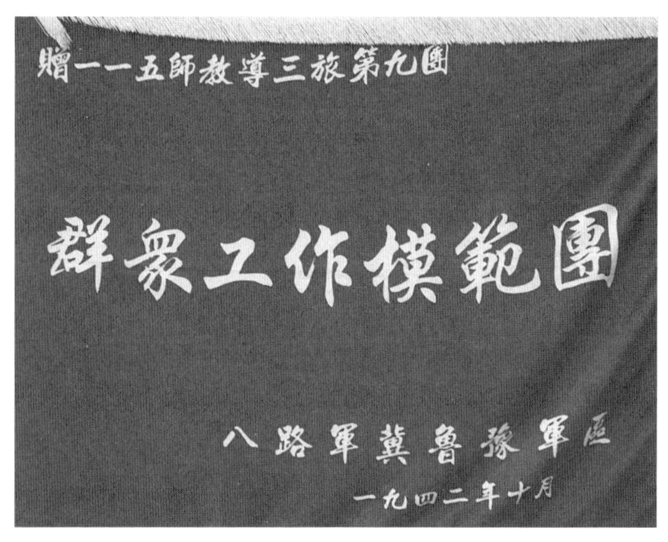

“群众工作模范团”荣誉战旗

上述资料显示：“群众工作模范团”从八路军第115师教导3旅第9团，到晋冀鲁豫野战军第1纵队第20旅第59团，再到第18军第52师第155团，除了一路遵纪爱群做模范，一路密切军民关系融注鱼水情，更多的是一路征战与敌人拼杀，作风顽强能攻坚，英勇善战成主力，不愧为我军政治素质高、军事能力强、爱群遵纪好、战功战绩多的王牌团之一。

1951 年年底，第 52 师进军到拉萨、江孜、日喀则等西藏腹地，成为人民解放军入藏第一师，是我党在西藏维护和平协议，反对分裂，巩固国防并力争站稳脚跟的政治斗争的主要依靠武装力量。1952 年 7 月，为适应西藏斗争形势的需要，西藏军区撤销第 52 师师部，其主要领导干部和大部分工作人员分别在江孜、日喀则、山南、太昭开展地方工作。下属第 154 团驻防江孜、日喀则、亚东地区，第 155 团驻防拉萨、山南，第 156 团则调归第 53 师建制。

原第 52 师下属各团在之后的 1959 年西藏平叛作战等战斗中，在张国华将军的指挥下打得漂亮，均有优异表现。3 月 28 日，周恩来总理宣布解散西藏地方政府。人民解放军奉命在西藏山南、藏北地区分多路清剿叛匪的行动，第 155 团在行动中充当先锋，为平叛斗争做出了重要贡献。

1965 年 5 月 20 日，奉中央军委命令，恢复了第 52 师番号，下辖藏字 419 部队的 3 个团，即第 154 团、第 155 团、第 156 团（由原 419 部队第 157 团改称）。

第 18 军作为第二野战军中为数不多的新四军部队，尤其是还有唯一的山东纵队部队第 155 团这支核心主力团，长期坚持战斗在较为艰苦的豫皖苏地区，作风勇猛顽强，虽编入野战军较晚，因有第 20 旅这支由新四军和八路军老部队组成的拳头部队，故战斗力超群。该军前身部队在开辟、巩固豫皖苏根据地，为保证中原逐鹿的顺利进行做出了重要贡献；该军部队还在把五星红旗插上世界屋脊的战斗中立下不朽功勋。

1969 年 8 月，根据形势的需要，西藏军区陆军第 52 师与陆军第 50 军第 149 师互换防务和番号，第 155 团改称第 446 团，结束了在青藏高原上近 20 载的军旅历程，虽然内调四川，但它的形象同第 18

军番号一样，永远矗立在雪域高原和西藏人民的心中。

1985 年全军大整编，第 50 军撤销番号，第 149 师（原第 52 师）作为第 50 军唯一保留建制的主力师转隶第 13 集团军，并增编高炮团（原第 50 军高炮团），仍为南方甲种师编制。1989 年 3 月，第 149 师第 446 团 2000 余人经空运到达拉萨，师机关和 4 个团及第 13 集团军坦克旅两个连经青藏线疾驰拉萨，执行戒严任务，其行动迅速、军威严整，得到军委领导的高度赞誉，为稳定拉萨局势、平定骚乱起了决定性作用。1990 年 8 月圆满完成任务回防。进入 20 世纪 90 年代，第 149 师被上级确定为应急机动部队，成为西南快反第一师。跨入新世纪，第 149 师第 445 团和第 446 团的新一代继续发扬第 18 军和第 52 师的光荣传统，围绕“打得赢”“不变质”两大历史性课题，大力开展科技练兵，加强部队全面建设，连年取得佳绩，受到集团军、军区和总部的高度赞扬。

狼牙山五壮士连

铁血精神铸英雄

1941 年 9 月，晋察冀军区第 1 军分区司令员杨成武接到聂荣臻首长的电话，称有情报说，敌人集中了日伪军 7000 多人，要对第 1 军分区所在的地域进行一次“大扫荡”。

在此之前，日寇对第 1 军分区所在的地域进行过多次“扫荡”，根据地的军民以境内的狼牙山做依托，利用这里地形险峻、道路狭窄、易守难攻的天然屏障和敌人周旋，粉碎了敌人一次又一次的“扫荡”。

这次，聂司令亲自打电话，而且敌人集中了那么多的部队，杨成武感到情况严重，立即调动部队，通知地方党政机关向狼牙山地区转移。

9 月 25 日下午，杨成武带着第一军分区的主力部队去护卫晋察冀军区机关，只留第 1 团等少数部队坚守狼牙山。

第二天早晨，日军 3500 余人分别从管头、龙门庄、界安出动，从 3 个方向扑向狼牙山。

上午 9 点多钟，第 1 团团长邱蔚向杨成武报告:“司令员，战斗从早晨就打响了。敌机轮番轰炸、扫射，炮弹也落在了棋盘陀上，被包围的除了我们第 1 团，还有易县、定兴、徐水、满城 4 个县的党政机关人员，4 个游击队以及狼牙山周围和进山的群众，得有三四万人，怎么组织这么多人突围出去？”

杨成武对他说：“现在 4 个游击队也归你统一指挥，你们一定要顶住，绝不能让地方干部、群众受损失，你随时报告情况，我一定想法给你解围。”

邱蔚立即召集各营连、党政和游击队干部开会部署力量，把住各个路口，要求大家节节抗击，争取时间。

没多久，杨成武又打来电话，告诉邱蔚团长：“敌情搞清了，我们来个‘围魏救赵’。我调集第 3 团和第 20 团猛攻管头、松山、娄山、周庄，把九连山和碾子山的敌人吸引过来，这样就会拉开一个 10 多里地的大口子，你们就从这个口子突围。争取今天晚上全部突出来。另外，你们应留下一个连，让民兵配合，争取明天再打半天，使敌人误认为你们还在山上，掩护这三四万人撤退！”

留下来的这一个连，就是后来的狼牙山五壮士英雄连！

幸存下来的狼牙山五壮士之一宋学义回忆说：“那天，天黑以后，全团都聚集在狼牙山山脚下待命。我们刚到，团长便派人叫我们 7 连上棋盘陀。刚攀到半山腰，团长便迎下来了。他和连长（刘福山）交谈了几句，便命令我们 6 班和 2 班站到连队前面去。”

邱蔚团长对 7 连 2 班和 6 班的战士们说：“同志们，主力能否安全地跳出敌人的包围圈，全看你们能不能把敌人困在棋盘陀！明天中午 12 点以前，不准敌人越过棋盘陀。你们一定要很好地利用狼牙山的险要地形。你们一个人就能够抵挡 100 个甚至更多的敌人。”

转移的部队和其他人员开始行动了，邱蔚又一次走到 2 班和 6 班战士跟前，叮嘱道：“同志们，狼牙山交给你们了！”

宋学义回忆道：“主力完全消失在黑暗里。连长命令 2 班守北山脚那道口子，我们 6 班守东口。2 班走后，连长又详细交代了任务，挨个儿同我们握手，然后也带着部队走了。棋盘陀上只剩下我们 6 班 5 个人——班长马宝玉，副班长葛振林，战士胡德林、胡福才和我。”

日军指挥官深信邱蔚的团已被围住，命令部队再次疯狂地向狼牙山进攻。激战中，7 连战士大部分牺牲，连长刘福山身负重伤，为让大部队及 7 连受伤战士安全转移，指导员蔡展鹏命令马宝玉班留下坚守。

敌人开始了进攻，马宝玉沉着应战，等敌人走得很近时才令大家一起射击，手榴弹也接二连三地飞进敌群，敌人一批批倒下。他们一时搞不清山上究竟有多少八路军，以为是碰上了主力，便下令炮轰。

此时太阳已经偏西，按计划大部队也已转移完毕，马宝玉下令撤退。刚走不远，发现前面是个岔路口：向北去是主力部队和群众转移的方向，他们可以很快归队，可敌人正尾随其后，肯定会追上来，那无疑将前功尽弃，并使主力部队和群众处于危险境地；向南走，是通向棋盘陀的一条绝路。

此刻，马宝玉毫不犹豫，果断下令：“向南走！”

五勇士抱定一个信念，宁可牺牲自己，也要保证主力部队和群众的安全。

五勇士边打边撤，并有意将行动暴露给敌人。敌人以为我军主力就在山上，紧紧咬住不放。五勇士凭借险要地形，又击退敌人多次进攻，子弹、手榴弹用光了就用石头砸，最后连能搬动的石头也用完了，日伪军发现他们没有子弹了，蜂拥向山顶冲来，并叫喊道：“捉活的，捉活的！”

面对拥上来的敌人，马宝玉神情庄严地对战士们说：“同志们，我们都是有骨气的中国人，宁死不投降！为人民牺牲是光荣的！”

五勇士砸毁枪支，从容走向悬崖！

21岁的马宝玉整了整军衣，正了正帽子，大喊一声：“同志们，跟我来！”

他第一个纵身跳下深谷。

葛振林等4名战士也相继跳下悬崖。

狼牙山五壮士跳崖处

五勇士的悲壮之举，令一向骄横的武士道信徒目瞪口呆，这时他们才弄明白，数千日军围攻一天，耗费大量弹药，死伤数百人，原来与他们作战的只有5名八路军战士。

带领追击的日军小队长茅田幸助被震惊了，被八路军这样的士兵感动了。他命令跟随他的士兵：脱帽！敬礼！

当时人们不知道的是，五壮士跳下悬崖，马宝玉、胡德林、胡福才3人壮烈牺牲，但副班长葛振林、战士宋学义被山崖上的树枝挂住，幸免于难，脱险后返回部队。

5名战士的英雄事迹报到军区后，司令员兼政治委员聂荣臻、政治部代主任朱良才（开国上将）深受感动，给第一军分区政治委员罗元发打电话说：“我们的5名战士为了人民而跳崖！我们就是再困难，也一定要把他们的英雄壮举留存下来，把他们作为榜样和典型，来鼓舞和教育我们的部队和后人。”

狼牙山五勇士塔

在极端困难的情况下，在晋察冀边区的军民是自发自愿地带着干粮和工具（当时根本就没有工钱一说），肩扛、身背、手提，攀山崖，翻陡壁，将一块块石料，一袋袋沙子、一筐筐灰料、一桶桶水送上了海拔 1000 多米的狼牙山。在狼牙山上五壮士跳崖之处，修建了一座“狼牙山三烈士纪念塔”。

朱良才为该塔题了一首五言律诗，刻在塔座上：

北岳狼牙耸，边疆血火红。
捐躯全大节，断后竞奇功。
畴昔农家子，今朝八路雄。
五人三烈士，战史壮高风。

班长马宝玉等 5 名战士的英雄壮举迅速传遍晋察冀，传遍全军、全国，被誉为“狼牙山五壮士”。他们所在的连队被誉为“狼牙山五壮士连”。

日本鬼子听说后，恼羞成怒，1943年曾经用山炮将该塔击毁。新中国成立后的1959年，该塔又得以重建。聂荣臻元帅特地为塔题名“狼牙山五勇士塔”。

新中国成立后，狼牙山五壮士的故事，曾是全国小学语文课中的一篇必读课文。这个震撼人心的故事，教育和鼓舞了一代又一代人。

狼牙山五壮士跳崖56年后，1997年7月14日，那位叫茅田幸助的日本老兵再一次来到河北省易县，两次来到狼牙山。他真诚地向被屠杀的村民和“狼牙山五壮士”谢罪。临走，他又把自己当年在战争中使用过的军刀留给易县，希望以此获得精神上的解脱。

铁锤子团

铁锤砸烂“乌龟壳”

1941年1月皖南事变后，新四军4支队整编为新四军第2师，首任师长是后来成为共和国开国十位大将之一的张云逸，副师长是罗炳辉。这两位大名鼎鼎的共和国军事家共同指挥新四军第2师同日伪顽军进行了坚决斗争，“铁锤子敲碎乌龟壳”正是其中经典的一战。

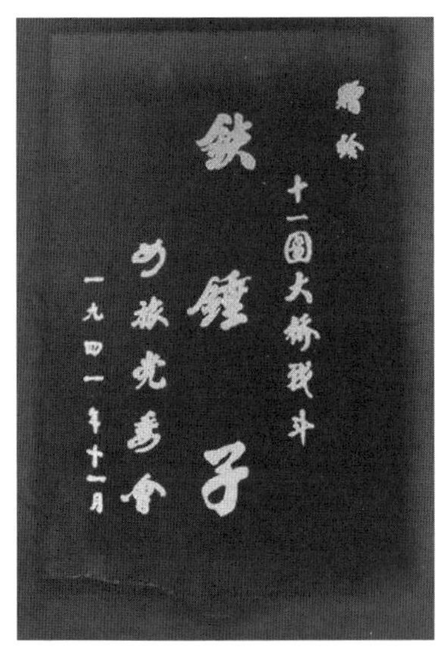

“铁锤子团”所获荣誉

1941年10月，顽军（桂系）第171师附第8、第10游击纵队共部6个多团7000余人向我军淮南路西地区发动进攻，新四军第2师第4旅奉命率第11团、第12团赶赴路西参战。

新四军第2师首长商讨如何打好这一仗。张云逸师长与罗炳辉副师长研究认为：以新四军现有的装备水平，只有采取短促、猛烈的一击，战术上求得速决，使顽军措手不及，才能取得决定性胜利。

张云逸说：“大桥是我们路西根据地的心脏，也是桂顽的主要阵地，守敌第171师第511团1营的官兵较为善战，号称‘乌龟壳’，特别是这个营的营长韦刚生性残忍，诡计多端。这里还驻扎着土顽兰荣甫和定远县警卫中队、常备大队，总兵力有1100多人。我们只要先砸掉大桥这个‘乌龟壳’，路西的战情就会大有改观。”担负这次主攻大桥任务的是第4旅第11团，此时驻扎在路东中心区古城镇。它的前身是1935年1月第二次组建的鄂东北独立团，1938年春改编为新四军第4支队第9团，1941年2月整编为新四军第2师第4旅第11团。罗炳辉在第11团受领任务时特意强调："你们面对的敌人战斗力较强，是一颗钉子，很难对付。打蛇要打七寸，要抓住敌人的致命点，狠狠地打，敲碎它！”

罗炳辉最后明确提出："哪个团攻下大桥，就授予‘铁锤子’光荣称号！看我们的‘铁锤子’怎么砸烂这个‘乌龟壳’！”

第11团团长吴华夺在长征途中就曾经担任过红25军手枪团1分队队长，曾被徐海东将军救过一命。徐海东当时号称“徐老虎”，吴华夺打仗也非常英勇顽强，人们都戏称“徐老虎”手下还养了一只“吴老虎”。

经过100公里的行军，部队抵达大桥镇东北10公里的永宁集、泗州庙一带集结。

大桥镇是定远县一个中等大小的镇子，因为池河支流穿过，河流上又建有两座老式石桥，故而得名。该镇以桥为隔，分为大街、小街。新四军江北指挥部曾经就驻扎在这里。

顽军在大桥占据了很多天，早已做好了防止新四军杀回来的准备。构筑的工事十分坚固，还有很多明碉暗堡，墙外又挖了深3米、宽5米的护城壕，壕外还布有铁丝网。

第二天深夜，吴华夺率领第11团完成了对敌军的包围。突击队

120名队员沿着小河堤摸到了小街的西南角。突击队队长程照明率领第一组迅速摸到兰荣甫大队的后门，越过土围子冲进小街，以手榴弹开路，很快歼灭了小街西南之敌。

当他们杀进兰荣甫队部时，敌人被突如其来的攻击吓蒙了，没来得及抵抗，就纷纷缴械投降了。突击队员四处搜寻，就是见不到兰荣甫的踪影。

队员们见附近有几个柴草垛比较可疑，就端着刺刀在柴草垛里乱戳，突然听见有个柴草垛里大叫一声，一个人捂着冒血的屁股从垛里爬了出来，连连磕头求饶。

程照明厉声呵斥道："站起来，我们优待俘虏。"听到这句话，那个人缓缓地从地上爬起来，瞄了一眼程照明转身就要跑。但是眼疾手快的程照明早已用枪顶住了他的后脊背。

"站住，你到底是什么人？"

那个人又跪倒在地上，颤巍巍地说："别开枪，我……我是卫兵。"

"你们队长跑到哪里去了？"

"我……我不知道哇……"

话音刚落，一个路过的俘虏上来指认说："他就是你们要找的兰荣甫。"

这边抓住了兰荣甫，那边2营也扫除了大街北侧的几个据点，消灭了韦刚营十几个人。

直到这时，韦刚才感到新四军来头不小，当即决定北守南攻，实施反击。

对方毕竟是正规部队，有一定战斗力，也很快就组织起了反击的力量。凭借火力的掩护，敌方一面顶住了2营的进攻，一面派出几股分队向 1 营所在的小街发起冲击。

韦刚的反击显示了桂军夜战的非凡战斗力，他们以火力掩护，放出许多小群士兵，多箭头多层次地指向第 11 团 1 营，意在夺回小街。吴华夺知道桂顽战术反应灵敏，敢于孤胆作战，动作勇猛得近乎野人拼命，便令 1 营依托小街北城，就地抗击，以火力和近战拼搏，大量杀伤韦刚的有生力量。

就这样，1 营依托小街北城与敌人展开反复厮杀，连续打退敌人 20 多次反扑，阵地上硝烟弥漫，喊声震天，一时难解难分。在大小两街之间，往返冲杀，小的冲杀数不清，较大规模的逆袭与反逆袭就打了 3 个回合。吴华夺命令 1 营突击队："你们要依托小街北城，全力抗击，粉碎敌人的反扑。"

第 11 团突击队与 1 营 1 连冒着敌人炮火跟踪追击，从桂军反扑出口突进大街，占据一角，1 营相继跟进，继续进攻。

与此同时，2 营向大桥西北敌外围阵地发起攻击，扫除了大街北侧小据点多处，拂晓时推进到大桥西北一线，但随后的多次攻击均未奏效，与顽军形成对峙。他们只好以积极动作攻城，尽力将敌人火力兵力吸引过去，减轻 1 营方向的压力。

3 营进到大街西侧时，也受阻于桂军的地堡群。1 营主力与团突击队依托突破口，攻击前进，真是步步受阻，每前进一步都相当吃力。桂顽利用堑壕和各类火力点，大小群相结合，迂回反击，正面顽抗，就是一个人也敢白刃格斗。

1 营指战员明显地感觉到，攻打有严密防守体系的桂军，比攻打同等条件下的日军还要困难。战斗一直打到 11 时，南、西、北三面均无突破性进展。第 11 团伤亡增多，桂军气焰没被压下去，战斗呈胶着之势。

吴华夺遂令3个营都停止攻击，召开战场“献计会”，调整队形，重新动员。这时野战司令部也电询战况，问第11团需不需要支援。吴华夺、蔡炳臣早已下定决心，在午后全歼韦营，不到万不得已时，不能动用上级机动部队，防止战场情况突变。

随后吴华夺将团指挥所移至南小街，以利于现场指挥。午后1时30分，第11团仍以南面为主要突击方向，再次发起猛攻。激战约半小时，第11团已多处攻入土城。

至此，韦营已是四面受攻了，但他们自恃弹药充足、能打，分头反扑。第11团把缴获的武器都用上了，火力已占压倒性优势，韦营已有相当伤亡，还在做困兽般的顽抗。战斗虽有所进展，却极为残酷激烈，逐屋争夺，你死我活地拼杀着。

3连连长黄道钧连续刺倒七八个敌人，但仍被10多个敌人团团围住。他拉响了身上的3颗手榴弹，和敌人同归于尽。

下午2时许，突然刮起西南风，吴华夺一看风向，知道机会来了。他命令3营在上风口迅速点燃稻草，进行火攻。火借风势，风长火速，霎时间，敌人盘踞的院落里火光冲天，烟雾弥漫，敌军被压制在营部大院里竟然动弹不得。

敌营长韦刚狗急跳墙，命令用机枪开路，妄图凭借优势火力带领200余人进行突围。不想刚刚冲出营院，就被3营7连切断围歼。

经过一天一夜的激战，韦刚苦心经营的“乌龟壳”还是被我们的“铁锤子”砸了个稀烂。与此同时，企图增援大桥的桂军顽固派第511团2营的一个加强营于当天下午向大桥方向增援，进至新张家附近时，遭遇新四军第2师第6旅第16团的毁灭性打击。

第6旅第16团3营利用有利地形密集射击，1营与特务营包抄迂回。18 日拂晓，意图进行反击的国民党军第 10 游击纵队司令李本一，率领保安 6 团 800 余人向大桥袭来，也被第 12 团打退。

当天中午，第 13 团乘势以 5 个连的兵力攻克广兴集。在全体指战员的奋勇作战和参战部队的密切配合下，大桥战役取得了最后的胜利。原本驻在附近的日伪军一看新四军真的是不好惹，也都躲进了定远县城。新四军勇夺大桥镇，是皖东反顽斗争的一次重大胜利。这一仗沉重地打击了顽军，稳定了路西的局势，坚定了路西军民坚持斗争的信心。

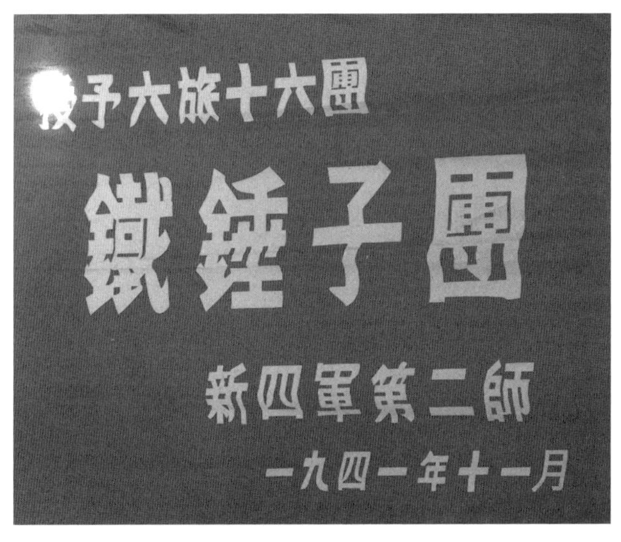

“铁锤子团”荣誉战旗

第 2 师副师长罗炳辉没有忘记战前的承诺，为表彰先进，以利再战，赶到路西，主持召开了大桥战役祝捷大会，罗炳辉代表师部宣布授予在此次战役中表现突出的第 11 团、第 16 团“铁锤子团”的光荣称号，并分别颁发了“铁锤子团”锦旗一面。他说道：“你们不愧是我们的铁锤子，从今天开始，你们就是光荣的‘铁锤子团’！”

黄崖洞保卫战英雄团

狭路相逢勇者胜

1940 年 8 月，华北地区的抗日军民经过百团大战，沉重打击了日本侵略者的嚣张气焰，巩固扩大了抗日根据地。为了适应作战需求，八路军在太行山深处的山西省黎城县水窑山上，建立了自己的第一个兵工厂。

这就是八路军创建最早、规模最大的黄崖洞兵工厂。

这个兵工厂建立以后，很快形成了较大的生产能力，他们生产的武器弹药，通过各种各样的渠道，运往各个抗日根据地。据不完全统计，黄崖洞兵工厂每年生产的武器弹药可以装备八路军编制的 16 个团。

黄崖洞兵工厂旧址

这一情况很快引起日军的注意，他们认定这个兵工厂的存在，对日寇来说肯定是个威胁。这个情况很快报告到了日军驻华最高指挥官冈村宁次那里。冈村宁次曾经数次乘飞机在空中对黄崖洞兵工厂进行侦察。

经过多方精心准备，1941 年秋末冬初，日军集中长治、潞城、襄垣、辽县等地的部队约 7000 人，向黄崖洞兵工厂所在地开始大举进攻，企图一举破坏掉这个兵工厂。

接到情报以后，八路军总部命令，左权副参谋长和特务团欧致富团长、郭林祥政委立即组织指挥黄崖洞保卫战。

此时，他们手中只有八路军总部特务团 1200 多人。敌强我弱，敌多我少，怎样才能够保卫兵工厂，战胜气势汹汹的敌人?

欧致富团长说:“我们特务团的兵，就是要一个顶俩，一个顶仨！坚决完成任务。”

欧致富当团长的特务团，就是赫赫有名的朱德警卫团。他们先后完成过毛泽东、周恩来、朱德等中央军委首长的警卫任务，历史上著名的古田会议、遵义会议、瓦窑堡会议、洛川会议等重要会议，都是这个团警卫的。在几十年的血与火、生与死的考验中，特务团为中国革命做出了不可替代的贡献，具有不可磨灭的功绩。

左权副参谋长带领有关干部，详细查看了地形，做出了合理的战斗部署。要求部队结合当地复杂险要的地形地势，利用筹建兵工厂时就设计建造的严密的防御体系迟滞敌人的进攻，节节抗击，步步为营，以守为攻，以静制动，挫败日军的强攻。

11 月 8 日上午，日军的进攻开始了。刚刚进山口，就踏响了八路军埋设好的地雷阵，先后被炸倒几十个。日军很快调整部署，集中炮火，对山口进行轰击。打了一天一夜，也没能前进几步。

日军不得不调整部署，企图用炮弹扫雷，也没能奏效。后来居然从老百姓那里抢来 200 多只羊，让羊来蹚雷。谁知特务团埋下的地雷是大踏雷，只有人和马踏上才会炸，羊群走过只能偶尔踏响一两颗。

日军以为没事了，于是开始了冲锋。就在这时，埋伏在山上的特务团 3 营 7 连各种火器一起开火，大踏雷也纷纷爆炸，日军丢下 100 多具尸体，败下阵去……

守卫在水窑口阵地的特务团 8 连，打得也非常激烈。日军连续进攻 4 天，8 连用地雷战、肉搏战，连续击退敌人 11 次进攻，水窑口血迹斑斑，敌人在阵前留下数百具尸体，却始终没能越过水窑口这个阵地。

最后日军不得不使出最毒辣的手段，在我前沿阵地使用火焰喷射器、燃烧弹和毒气弹。正在阵地上观察敌情的欧致富团长和 3 营营长涂玉山不幸中毒昏了过去。左权副参谋长指示立即抢救，欧致富团长醒来后，又立即回到了指挥岗位上……

同时，7 连阵地上遭到敌人大炮的猛烈轰击。部队边打边撤，到了一个叫“瓮圪梁”的地方。“瓮圪梁”是当地的一个土话，它实际上是黄崖洞东南边唯一的通道，两边是山，峭壁很高，整个通道大概也就是 1.5 公里长，左右不过几米，从底下向上看就是一线天。说这里“一夫当关，万夫莫开”一点也不夸张。

敌人一直向前推进，他们在沟底下想爬上来，7 连的几个战士坚守阵地，和敌人拼了个天昏地暗。打到最后，只剩下了司号员崔振芳，他红着眼睛，甩出了 100 多枚手榴弹，毙伤日军 30 多人。在打退敌人最后一次进攻的时候，他不幸中弹牺牲，敌人上来以后发现，阵地上只有一个小小的司号员。

现在我们如果到黄崖洞去参观，会看到这个司号员的雕塑，他的手里还举着一颗准备投向敌人的手榴弹。

在水窑口 8 连阵地上，战斗更加残酷。连队文书记冯建书和 3 班班长王振喜带着 12 名勇士死守水窑口阵地的地堡。敌人用了大量的火焰喷射器向阵地喷射，阵地上一片火海，12 名勇士带着浑身的火焰冲进敌群，和敌人同归于尽。

1 班班长马兴国身负重伤，两眼被敌人的炮弹片炸瞎了。在这个时候，他对战士们喊："我们人在阵地在，一定要把敌人消灭在黄崖洞前头！"

…………

黄崖洞保卫战一役，八路军总部特务团与 6 倍于我军的敌人浴血奋战 8 昼夜，创造了以少胜多的辉煌战果，以极小的伤亡，成功粉碎了日军企图摧毁八路军兵工厂的阴谋。1500 多名日本鬼子被消灭，而特务团的伤亡只有 166 人。9∶1 的战绩在抗日战争期间，特别是在敌后战场非常少见。

不仅敌人没能破坏兵工厂，我们还消灭了敌人的有生力量，打击了敌人的嚣张气焰，制造了以少胜多的战绩，振奋了当时太行区和全国敌后军民抗战的信心。

在黄崖洞保卫战的过程当中，这支部队的作风、战斗精神得到充分展示。战后，特务团被正式命名为"黄崖洞保卫战英雄团"。

此后几十年间，官兵们在解放战争、抗美援朝战争中夺取了一个又一个的胜利，传扬着"黄崖洞保卫战英雄团"的赫赫威名。

2018 年在俄罗斯举行的"国际军事比赛 –2018"工程方程赛的比赛中，他们和一流的对手过招，挑战异常激烈。他们比出了敢打必胜、奋勇争先的军事素养，令行禁止、步调一致的战斗作风，狭路相逢勇者胜的英雄气概，始终凭借他们本身过硬的素质、必胜的信念和那种不争第一决不罢休的决心，一举拿到了非常好的成绩，向世界展示了我们这支部队的自信、开放、精武的大国军队风貌。

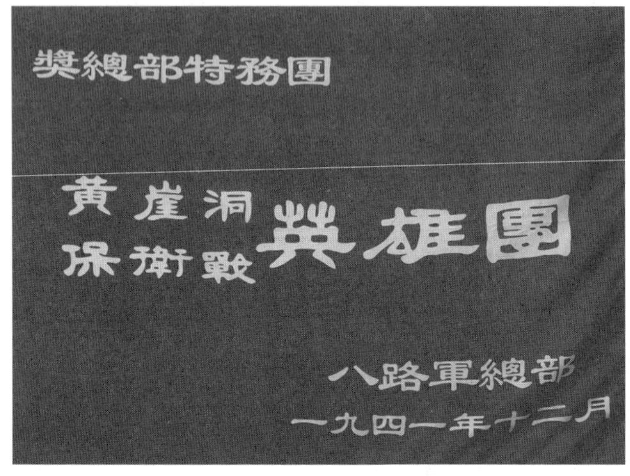

“黄崖洞保卫战英雄团”荣誉战旗

金刚钻团

永不磨灭的番号

“我们是红军旅，我们是金刚钻，战火中锻造，硝烟里考验；我们是红军旅，我们是金刚钻，杞岗攻坚打出血性虎胆……”《金刚钻战歌》回荡在军营的上空，高亢激扬，也将人们的记忆带回到那个硝烟战火的岁月。

1942 年 4 月 21 日晚，新四军第 2 师第 4 旅第 10 团奉命拔除安徽定远县西南杞岗的土围子。盘踞在这里的是叫牛登峰的土顽头目，他是一个穷凶极恶，又十分狡猾的地头蛇，时常到抗日根据地烧杀抢掠，捕杀新四军和抗日政府的人员及亲属，对抗日军民威胁极大。

牛登峰占据杞岗，构筑围墙，建造大小十几个碉堡，利用地形挖掘出 20 多米宽、二三米深的水壕以为屏障，还把周围二三百米的民房全部拆成平地。他网罗 200 多地痞流氓、亡命之徒，坐地为王，号称杞岗是“铁桶子”，气焰十分嚣张。附近的新四军部队曾经几次攻打杞岗，都因为地形复杂、工事坚固，又没有大炮等重武器，没能拔掉这个钉子。

为此，新四军第 2 师第 4 旅决定派第 10 团长途奔袭，彻底铲除这颗毒瘤。战前，新四军第 4 旅政委张劲夫亲自到第 10 团做动员，决心集中优势兵力，四面包围敌人，以奇袭与强攻相结合，全歼“铁桶子”内的守敌。

他激励大家说：“你们参加几次大战都打得不错，这次如果能完全拔除杞岗这颗钉子，旅党委就报请师党委授予你们团‘金刚钻’称号的战旗。”

新四军第2师第4旅第10团是一支骁勇善战的团队，前身为红218团，是1934年11月由分散活动的原红82师、皖西游击师及红25军长征后留在皖西的一些部队合编而成。1935年2月重新组建红28军时，红218团改为第82师第244团，后改编为新四军第2师第4旅第10团。

好钢用在刀刃上，这一次，新四军第2师把攻击杞岗的任务又交给了第10团。20日黄昏，第10团从驻地德胜集出发，经过张桥镇进入敌我犬牙交错的游击区后，转入秘密行军。经过近百里的长途奔袭，于21日凌晨3时将杞岗包围。

随后，各连组织了突击队，为了保障行动顺利，突击队战士除配足步枪子弹和手榴弹，每人身上还背了一把大刀。

新四军的大刀长3尺，钢坚刃利，是战士们将破袭铁路扒下的铁轨抬回根据地后，再经千锤百炼，精心锻造而成的。刀柄双手可握，单面皮套，行军时插在背包一侧，作战时斜插背后，刀柄置于右肩上方，白刃格斗时右手可顺势抽出，大刀一亮威震敌胆。

4时，突击队开始攻击前进。在过水壕时，敌人未曾发觉。有的战士本来不会游泳，因求战心切，为加入突击队而谎说会游泳，结果过水壕时，有的落水牺牲。为了保证部队秘密行动，不被敌人发觉，落水战士们没有一个出声呼救。

当突击队大部通过水壕正待发起攻击时，敌人才刚刚察觉，于是慌忙地向外胡乱打枪。第10团当机立断，将奇袭转为强攻。

3营9连首先夺取了东北角的大碉堡，突入圩镇内。突击队员李彬在接近地堡时，机智地拿起一条扁担向地堡扔去，敌人误以为飞过来的是什么新式武器，吓得慌忙躲藏，3名突击队员乘机冲入地堡。

与此同时，7连、8连也乘胜猛攻，相继突入镇内，插入敌群，用大刀和敌人展开了白刃格斗，其他各连分别在西面、南面发起攻击，冲入镇内。守敌遭到四面突然攻击，首尾难顾，死伤惨重。

从开始到结束，这次战斗仅用了24分钟。战后，新四军军长陈毅称赞说："10团英勇顽强，战斗作风好！"

正当第10团官兵满心期待"金刚钻"称号的战旗时，罗炳辉却驳回了第4旅的请功。

原来，杞岗战斗中有一个美中不足的遗憾，匪首牛登峰见新四军攻进圩镇后，吓得急忙跳入据点内的一口水塘中，头顶水草，大气也不敢出。

第10团一名战士搜索时喝问："牛登峰在哪里？"

牛登峰的小老婆哭着说："枪一响，这个没良心的就甩了我，自顾逃命去了。"

战士信以为真，就没仔细搜索。

当他们撤离后，牛登峰立即化装潜逃。罗炳辉师长得知后，批评第10团打扫战场不够细致，于是就没有批准授予第10团"金刚钻"的称号。

为此，全团上下都憋足了一口气，纷纷表示一定要打一场翻身仗，非把这个荣誉称号争回来不可。

第10团铲除号称"铁桶子"的杞岗土围子后，声威大震，地方顽固势力收敛了许多。但盘踞在沙家围子的土匪沙黑头依然为非作歹，还扬言要收复杞岗，为牛登峰报仇。

沙家围子地处交通要道，正好卡住了新四军第 2 师和第 7 师之间的联系通道。匪首沙黑头依仗有国民党军桂系支持，手上还有 300 多人和大量枪支，不断对我抗日根据地进行骚扰。

1942 年 7 月，拔掉沙家围子活捉沙黑头的任务，又光荣地落到第 10 团肩上。

沙家土围子比杞岗更加坚固，光水沟就有内外两道，中间修有炮楼和围墙，第二道水沟上只有一座吊桥。在当时的情况下，没有大炮支援，进攻这样的土围子是非常困难的战斗。而且，沙家土围子离敌人重兵驻守的三小城不远，如果不能快速结束战斗，一旦敌军来援，我军势必陷入苦战。

在认真研究敌情、地形等因素后，第 10 团决心采取里应外合，巧计歼敌的办法，歼灭沙黑头。

沙黑头性情残暴，对内也采取压服办法，一发现对他不满的人，就残酷镇压，其部下敢怒不敢言。利用这个内部矛盾，第 10 团争取到一个姓李的班长，趁这个班担任外围水沟炮楼的警戒时，悄然越过外围水沟，通过吊桥冲进大门，只要和敌人面对面，第 10 团勇士手里的大刀就可以充分显示威力了。

1942 年 7 月 15 日，第 10 团从驻地出发轻装急行军 40 公里，于第二天深夜 1 时赶到沙家围子。由于有内应的配合，部队迅速通过了第一道水沟，向大门前进，因为道路狭窄，只能排成一路纵队，顺次前进。为展开兵力，战士们只好分头下到水沟里，蹚水前进。

水中的响声引起了大门上炮楼哨兵的注意，急问：“什么人？”

突击队员答道：“天热洗澡的。”成功瞒过了哨兵。

当突击队冲到里侧壕沟的吊桥时，守军这才发现情况不对头，一面打枪，一面关大门。第 10 团立即展开强攻。

在一排手榴弹的爆炸声中，突击队冲进了门内大厅。这时，部分敌人已经集合起来想要抵抗，大厅上还有一挺机枪在疯狂扫射，封锁了大门，企图阻止我后续部队前进。

1 连指导员何明奋不顾身，带领突击队冲入院内，不幸中弹壮烈牺牲。战士们怒火万丈，一排排手榴弹向敌人的机枪投去，顿时就把机枪炸哑了。还有少数敌人躲在房子里顽抗，突击队员冲进去与敌展开肉搏，大刀又一次显示了巨大威力，仅十几分钟就结束了战斗。

战后，第 10 团仔细清理了俘虏和尸体，却不见匪首沙黑头，于是立即命令部队分头仔细搜索。1 连 4 班在搜索厨房时，发现柴火堆下面露出一双脚，4 班班长抓着脚把里面的人拖了出来，原来这家伙就是匪首沙黑头。

经过这两次战斗，新四军沉重打击了当地土顽势力，将淮南路西所有抗日根据地都连成一片，由此军威大振。

这次战斗打得十分漂亮，第 10 团终于获得了师长罗炳辉的表彰。新四军第 2 师正式授予第 10 团“金刚钻团”称号，奖励“金刚钻团”旗帜一面。

此后，“金刚钻团”在党的指挥下，南征北战，屡建奇功，参加了孟良崮战役、淮海战役、渡江战役、解放杭州、金城反击战、边境防御作战等重大战役战斗和军事行动 1800 余次，战斗足迹遍布大江南北。

该团历经 3 次重新组建、11 次变更隶属、13 次调整部署，形成“没有克服不了的困难，没有战胜不了的敌人，没有完成不了的任务”的“金刚钻”精神。1983 年 7 月，时任中共中央总书记胡耀邦视察西北时，专程来到该团，看望全团官兵，并欣然提笔挥毫题写了“金刚钻”三个苍劲有力的大字。

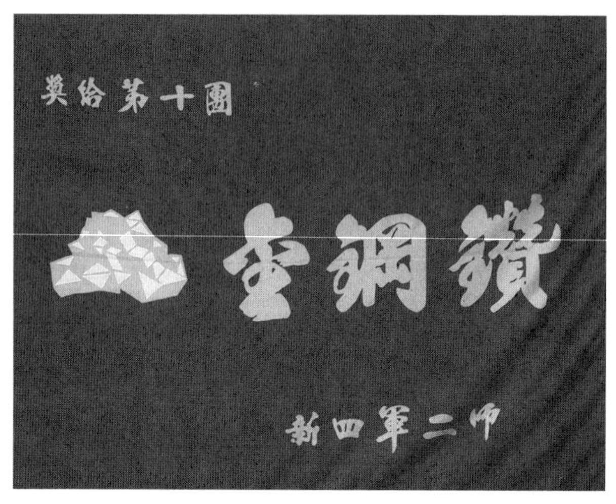

“金刚钻团”荣誉战旗

2018年野外驻训结束，部队从海拔3000米的雪域高原回撤。在火车上，“金刚钻”红军旅官兵一如既往地保持优良的红军传统和严谨的军人作风，与在营区一样，将火车上的被子叠成“豆腐块”，被广大群众交口赞扬。

刘老庄连

壮烈殉国昭日月

曾有这样一支连队，面对数十倍于己的侵略者，毫不畏惧，奋勇杀敌，战至最后一枪一弹，最后一人一息，全部壮烈牺牲，成为彪炳我军史册的英雄连队。也是这支连队，战士牺牲所在地的老百姓重新挑选棒小伙儿，补齐牺牲人数，重新组建，转战大江南北，几经编制调整，一直传承至今。还是这支连队，作为中国人民不畏强暴、以身殉国的杰出代表，为党中央、中央军委和军队统帅所高度关注，习近平主席在多次重要会议讲话中提及该连。这就是现隶属陆军第 82 集团军某部著名的“刘老庄连”。

“刘老庄连”前身是 1938 年 11 月于江苏丰县成立的一支抗日游击队，1939 年 3 月编入淮海地区我党领导的游击 3 大队，1941 年编入新四军第 3 师，为该师第 7 旅第 19 团 2 营 4 连。

皖南事变后，苏北形势进入紧张状态。日军调集兵力对苏中进行“扫荡”，并准备挟伪军直驱盐阜。国民党军汤恩伯集团十万大军，陈兵豫皖苏边区，伺机东进。韩德勤的总部被迫由兴化移至淮安，仍保有 1.7 万余人，为策应汤恩伯集团东进，积极派部队抢占泗阳、沭阳地区。此外，苏北的土匪、海匪势力十分猖獗。日、伪、顽、匪一起作恶，使苏北局面十分复杂。

当时，中共中央中原局和新四军军部都要求3师坚守苏北，坚决粉碎日伪顽的进攻，占据广大乡间，组建强大的地方武装，巩固苏北抗日根据地。

日军在“扫荡”淮海区、淮北区后，又于1943年2月上旬，调集第17师团、第15师团以及驻河南开封的华北方面军所属第35师团和独立混成12旅团各1部共1万余人，伪军1万余人，对盐阜区进行大规模“扫荡”。

2月12日，“扫荡”正式开始，首先集中南、西两线兵力合击韩德勤部，并以部分兵力实施佯攻。韩部一触即溃，纷纷逃入第3师根据地。至16日，其所在地区全被日伪军占领。2月17日，日军兵锋一转，所有各线兵力齐指盐阜地区。

日军此次“扫荡”，可以分为3个阶段。

第一阶段为2月17日至26日。日军判断新四军领导机关和主力部队将转移滨海东坎、八滩地区，于是集中主力，于17日兵分5路，采取闪电战术，向东坎、八滩推进，但都扑了空，于是又兵分10路，深入海边沿线搜寻，在新四军内外线部队打击下，于26日被迫收缩兵力。

第二阶段为2月27日至3月13日。日军集中兵力，先是对涟阜淮地区，继而对射阳河东、串场河西和盐城地区，采取突袭包围、梳篦搜剿、烧杀奸掠、修筑公路、安设据点等方式进行分区“清剿”。新四军内线和外线部队与地方武装密切配合，袭击日伪防守薄弱的据点，地方武装和民兵更是夜夜袭扰、四处放枪，使日伪军顾此失彼，昼夜不宁，疲惫不堪。

第三阶段为3月14日至4月14日。“扫荡”的日伪军逐步撤退，第3师组织全面反击，战斗异常激烈。刘老庄战斗即发生在此阶段。

3 月 16 日，分散部署于涟水梁岔地区的第 7 旅第 19 团，准备收拢集中向泗阳方向机动转移。3 月 17 日，日伪军 3000 余人分兵合围驻六塘河北岸的淮海区党政领导机关。2 营突遭日伪军的围攻，为掩护淮海地区党政机关和主力部队转移，4 连在不靠山、不近水的江淮平原上，利用纵横交错的“抗日沟”（交通沟）固守，英勇抗击来犯之敌，激战半日后，于黄昏突围至刘老庄地区，继续顽强抗击。

18 日拂晓，日伪军 1000 余人跟踪追来。见日军来势凶猛，在村外的 4 连哨兵来不及跑回报告，立即鸣枪示警。不到几分钟，日军就进入 4 连的伏击圈，相距五六十米时，连长白思才纵身跃起，手中的重机枪首先发出怒吼，全连齐射，鬼子的先头部队倒下一片，后续部队情况不明，丢下十几具尸体就草草撤下。这次接触战，4 连无一伤亡。2 营闻讯后迅速转移，留已与日军接火的 4 连担任掩护。一场不期而遇的战斗就这样在刘老庄打响。

刘老庄是苏北平原上的一个普通乡村，人不过百户，地不足百亩，南距淮阴县（今淮阴区）城大约 25 公里，北距六塘河大约 10 公里，紧靠淮沭公路右侧，地理位置十分重要。刘老庄附近地势平坦，没有什么可以利用的地形。从当时的情况看，要更好地保存自己，更大地杀伤敌人，最好是进驻刘老庄，以房屋院墙等有利地形、地物做掩护，据村固守。但考虑到刘老庄内还有不少群众没来得及撤离，4 连便毫不犹豫地把阻击的主阵地选在刘老庄外那条宽 5 尺、深 4 尺的交通沟。

这样的战斗，对于 4 连连长白思才、政治指导员李云鹏来说，早已不是第一次了。白思才 16 岁参加红军，亲身经历过长征和平型关大捷，从第 19 团作战参谋调任 4 连连长后，率领 4 连打了许多硬仗、恶仗，是一位英勇善战、沉着机智的指挥员。

李云鹏是青年学生出身，1936 年就参加了抗日救亡运动，曾在延安抗日军政大学学习，是一位久经战火考验的优秀政工干部。连队排长、班长和战士大多数是全面抗日战争爆发后参军的贫苦农民，政治素质好，在长期的对敌斗争中培养了顽强的战斗作风、坚定的战斗意志和纯熟的战斗技巧。

连队还有一挺重机枪，这在当时是很少见的。眼前这帮敌人，如果人数不多，就可以将其打回去；如果是大股敌人，则可先迟滞拖延，为后撤的群众和部队争取多一些时间，然后沿交通沟撤出战斗。

然而，敌情远远超出白思才等人的预计。此战日军人数有 1000 多人，士兵训练有素，配有骑兵和炮兵，携带山炮、九二步兵炮、迫击炮、掷弹筒百余门（具），可谓装备精良。待阻击迟滞敌人的目的达到后，4 连立即沿交通沟转移。没走多远，发现交通沟被一条大路阻隔，敌人已将沟外严密封锁，战士们一露头，便遭密集子弹无情地射杀，交通沟成了“断头路”。这时大批敌人压了上来，4 连已经无法撤出去，顿时陷入日伪军的包围之中。

18 日上午 9 时左右，日军发起第一次冲锋，刚前进了 30 米，便被 4 连密集火力击退。敌指挥官看到败溃下来的部队非常恼火，从有重机枪装备来判断，对手一定不是一般部队，忙对部下说:“这次进攻是我搞的火力侦察。这不是土八路，是一支正规部队。我寻找他们好多天了，这一次一定不要让他们跑掉！”

重新调整兵力之后，日军向 4 连阵地发起第二次进攻。他们集中 10 多挺机枪，用密集火力压制 4 连的火力。约 1 个中队的步兵向 4 连阵地爬来。在距离阵地 100 米左右时，4 连枪榴弹集中打向日军火力点，同时轻重机枪齐开火。枪榴弹是新四军军工部门的新产品，让日军吃尽苦头，日军的第二次冲锋很快被打退，但4连的弹药也消耗得差不多了，日伪军还在源源不断地向阵地迂回过来，突围的难度越来越大。

此时，指导员李云鹏发现在阵地前沿日军尸体上还遗留了不少枪支弹药。为取得弹药补给，他组织突击小组到阵地前沿抢弹药。老红军、1排排长尉庆忠请战，他带领突击小组爬出交通沟，冒着日军的枪林弹雨，抢回一批枪支弹药。然而，在后撤时，尉庆忠不幸中弹牺牲。

接着，敌人又发起第三次、第四次进攻，都被4连官兵英勇击退。白思才右手被弹片炸伤，苏醒后继续来往于交通沟内指挥作战。李云鹏也几处负伤，在炮火中坚持写好战斗报告，白思才在上面签了字。报告叙述了4连这次战斗情况，请求批准他们火线发展新党员。连部通信员在火线入党申请上写道：在党最需要的时候，我将把我的生命献给党和人民，绝不给我们党丢脸，绝不给中华民族丢脸！

中午，日军为了组织新的进攻，暂时停止了进攻。4连党支部利用难得的间隙召开支委会，分析敌我情况，一致决定，必须继续拖住敌人，坚持到天黑再突围。

由于多次进攻无效，日军改变了战术，开始倚重炮兵，命令集中所有的火炮和掷弹筒，向4连阵地猛烈轰击，炮火炸起的浓烟一度把太阳都挡住了。4连官兵凭借比钢铁还要坚强的意志，在一段不长的交通沟里顽强抵抗着。工事被摧毁了，立即修复；掩体被炸塌了，马上用背包填上去；人员负伤了，包扎起来接着战斗，任凭敌人炮弹再多，轰击再猛烈，4连仍然像一颗钢钉一样牢牢地钉在阵地上。

战斗从拂晓持续至傍晚，白思才和李云鹏再一次清点部队，发现连队只剩下20多人，并且大都负了伤，枪弹和手榴弹几乎打光，已经一整天水米未进，战士们筋疲力尽，嘴唇都干得裂出血来。全连凭借防御的那条交通沟也几乎被炮火夷为平地。

更为严峻的是，子弹快打光了！而这时敌人新的更大的冲锋即将开始。在这紧要关头，连队毅然决定，放弃突围，最后一次迎接敌人的冲锋，以更多地杀伤敌人。白思才下达了最后的命令：集中剩余的子弹给重机枪使用，轻机枪全部拆散，步枪也卸下枪栓、装上刺刀准备白刃战，机密文件和报刊全部销毁，决不让敌人捞到一丁点儿东西。

傍晚，日军发起第五次进攻，这次冲到4连阵地的前沿。白思才纵身跃出战壕，高喊一声："杀啊！"李云鹏挥动上了刺刀的步枪，紧随白思才冲了上去，在一片气吞山河的喊杀声中，战士们端起刺刀，冒着弹雨冲向敌人，展开白刃肉搏。战士们的刺刀捅弯了，就用枪托砸，枪托砸碎了，就用铁锹砍，铁锹砍断了，就用牙齿咬……直至4连的壮士全部倒在这片被鲜血染红的土地上。

夜幕降临阵地时，喊杀声终于停下来了。淮阴县张集区区长周文科和联防大队队长周文忠带领地方武装赶到刘老庄时，阵地上的硝烟尚未散尽。在白天这场悲壮的搏斗中，终因敌我力量悬殊，4连连长白思才，指导员李云鹏，副连长石学富，排长尉庆忠、蒋元连、刘登甫，文化教员孙尊明，卫生员杨林彪等82位勇士全部壮烈殉国，日军也付出了死伤近400人的代价。

3连连长霍继光后来回忆当时的情景说："很多战士是和日本人抱在一起死的，最后我们收葬的有84具尸体，有两具实在和日本人分不开了就一起下葬。"而刘老庄党支部书记刘兆荣则回忆道："当时天还很寒，战士们却是短衣短裤和敌人肉搏。很多战士倒在阵地上，手指上还绕着手榴弹拉环线；和鬼子倒在一起，嘴巴里还咬着敌人的耳朵。交通沟里，弹药射尽了，手榴弹掷光了，短枪、步枪没有一支是完整的，全部折断、摔碎，战士们死了，也不给敌人留下一星半点‘战利品’。”

在收殓烈士遗体时，竟意外发现一位奄奄一息的年轻战士，他以坚强的毅力，断断续续地向大家叙述了战斗全过程。但是，由于伤势太重，这位年仅 24 岁的战士，不久也壮烈牺牲了。

3 月 18 日，在刘老庄战斗打响的同时，新四军山子头自卫反击战也取得重大胜利，全歼韩德勤总部、独立 6 旅、保安 3 纵队。第 7 旅第 19 团主力在连夜开赴山子头过程中，团领导虽料到 4 连可能会遇到一场恶战，但主力部队按照命令只能前进不能回头增援他们。当 4 连 82 名壮士全部为国捐躯的消息传到第 19 团时，全团上下无不悲痛得不能自已。

“刘老庄连”荣誉战旗

3月29日，第19团在郑潭口小学院内召开追悼大会，隆重悼念为国捐躯的战友。当地党委立即决定从淮涟地方部队涟水县总队抽调82人补入第3师第7旅第19团，重新组建2营4连。为弘扬烈士为国捐躯的斗争精神，新四军第3师党委命名第19团4连为“刘老庄连”。

刘老庄这个普通的村庄，从此与英勇的4连联系在一起，与中华民族的尊严与荣光联系在一起。在烈士牺牲的地方，淮阴人民当天收殓了烈士的遗骸，并为82位烈士举行了隆重的公葬，为烈士们筑起了3丈高的烈士墓。1946年重建烈士墓，同时兴建了烈士陵园，苏皖边区政府主席李一氓题写墓碑“八十二烈士墓”，并题赠挽联“由陕西到苏北敌后英名传八路，从拂晓达黄昏全连苦战殉刘庄”，还撰写了碑记。新四军第3师师长黄克诚题词：“英勇战斗，壮烈牺牲，军人模范，民族光荣。”副师长张爱萍题词：“八二烈士，抗敌三千，以少胜多，美名万古传。”

刘老庄八十二烈士的英雄事迹受到了八路军总部和新四军军部领导的高度赞扬。陈毅盛赞八十二烈士浴血刘老庄是“惊天地而泣鬼神的壮举”，他还在《新四军在华中》一文中写道：“烈士们殉国牺牲之忠勇精神，固可以垂式范而励来兹。”

为继承烈士们的未竟事业，补充后的4连在我党的指挥下，初战合顺昌，拔掉敌据点，再战周场，俘敌团长以下200多人。抗战胜利后，4连又从淮阴出发，挺进解放东北的战场，参加了秀水河子歼灭战、四平保卫战、泉头阻击战等战役战斗。辽沈战役胜利后，又随第四野战军南下，参加广西战役、解放海南等战役战斗。4连还驾驶木船配合5连船队，打败了敌军舰，把红旗插上了海南岛，创造了海战史上的奇迹。烈士的精神激励4连屡战屡胜，成为我军一支攻守兼备、英勇善战的优秀连队。

2014 年 9 月 3 日，习近平主席在纪念中国人民抗日战争暨世界反法西斯战争胜利 69 周年座谈会上讲话指出，新四军“刘老庄连”等众多英雄群体，就是中国人民不畏强暴、以身殉国的杰出代表。

2017 年 8 月 1 日，习近平主席在庆祝中国人民解放军建军 90 周年大会上提及“刘老庄连”，指出“刘老庄连”等无数英雄群体和革命先烈，“用生命诠释了一往无前的英雄气概”。

2020 年 9 月 3 日，习近平在纪念中国人民抗日战争暨世界反法西斯战争胜利 75 周年座谈会上讲话，再一次提及新四军“刘老庄连”等众多英雄群体和殉国将领，是千千万万抗日将士的杰出代表，赞其“以铮铮铁骨战强敌，以血肉之躯筑长城，以前赴后继赴国难，谱写了惊天地、泣鬼神的雄壮史诗”。

钢铁团

攻必克、守必固，坚如钢、硬如铁

“钢铁团”的团歌中有这样一段歌词：“我们钢铁团红军薪火传，转战鄂鲁豫，进军江浙皖，保家园剿匪叛南疆卫河山，千百次仗得胜利威名震敌胆。攻必克、守必固，坚如钢、硬如铁，千锤百炼意志坚，钢铁精神代代传。”

“钢铁团”的前身是诞生在大别山的红28军特务营，一成立就以能打仗、会做群众工作而威震敌胆，为长征后鄂豫皖边红军坚持三年游击战立下重要功绩。淮海战役中，整个华野2纵团以上规模的攻防战打了共50次，其中有6次是“钢铁团”打的，为战役胜利建立了特殊功勋。

1949年1月起，“钢铁团”改编为第三野战军第21军第61师第183团，随后的舟山战役、浙东剿匪、抗美援朝、高原平叛、边境作战等，都留下了“钢铁团”的战斗身影。这支红军底子的老部队，历史上曾经19次变换隶属单位和番号，其中3次被撤销番号又以新的番号出现，先后转战和驻防17个省区，团队荣获“钢铁团”荣誉称号，先后涌现89个战功模范单位、307名功臣模范，走出70多位将军。

毛泽东曾指出：“这个军队具有一往无前的精神，它要压倒一切敌人，而绝不被敌人所屈服。”该团队官兵英勇顽强、敢作敢为，为了战斗胜利，赴汤蹈火，在所不惜。1946 年 1 月 9 日，“钢铁团”在鲁南运河反击战的金马驹战斗中坚决请战，采取突然袭击、穿插分割、包抄迂回的战术，一夜时间歼灭守敌 1 个团 2000 多人，拼出了“钢铁团”的英雄称号。

1946 年 1 月初，国民党徐州绥靖公署为抢占战略要点，夺取有利阵地，割断山东、华中解放区的联系，又调集 10 万兵力，分左、中、右三路向山东鲁南解放区进犯。其中，左路军进犯韩庄、多义；中路军沿贾汪向鲁南腹地中山、望山一线进犯；右路军则进至台儿庄一线并继续北犯。为阻止国民党军的进攻，陈毅决定对进犯之敌实施自卫反击，令山东野战军第 1 纵队迅速开赴金浦路，攻击兖州、泰安；华中野战军第 6 纵队配合山东野战军第 2 纵队和第 7 师、第 8 师围攻韩庄及枣庄、贾汪，迫使国民党军缩返徐州；另以其他部队和地方武装对陇海路东段实施配合性破袭战。

为诱敌深入、待机歼敌，山东野战军第 2 纵队第 4 旅于 1945 年 12 月下旬奉命从韩庄、运河一线撤至牛山后地区。1946 年 1 月 9 日，敌猖狂北犯，其先头第 339 团孤军前进至金马驹。第 4 旅领导根据敌情、地形，决心趁敌立足未稳、主力未到之机，发动突然袭击，歼灭该敌。决定以第 12 团担任主攻，第 11 团进至巩湖西侧，第 10 团进至高河、高庄地域，阻敌增援。

金马驹位于山东津浦路东，距塘湖车站三四公里，西与劳庄、小刘庄相近，东北与北李庄相邻。该村二三百户人家，均为草房，周围村庄稠密，冲沟较多，便于隐蔽接敌，突然发起攻击。敌第 339 团进村后，匆忙构筑工事，威逼群众破墙打通院落、砍伐枣树，将墙角、房壁挖成射击孔，绕村仓促架设鹿寨一道，在前、中、后金马驹各部署 1 个营的兵力，敌团指挥所设在前金马驹大路南侧。

这时第 4 旅副旅长秦贤安正好在第 12 团。秦贤安担心第 12 团刚组建，难以胜任此战，便考虑不要该团出击，改换第 11 团来打。但此时第 12 团各部队已经开始接敌，全体指战员求战心切，士气旺盛，团长文盛森、政委阮贤榜等指挥员坚信自己的部队能够胜利完成任务，坚决请战。

秦贤安当即打电话请示旅长朱绍清，朱绍清批准第 12 团出击。

命令下达后，各营连分头准备，紧急进行战前动员。晚 8 时战斗打响，2 营与 3 营 9 连率先接敌开火。3 营担任主要突击任务的 8 连趁敌人注意力分散，利用夜色掩护，在敌人阵地前障碍物中秘密开辟一条通路，正面守敌并未发觉。

战斗打响后，8 连指战员发起勇猛冲击，一举突破敌人的防御阵地，敌前哨班惊慌中把轻机枪从房屋窗口丢出投降，全连迅速前进，直逼一座大院子，遭敌西北墙角火力阻拦。2 排迂回大院后侧，向院内投入一排手榴弹，炸得敌人只能退入房内，指战员借着西北风势将房子上的茅草点燃，守敌突围不成，纷纷缴械投降。晚 10 时，8 连继续向西猛插，连续攻占两座院子。此时，7 连在 8 连左翼投入战斗，两个连队并肩突击。8 连又相继歼灭中金马驹南侧守敌，切断了中、后金马驹之间的联系，对分割全歼金马驹敌人起了重要作用。战斗结束后，第 12 团授予 8 连“获胜金马驹”锦旗一面。

再说 2 营，战斗打响后，4 连、5 连、6 连分别突破敌人前沿阵地，5 连消灭敌人两个火力点，向北猛插至村中心，4 连直逼敌团指挥所大院，直打得前金马驹之敌乱无章法，敌团长带部分敌人向村西突围，4 连即紧跟其后追了上去，5 连、6 连拦腰截击，歼敌大部，其余继续向南逃窜，终在第 11 团配合下，被歼灭于高家庄地区。

此时已激战至后半夜，前、中金马驹守敌被我大部歼灭后，后金马驹守敌依托既设阵地负隅顽抗。团指挥员根据各营、连战况，见速战速决难以奏效，当即改变计划，调整部署，决心迫敌离巢，在运动中歼敌。2 营 5 连、6 连迅速进至后金马驹西侧占领阵地；1 营进至后金马驹西北侧待机；4 连、7 连、8 连迅速歼灭中金马驹残敌后，从南侧向后金马驹守敌发起攻击，迫敌离村西逃，以便歼敌于村西开阔地上。

4 时，8 连向后金马驹之敌发起攻击，因敌火力凶猛，两次冲击未果。团随即命令 4 连、7 连、8 连同时发起进攻。敌人在我攻击部队步步紧逼、奋勇打击下，终于在拂晓前向西突围，进入我军伏击阵地。设伏官兵全体出击，与敌展开白刃格斗，终全歼逃敌。至 6 时 30 分胜利结束战斗，除敌团长在深夜带少数人逃窜外，敌人均被歼灭，我军仅伤亡 20 余人。

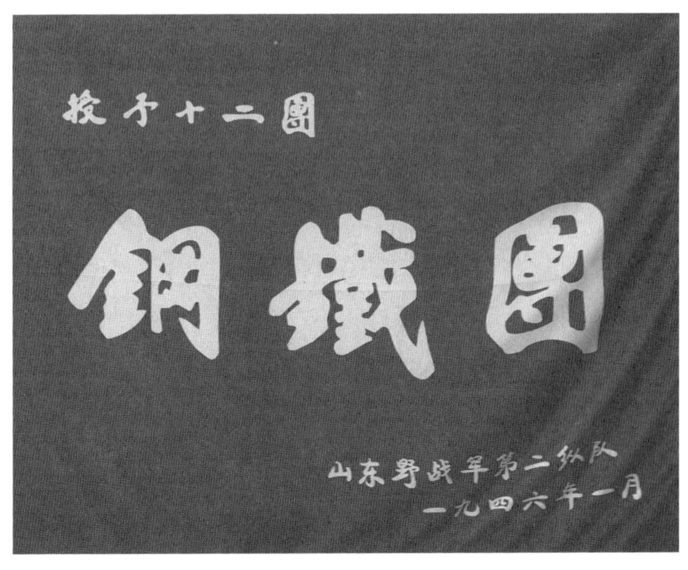

“钢铁团”荣誉战旗

战斗结束后，秦贤安很高兴，向朱绍清电话报告说，第 12 团虽是新组建的团，但在一夜中能独立歼敌一个团，很不简单。山东野战军第 2 纵队副司令员罗炳辉闻讯，称赞第 12 团是“钢铁团”，并为该团报报头题写“钢铁”两个大字。不久在山东韩庄召开第 12 团干部会议，罗炳辉在会议上宣布代表山野党委授予该团“钢铁团”荣誉称号。

此后，团队参加了抗美援朝、藏区平叛、南方轮战等大小数千次战役战斗，“攻必克、守必固，坚如钢、硬如铁”的“钢铁团”精神伴随越战越勇的部队不断发扬光大。

回首“钢铁团”的战斗历程，越发清晰地感到“钢铁团”精神其实就是我军革命英雄主义精神的具体体现，是从头到尾、一以贯之地高扬革命英雄主义旗帜，英勇顽强、不屈不挠，压倒一切敌人的英雄气概，战斗中以一顶十、以十顶百，战无不胜、所向披靡。

他们曾经一个连潜入白区，7 天歼敌两个连；一个团用大刀拼杀歼灭日伪军 500 多人；一个团迫降日军 2000 多人；一个团歼灭国民党军队一个团，攻占敌军一个岛……部队老领导都有这样的评价：“钢铁团”这支部队，平时工作扎实，不显山露水，每遇关键时刻，用它必胜；敢作敢为，勇于担当；团队官兵一不怕苦，二不怕死，一切为了战斗的胜利，各级干部天不怕地不怕，官兵赴汤蹈火，在所不惜……

这就是“钢铁团”，英雄的团。

战斗模范连

一张牛皮过草地

在中国人民解放军军史上，被授予“战斗模范连”荣誉称号的部队有好几个，但被两次授予“战斗模范连”荣誉称号的部队只有陆军第72集团军某旅装甲步兵6连。

步兵6连诞生于1928年3月，前身为1927年贺龙元帅领导的湘鄂边工农革命武装石华游击队。在革命战争年代和新中国成立后进行的边境自卫反击作战中，连队屡建功勋，涌现一大批战斗功臣，锻造形成了“信念如磐、勇猛如虎、团结如钢、守纪如铁”的“四如战斗模范精神”。1949年1月、1951年4月，连队两次被西北野战军第1纵队、陆1军授予“战斗模范连”荣誉称号。

人们知道这支英模部队，是从一张牛皮开始的。

那是1936年6月下旬，连队跟随红2军团红6军第2纵队向草地进发，在高寒高海拔、时常风雪交加的高原上，空气稀薄加之口粮不足等困难威胁着每一个红军战士的生命，很多战友牺牲了还保持着前行的姿态。同志们始终互相勉励着，保持着高昂的斗志。大家互相加油鼓劲，常常高喊着“闯过草地，就是胜利，胜利一定属于我们”的口号。

从4月底过了金沙江到7月底到达阿坝，部队在雪山草地的无

“战斗模范连”获得的部分荣誉

人区已经行军 3 个月了，大家的体力消耗到了极限，没有营养补充，每走一步都好像要耗尽全身的力气，双腿软得根本迈不开步子。终于到了最后的时刻，口粮早已经吃完，地上的野菜也被前面开路的先头部队挖光，连队的同志们只好空着肚子踉跄地前进着。

就在这绝境之中，几个战士在宿营地边上发现一张破旧的牛皮，上面落满了尘土，看起来又臭又脏。连长傅在先却如获至宝，他连忙召集骨干，一同将牛皮去毛洗净，再用火烤干，割成小块，分给全连，每人分得 3 块，作为临时充饥之用。由于一部分牛皮已经腐烂变质，所以那种古怪的味道令人难以下咽。

连长见状并没有责怪战士，而是带头将一块牛皮放进嘴里，并要求全连官兵每人必须嚼一块牛皮，因为，只有坚强地活下去，革命才有希望。战士们看着连长的示范，也都学着连长的样子把牛皮放进嘴里。一块牛皮含在嘴里，虽然是嚼来嚼去嚼不烂，但总有一星半点的肉味，嚼着嚼着咽下肚去，感觉肚子里终于有东西可以消化了，想着想着自然脚上又有了气力。

就这样，每个人凭着 3 块烤牛皮嚼了好多天，但还是看不到草地的尽头，眼看着大家的牛皮也嚼完了，又到了断粮的时候。连长掏出自己身上珍藏的唯一一块牛皮，递到战士手里，让每个人轮着咬一口。他说:“同志们一定要加油哇，吃完这块牛皮我们继续前进，肯定能走出草地！”

战士们捧着那一小块牛皮，眼中含着泪花。谁都舍不得咬上一口，转了一圈，牛皮最终原封不动地回到了连长手里。正是靠着这张牛皮，6 连最终走出了草地。一支连队之所以坚强，之所以百炼成钢，靠的就是上下同心，攻坚克难。

战场上不但需要团结，还需要有胆识、有血性。战斗模范连的战斗力也是不容置疑的，战场上一个个嗷嗷叫的“小老虎”就是全连官兵的真实写照。

1947 年 3 月，蒋介石军队由于战线拉长，兵力不足，被迫将其全面进攻改为对山东和陕北两个解放区的重点进攻。蒋介石企图利用其 34 个旅共 25 万人的兵力，在 3 天内攻占延安，在 3 个月内“聚歼”西北野战军于延安及其以北地区，或逼迫西北野战军东渡黄河。6 连在战斗中奉命殿后，和兄弟部队一同掩护党中央和延安各界群众安全转移。3 月 17 日拂晓前，6 连受领了坚守宝塔山，阻击胡宗南匪军进犯的艰巨任务。

6 连在兄弟连队的配属下组成了 408 人的加强连。为统一战斗意志，加强连刚一组建就迅速召开军人大会，全连官兵纷纷表示坚决完成任务，不惜一切代价，为党中央、毛主席的撤离赢得时间。

阻击战斗于 18 日夜间打响，第二天天刚亮，事先架设的防御工事就在敌机的轮番轰炸下被大部分摧毁。战士们情急之下，只好用敌人的尸体摞成临时工事，顽强地阻击敌人。到了第三天半夜，连队已经按预定部署圆满地完成了三天三夜的阻击任务。但连队官兵开会一商量，为了让党中央和毛主席撤离得更远些，更安全一些，大家一致同意要坚守到第四天夜里再撤退。

等大家真正在阵地上撑到了第四天夜里，面对敌人的重重包围，连队剩下的战士们终于意识到，撤退已经是不可能的了，更艰难的是阵地上已经是弹尽粮绝，再没有了后援和补给。借着夜幕的掩护，连队班长王福只好带领班里的同志到敌人的死尸上寻找弹药和干粮作为补给。

就这样，凭着绝对的大无畏战斗意志，这支英雄的连队竟然坚守阵地到了第六天深夜，已经负伤的连长和指导员招呼战士归拢到一处，发现 408 人的连队竟只剩下了 17 人。为了保存革命力量，把经过血与火考验的 6 连的火种带出敌人的包围圈，连队战士摸到阵地前，从敌人的尸体上脱下国民党的军服，伪装后迂回到杨家岭后山突围出了延安。

这支有血性的部队，最后一个撤离延安，以一个连的兵力出色地完成诱敌安塞任务，保卫了延安，保卫了毛主席，保卫了党中央，是真正的铁流后卫。这是军旗下的铁血壮志，更是党旗下的铿锵誓言。

蟠龙攻坚战前战士们在休息

1947年5月，在蟠龙攻坚战中，又是6连的官兵向敌人的纵深发起冲锋。蓦地，从右侧敌人的暗堡射击孔里冲出骤雨般罪恶的子弹，许多正在冲锋的战友中弹倒了下去。阴险狡诈的敌人操控着两挺重机枪，喷吐着火舌，封住了前进的道路。

连队班长郝万龙一看，急红了眼，唰地就给步枪上了刺刀，他向全班高声喊道："为了保卫毛主席，保卫陕甘宁，同志们，跟我来！"接着，他带领全班飞快地穿插迂回，从暗堡的后侧冲了上去。嚓嚓两下，他就挥舞刺刀刺倒了两个敌人。敌人当时就被郝万龙的阵势吓傻了。

郝万龙趁机跳下外壕，一手抓着手榴弹的拉环，对着碉堡里面大声喊道："缴枪不杀！"敌人见势不妙，慌忙停止射击，回答道："缴枪！我们缴枪！"

可是，不一会儿机枪又吼叫起来，原来有一个敌军军官在里面督战。郝万龙火冒三丈，正要扔手榴弹，突然啪的一声，那个当官的被连队一个战士打倒了，这下几个国民党兵老实了，都耷拉着脑袋等在那里。郝万龙趁势想跃进碉堡，但碉堡在陡壁上，落差太高，实在是跃不上去。

郝万龙没多想就厉声命令敌人："吊我上去！"敌人十分惶恐，纷纷抢着把郝万龙吊上去，外壕的敌人也簇拥着来扶他。他单人独枪上了碉堡，立即把枪对准另一个国民党军官，大声吼道："你是什么官？叫你缴枪为什么不缴？"那个国民党军官看到黑洞洞的枪口，吓得急忙举起双手，颤颤巍巍地说："我……不是什么官，是……是副连长……我早要缴枪了，是连长不……不肯……"这家伙鞠了个躬，又打了个立正，双手把枪捧给了郝万龙，其他士兵见大势已去，也乖乖地缴了枪。在这次战斗中，郝万龙独闯敌群，一人俘敌一个连 100 多人，谱写了孤胆英雄的佳话。

1964 年，连队被武汉军区树为“学习毛泽东著作”先进集体和“硬六连式的好连队”。进入新时期，连队再接再厉，先后完成了一系列全军重大演习以及 1998 年抗洪、2008 年抗击雨雪冰冻等重大任务。一代代 6 连人，在 6 连的建设发展上都付出了自己的心血，贡献了自己的力量，这样才有了 6 连的今天。在强军兴军的时代大潮中，只有把这些宝贵的红色基因赓续发展，才能在担起强军重任的过程中永葆使命本色。

时光荏苒，岁月如梭，今天已经成为第 72 集团军某旅“战斗模范连”的官兵依旧初心不改，使命在肩。

2020 年入汛以后，我国南方地区发生多轮强降雨过程，造成多地发生较重的洪涝灾害。7 月 31 日上午，“战斗模范连”官兵接到赴肥西县三河镇太平月圩执行构筑堤坝任务。全连官兵顶着烈日突击完成 3000 余袋沙石的装填搬运，高标准垒制长达 15 米的堤坝。在新筑好的堤坝上，官兵们整齐列队，重温军人誓词，用实际行动传承连队的光荣传统。

阻击战英雄团

万福河阻击扬英名

1947年7月中下旬，冀鲁豫军区独立旅奉命参加著名的鲁西南战役，在金乡县以北的万福河阻击战中，该旅第1团以劣势装备、缺额编制连续阻敌五昼夜，以伤亡仅两个连的代价，歼国民党军约一个主力团的兵力，将装备优良、兵源充足之敌阻击在万福河地区，挫败了敌增援羊山集的企图，有力地保障了晋冀鲁豫野战军主力围歼国民党军整编第66师的决胜行动。战后，第1团受到刘邓首长通令嘉奖，冀鲁豫军区授予其“阻击战英雄团”光荣称号。

羊山地处金乡以北，为鲁西南战略要冲，自古是兵家必争之地。国民党精锐之师整编第66师于7月8日到达羊山集，随即依托有利地形、旧城古寨和日伪修筑遗留下的据点构筑工事，形成了坚固完备、火力密集的山地要塞。

7月14日，冀鲁豫独立旅奔赴羊山集以南15公里处的万福河北岸，构筑防御工事。上午10时，整编第58师向羊山集急进，企图解羊山集之围，万福河阻击战打响。

金乡县到羊山，两地相隔25公里，以一条公路相连，以一座公路石桥横跨万福河，河北岸有一个村叫石店村，这个村就是从金乡北去羊山的第一道咽喉要地。冀鲁豫军区独立旅第1团1营3连就阻击在咽喉石店村。7 月 16 日，敌人出动坦克 30 余辆，从东、南、西 3 个方向包围石店村，想突破缺口，打通公路，进入羊山集。我军斗志顽强，敢打敢拼，如同铁壁，坚守石店村阵地，使敌人不能前进一步。7 月 17 日至 20 日，独立旅继续在万福河北岸的南杨楼村等地顽强阻击国民党军援军，使其未能从万福河前进一步。南杨楼村党支部组织村里老百姓上前线，抬担架，送子女参军，给部队做饭送衣，为万福河阻击战的胜利打下了良好的基础。

我军奔赴万福河阻击前线

7 月 21 日，在蒋介石严命督促下，国民党军第 2 兵团司令王敬久命令第 199 旅向羊山突击前进，并以一个团督战。刘伯承、邓小平以围羊山之第 3 纵队主力和第 2 纵队一部，在正面敞开缺口，冀鲁豫独立旅在侧面堵击，合力将第 199 旅围歼。7 月 24 日，陈再道、陈锡联两位纵队司令员亲到前沿阵地查看地形，了解敌情并向刘伯承、邓小平汇报。刘邓重新调整部署：第 6 纵队第 16 旅和第 3 纵队第 7 旅从北面向羊山制高点“羊身”攻击，直接攻打主峰；第 2 纵队第 5 旅、第 6 旅仍由西面向羊山集进攻，第 5 旅向东直接逼近“羊身”，第 6 旅担任主攻；第 2 纵队第 4 旅及第 3 纵队第 9 旅、晋冀鲁豫独立旅在南面堵截和打援。同时调野战军司令部榴弹炮营和第 1 纵队炮兵团参战，加强火力。

7 月 27 日，天气晴朗。下午 6 时 30 分，晋冀鲁豫野战军各路部队开始向羊山发起总攻。榴弹炮、野炮、山炮和迫击炮向羊山不断轰击，随着炮火延伸，我军攻击部队开始向羊山进攻。至晚 9 时，攻占羊山主峰制高点。双方在地堡、壕沟、阵地、民居中反复争夺，战况空前惨烈。7 月 28 日，上午 8 时，敌整编第 66 师大部被歼。10 时，师长宋瑞珂及部属 400 余人，被压缩到羊山集东北角的一座高楼和两所平房内做最后抵抗。中午，宋瑞珂率部投降。羊山战斗结束。

鲁西南战役的胜利，为人民解放军挺进中原，跃进大别山，把战争引向国民党统治区开辟了道路，揭开了人民解放军从战略防御转入战略进攻的序幕，使中国人民革命战争从此开始了一个伟大转折，为夺取全国胜利创造了有利条件。

8 月初，鲁西南战役之后，晋冀鲁豫野战军进行扩编，冀鲁豫军区部队改为晋冀鲁豫野战军第 11 纵队，独立旅改为第 31 旅，第 1 团改为第 91 团。

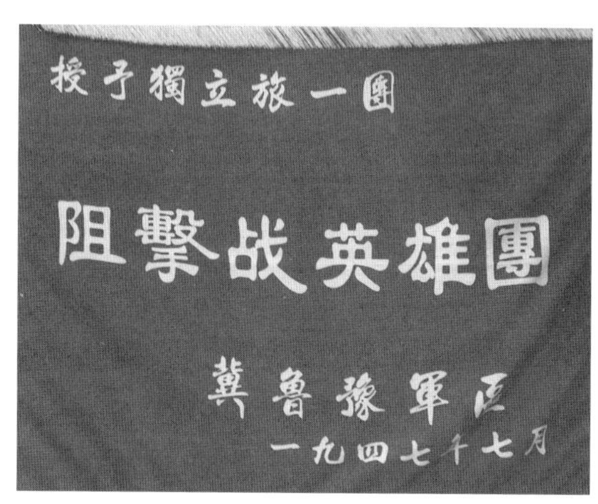

“阻击战英雄团”荣誉战旗

冀鲁豫军区独立旅第1团在这个重要战略背景下进行的著名战役中，顽强作战，表现卓越，荣获“阻击战英雄团”光荣称号，一下子从地方部队跨入野战纵队行列，从地方偏师跃升为野战主力，可喜可赞！

第1团前身是中共平原分局党校特务团，抗战后期的1944年冬由冀鲁豫军区特务连、冀南军区特务连、冀鲁豫军区第1军分区特务连和第5军分区两个连合编组建。半年后的1945年6月，又补入水东军分区两个连。随即改编为冀鲁豫军区第29团，成为主力。解放战争之初的1946年1月，编入冀鲁豫军区新组建的独立旅，为第1团。而独立旅又由军区第29团、第2分区独立团、1军分区第2、第6团合编组成。

由上述简要沿革看出，第1团战斗力是不俗的，成功也不是一蹴而就的。成立之初，从保卫的对象来看，是分局党校，一是机构级别高，二是党政军重要干部多，三是非战斗人员多；从构成的基层连队来看，一是军区和军分区的特务连，二是军分区战斗力强的连。所以，由这些精兵强将组成的特务团，一是政治素质高，二是军事能力强，三是纪律觉悟好，四是武器装备优。后来，他们又划归地方军区具有半野战性质的主力团，得到了实战锻炼，战斗力进一步提高。

当然，冀鲁豫军区部队升格为晋冀鲁豫野战军第11纵队，对整个晋冀鲁豫野战军来说，论实力和战斗力，虽比不过著名的第4、第3、第1、第2等纵队，却是年轻有朝气的部队。

由于地理位置的关系，加之战略任务的需要，第11纵队成立不久，继续奉命担负偏师之职，而且暂时改归华东野战军西线兵团指挥，掩护刘邓大军经略中原。加入华野战斗集团后，第11纵队毕竟是由地方武装组建的偏师新旅，开始并不适应华野的紧张节奏、恶战模式，但在纵队司令员王秉璋、政委张霖芝率领下，虚心接受华东野战军副司令员兼西线兵团司令员粟裕的指挥，在险境中求生存，在战火中受锤炼，经过近一年的磨砺之后，战斗力有了大幅度提升。第 11 纵队在内部被称呼为“王张纵队”，司令员王秉璋是红军时期红 1 军团的师团参谋出身，当过军团作战科长，在抗日战争时期担任过第 115 师作战处处长，后来升任教导第 3 旅副旅长、代旅长，鲁西军区司令员。解放战争时期，历任冀鲁豫军区副司令员、司令员，堪称智勇双全的战将。政委张霖芝是河北南宫人，一直在冀鲁豫地区工作，有丰富的地方工作经验和人际关系，对部队人才培养和搞好后勤保障，起了关键作用。所以，第 11 纵队进步较快，与军政主官的得力领导与密切配合有关。

1948 年 6 月至 7 月，“王张纵队”又简称“中野 11 纵”，参加了由华东野战军代司令员兼代政委粟裕指挥的豫东战役。在阻击黄百韬整编第 25 师增援时，由“阻击战英雄团”第 1 团改成的第 91 团首先应战，和敌人展开殊死较量，以阵亡不小的代价，顶住了敌人的疯狂进攻。接着，在济南战役中，参与 8 个纵队的大型阻援行动。在淮海战役第一阶段的徐东阻击战中，“中野 11 纵”参与了阻击敌邱清泉第 2 兵团、李弥第 13 兵团的战斗，确保了华野主力血战碾庄圩，聚歼黄百韬第 7 兵团。在淮海战役第二阶段围歼黄维兵团作战中，“中野 11 纵”归建中野，先是在双堆集附近阻击来增援黄维的李延年第 7 兵团。后来，刘邓命令王秉璋、张霖芝统一指挥中野第 11 纵队、第 9 纵队、第 4 纵队第 13 旅、豫皖苏独立旅作为东集团围攻双堆集聚歼黄维兵团余部。王秉璋以“对壕作业，逼近冲锋”的战术，向死硬的“铁核桃”发出最后猛击，第 4 纵队第 13 旅专打杨围子，打出了一个“钢铁营”，第 11 纵队包打张围子、杨四麻子，血战国民党军青年团，第 91 团勇立头功。尤其是 2 营在战斗中英勇奋战，一举突破杨四麻子外围防线，但后续部队遭到敌人侧翼火力的压制。2 营营长王正业在带领几名通信员指挥突击队冲击突破口时，被敌人的机枪子弹打中，身负重伤。在此紧急关头，通信员宋纪志挺身而出，前冲十几米，在敌人猛烈的火网下抢救营长。王正业营长感动地说："小宋，我不要紧，这里危险，赶快隐蔽。"宋纪志一边替营长包扎，一边大声说："营长，我没事。你还要指挥部队呢！"说完，立即挎起营长的胳膊，拽着向后匍匐挪移。这时，教导员命令加强火力掩护，保护营长和通信员的安全。敌我火力猛烈地对抗着，宋纪志以自己的身体朝向敌人子弹射来的方向，掩护着营长。他的棉衣有好几处被敌方飞来的子弹打破。眼看着快要爬到安全地带了，忽然，几发机枪子弹打来，宋纪志下意识地侧身向上一挺，护住了营长的头部和上身。营长王正业得救了，宋纪志却身中数弹，壮烈牺牲。战后，宋纪志被纵队党委授予"模范共产党员"称号。

1949 年 2 月，全军统一整编，第 91 团改编为第二野战军第 17 军第 49 师第 145 团。4 月下旬，第 145 团随第 17 军在安徽省安庆以西江咀地区渡过长江，挺进浙赣两省，追歼国民党军第 55 军、第 96 军逃兵。9 月初，奉命开始向西南进军。11 月初，在黔南地区歼国民党军第 49 军第 149 师大部。12 月下旬，第 145 团随第 49 师挺进滇东，驰援已宣布起义的国民党军云南省政府主席卢汉部，歼灭国民党军第 8 军 6000 余人，把李弥所部打出国境。1950 年 1 月，第 145 团随第 17 军入滇部队返回贵州。3 月初，根据中央军委的指示精神，为了加强地方工作，消灭匪患，保护少数民族群众生命和财产安全，第 49 师奉命在贵州剿匪。

水东地区因在新黄河以东，故称"水东"，是豫东平原的一部分，地域辽阔，人口稠密，有"中原粮仓"之称。第 145 团作为坚持水东地区斗争的老部队，战斗力强，是军、师第一主力团。

1952 年 3 月 17 日，奉中央军委命令，第 17 军撤销，第 49 师以师部和第 145 团为基础，加入第 46 师第 137 团、第 47 师第 141 团及第 50 师第 149 团团直、贵州军区炮兵团山炮营和部分团属迫击炮连，合并为贵州军区轻装步兵师，后改称步兵第 49 师，归昆明军区建制，参加贵州剿匪斗争。1957 年 6 月 3 日，第 49 师调归成都军区建制，参加四川西部黑水平叛剿匪作战。1958 年 5 月 19 日，第 49 师又调归昆明军区建制。

第 145 团一直是第 49 师的核心主力团，又一直随第 49 师作为相对独立、机动性强的部队在西南边疆担负军事斗争任务，攻守兼备，以守为主，始终保持“阻击战英雄团”战斗作风的特质。

王克勤排

“在家靠父母，革命靠互助”

这是关于王克勤从“俘虏兵”成长为不朽的人民功臣的传奇经历。王克勤这个名字，现在人们听来可能有些陌生，然而在解放战争时期，在中原野战军，甚至在全军都是大名鼎鼎的。

王克勤出生在安徽阜阳一个贫困的农村。1939 年 7 月，18 岁的他被国民党中央军抓了壮丁。用王克勤自己的话说，“当了几年兵，就受了几年洋罪”。1945 年 10 月，在邯郸战役中，王克勤被我军俘虏，成了一名“解放战士”——这是当时的称呼，凡是被我军俘虏的国民党军士兵，只要是自愿参加人民军队的，统称为解放战士。

王克勤被编入第 6 纵队第 18 旅第 52 团 1 营 1 连当战士。

刚开始，王克勤认为“当兵吃粮，在哪儿都是当兵”。几天之后，他就感到，在这边当兵和在那边当兵不一样。共产党的队伍里，官兵平等，亲如手足。恰在这时，王克勤病倒了。班长给他端水喂药，排长和连长多次看望，连队安排了专门的病号饭，连长还拿自己的钱给他买吃的……

在接下来的行军打仗中，他又感受到，这支军队与老百姓的关系和国民党军队与老百姓的关系有天壤之别。国民党军队所到之处能拿就拿，能抢就抢；这支军队，不动老百姓一针一线。他问排长，排长说，咱们就是为穷苦百姓打仗的……

解放战争初期，连续行军作战，仗越打越多，越打越大。有时候，一仗打下来，就有成千甚至上万的俘虏兵。那时，部队减员也很多，兵员的补充也要靠大量的解放战士。

为了尽快提高这些战士的觉悟，解决为谁当兵、为谁打仗的问题，纵队领导决定开展控诉地主、恶霸和军阀欺压行为的诉苦运动，从根本上解决问题，提高部队的战斗力。

在全连大会上，1 连副连长党建庭诉说了自己的父亲被地主逼死，母亲领着他到处讨饭吃的遭遇……王克勤听着听着，就开始掉眼泪。副连长的诉说，勾起了他那些不堪回首的记忆。散会后，他饭也没吃就躺下了，一夜辗转反侧不能入睡。第二天，王克勤把积压在心里多年的苦水全倒了出来，讲自己在农村受的欺压，当兵后受到何种欺凌，一口气讲了两个多小时……

诉苦运动，使王克勤真正明白了“为谁扛枪，为谁打仗”的道理，很快成长为一名优秀的解放军战士。

他是一名机枪射手，经验丰富，技术出众，闭上眼睛都能把多种类型的机枪迅速地拆卸安装起来。当时的纵队政委杜义德将军亲眼看见了他蒙上眼睛拆装机枪，鼓励他说：“王克勤同志，你要把这一门绝活传授给战友们哪！”

他把自己学到的技术、战术知识传授给战友们，帮助新战士进步。发扬阶级友爱精神，将互助互爱活动广泛地运用于练兵、行军、战斗中，使勇敢与技术结合，战斗与训练结合。

1946 年 7 月，第 18 旅奉命围歼兰封（现河南兰考县城）守敌，王克勤所在的营担任主攻。这是王克勤加入解放军队伍后，打的一场大仗硬仗。攻击开始后，王克勤勇猛冲杀，他手中的机枪嘎嘎嘎响起来，子弹准确地射向敌群。遇到障碍物影响卧姿射击时，他就站立起来射击。国民党军逃跑时，他就端起机枪，一面追击一面点射。国民党军的火力被压下去了，突击队胜利地登上了城墙。战后，王克勤荣立三等功，升为副班长。

王克勤为战士们做战前动员

“血战大杨湖”是定陶战役中的硬仗。在这次作战中，王克勤带领的一个战斗小组，迂回到敌人侧翼，用手榴弹炸毁敌人两挺机枪。他们一个小组，消灭敌人 39 名，因战绩突出，王克勤再立战功一次，升任班长，并加入了中国共产党。

此时，大量翻身农民子弟和解放战士补入队伍，怎样才能使老骨干、新战士、解放战士拧成一股绳，很快形成战斗力呢？

王克勤受解放区组织农业生产互助组的启发，在班里首创三大互助活动。他说：“中国有句老话，叫作‘在家靠父母，出门靠朋友’，现在，这句话可以改成‘在家靠父母，革命靠互助’。我们要亲密团结，互相帮助，取长补短，共同进步。”

他们“思想互助，技术互助，生活互助”，以民主方式建立互助小组，在学习、训练、行军、作战中，老骨干发挥了作用，解放战士既受教育，又发挥了技术特长。解放区入伍的新兵很快从老骨干和解放战士那里学到军事技术，体弱的战士在行军作战中感受到生活互助的温暖及力量。王克勤班的凝聚力、战斗力在徐庄战斗中表现得非常充分。

1946 年 10 月初，第 6 纵队打响了攻歼敌王牌第 11 师的“龙凤战役”（龙周集，张凤集，山东巨野某处，作者注）。10 月 5 日夜，王克勤所在的第 52 团抵近徐庄时，国民党军突然撤退，第二天拂晓却又反扑过来，而且对我军形成了三面包围之势。第 52 团的通信联络被切断，部队被迫转入防御作战。

晨 6 时许，空中传来了飞机的轰鸣声。国民党军在强大的炮火掩护下向徐庄展开进攻。先是 6 架敌机在空中轮番轰炸，徐庄成了一片火海。国民党军向村里打了 2500 余发炮弹，全村 30 多间房子，除一间小茅棚外，全部被炸塌。

王克勤所在的连队坚守在徐庄的南面，是国民党军攻击的重点。王克勤班总共 7 人，4 个新兵，都是刚刚从农村出来的农民。除了一人摸过枪外，其他 3 人连投弹打枪都不会。好在王克勤战前把全班分成了两个战斗互助组。老兵带新兵，灵活机动，相互掩护，相互帮助，不停地转移射击位置。他们坚守的阵地，在炮火中，像钉子一样钉在了那里。

颇为传奇的是，激战了一整天，击退敌 10 多次进攻，毙伤敌人 123 名，他们全班无一伤亡。胜利完成了战斗任务。

战后，王克勤班被记集体一等功。王克勤等 4 人被评为战斗英雄。王克勤被提升为副排长、排长。

在随后的历次作战中，王克勤表现得非常突出。屡立战功，先后荣获“爱兵模范”“爱民模范”“杀敌英雄”“模范党员”“三大互助模范”等荣誉称号。6 纵党委决定在全纵队普遍开展“王克勤运动”。

1947年6月30日，按照中央军委指示，中原野战军主力一举突破黄河天堑，揭开了战略大反攻的序幕。

7月4日晚，王克勤所在的第6纵队第18旅借着夜色，从鄄城出发，奔袭定陶。

由于在高温季节，急行军受了暴雨淋激，王克勤得了重感冒，他强忍着浑身疼痛，帮助那些体弱的战士，按时赶到了预定地点。

按照上级的部署，王克勤所在的1连担任主攻定陶北门的突击连。战前动员会上，王克勤坚决要求由1排担任突击排，并提出三点保证，他连夜进行紧张的战前准备。7月10日黄昏，攻城战打响。在我军强大炮火的掩护下，王克勤率领全排首先冲过鹿寨和护城壕。

此时，城墙上敌人的火力点喷射着火舌，子弹在他们身边嗖嗖飞过。王克勤第一个跳过护城壕，冲到了城墙缺口下面。几个战士把云梯架了起来，王克勤踏上梯子。就在这时，敌人的一枚枪榴弹在他身边爆炸，顿时，一股热血从王克勤的左肋下涌出。战士回身来救，王克勤喘着粗气说："不用管我，赶快冲上去！"

突击排顺利占领了城头后，王克勤挣扎着掏出信号枪，向大部队发射了两枚登城信号弹，信号弹飞上天，他就昏了过去。大部队从突破口攻入定陶，经过一夜激战，彻底消灭了敌军，解放了定陶。

王克勤则因动脉失血过多，伤势十分严重。弥留之际，他依依不舍地对身边的战友说："部队把我培养成了革命战士，可我，为党做的事太少了……""转告同志们，要好好干革命，保卫延安……"

1947年7月18日，在王克勤牺牲的定陶县（今定陶区）北门，第18旅官兵、定陶县的各界群众举行了隆重的追悼大会。刘伯承司令员亲笔挥毫，以他和邓小平的名义撰写了悼词，高度评价王克勤的英雄事迹，其中提道："王克勤同志一年来建立了很多战功，树立起战斗与训练、技术与勇敢结合的，为我全军所学习的新的进步范例。"并号召全军学习王克勤"为人民立功，不顾一切奋勇杀敌的牺牲精神和高尚品质"。

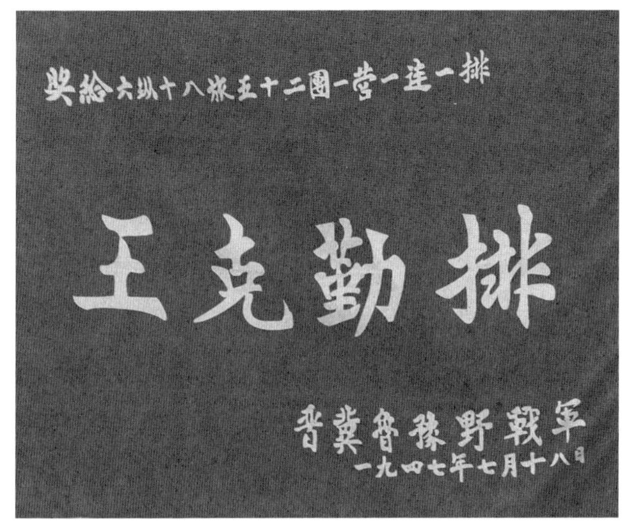

"王克勤排"荣誉战旗

晋冀鲁豫野战军决定，命名英雄生前所在部队的 1 连 1 排为"王克勤排"。从那天起至今，第 52 团 1 连的每次集会点名，第一个喊响的名字就是"王克勤"。

叶挺部队

战旗之首

在我军历史上，以北伐名将叶挺的名字作为荣誉称号授予的部队有两支，一支为华东野战军第 11 纵队第 31 旅第 92 团，一支为华东野战军第 12 纵队第 35 旅第 103 团。第 92 团前身是 1945 年夏组建的新四军苏中军区第 4 军分区特务团；第 103 团前身是 1945 年 9 月淮阴县、涟水县警卫团合编的新四军苏北军区第 6 军分区第 1 团。这两支部队在 1947 年 8 月 6 日至 12 日的盐城（东）战役中，对夺取战役的全面胜利起到了重要作用。

1947 年年初，国民党军在大举进攻山东解放区的同时，集中 17 个正规旅的优势兵力，在地方保安团、“还乡团”的配合下，采取“轮番扫荡”“分区清剿”“梳篦搜索”与“自首”相结合的方法，向长江以北苏皖地区各主要城镇和交通要道，实施“全面清剿”。企图以军事打击与政治破坏，达到消灭该地区共产党组织及其武装力量、摧毁解放区、巩固其占领区之目的。

中共中央华东局和华东军区、华东野战军针对敌人的行动和企图，号召华东敌后党政军民树立长期独立斗争的决心和信心，采取避强打弱，以多打少；速战速决，以免造成对峙与消耗；开展进攻，反对保守一区一县；积小胜为大胜，不要着急；多做地方工作，发动群众，帮助地方成立新的武装；以武装工作队、短枪队与地下工作相配合等作战原则，与敌人展开针锋相对的斗争。

盐城，连接苏鲁地区的主要交通枢纽之一，抗日战争和解放战争期间，一直是敌我双方反复争夺的战略要地。1946 年 4 月 25 日至 1949 年 4 月，苏皖边区政府为纪念因飞机失事不幸遇难的新四军军长叶挺等“四八”烈士，决定将原新四军军部所在地盐城县（今盐城市）改名为叶挺县，盐城改名为叶挺城。

1946 年 12 月华东野战军主力北上山东后，盐城陷入敌手，它犹如一把尖刀，横插在苏中、苏北两大解放区之间，把华中根据地截为两块。国民党军以盐城为据点，不断对周边解放区发动残酷的“扫荡”和“清剿”。

同时，盐城还是国民党军联勤总部在苏北的重要补给基地之一。城内建有大型军火和物资仓库 10 余座，屯储着运往山东等战场的大量武器弹药、被服装具、食品和装备器材。城区四周和城墙上密布坚固的防御工事，城内主要建筑物旁和要道口都设有地堡，城外构筑“卫星”据点，并有串场河环绕，防守十分严密，易守难攻。

为切断敌南北交通，密切我苏中与苏北两地的联系，支援华中各军分区的内线斗争，策应中原和胶东战场作战。华东野战军第 11 纵队、第 12 纵队，会同苏北军区第 5 军分区、苏中军区第 2 军分区部队，在华中指挥部指挥下，乘国民党军驻苏北、苏中部队外调，其他部队调整部署尚未完成，力量相对空虚之际，于 1947 年 8 月 6 日发起盐城战役，又称叶挺城战役。

战前，为了统一指挥，由苏中区党委书记陈丕显，第 11 纵队兼苏中军区司令员管文蔚、政治委员姬鹏飞，第 12 纵队兼苏北军区司令员陈庆先、政治委员曹荻秋等 5 人组成盐城战役指挥部，管文蔚任总指挥，陈庆先任副总指挥。

8月6日晚，第11纵队从南面突然包围伍佑、便仓、大团等据点，第12纵队从北面包围南洋岸等据点，战至7日，大团、便仓、南洋岸等敌据点相继被攻克。在我军强大的攻势下，驻守上冈、冈门、新兴场等地的国民党军慑于被歼，纷纷撤往盐城城内。

10日晚，第11纵队及苏中军区第2军分区部队从东南、西南，第12纵队及苏北军区第5军分区部队从东北、西北向盐城逼近，并进入攻击阵地。至11日6时，全部占领了城外的零星据点，被击溃的敌人急忙退缩于城中，将通向城里的桥梁全部拆毁。我军即用火力压制敌人，突击架桥，并进行总攻前的各项准备。

“叶挺部队”荣誉战旗

为鼓舞士气，振奋斗志，前线指挥部激励战士们：“叶挺城战役务必夺取全胜，哪个团首先攻进城，首先完成突破任务，同时支援部队好，战场纪律好，就授予哪个团‘叶挺部队’的光荣称号，并授予表现突出的个人‘叶挺勇士’的光荣称号。”号召参战部队全体指战员英勇作战，积极开展杀敌立功的竞赛活动。

总攻的前夜，战士们是在非常紧张而兴奋的气氛里度过的。胆战心惊的敌人挣扎着以火力壮胆，不停向空中打信号弹，最猛烈的时候，敌人把全部力量都用出来了，还接连拉响了十几个地雷……每当敌人火力间断的时候，敌人就荒唐地叫嚣起来，一个敌军官扯着嗓子喊道：“你们攻不上城来，马上天亮，冲下来捉你们活的，还是过来吧！我们一个月拿 13 万呢！”

我军指战员听了好笑，没理睬他，沉着地把一切准备工作做好。炮兵架好炮，突击队的勇士们上好雪亮的刺刀，蹲伏在离敌人 40 多米的交通壕里，静静地等待那个兴奋的时刻，大家都盼着天快亮起来，早些打进城去，好问问敌人“到底谁被谁捉”。

8 月 12 日凌晨 5 时整，总攻开始了。炮兵集中火力轰击敌人的工事，敌碉堡等大部分被我摧毁，城墙也被打塌了几个缺口。

城东方向，负责攻打东门的第 92 团在团长徐光友的指挥下，集中全部轻、重机枪，对准敌人猛烈射击，以强大的火力掩护突击连发起冲击。

架桥组组长张云德，带着两名战士跃出交通壕，抬着用长梯和帆布做成的浮桥，迅速扑到齐胸深的河里，慌了手脚的敌人拼命地向河里扔手榴弹，在张云德等人身边炸起一股股冲天水柱，水花四溅，硝烟弥漫，河水犹如煮沸的开水，不断冲击着架桥队员的身体，冲荡得他们站立不住，但是他们全然不顾，猛地把桥板向前一推，浮桥像箭一样地直指对岸，并成功搭上岸头。

架桥成功了，冲锋号吹响了，担任突击连的 1 营 3 连指战员冒着敌人的枪林弹雨，一个个迅速地从浮桥上通过，像小老虎似的向城墙直扑过去。张云德见架桥任务已完成，就命令组员吴中华看守浮桥，自己跟着突击班向前冲去。

突然，浮桥因过人太多，一头被压沉河中，没有来得及过河的部队顿时被阻隔在河边，由于河边地形开阔没有任何隐蔽物，完全暴露在敌人密集的火力威胁下，将会给部队带来很大的伤亡！在这紧要关头，吴中华和另一名组员奋勇扑过去，用尽全身力气，用肩拼命顶住桥身，大声喊道："同志们，快速过桥，冲过河去。"在敌人的机枪吼叫声、手榴弹爆炸声中，战士们一个个通过浮桥，冲上对岸，接连不断地通过了700多人。事后有人做了计算，每人按50公斤计算，加上轻重武器，在肩上通过的就有近4.5万公斤的重量，吴中华和他的战友以无比坚强的毅力，保证了攻击部队畅通无阻地冲向对岸。

5班冲在突击队的最前面，通过浮桥后，快速向城墙冲去。突然，敌人一阵密集的机枪子弹扫过来，封锁了前进的道路，5班被敌火力压制，无法动弹。在这紧要关头，后面传来了指导员邓江山的喊声："同志们，向前冲就是胜利！"这声音像一股无形强大的力量，激励着同志们勇往直前。紧跟在5班后面的是6班，6班副班长陈和进大喊一声："同志们，跟我上！"便一个箭步冲到前面。6班战士呈斜斜的"一"字形紧随其后迎着弹雨冲了上去。陈和进以熟练的战术动作躲避敌人射来的子弹，顺着一处坍塌成斜坡的城墙快速登上城头，成为登城第一人。

城墙上的守敌被陈和进的勇猛行动惊得目瞪口呆，乱成一团。陈和进迅速向敌人扔去一枚手榴弹，紧接着扣动扳机打过去一梭子弹，将敌1名排长和1名班长打伤在地，其余的敌人哇哇乱叫，陈和进厉声喝道："放下武器，优待俘虏！"敌人在惊恐中有的放下武器举手投降，有的撒腿朝城内仓皇逃窜。

“站住！不要溜，缴枪不杀！”陈和进高举着手榴弹向前追去，途中不幸被敌人的冷枪击中倒下，班里的战友赶紧过来搀扶，陈和进忍着剧痛吃力地说：“不要管我，你们快去消灭敌人，冲啊！”说完，咬紧牙关又向前爬去，1 米，2 米，3 米……他的身后留下一道长长的血迹，直至壮烈牺牲。在陈和进英雄壮举的激励下，突击连和后续部队的指战员奋勇向前，犹如一把把尖刀直插敌阵，以摧枯拉朽之势从东门一直打到西门，迅速割裂了敌人的防御体系。

城西，由第 12 纵队第 35 旅第 103 团 1 营 2 连 32 名指战员组成的突击队，在队长高简银副连长指挥下，迎着敌人 3 门大炮、15 挺轻重机枪、200 多条步枪交织组成的火网，奋勇冲过 80 米宽的开阔地和壕沟，涉过两丈多宽、齐胸深的护城河，迅速冲到城墙下，向城头甩出一排排手榴弹，炸得敌人晕头转向，随即将 8 架云梯靠上城墙，勇士们开始向城墙攀登。

排长马标，途中腿部受伤，仍旧咬紧牙关，第一个跳下水沟，第一个爬上城头，拖着受伤的右腿，仅用 4 分钟就将红旗插上了城头。他一面向敌人射击，一面高呼：“快上啊，红旗插上城头啦！”几十个凶猛的敌人一齐向马标扑来，突然，一颗子弹射中他的胸膛，鲜血顿时染红了他脚下的城砖。这时，敌人的一颗手榴弹落到他的身边，他正准备弯腰拾起扔回，不料，手榴弹爆炸，马标光荣牺牲。在牺牲之前，他仍不忘鼓励战友杀敌立功。

敌人甩出的手榴弹炸得云梯摇曳不停，突击队长高简银站在云梯上高呼：“同志们！立大功的时候到了，这是锻炼共产党员的机会！”他话音刚落，就连人带梯被敌人掀进了护城河。他忍着疼痛爬出水面，重新爬上云梯，带领突击队员冲上去。此刻，敌人以两个连的兵力，向突破口疯狂地反扑过来，并用密集的火力封锁了我军后继部队前进的道路，突击队的勇士们死守突破口，子弹打光了，就与蜂拥而来的敌人展开激烈的肉搏战。

共产党员魏振邦，边爬梯子边向城墙上扔手榴弹，他一跃而上，一个箭步冲上城头，将被敌人炮火震倒的红旗扶起来。这时，3 个手执 8 尺长竹竿大鱼叉的敌人向他扑来，他用刺刀一连刺倒两个敌人，不幸被另一敌人的鱼叉戳中，跌下水沟，爬起来，又冲上去，最后被敌人的炮弹炸伤，全身 3 处重伤，光荣牺牲。

突击队在和数十倍的敌人反复肉搏中，最后 31 人只剩下 6 人，其中还有 4 个受伤，突击队长高简银大声喊道："守住缺口，死也要完成任务。" 8 班班长罗荣顺梯子攀上城墙，刚露出半截身子，一把明晃晃的刺刀便迎面刺来，他头一歪，刺刀在脸上划出一道深深的血口，鲜血瞬间涌了出来，他强忍着剧痛左手拼命抓住城头，右手一把抓住猛蹿过来的敌人的腿，将敌人拉下城墙。自己则乘势翻身跃上城头，迅速掏出手榴弹向敌人甩去，将迎面跑来的敌人炸倒，捡起地上的红旗第三次插上城头。突击队的勇士们发扬大无畏的革命精神，前赴后继，不怕流血牺牲，牢牢守住了突破口。这时，第 103 团后继部队终于克服困难，登上城头，突入城内，与敌人展开激烈的巷战。经过 3 小时的激战，在兄弟部队的协同下，全歼盐城守军 1 个旅和 1 个营。

与此同时，其他各部队相继突破敌防区，第 34 旅旅长廖成美亲率第 102 团 3 营迅速从城西北角，通过敌人布设的雷区，渡过护城河，从突破口进入城内，直插北门。第 100 团也从城北门相继攻入。至此，全城基本被我军占领，守军大部被歼灭，残敌退缩至盐城中学，企图负隅顽抗，在我军强大军事压力和政治攻势下，下午 3 时左右，敌人打出白旗投降。我军仅用了10余小时，就一举拿下这座江苏境内赫赫有名的城池。

此役共歼敌7000余人，缴获大量军用物资。战后，中共中央华东局和华东军区发来贺电，嘉奖盐城战役所有参战部队。

华东野战军第11纵队
授予率先攻入叶挺城的
第92团“叶挺部队”称号

1948年8月，华东野战军第11纵队授予第31旅第92团“叶挺部队”荣誉称号，第92团1营“叶挺营”荣誉称号，第92团1营3连“叶挺连”荣誉称号。追认第一个英勇登城的陈和进烈士为“叶挺英雄”。与此同时，华东野战军第12纵队授予第35旅第103团“叶挺部队”荣誉称号，第103团1营“叶挺营”荣誉称号，第103团1营2连“叶挺连”荣誉称号。

功勋坦克

人民英雄的缩影

1947 年 1 月，华东战场上的鲁南战役打响。华东野战军在陈毅和粟裕的率领下，对苍山县（今兰陵县）的国民党整编第 26 师第 1 快速纵队展开了勇猛的进攻。所谓的国民党整编第 26 师第 1 快速纵队，由蒋介石的儿子蒋纬国所领导，配有坦克、榴弹炮、汽车等装备。而当解放军突然发起进攻时，这个快速纵队却没能发挥机械化装备的快速机动优势，反而被解放军包围歼灭了。

鲁南战役中，华东野战军一共缴获了 20 辆美制 M3A3 坦克。

这在当时是一个了不起的战绩，然而遗憾的是，缴获了坦克却没有人会开会用。部队费尽周折，总算是找了几位能够开动坦克的战士，开走了 6 辆 M3A3 坦克。可剩下的这些铁疙瘩怎么办，难道我们缴获的坦克还能让敌人再开走吗？万般无奈，只得炸掉了剩下的 14 辆。

1947 年 3 月 3 日，华东坦克队在山东省沂水县王家庄成立。华东军区首长任命王崇国为队长，赵之一为指导员。

王崇国是当时华野少有的装甲兵人才，他从华野各部队中千挑万选找来了 93 名懂技术、能够学开坦克的官兵，而被选上的队员大多来自广东东江纵队。

“朱德号”坦克，又名“功勋坦克”

陈毅、粟裕等首长多次来到坦克队，粟裕曾经对队员们说：“你们是我们华野的天之骄子，你们一定要把我们的坦克部队建起来，把我们的坦克部队打造成一支钢铁的部队。”

坦克队成立后，昼夜不停地进行训练，最终掌握了攻坚破障、克敌制胜的战术战法。这期间，国民党军不断派出飞机侦察，企图轰炸我军坦克队驻地。坦克队队员就用捉迷藏的办法，利用树林、山洞等躲过了敌机的轰炸。

1947 年 9 月，国民党重兵进攻胶东。形势十分严峻，在没有制空权的情况下，华野命令还在训练中的坦克队，要想尽一切办法保护好这 6 辆坦克。这时候他们已经转移到了胶东的乳山县（今乳山市）。在这里，队员们将坦克化整为零，采取拆零件、挖坑掩埋、藏进深山等方式掩蔽坦克。同时，他们还在掩蔽坦克的地方设置了地雷、炸药等，一旦敌人发现并移动坦克，就直接引爆。

1947 年 12 月，胶东保卫战结束后，坦克队队员回到乳山县，把这 6 辆坦克又挖出来修复，重新组装起来。这时，有两辆坦克因零部件受损，无法组装，所以坦克队只有 4 辆坦克。

养兵千日，用兵一时。

济南战役打响以后，华野部队攻击历城时，第一次使用坦克，就发挥了装甲兵的威力。

那天晚上 11 时，随着信号弹的升空，坦克队的 4 辆坦克一字排开，直接开到了敌方城墙外的外壕，发起攻击。守敌发现坦克后，集中火力朝着 4 辆坦克射击。枪弹打在坦克上，叮当作响，前沿阵地硝烟弥漫。

在战火硝烟中，坦克手难以看清楚前面的情况，怎么办？这时坦克已经冲到了城墙前面，英勇的坦克手们干脆打开炮塔门，探出身体来观察敌情，并且迅速发起攻击，我军步兵紧随坦克，冲过外壕，顺利地攻下了第一道防线。

此时，国民党空军出动了 9 架飞机朝着坦克狂轰滥炸，坦克没有退缩，在炸开的城墙豁口直冲敌阵。我军步兵吼叫着冲进城去……

在济南战役中，坦克队起到了应有的作用。他们的出现，在一定程度上对守城的国民党军也是一种震慑。战后，我军俘虏的一个国民党军的旅长说：“当我们看到你们居然有坦克的时候，我们的精神防线先垮了，所以部队很快也就垮了。”

华野部队在此次战役中又缴获了 14 辆日式坦克、50 多辆汽车。华野坦克队一下增加了 14 辆坦克，坦克手们自豪地说：“我们现在已经是名副其实的坦克大队了。”

1948 年 11 月，在淮海战役的大决战中，相继歼灭国民党黄百韬、黄维两个兵团后，中国人民解放军向杜聿明兵团追击，力争将敌军包围消灭在陈官庄地区。在追击战中，华东野战军“功勋坦克”担当先锋，配合兄弟部队进攻敌军重兵防守的前平庄。

当时，敌人在阵地上部署了反坦克炮，朝着我军坦克猛烈轰击。

我军两辆坦克被敌人炮弹击中了，其中有一辆坦克履带被打断了，无法移动。这时候，另一发穿甲弹打穿了坦克钢板，队员们全部受伤了，但是炮手凌国鹏操纵着火炮还在还击敌人。凌国鹏朝着战友们大喊："你们赶快跳车，我来掩护。"战友朱庆明、叶培根等人准备钻出坦克时，才发现凌国鹏同志的双腿已被炸得血肉模糊，他们用尽一切办法才把凌国鹏从里边抬了出来。

此时，102 号坦克也中弹 13 发，但是还能移动。102 号坦克车组乘员就继续轰击敌人阵地，压制敌方火力，掩护队友，救护伤员。坦克手沈许回忆说："凌国鹏同志临死时把身上的急救包给了受伤的战友，他还把身上所有的东西都掏出来说要交给我们的党组织。"

在前平庄战斗中，"功勋坦克"车组乘员顶着敌人猛烈的炮火不断还击，成功掩护了受伤的战友和坦克撤出战场。战斗结束后，坦克手沈许被华东军区授予"坦克英雄"荣誉称号。

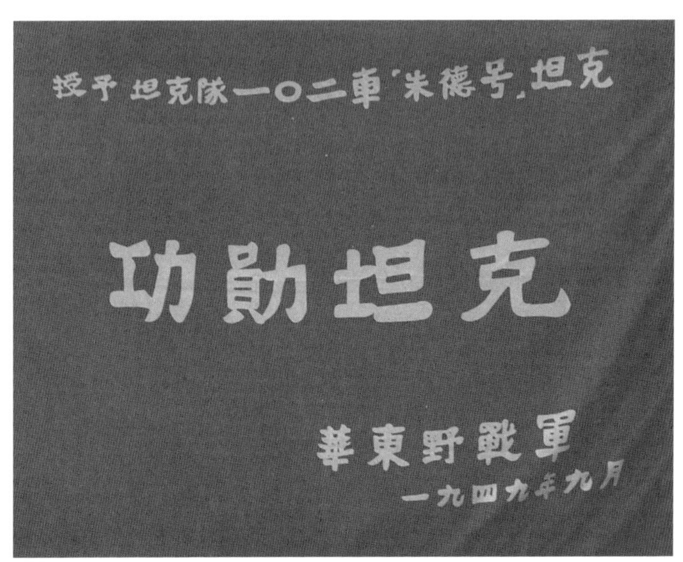

"功勋坦克"荣誉战旗

淮海战役后，华东野战军又缴获 20 辆 M3A3 坦克。因此，坦克大队正式扩编为战车团，并命名为战车第 1 团。102 号坦克被华东军区授予“功勋坦克”称号。现在人们到中国人民革命军事博物馆参观，就会看到停放在军事博物馆广场上的 102 号坦克的威武雄姿。

1950 年，沈许作为华东军区的坦克英雄出席了全国战斗英模代表大会，受到了毛主席和朱德总司令的亲切接见。

抗美援朝战争爆发以后，我军的装甲兵部队奉命出国作战，立下累累战功。

半个多世纪以来，102 号坦克所在的部队，一直保持着“功勋坦克”的精神——“不畏强敌、誓死拼搏、团结作战、勇于牺牲”。这种精神也成了解放军装甲兵部队成长的精神动力。

“坦克英雄”沈许后来转业离开部队，到了广东省工作。一直到 80 岁的时候，他还保持着普通一兵的本色。当有人知道他就是当年的坦克英雄的时候，他总是说：“其实我只不过是坦克乘员中的一个，我的那些战友都是英雄。”

英勇善战模范团

红旗插上“高丽门”

英勇善战模范团，是原第41集团军首次荣获“英雄团”称号的光荣部队。具体来讲，解放战争时期，该集团军前身部队第11师第31团在上级首长机关赋予主攻辽阳城的战斗任务中，把主攻红旗插上城头，被东北人民解放军（后来的东北野战军）第4纵队司令部政治部授予“英勇善战模范团”荣誉称号。

“英勇善战模范团”荣誉战旗

1948年1月下旬，东北人民解放军为了继续扩大冬季攻势第一阶段的战果，决定主力南下，准备实施冬季攻势第二阶段计划，歼灭辽阳、鞍山、营口之敌，同时吸引沈阳之敌出援，从而达到大量歼敌的目的。1 月 30 日，第 4 纵队从辽西卡马力一带出发，经一夜急行军，兵临辽阳城下，在萧家河、新城、石嘴子、峨嵋庄一带，对敌形成了包围态势，并切断其与沈阳的联系。

古城辽阳，其城东和城北依太子河而建，城墙以高厚坚固著称。传说自薛礼征东以来从未被再攻破过，自古就被称为“铁打的辽阳”。

国民党守敌主力新六军暂第 54 师在辽阳城墙顶端构筑了掩体、交通壕和各种火力发射点。敌人在城外还挖了一条宽丈余的外壕，在外壕的前面还附设了铁丝网、鹿寨和地雷区。此外，在城东南还有一个坚固的外围阵地，配有相当的兵力把守。敌人配属的兵力有辽阳团管区、铁路警察队、保安团等杂牌武装及新五军军部留守人员，能担负战斗任务的守敌有 7000 余人。

2 月初，第 4 纵队第 11 师夺取了辽阳城东的料高山阵地，第 10 师第 30 团主力攻占了辽阳以北太子河铁路桥，第 12 师第 35 团一部驱逐了城南麻袋公司之敌。扫除了敌人外围防御阵地之后，第 4 纵队决心以第 31 团担负主攻辽阳城的任务。全团立即展开攻城前的准备工作：第一，熟悉地形，了解敌情；第二，积极进行战前政治鼓动；第三，认真组织攻城训练；第四，构筑前进出发阵地和伪装。团党委决定以 2 营为尖刀营，全营 725 名指战员个个摩拳擦掌，攻城演练虎虎生威，战斗部署很快落到实处。一份份用鲜血写成的火线入团、入党申请书和请战书、决心书飞向营部，“轻伤不下火线，坚决打下辽阳城”“为了革命胜利，甘愿流血牺牲”等誓言，激荡在全营勇士的心中。大战前夕，团首长将纵队授予本团的一面红旗交给 2 营，命令他们一定要将红旗插上辽阳古城。

2 月 6 日正是农历腊月二十七，岁暮年初，天寒地冻。凌晨时分，2 营紧急集合，准备出发进入前沿阵地。教导员做简单的战前动员，之后由营长布置战斗任务。战前，营长和教导员还为谁带连队打主攻而“互不相让”。教导员说：“平时总是你带头打冲锋，这次，我想带主攻连到前边去。”营长则说：“带兵打仗，我率部队冲锋，你殿后指挥，是正常的事。我要是倒下了，你再上；你要是倒下了，连长上，一级顶一级，前赴后继，勇往直前，这是我军的老规矩呀！”教导员又说：“这回打辽阳是场硬仗，咱俩一块上前边行不行？”营长还是不同意：“哪有军政主官同时上的？万一碰上敌人的炮弹，咱俩同时光荣了，那部队咋办？你还是好好坐镇吧！”教导员拗不过，就对营长说：“你注意安全，我全力掩护。”两人的双手紧紧地握在一起，强劲有力。

天刚破晓，总攻就打响了，纵队炮兵团的40多门山炮、野炮一齐轰击，将炮弹射向辽阳城墙。待墙体被炸开一个透亮的小洞时，全营就迅猛发起冲击。突击队展开扇子形，以三三制战斗群，直扑城墙脚下。

2营主攻的目标是辽阳城东的“高丽门”，而城外的护城河足有半里多宽，冰雪封河，光滑如镜。战士们冲上去后跑不起来，还常滑倒，只好用子弹刨着冰往前爬。当担任主攻任务的4连冲到河心时，敌人的炮火打过来了，炮弹炸穿厚厚的冰层，掀起一股股丈余高的大水柱。水滴溅落到战士的军衣上，不大一会儿就结了一层薄冰，战士们根本顾不得这些，勇猛地冲到城墙根下。

4连爆破组在重机枪和六〇炮的掩护下，抓紧排除了铁丝网、鹿寨和地雷等障碍物。不过，由于牢固的城墙尚未被我军炮火完全炸开，敌人反扑的火力也很猛烈，部队一时还冲不进去。此刻，如果敌人从城墙上扔下一排排手榴弹，后果更不堪设想。营长全然不顾耳边响着的爆炸声和嗖嗖的子弹声，迅猛地冲到城墙根下，但是仍然遭到敌人的射击，被一个战士猛地扑过来按倒在碎砖瓦砾上。战士牺牲了，营长却毫发无损。营长义愤填膺，果断命令身边的重机枪班掩护，突击班架起云梯，顺着被炸的城墙豁口向上攀登，往上冲击，扩大突破口。这时，据守之敌凭借优势火力向勇士们疯狂扫射，十几名战士不幸中弹，或牺牲或负伤。营长命令突击班班长："带着你们班，再冲啊！"突击班班长把轻机枪往肩上一斜挎，迅速地向城墙豁口冲去，3 名战士紧随其后。他们时而低姿冲击，时而匍匐前进，到了云梯底下，敏捷地踩上去，很快就登上城墙，奋不顾身地冲了进去。这时，有五六个敌人为堵住突破口，向我方扑来。突击班长手端捷克式机枪向敌人猛烈开火，另一名战士在侧面夹攻，打得来敌四处逃窜，缴械投降。紧接着，2 营 3 个连快速地通过突破口冲到城内，随即向市内展开纵深突击。擎旗手也在硝烟中把主攻团的红旗插到了"高丽门"的城墙上。

辽阳战役中，红旗插上"高丽门"城墙

部队冲到辽阳市中心转盘北边时，被前方暗堡里的重机枪封锁。第 31 团团长王祥快步来到 2 营，正观察地形时，就被暗堡里的敌人一梭子子弹打中腿部，营部通信员也倒在了血泊中。营长命令几个战士把团长抬下去，送战地卫生所包扎。随后，他命令九二钢炮手迅速开炮。随着轰轰两声炮响，两发两中，暗堡被端掉了，部队顺利地向前挺进。

随着我军的勇猛追击，整个辽阳城里像一锅爆豆，巷战迭起。第 31 团 2 营营长带领 6 连打得勇猛机智，枪炮阵响，硝烟弥漫，很快冲进敌人的指挥部。敌报务员听到响动猛一回头，正好对着解放军黑洞洞的枪口，一时间紧张地愣在那里，半晌说不出话来。营长厉声命令敌报务员："给我发报！"并严厉地说，"发错了毙了你！"于是，营长口述电文，大意是"我部已弹尽粮绝，快空投子弹、炮弹和给养，越多越好"，并命敌报务员以敌指挥官的名字落款。不一会儿回电发来，内容是"要坚持住，补给马上就空投到"。没隔多久，天空就传来轰隆隆的马达声，敌机果然开始空投了，白色降落伞下用柳条筐装的子弹成筐成筐地落到地面上。敌机还空投下了一门迫击炮和一个炮手，只是炮手因降落伞没打开，在落地时摔死了。接着，战士们用"运输大队长"蒋介石从天而降送来的"军援"物资，猛烈地还击敌人，为攻下辽阳城而英勇奋战。

经 8 个多小时的激战，东北人民解放军全歼辽阳守敌，俘敌正副师长以下 5000 余人，攻占"铁打的辽阳"，辽阳古城终于回到了人民的怀抱。

作为解放辽阳的功臣之一，第 31 团 2 营营长和教导员专门来到大街上，一睹这座古城的雄姿。他俩头戴皮帽子，肩挎手枪盒子，尽管年轻的脸颊被战火熏得黢黑黢黑，却精神抖擞地走在仍冒着硝烟的街头巷尾。一些建筑成了断垣残壁，大部分街区还是保存完好。营长和教导员路过一家照相馆，不约而同都想拍个合影以做纪念。营长实在地说："自打入伍以来，我还没照过相呢！"教导员笑着说："打下鞍山的时候，我倒是抢着照了一张相。”两人走进照相馆，老板一看是征尘未洗的解放军，马上端来一盆热水，递上毛巾，热情地说：“欢迎解放军，你们是人民的功臣！”教导员感慨地说：“我们的多少战友都牺牲了！他们为了辽阳人民的幸福，献出了自己宝贵的生命。我们照相作为纪念，也是告慰他们的英灵，古城终于回到了人民的怀抱。”

2 月 7 日，毛泽东代表中央军委给东北人民解放军总指挥部发来贺电，祝贺辽阳解放。

为解放辽阳，第 4 纵队第 11 师第 31 团 2 营以伤亡 96 名指战员的代价，受到纵队嘉奖，被授予一面两丈多长的大红旗；勇攀城墙、第一个冲进城内的机枪班长，被纵队授予“战斗英雄”光荣称号；把主攻红旗插上城头的擎旗手，荣立大功一次。

英勇善战的第 31 团名不虚传，其前身为 1942 年 7 月组建于胶东平度县（今平度市）的八路军胶东军区西海独立团，之后为西海独立第一团，山东军区第 6 师第 17 团，东北民主联军第 2 纵队 2 支队 4 团。全面抗战中，团队对日伪顽浴血奋战，成长为英勇善战、无私忠诚的胶东子弟兵。解放战争之初进入东北，先后参加鞍山攻坚战、新开岭围歼战、四保临江作战、梅河口攻城战等战役战斗，表现可圈可点。参加完塔山阻击战之后，第 31 团于 1948 年 11 月改编为第四野战军第 41 军第 122 师第 364 团。该团作为胶东军区的第一个西海独立团，部队基础好，作风过硬，攻防兼备，战斗力很强，成为军、师主力团之一。

第 364 团历经数次改革调整，一代代官兵始终牢记“英勇善战模范团”的崇高荣誉，继承和发扬英勇善战的优良传统，出色地完成了上级首长机关组织的实兵实装演习、国际军事比武、联演联训、抗洪抢险等多项军事任务，续写了永不磨灭的“英勇善战”精神。

潍县团

彪炳战功，鲜血铸就

山东省威海市文登区东面的群峰之间有一座山，因自古有“天赐福地”之说，故名天福山。1937年12月，中共胶东特委在这里组织发动天福山起义，创建了胶东第一支抗日武装。

在其后的硝烟岁月中，从天福山走出的这支武装不断发展壮大，涌现一批功勋卓著的英模部队，其中被华东野战军授予“潍县团”称号的第9纵队第27师第79团，正是“天福雄风”的卓越代表。

潍县，现称潍坊市，位于胶济路的中枢，是山东半岛的一座重镇，自古以来为兵家必争的军事要地。1948年暮春，华东野战军山东兵团以风卷残云之势，横扫了胶济路西段后，挥戈东进，兵锋直指潍县县城，就此发起潍县战役。此役不仅成就了威名远扬的“潍县团”，也是华东野战军转入战略反攻后进行的第一个攻坚战役，在解放战争历史上写下了浓墨重彩的一笔。

潍县为特殊的“双城”格局。县城被白浪河一分为二，西城方圆4公里，东城方圆5公里。西城墙外壁全部由青石砌成，高达11米至13米；东城内外均系三合土筑成，城墙高7米至8米。两城相距百米，通过5座桥梁相互沟通。这样坚固、高大的城墙和特殊的布局使潍县有“从未被攻破”的传说。

国民党军对潍县分外重视，驻守兵力约2.53万人，仅正规主力部队就有1.27万人。其余保安旅等土顽武装虽说装备不足，战力不强，但在当地盘踞多年，也是一股顽固的力量。

据守潍县的是国民党军第45师师长陈金城。他以西城为核心，分别以独立据点、城关和城垣为依托，配以地雷、鹿寨、铁丝网、陷阱，精心构筑了三道坚固的防御体系，并自鸣得意地说："共军不足畏，它只能打游击战和运动战，而不能攻坚，我们有这样坚固的城堡工事，又有优势的空军，只要屯足粮弹，就是打上一年半载，也是不成问题的。"他公开宣称："潍县城是攻不破的金城。"

1948年4月2日，遵照中共中央和中共中央华东局指示，我攻城部队相继进入潍县外围和打援地域，完成对敌人的分割包围。一场激烈的城市攻坚战正式打响。

激烈的战斗一直持续到4月18日，各攻击部队逐一拔点，基本扫清了潍县外围的守敌。1948年4月23日黄昏，攻城战斗在西城南北同时打响。第9纵队第79团的任务是，主攻潍县西城的北关，以"击敌要害、腹内开花"的打法，迅速突破城垣，揳入纵深，为后续部队打开通路。在闷雷似的爆炸声中，几千斤炸药包在坑道内被点燃，外壕沟被摧毁，巨大的土方填平了沟壑，形成一个平坦的通道。晚8时许，第27师第79团在团长彭辉、政委陶庸的指挥下，突过外壕，对敌城外矮墙、地堡群实施爆破突击。

潍县西城的北面城墙外侧筑有1.5米高的矮墙，设置了密集的火力点，矮墙外侧还挖掘了宽深各6米、倾斜度70度的护城月河，水深1米左右。在距城千米的范围内，还筑有大、小子母堡，设置了地雷、陷阱、铁丝网、拒马等，构成了一个完整、多层次、立体式的纵深防御体系。国民党军第45师还将城门堵死，号称进行"地平线以下的作战”，企图与我军在城下决一死战。

第79团以2营、3营为第一梯队，担任直接攻城任务。团长彭辉、政委陶庸、参谋长丁亚不畏艰险，身先士卒，随各梯队靠前指挥作战。

进攻发起后，该团7连和6连在火力掩护下迅速突过壕沟，兵分两路向土围寨、暗堡实施连续爆破、突击。7连连长王保风率领突击排奋勇冲入敌阵地，在6连的密切协同支援下，只用了20分钟就占领土围寨，为8连和4连突击城垣扫除了前进障碍。

24日0时21分，彭辉团长命令突击营（3营）强爆城墙，“钢八连”排长赵永斌指挥爆破手刘庸亭、栾子明、王官钧、宋文章连续送上6大包“滑子炸药包”（长木杆装上滑子装置以绳索拉到杆顶后，再拉导火索）。随着一声声惊天巨响，坚固的城墙被炸开了二三米宽的突破口。

战士们攀登城墙

连长曲悦平立即率领1排、2排，朝突破口猛扑过去。一直坚守在突破口的刘庸亭班长多处负伤，耳朵被炸药震聋，仍带领9班战士奋勇架上云梯。战士王定文怕梯子不稳定，不顾城上石头、土块坠落城下，一边用肩膀顶牢长梯，一边高呼："突击队，勇敢地往上冲啊！"

1 班班长王玉荣第一个冲上城头，接着红旗手张义德扛着红旗登上城头，不幸中弹牺牲。副连长孙义成接过红旗，第一个将旗帜插上城墙上端。位于 8 连右侧的 4 连也登上了城头。该连 3 排排长左思甲登城时负伤 4 处，仍率领全排击退敌人两个连的反扑，攻占了敌人固守的突出部，扩大了突破口。敌人吹嘘的"攻不破的金城"，就这样被我军一举突破。

第 79 团 4 连、8 连，像两把利剑刺穿了敌人的城垣，两面写着"把胜利红旗插上潍县城上"的旗帜，在西城的城垛间迎风招展。

不甘失败的敌人以猛烈的炮火封锁突破口，重机枪火力像飓风一样席卷城垣。第 79 团迅速向突破口两侧卷击，巩固扩大突破口。

8 连副连长已负伤 6 处，仍顽强地指挥战士击退敌人 5 次反扑。子弹打光了，就用砖头、石块、铁锹、铁镐与敌人拼搏，坚决扼守住突破口。8 班班长宋文章的耳朵被震聋，眼睛失明了，手里还握着喇叭筒在火线鼓动战友。

8 连正在迎击敌人反扑时，9 连也冲上来增援，于 2 时 30 分攻占第 3 号突出部，并继续向东侧发展。3 时许，第 79 团参谋长丁亚随 5 连登上城垣，与 2 营营长孙宝珍会合后，不失时机地命令 5 连突入城内。一场猛插纵深、孤军奋战的战斗就此打响。

凌晨 4 时，黎明前的天空依然一片漆黑，敌人的火力封锁着突破口和城墙。5 连指战员置生死于度外，坚决执行突入城内的艰巨任务。副指导员庄兆谦率领 3 排首批进城，他们从 15 米高的城墙上，系了一根粗绳索，垂直地溜放下去。地面看不清，7 班班长王可露第一个翻身下了城墙，紧握绳索往下滑，当他滑到绳索尽头时，突然发现墙边长梯已被敌人放倒，身体悬空离地面5米左右。在此千钧一发之际，他毫不犹豫跳下地面，接着两名战士也奋勇跳下，快速投出手榴弹后，战士们占领了地堡。

守敌发现我军突入城内，立即以机枪火力猛烈射击，并连续投掷手榴弹，绳索被击断了。在城垣上的2排战士心急如焚，当机立断，结起绑腿布来代替绳索。尽管长度不够，仍不顾危险地手握绑腿布绳滑落，跳下地面。5连连长孙瑞芝坚决执行突击命令，迅速果断地率领两个排孤军作战，英勇击退敌人多次疯狂反扑，相继攻占20多幢房屋。在敌人的反扑下，该连干部大部分牺牲或身负重伤。这时3排排长杨学良挺身而出，主动代理连长指挥，利用两面水湾的有利地形，战胜敌人的围攻、炮击和火攻，独立在城内坚持20多个小时，牵制了城内大量敌军，有力地支援了兄弟部队的进攻作战。

陈金城得知城垣被突破的消息后，大惊失色，急忙调集部队，在飞机、炮火的支援下，向我军第79团突破口发起反击。一场激烈的争夺战就此打响。

彭辉团长当即以3营继续向西突击，打通友邻协同支援。团政委陶庸在8连、9连阵地上指挥反击。一排排手榴弹在敌群中爆炸，打乱了敌人的队形。趁着敌人混乱，战士们又端着步枪展开了白刃搏斗。连番激战后，8连1排只剩下9名战士。

2营4连和特务连，在抗击敌人反扑的战斗中，伤亡也很大。教导员张中言率领战士冲向敌人，不幸中弹牺牲。营长孙宝珍愤怒地高喊："守住突破口，为教导员和牺牲的同志们报仇！"遂与敌人展开了肉搏战。经过激烈苦战，第79团不仅牢牢守住了突破口，而且歼敌900余名。

第 9 纵司令员聂凤智抓住机会，组织后续部队强攻潍县。

当我军各部冲入潍县县城时，陈金城见大势已去，率残部弃城东窜，潍县西城宣告解放。27 日，东城战斗结束，潍县战役大获全胜，号称“鲁中堡垒”的潍县据点被拔出，使得胶东、渤海、鲁中 3 个战略区连成一片，迫使蒋介石在津浦、陇海路及鲁南地区的主力部队更加陷于分散、孤立，面临被各个歼灭。

中共中央华东局发出贺电：“今午全歼陈师，解放潍县。捷报传来，后方军民欢腾若狂。”中共中央华东局、华东野战军首长高度评价第 79 团：“给予垂死挣扎的敌军沉重的打击，迫使守敌丧失顽抗信心，濒于崩溃，奠定全歼敌人的基础，对整个战役做出了重要贡献。”

“潍县团”荣誉战旗

5 月 8 日，中共中央华东局、华东军区召开祝捷大会，庆祝潍县战役胜利，表彰各参战部队，第 79 团首登西城，突入城内，被授予“潍县团”荣誉称号。该团 8 连被纵队命名为“潍县战斗英雄连”，4

连、5 连、7 连被命名为“潍县战斗模范连”。

聂凤智将军后来说：“攻取如此坚固设防的潍县‘双城’，直接用于攻城作战的时间不及 40 个小时。即使现在看来，仍不失为城市攻坚的成功战例。”

光荣的临汾旅

攻无不克，战无不胜

临汾，晋南最大城市，城池依自然地形建在一个大土丘上，内高外低，状似卧牛，素有“卧牛城”之称。它西临汾河，东、南、北三面地形开阔，城垣坚固，易守难攻，历来为军事重镇，兵家必争之地。

1947 年 12 月 27 日，晋冀鲁豫野战军第 8 纵队和西北野战军第 2 纵队、晋绥军区独立第 3 旅以及太岳军区 4 个团，发起运城战役，攻克阎锡山、胡宗南在晋南的重要据点——运城。至此，敌在晋南仅剩下临汾这座孤城。蒋介石为了保住该城，牵制我军对西北战场的支援，令胡宗南部的第 30 旅留守临汾，又令阎锡山从晋中地区抽调一个师加强临汾的防务，由太原绥靖公署所属第 6 集团军副总司令兼晋南地方武装总指挥梁培璜统一指挥，下辖旅、营、团、保安警备队等共 2.5 万人。

同时，守军在临汾城构建了完备的防御体系，对于己方拥有的坚固城防工事，梁培璜极为得意，他说:“八路军作战，向来是以多胜少。我们把临汾城周工事筑成法国的‘马其诺’，来个以少胜多。”

1948 年 2 月上旬，晋冀鲁豫军区在阳城召开太岳区党政军联席会议，根据中央军委的指示，研究了打临汾的问题，并就战役准备工作进行布置，组建前方指挥所，由军区第一副司令员徐向前任司令员，统一指挥参战部队。准备参加临汾战役的部队，计有第 8 纵队、第 13 纵队和太岳军区两个独立旅共 5.3 万人。针对该城设防坚固和攻城部队重火器少，大多数部队由地方部队升级组成，作战经验尤其是攻坚作战经验少等情况，作战部决定以坑道爆破为主要攻城手段，要求各部队在作战开始前普遍进行攻坚训练。徐向前认为，必须熟练掌握攻坚战术，“才能代价小，收效大”。

3 月 6 日，国民党西安绥靖公署因西北战场需要，开始将敌第 30 旅由临汾空运洛川。晋冀鲁豫军区前指为滞留该敌，配合西北野战军作战，决定提前于 3 月 7 日发起战役。

3 月 7 日凌晨，第 8 纵队第 24 旅攻占城南飞机场，击毁运输机两架，迫使其余 8 架飞机未能载人飞逃，从而打破了国民党军的空运计划。其余各部队从东、南、北三面对临汾发起攻击，扫除外围警戒阵地，对临汾形成合围。

第 23 旅前身为山西新军决死第 3 纵队

第8纵队第23旅受领了攻占城南外围据点，配合第24旅行动的任务。命令到达时，全旅各单位正准备吃晚饭。敌情突变，旅首长命令立即出发，指战员冒着雨雪，连夜强行军，于3月7日拂晓前到达临汾以南张茹村。8日，第23旅攻占张茹村、尧庙、郭村等敌外围据点。城南是一片开阔地，便于敌人发挥火力。旅首长命令各团开展土工作业，每团开挖多条交通壕，向临汾城逼近。

为了了解敌情和攻下西赵村敌据点，旅长黄定基派旅侦察排排长李来龙化装成敌军官，并带领副班长李玉山、战士陶有成两名侦察员，化装成他的卫兵，深入城南西赵村捉“舌头”。当夜，李来龙带着两名“卫兵”出发，前往西赵村。这个村庄，距城约800米，村庄呈三角形，每个角上有三个碉堡，村周围设置有鹿寨和铁丝网。驻守在这里的敌人已发觉解放军向临汾逼近，警觉性很高，太阳落山时就将兵力集结到碉堡内，封锁村庄进出道路，并在碉堡顶上和村口设有哨兵。

到碉堡里捉“舌头”是不可能的，李来龙仔细观察后决定进到村内再想办法。村口不能走，李来龙选定在两个碉堡之间的间隙匍匐进入村内，并沿途撒上石灰作为返回道路的标志。他们在两堡之间排除了敌人设置的地雷，在鹿寨中开辟一条通路，剪开铁丝网，李来龙令陶有成留在道路口监视敌人，接应他们捕俘归来。

李来龙和李玉山悄悄地进到村内，在一个窗户下用手蘸着唾沫将窗户纸浸湿捅开一个小孔，他们看到屋内一名军官模样的人和两个穿着便衣的人正在抽大烟。这是一个难得的捕俘时机。李来龙和李玉山突然撞进屋内，大声训斥3个烟鬼。3个烟鬼见李来龙是“高级军官”，战战兢兢地回答着问话。李来龙大声喊道：“李玉山，把他们带到司令部去。”李玉山拉响枪栓，喝令3人按他指定的方向走去。到铁丝网附近时，俘虏说："长官，到司令部去应走那边。"李来龙用手枪顶住他的脑袋厉声喝道："少啰唆，跟着走就是了。"

这时战士陶有成也赶过来接应，就这样李来龙等3名侦察员机智地捉回3个"舌头"，胜利回到旅部。经过审讯，弄清了临汾外围的东赵村、西赵村、柴村、借粮堆、千家坟等敌设防和兵力情况。3月9日，部队顺利拿下西赵村。10日拂晓，黄定基又指挥部队冒着纷飞的大雪，攻占距临汾城墙500米的东赵村和村南的借粮堆敌制高点。

敌外围据点失守后，集中主要兵力死守城垣周围的护城据点和东关。徐向前根据实地观察和审俘了解到，城南难登，且登城后也不易发展，而城北地势较高，利于登城和兵力、火力展开，于是决定改变原定从东、南、北三面攻城的方案，将城南改为助攻，主攻方向在城东、城北两面，攻击重点指向较易隐蔽的东关。至22日，我军相继拔除崔家疙瘩、火车站、高河店、尧关庙等外围据点，挖掘坑道多条，打退守军30余次反扑，逼近东关外城。

23日，我军全线发起攻击。第13纵队23日至27日两次攻击东关均未成功。配合第38旅攻打东关的第39旅向东关北侧电灯公司发起攻击，经过两天坑道作业，于30日晚爆破成功，全部占领电灯公司，但登城突破未能成功，与敌形成对峙。第8纵队第23旅、第24旅攻击兴隆殿和北门附近据点，太岳军区部队进攻北门以东据点，均受挫。

针对作战中暴露的轻敌急躁、缺乏细致研究敌情和精心组织计划、不讲战术等问题，为了总结经验教训以利再战，前方指挥所命令各部队暂停攻击。并于31日召开团以上干部会议进行研究，着重解决战斗队形，小群动作，火力、爆破、突击相结合，坑道作业等战术技术问题。会上，徐向前指出，坑道是对付敌人的最好手段，我们要用“土行孙”的办法攻打临汾。为了鼓舞士气，激励斗志，徐向前提出：谁最先破城，就授予其“临汾旅”称号。

4 月 1 日，前方指挥所重新调整部署，集中兵力重点攻打东关。以第 8 纵队第 23 旅和第 13 纵队第 37 旅两支战斗力较强且有攻坚经验的老部队，作为攻打东关的主力。

4 月 10 日下午 4 时东关总攻开始。先经过 2 小时的火力准备，第 23 旅的 3 条坑道（1 条备用）同时起爆，东关城墙被炸开两个大缺口，第 68 团、第 69 团的突击队趁硝烟未散迅速登城，突入东关，迅猛地向纵深发展。第 37 团因坑道未爆破成功，其一部由第 23 旅突破口进入关内，一部由先前第 38 旅炸开的缺口强行登城，战至 11 日上午，守敌第 66 师大部被歼，其师长和少数残敌逃入城内，东关被我军占领。徐向前接到我军攻占东关的报告，十分兴奋地说：“23 旅东关这一仗打得很好，让参战部队大睡三天，准备再战！”

攻克东关后，4 月 15 日，前方指挥所决定首先从城东、城南两面攻占外壕，完成破城坑道，占领有利阵地，而后再发起总攻。以第 13 纵队在南门至城东南角地段，第 8 纵队在东南角至大东门地段，太岳部队在大东门到东北角地段，夺占外壕和护城据点，选点挖掘破城坑道。

5 月 12 日，经过旅教导大队 2 队的 100 余名学员和旅工兵连 100 余名战士 23 天的艰苦劳作，两条破城主坑道胜利挖过临汾城敌人外壕，并继续向前作业。由于敌人的反坑道又密又多，因而主坑道不断拐弯。为防敌人用安在地下的大瓮测听，作业的战士在脚上缠上破布或包着棉絮走路，相互间都用手势代替讲话。有的战士怕作业出声，便用胸膛顶着铁叉、铁铲掘土，以致胸部都磨出了血。

运土，开始用小车拖，到后来，坑道通过外壕，泥土过湿，车轮难以转动，便以弹药箱代替拖车。战士们以膝代脚，来回爬行牵引，许多人双膝皮肉磨破。

与此同时，一场以挖掘坑道和破坏坑道为中心的激烈斗争在攻城部队和守敌之间展开。守敌自东关失守后，已深刻领教了我军“土行孙”战法的厉害，退守主城后不择手段地破坏我军的坑道作业。在城内壕底挖掘大量 T 形和 Y 形防御坑道，设置听音瓮，昼夜监听地下作业声响，发觉动静即向外对挖坑道，临近时予以爆破。驻城国民党守军还在飞机配合下，施放毒气弹、燃烧弹，并以小股部队出城反扑。攻城部队挖掘的大部分坑道被破坏。

5 月 16 日，我军察觉破城坑道有被敌人破坏的危险，前指决定将总攻时间提前一天，立即发起总攻。

旅长黄定基随即冒雨指挥坑道作业最后也是最关键的环节——运送和装填炸药。为了避免炸药被淋湿，他脱下身上的旧棉衣，覆盖在炸药上。指战员看到旅长的行动，也都自觉地脱下身上的军衣覆盖在炸药上。为了使炸药充分发挥效力，他要求作业人员用麻袋装土把药室未装满的空隙填实夯紧，把坑道底部用土堵塞一段距离，并强调说，一定要保证作业质量，这样才能保证炸药发挥最大的破坏威力，也才能把阎锡山在晋南的最后据点临汾这座“卧牛城”彻底炸翻，好给登城部队开辟突破口。

5 月 17 日晚 7 时 30 分，随着一声闷雷般的巨响，两条分别装有黑色炸药 6200 千克和黄色炸药 3000 千克的坑道爆破成功，将东城城墙炸开两处 40 余米宽的豁口。

3 颗红色信号弹划破夜空，升上临汾城头。第 23 旅 68 营、69 营两个主攻团突击营，在冲锋号声中发起总攻。勇士们冒着敌人的炮火，穿过烟雾，奋勇向突破口冲去。几分钟后，两支突击部队就攻上临汾城头，后续部队如潮水般地向城内冲击。

第 68 团沿城墙上下向北攻击前进。3 营 9 连在前进中遭遇敌毒气弹袭击，战士们迅速用军帽捂住口、鼻，一鼓作气冲过毒气区域，继续攻击，以勇猛动作占领城东北角，同兄弟连队一起，攻占了临汾城北门，使城内之敌失去屏障。

第 69 团占领突破口，控制内壕，主力向纵深发展。在攻击内壕的战斗中，当尖刀 7 连接近内壕时，一个约 1 米高的“铁墩”突然爆炸，连长王天荣和几十名战士负伤，3 营副营长王明典、8 连指导员李文志、7 连副指导员袁忠汉当场牺牲。团长张国斌，在爆炸的瞬间被警卫员王长发扑倒，王长发掩护了团长，自己却身负重伤。鉴于 3 营 7 连伤亡很大，张国斌立即命令突击营预备队 8 连加入战斗。经过激战，敌内壕被突破，后续部队冲了上来，直向城内插去。

“光荣的临汾旅”荣誉战旗

第 68 团、第 69 团逐个消灭了固守各要点的敌人之后，并肩向镇守使衙门——梁培璜指挥所攻击前进。第 69 团 3 营 7 连“钢铁勇士”车元路第一个冲到“衙门口”，此时第 68 团 2 营 5 连也赶到了，在第 69 团团长张国斌统一指挥下，占领了敌指挥所，但敌人已全部逃跑。

第 24 旅、第 37 旅相继攻入城内，各部协同作战，至晚 0 时，战役胜利结束。梁培璜率残部由西门及其以南跳城逃跑，被我军第 22 旅和第 39 旅围堵歼灭大部，其余向山区逃窜，我追击部队猛打猛追，终将梁培璜生擒。

徐向前为 23 旅授旗

此役，第 23 旅毙伤敌千余人，俘敌 4737 人。因战功卓著，1948 年 6 月 4 日，经中央军委批准，华北军区第 1 兵团授予该旅“光荣的临汾旅”荣誉称号，该旅是我军被授予荣誉称号建制最高的单位。

董存瑞班

英雄永存

中华人民共和国成立 70 多年来，只要一提起超凡的楷模人物，人们首先想到的就是雷锋、张思德；只要一提起壮烈牺牲的英雄人物，人们首先想到的就是董存瑞、黄继光、邱少云、杨根思、王杰。董存瑞舍身炸碉堡，电影中“为了新中国，前进”的高大光辉形象影响了新中国几代人，董存瑞的名字早已深入人心！

董存瑞牺牲一个月前留影

历史永远铭记这一天，1948 年 5 月 25 日，在解放隆化县的战斗中，部队受阻于敌军的桥型暗堡，董存瑞毅然抱起炸药包，冲至桥下。因左腿负伤，身边无处安放炸药包，紧急时刻，董存瑞毅然拉着导火索，用左手高高托举起炸药包，随着轰隆一声巨响，桥型暗堡被炸得粉碎，董存瑞壮烈牺牲，未满 19 岁的年轻生命永恒！

隆化战斗是冀热察战役的关

键性战斗之一。因为隆化县是当时热河省省会承德的北大门，所以，要包围承德，就要先攻克隆化。东北野战军第11纵队司令员贺晋年、政治委员陈仁麒奉命率所部在独立第6师等部配合下承担了夺取隆化城的任务。

5月18日，董存瑞所在部队第32师第96团随第11纵队从东北朝阳地区西进入关，包围了隆化。纵队的战斗部署为以第31师配属冀察热辽军区炮兵旅，夺取苔山；以第33师一部配属第32师炮兵营，从城东突破，然后协同第32师围歼隆化中学守敌；第32师留两个团为纵队预备队；独立第6师于高寺台地区阻击由承德可能北援之敌。

部队在距隆化城不到5公里的土窑子沟，开始了紧张的战前准备工作。第96团2营6连召开“挂帅点将”战前动员大会，6班班长董存瑞第一个站起来，要求首长批准他挂帅。同志们都深知他机智勇敢，多次立功受奖，又是爆破能手，谁也不和他争，一致表示同意。

董存瑞当上了“爆破元帅”，代表大家表示决心，他激动地说：“我们练兵、诉苦为什么？去年打隆化我们一些同志牺牲了又是为什么？这回党把最光荣的任务交给我们了，没二话，天塌了也得完成！坚决响应党的‘五一’号召，打倒蒋介石，解放全中国！在这次战斗中，我负伤不下火线，牺牲了当个掩体，死也要把隆化拿下来！”

5月25日凌晨4时20分，天还没亮，随着3颗红色信号弹腾空而起，第11纵队总攻隆化县城的战斗打响。第31师在冀察热辽军区炮兵旅配合下主攻隆化城北苔山。在硝烟弥漫、滚滚烈焰中，苔山顶峰的砖塔被我军的大炮轰倒了，炮楼也被打掉了，第91团仅用35分钟即占领苔山制高点，胜利的红旗插上了苔山的顶峰。第92团、第 93 团从城西南向西山和龙头山守军展开攻击。第 33 师从隆化城东仅用 15 分钟即突破守军前沿阵地，主力跟踪追击向城内撤退之敌。第 98 团的一个连在伤亡很大的情况下依然迅猛发起进攻，迅速突入城区，在该营第二梯队配合下开始巷战。

原作为纵队预备队的第 32 师担当了主攻隆化中学的重任。第 96 团 2 营 6 连火力组、突击组、爆破组、支援组互相配合，很快攻破了隆化中学东北面的旧衙门碉堡群。

肩负重任的董存瑞带领爆破组连续爆破了敌人 4 个炮楼、5 个碉堡，胜利地完成了扫清隆化中学外围工事的任务。中学东侧紧靠护城河的伊逊河，北侧还有一条旱河河道。河道上有一座桥，上面布设了桥型暗堡。

第 96 团 1 营 1 连负责主攻，经过连续多次进攻，炸开一个突破口，但是遭到敌人猛烈的炮火阻击，伤亡很大。接着，由 3 连接替 1 连继续组织进攻，并从另一处突破敌人的 3 道防线，推倒围墙，后被敌人猛烈的火力压制，伤亡也很大。敌人的飞机轮番空投弹药和补给，由于两兵相交怕误伤自己，所以不敢轰炸和扫射。

中午，第 32 师师部和第 96 团团部逐级来了紧急命令，下午 3 时 30 分发起总攻，命令 6 连火速从中学东北角插进去，配合已突进中学院内的兄弟部队，迅速解决战斗。所以，在总攻前必须摧毁这个桥型暗堡。稍事休息后，6 连向敌人核心阵地隆化中学再次发起冲锋。2 班、4 班接连两次对桥型暗堡爆破均未成功。

董存瑞眼看着暗堡喷出的猛烈火力把爆破战友击倒在前沿，攻击部队一直在开阔地带受阻，心急如焚。他特向连长请战，要求带一个爆破组把这座桥型暗堡炸掉。但是连长说：“你已经几次完成爆破任务了……”没等连长说完，董存瑞抢着说：“我是共产党员，我的任务不只是炸几个碉堡。现在隆化还没有解放，怎么能算完成任务呢？就是只剩下我一个人，也要完成任务。”

连长和指导员商量了一下，对董存瑞说：“好，你去吧，千万要注意隐蔽。”董存瑞紧攥拳头说：“放心吧，连长、指导员，不完成任务就不回来！”说着他从衣兜里掏出一个小纸包，递给指导员说：“如果我牺牲了，这就是我最后的一次党费。”指导员接过小纸包，紧紧地握住董存瑞的手，深情地望着他说：“你一定要回来，我们都等着你胜利归来！”

董存瑞夹起炸药包，弯着腰冲了出去。在战友的火力掩护下，他一会儿匍匐前进，一会儿又借着战友扔出的手榴弹的烟雾，站起来一阵猛跑。桥型暗堡里，敌人的机枪子弹带着尖厉的啸声，从他的耳边掠过。在快要冲进开阔地时，董存瑞指着前面的一个小土堆，对身边的战友郅顺义说：“你就在这儿掩护。”接着，他俩一阵手榴弹把敌人碉堡前的鹿寨、铁丝网炸飞了。董存瑞趁这机会，冲进了开阔地，忽左忽右地匍匐前进。

这时，我军的机枪与敌人的机枪对射。董存瑞沉着机智，迅速地向前跃进几米。敌人的机枪一会儿猛扫，他就伏下不动。敌人的机枪稍一停，他就迅速地向前跃进几米。突然，董存瑞扑倒了，他的左腿受了皮外伤，鲜血直流。但是一会儿又猛然爬起来，咬着牙一冲一跳地进了旱河沟里，正好进入了敌人的火力死角。

董存瑞抱着炸药冲到桥下。这桥离地面有一人多高，两旁是砖石砌的，没沟没棱，哪儿也没有安放炸药包的地方。如果把炸药包放在河床上，又炸不着暗堡，河床上又找不到任何东西代替火药支架。怎么办？身后的战友清清楚楚看着这一切，急得直攥拳头。突然，身后响起了嘹亮的冲锋号声，总攻的时间到了。我军冲锋的指战员遭到暗堡的机枪疯狂扫射，已经有了伤亡。

董存瑞深知拖延一分钟就会有更多的战友牺牲。他抬头看了看桥顶，又扭头向后望了一眼，略略愣了一下，突然向左跨一大步，站在桥中央，左手托起炸药包，紧紧往桥型暗堡上靠，右手猛地一拉导火索。导火索哧哧地冒着火花和白烟！董存瑞巍然挺立，纹丝不动。突然间，一声巨响，地动山摇。敌人的桥型暗堡被炸得粉碎，董存瑞以自己的信念与敌同归于尽，与桥同归于毁，为部队开辟了前进的道路！“为了新中国，前进！”董存瑞的战友们高喊着这震撼山河的口号，冲进了隆化中学。血一样鲜艳的红旗，升起在隆化城上空，高高飘扬。

入夜，苔山残余守军突围南撤，被第 33 师第 99 团截歼大部，仅 20 余人逃往承德。至 26 日凌晨 3 时，历时 21 小时 20 分钟，我军攻克隆化城，歼敌第 265 团团部、两个加强营及一个工兵连，共计 1900 余人，迫使滦平、平泉等孤立据点的国民党军也撤至承德。

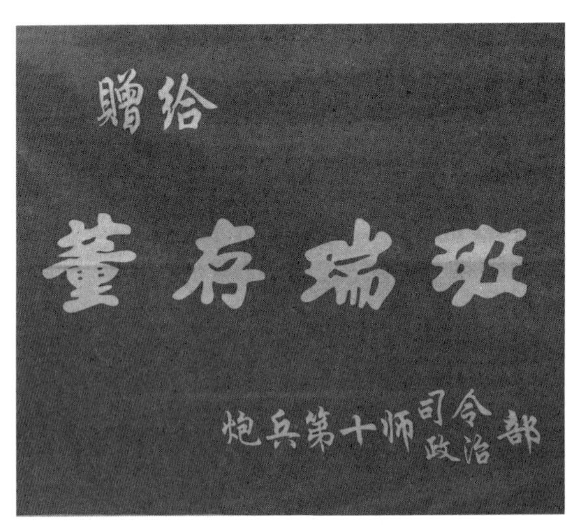

“董存瑞班”荣誉战旗

1948 年 6 月 8 日，东北野战军第 11 纵队党委决定，追授董存瑞为纵队“战斗英雄”“模范共产党员”称号，命名他生前所在班为“董存瑞班”。

1950 年 9 月 25 日，全国战斗英雄和工农兵劳动模范代表会议决定，追认董存瑞为全国战斗英雄。毛泽东主席在会议期间，亲切接见了董存瑞的父亲董全忠。

董存瑞成为全国战斗英雄，并不是偶然的。

1940 年，董存瑞的故乡察哈尔省怀来县南山堡村建立了抗日政权，11 岁的他就受到革命思想的熏陶，参加儿童团并被选为儿童团长。13 岁时，董存瑞因掩护区委书记兼武委会主任王平躲过侵华日军的追捕，获得“抗日小英雄”称号，被称为“南山堡的王二小”。15 岁时，机灵聪明的董存瑞成为一名出色的小民兵。1945 年春，16 岁的董存瑞参加当地抗日自卫队，同年 7 月参加八路军。

在察北重镇独石口遭遇战中，董存瑞夺下国民党军的 1 挺机枪，被记大功 1 次，荣获勇敢奖章 1 枚。长安岭阻击战，董存瑞在班长牺牲、副班长受重伤的情况下，受任代理班长，如期完成了阻击任务，立大功 1 次。平北整训期间，董存瑞光荣加入中国共产党。在党的培养教育和战火锤炼下，董存瑞立过 3 次大功，4 次小功，荣获 3 枚勇敢奖章和 1 枚毛泽东奖章。

1957 年 5 月 29 日，朱德委员长为董存瑞烈士纪念碑写了“舍身为国，永垂不朽”的光辉题词。

中华民族是崇尚英雄、成就英雄、英雄辈出的民族，不但战争年代涌现英雄，而且和平年代同样需要英雄情怀。

无论哪一茬干部战士来到董存瑞生前所在老部队服役，无论建制如何调整，序列如何变化，晚点名时第一个呼点的名字都是“董存瑞”，新兵入伍讲的第一个故事都是董存瑞的故事，看的第一部电影都是《董存瑞》，唱的第一首歌是《当兵要像董存瑞》。至今，在“董存瑞班”最新序列陆军 78 集团军炮兵某旅远程多管火箭炮营 2 连 2 排 6 班的宿舍里还留着老班长董存瑞的床铺。

“作为老班长的直接传人，我是带着全班，甚至全连的期待和梦想来到新中国成立 70 周年阅兵村接受训练的，必须百分百完成任务。”董存瑞班第 55 任班长、“董存瑞班”战旗擎旗手何德洋说，“10 月 1 日，当战旗方队经过天安门接受党和人民检阅时，感觉自己仿佛就是一尊雕像，和董存瑞老班长高高举起炸药包的雕像融为一体，老班长左手举起的是胜利和新中国的希望，我右手擎起的是新时代英雄传人的责任与担当。”

襄阳特功团

“刀劈三关”建奇功

1948年7月2日至16日，中原野战军第6纵队和桐柏军区部队主力及陕南第12旅，在襄阳、老河口、南漳地区，以襄阳城攻坚歼敌为重点，发起一次进攻战役，史称“襄樊战役”。战役获得全胜，是当时闻名全国的五路大捷之一，被朱德总司令赞誉为“小型的模范战役”。

中原野战军第6纵队第17旅第49团在战役中，三战三捷，为取得战役胜利做出突出贡献。作为一支具有光荣历史的英雄部队，第49团前身是刘伯承、邓小平领导的八路军第129师先遣支队1大队，1938年诞生于河北磁县，先后参加百团大战、淮海战役、渡江战役和抗美援朝等著名战役战斗，涌现“襄阳登城第一营”“二级反坦克英雄班”“安全保卫工作模范连”“钢铁第9连”等英雄模范单位。

襄樊系古城襄阳和古埠樊城合称而得名，位于中原汉水流域中段，水路交通便捷，通连四面八方，自古就有“南船北马，七省通衢”之称，是“控川陕豫鄂之门户，握武汉三镇之锁钥”的战略要地。蒋介石及其国防部部长白崇禧都认识到襄樊战略位置的重要，必须固守。1948年春，蒋介石特意在此设立了第15绥靖区，指派其亲信特务康泽为司令，郭勋祺为副司令，率3个旅驻守。

襄陽特功团

徐向前题

一九八八年三月

徐向前为“襄阳特功团”题字

1948年6月，人民解放军华东野战军主力和中原野战军一部发动豫东战役，迫使国民党军从豫南、鄂北调兵北上增援，在襄樊地区仅留有第15绥靖区所属部队担任守备。我军为开辟汉水两岸地区，建立渡江、入川的战略进攻基地，阻断华中白崇禧集团与西北张治中集团的联系，有力配合华东野战军在豫东战场的作战行动，乘敌主力北上增援，第15绥靖区处于孤立无援之机，中原野战军决定发起襄樊战役，由桐柏军区司令员王宏坤统一指挥，夺取川陕鄂三省要冲襄阳、樊城。

襄阳城三面环水、一面靠山，北与樊城隔汉水相对，城南有羊祜山、虎头山、凤凰山等高地为屏障，可俯瞰全城，琵琶山、真武山与汉水之间有一条狭窄的走廊直通城西门，地势险要，易守难攻，有“铁打的襄阳”之称。

康泽到任后一方面着手整训部队，调整防御部署，一方面依托有利地形构筑防御设施。敌在城内外构筑了各种工事，紧靠城墙设有外壕2至3道，深3米，宽6米至8米，壕内、外沿密布铁丝网和鹿寨等障碍物，城周围和城南羊祜山、虎头山、凤凰山等制高点及各山头，筑有以高碉为核心，周围辅以地堡、交通壕的碉堡群，在开阔地带、道路和射击死角遍布地雷，构成能相互支援的坚固防御体系。

襄樊战役发起前，康泽认为:“目前情况，敌人还不会有很大兵力来打襄阳。”“襄阳地势险要，又有汉水之阻，易守难攻，万一战事发生，总统所派的援军很快也就到了，襄阳可无忧虑。”蒋介石、白崇禧也判断中原野战军主力东调参加豫东作战，无力攻击襄樊。因此当 7 月 2 日我军袭占老河口，3 日进占谷城，两地守军被我军歼灭大部，4 日开始向襄樊逼近之时，康泽是满头雾水。

5 日，王宏坤发布第二阶段作战命令，“襄阳集团”由第 6 纵队司令员王近山统一指挥，负责攻击襄阳；桐柏军区第 28 旅、第 1 军分区第 88 团、襄阳独立团，负责攻击樊城。

6 日，各部按计划完成对襄阳的合围；7 日，襄樊外围作战开始。第 6 纵队第 17 旅攻占万山，并继续协同陕南 12 旅攻击虎头山，桐柏第 3 军分区部队攻击铁帽山。守敌凭借有利地形和坚固工事负隅顽抗，并施放毒气，我军伤亡百余人，攻击失利。

鉴于襄阳城外南山主要阵地不易攻取，城东、城西守军防御薄弱等情况，在我方兵力只占相对优势，且缺少火炮等重武器条件下，王近山决定打破历史上取襄阳必先夺南山的惯例，决心先以一部分兵力“刀劈三关”，即夺取城西南高地上的琵琶山、真武山和城西正面铁佛寺一线守敌的防御阵地，开辟城西走廊，再采取“猛虎掏心”的战术，集中主力于西门实施主要突击。第 6 纵队第 17 旅受领了“刀劈三关”的艰巨任务。

“刀劈第一关”——攻克琵琶山。琵琶山位于城西走廊西端，南接虎头山，东靠真武山，控制着我军攻城要道的入口，是敌城西的一个重要防御支撑点，构筑了以地堡、碉堡为核心的环形防御阵地，守敌为第 104 旅第 15 团的一个加强连，是我军开辟城西走廊首要夺取的目标。

7 月 8 日黄昏，第 17 旅以第 50 团 2 营首攻琵琶山。由于 2 营准备不够充分，攻击未能奏效。9 日，继以第 49 团 3 营进攻琵琶山。经过一天的战前准备，在纵队 4 门火炮的火力支援下，团长苟在合带领 3 营指战员，于傍晚 6 时 30 分向守敌发起猛烈进攻。

襄樊战役中部队攻城场景

7 连副连长率领突击队以迅猛的动作，快速通过雷区，冲过 200 米开阔地。遇到铁丝网，3 班班长赵存虎挥动铡刀一阵猛砍，因铁丝粗且编织密集，竟未能将其砍断。此刻 7 连长带领 2 排、3 排冲了上来，顿时枪炮声、手榴弹爆炸声响成一片，相互交织在一起。如果不立即破坏铁丝网，部队不仅无法前进，而且将暴露在敌火网之下，造成大量人员伤亡。赵存虎急中生智，奋力砍断固定铁丝网的木桩，铁丝网倒了下来。

“冲啊，杀呀！”战士们高喊着冲过铁丝网，兵分两路，犹如两把尖刀直插山头，同敌人展开了激烈的短兵相接的肉搏战，经 1 小时战斗全歼守敌。而后第 49 团以 9 连接替 7 连担任防御任务。团长苟在合在亲临前沿指挥作战的途中，不幸触雷牺牲。

10 日，国民党军在三面火力支援和飞机、火炮掩护下，向我军发动了6次猛烈的反扑，企图夺回琵琶山。9连发扬勇敢战斗、不怕牺牲、不怕疲劳的战斗精神，依托残存的防御工事，头顶烈日，克服缺水、饥饿等困难，顽强坚守住了阵地，打退了敌人的进攻。战至黄昏，全连只剩下16名勇士。通往襄阳的第一关，就这样被指战员用生命和鲜血打开了，扫除了通往西门的第一个“拦路虎”。

“刀劈第二关”——抢占真武山。真武山位于襄阳城西南1公里，其西、北、东三面为陡坡，西与琵琶山一沟之隔，南与虎头山相连，主峰上有一寺庙，北侧山脚有南渠，并有公路通往襄阳城西门。驻守真武山的是敌第104旅第15团3连及1个重机枪排，筑有近30个完备的永久或半永久性地堡。

第49团2营受领任务后，组织各级指挥员、班长到现场侦察敌情、地形，广泛开展军事民主活动，多次召开“诸葛亮会”，发动大家出主意、想办法。结合3营攻打琵琶山的成功经验，预先按照敌设防情况堆置沙盘研究打法，并选择相似地形反复进行实兵推演，根据敌阵地地堡多的特点，着重演练了小兵群打地堡的战术动作，从班到营都制定了详细的作战方案，从干部到战士，对任务和战法都做到心中有数，从而大大增强了全体指战员的必胜信心。

7月9日晚，2营在炮火掩护下对真武山守敌发起进攻。指战员冒着敌人的火力封锁，勇猛向前冲击。过河时，有些战士的鞋里灌满了泥沙，跑起来一步一滑，影响了冲击速度，就干脆脱掉鞋子，赤脚往山上跑，被地上的荆棘扎得鲜血直流，却毫不在意仍奋勇向前。6连党支部书记牛德清带领两个投弹组和5连突击队用手榴弹等各种武器迅速占领了敌前沿阵地，并继续向敌地堡群发起攻击。

6连指导员郭松珍带领2排冲锋在前，采取小兵群机动灵活的战术，迅速向敌地堡群接近。6班班长琚正中指挥第1战斗小组从正面攻击，吸引敌人的火力，副班长许心喜则带领第 2 战斗小组与第 3 战斗小组相互配合从两翼迂回，乘地堡中的守敌只顾向正面和左侧射击之际，许心喜迅猛地扑到地堡后面，从枪眼里塞进一个手榴弹，炸哑了地堡里的机枪。守敌连长在我军猛烈的炮火打击下，准备带领属下退出工事躲到反斜面，待我军攻击到附近时，再进入工事进行顽抗，敌人刚出工事，6 班的一个战斗小组就冲到眼前，刺死了企图反抗的敌连长，并将其余人员俘虏。20 分钟之内，郭松珍带领突击排连续炸毁 18 个地堡。

敌人在前沿阵地失守、后路又被切断的情况下，龟缩在真武山的寺庙里负隅顽抗。我指战员通过架人梯翻墙头进入寺庙内，以手榴弹、白刃格斗等方式将守敌歼灭。仅半个多小时，我军就全部占领了真武山。

当晚，第 50 团 1 营乘机攻占了城西之张堂，歼敌一个排，逼近西关。至此我军成功打通并控制了城西走廊，开辟了向城关进击的道路，为后续作战创造了极为有利的态势。

是日夜，樊城之敌第 164 旅全部撤至襄阳城内，樊城解放。

“刀劈第三关”——夺取铁佛寺。琵琶山、真武山相继被我军攻克，国民党军在城西走廊只剩下西门外大石桥西边的铁佛寺一个据点了。拔掉这颗钉子，就为攻城打开突破口扫清了最后的障碍。

铁佛寺位于城西走廊东端，离西关大桥仅 50 米，和相距 100 余米的西门城楼成犄角之势。敌人用 1 个营的兵力防守铁佛寺。高大的院墙上密布大大小小各种口径的枪炮射孔，外围筑有以高碉为核心的防御工事，设有铁丝网和鹿寨等障碍物，几十米宽的开阔地里布设有雷场，防守十分严密。白天敌人的飞机在城外投弹扫射，看到目标就打，晚上也不时出动盲目投弹，极力阻挠我军接近西门。

7月10日晚，第50团3营采取夜袭的方式攻击铁佛寺，因事先未对敌情、地形进行认真的勘察，致使部队在攻击过程中误入雷场，触响地雷，造成人员伤亡，攻击未能得手。旅长李德生在仔细观察了敌人的布防和战场地形后，决定采用土工作业的方式，构筑逼近敌人的攻击阵地，以求一举歼敌。纵队同意了这一方案。第50团受领了挖掘两条直通铁佛寺交通壕的任务。随即两个连的战士开始了紧张的作业，昼夜不停轮番挖掘。白天在地下挖，晚上在地面挖。盛夏的7月，酷热难耐，干部战士闷在地底下，全身被汗水湿透，但大家不叫一声苦一声累。

在敌人雷场开辟通路的行动也同步展开。白天，战士们隐蔽在草丛里，仔细搜寻观察辨别，不放过任何可疑目标，确定好地雷的位置后，晚上用长长的竹竿绑上三角钩去引爆，用手榴弹炸等方式清除地雷，从而确保了人员安全和挖掘的顺利进行。

经过两天的艰苦努力，终于将两条交通壕成功挖至敌前沿四五十米处。敌人发觉了我军的行动，用炮轰，距离太近效果不大，用手榴弹炸，机枪扫射，又找不到目标，想出动兵力直接清剿又不敢，最后是无可奈何地在提心吊胆中等着挨打。

13日晚，第6纵队第17旅第50团1营、3营及第16旅第47团1营攻占了铁佛寺、同济医院和红土堡子，并控制了西门外大石桥，歼敌第490团2营，俘虏百余人，顺利劈开第三关，建立总攻的主要攻城阵地，为战斗胜利奠定了坚实基础。同时第47团一部攻占秋树下，建立西北角攻城阵地。

敌见我各路大军直逼城垣，其南山主阵地完全失去屏障作用，陷入孤立的境地，不得已将羊祜山、虎头山守军撤入城内，妄图依城固守。至此，襄阳城外一切障碍均被扫除，襄阳城陷入我军三面包围之中。

15日，总攻开始了。第6纵队集中全纵队的火炮，对西门附近的敌火力点进行破坏射击和火力压制，将西门附近300米范围内的地堡、碉堡等防御工事大部摧毁，并掩护工兵分队连续对城墙实施爆破，将城墙炸开一个缺口。紧接着，担任突击营任务的第49团1营在营长、政治教导员指挥下，乘烟雾发起勇猛冲击，顺利通过百米长的大石桥，而后以爆破组连续爆破，扫清重重障碍，快速穿越敌人密集的火力网，冲至城下，立即以投弹组掩护突击队架梯登城。在第一架木梯被打断，突击队面临敌密集火力杀伤的紧急关头，1营排长李发科在身负重伤的情况下，毫不犹豫地用自己的肩膀搭成人梯，先后将岳友青、冯秀林两名战友送上城墙，在5分钟内完成了登城突破任务。

冯秀林登上城墙时，发现第一个登上城墙的战友岳友青已负伤倒地，敌人还在不断向缺口涌来，他来不及多想，迅速投出几颗手榴弹，将敌人打了回去。

这时，一个排的敌人又扑了上来，1个、2个、3个他不打，隐蔽着等待时机，一直等到敌人扎堆靠近了，一口气扔出几颗手榴弹，敌人大部在爆炸声中倒下，其余的抱头鼠窜。不一会儿敌人又来了一个班，第三、第四名战友也从缺口处爬上了城墙，但因地形不好，无法支援冯秀林，就将自己的手榴弹交给他，就这样冯秀林在短时间内连续打退敌人4次反扑，掩护突击营的其他同志登上城墙。突击营用手榴弹和刺刀又连续击退敌人20多次反扑，巩固和扩大了突破口。

后续部队迅速从突破口进入城内，西门被突破，守军完全陷入混乱之中。从城东北角和东南角攻击的桐柏28旅、陕南12旅乘机涉壕登城，投入巷战。在我军的强大攻势前，守军纷纷投降，仅剩康泽的司令部未被攻取。

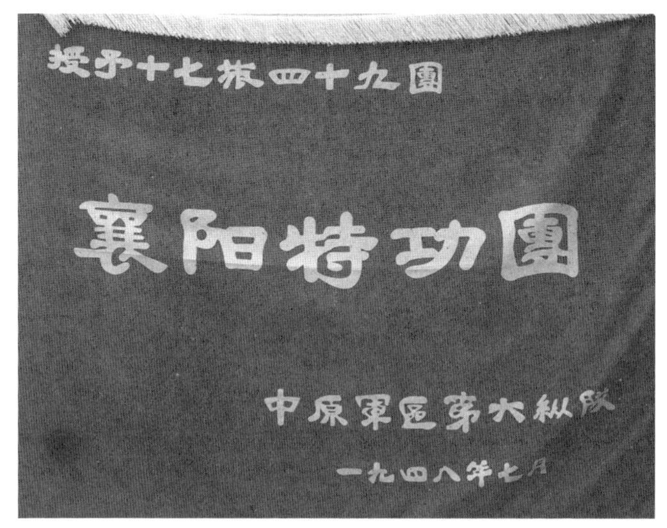

“襄阳特工团”荣誉战旗

16 日下午 4 时，攻城部队经过充分准备后，采用迫击炮平射、工兵爆破与步兵攻击相结合的战法，一举攻入康泽司令部，全歼守敌。至此，襄樊战役胜利结束，第 6 纵队第 17 旅第 49 团，因在战役中“刀劈三关”，战功卓著，被中原野战军授予“襄阳特功团”荣誉称号，第 49 团 1 营被授予“襄阳登城第一营”荣誉称号。

洛阳营

红旗插上古都城

千年古都洛阳，北依邙山，南傍洛河，西接潼关，东连郑州，地势险要，易守难攻，为历代兵家所必争。解放战争时，洛阳是继哈尔滨、安东（今丹东）、石家庄之后在全国范围内解放的第四个中等以上城市，石家庄之战和洛阳之战都是城市攻坚战。

洛阳处陇海铁路要冲，是郑州与西安之间的联络中心，依然是中原战略要地。攻克洛阳，对敌方十分不利，既可斩断郑州与西安间的联系，还可切断铁路动脉陇海线，这样就增加了对两城的威胁。对我方来讲，十分利好，可使鄂、豫、陕新解放区与黄河以北老解放区连成一片，我们就有了深远的后方，既可前往后送，又可后往前援；同时，还可获得大量武器弹药，达到以战养战的目的。

国民党军想坚守，就利用洛阳城地形特点，修筑了永久性坚固工事，以西北运动场构成核心阵地，以城垣结合四关构成主阵地，以外围支撑点构成外围阵地，有许多低平隐蔽堡垒工事，不易被炮火摧毁，爆破也极为困难，形成了完整的防御体系，自诩为“金城汤池”。

1948 年 3 月初，击破“金城汤池”的战机出现了。西北野战军宜川大捷后，国民党西安绥靖公署主任胡宗南为确保西安，急调驻守陇海铁路潼关至洛阳段的裴昌会第5兵团西援，仅留缺乏实战经验的青年军第206师两个旅及配属的炮兵4个连和独立汽车队5营共约2万人，驻守古都洛阳，而洛阳以西、潼关以东200余公里铁路沿线改由非正规军守备。这样，“调虎离山”“以强击弱”的兵法戎机就摆在面前。

机会稍纵即逝，为策应西北野战军作战，掩护晋冀鲁豫野战军主力休整，中共中央军委命令位于襄城、禹县、伊阳地区的华东野战军第3纵队、第8纵队和晋冀鲁豫野战军第4纵队、第9纵队，共计28个团的兵力，由华东野战军参谋长陈士榘、政治部主任唐亮统一指挥，预定3月9日开始发起洛阳战役。

蒋介石的宠将、人称“邱老虎”的青年军第206师师长邱行湘，是黄埔第五期毕业生，因亦步亦趋模仿蒋介石，被学友戏称为“小蒋介石”。而青年军又是蒋经国组建起来的“御林军”，其属下的第206师虽然实战经验不足，但其兵卒在政治上大多反动，有顽固死硬与人民为敌的劲头。洛阳开战之前，蒋介石派飞机将邱行湘接到南京，亲自召见，面授手谕，委任他兼洛阳警备司令。蒋经国又专门宴请邱行湘，直陈固守洛阳的利害关系。

仗还没打，蒋家“老头子”为他加官晋爵，儿子为他设宴洗尘，邱行湘感恩得像一只打足了气的皮球。回到洛阳后，他便展开全面战备，首先是建立党政军联席会议制度。召开会议时，邱行湘公布了蒋介石的手谕，还发出一份《保卫洛阳告将士书》，领着营以上军官“效忠”宣誓：“誓死保卫洛阳，人在洛阳在，不成功便成仁！”

敌军为固守洛阳，修了无数明碉暗堡，使洛阳堡垒化，又派出悍将“邱老虎”统领顽固的青年军镇守，力保“金城汤池”不失。我军为夺取古都，也以华东野战军第3纵队这样的“头等兵团”和晋冀鲁豫野战军第 4 纵队的王牌第 386 旅两只虎从东西对进，誓劈金城破碎，池汤四溢。我军志在必得，敌人死守不弃，战斗肯定惨烈异常！攻坚必定两虎血拼！

当时，我军拟担任主攻洛阳城东门的华东野战军第 3 纵队第 8 师第 23 团 1 营，就是“头等兵团”中经过淬火的刚猛尖刀。这支由八路军苏鲁支队、边联支队改编的第 115 师教导 2 旅第 5 团 1 营，是 1944 年 8 月在鲁南苍山成立的，番号为鲁南军区第 5 团 1 营。营的组建历史虽不长，但其下辖三个连队却是历史悠久，战功显赫。1 连是 1928 年成立的红 5 军属下一支红军连队，参加过彭德怀、黄公略领导的平江起义，后又参加了中央革命根据地的五次反“围剿”和二万五千里长征；2 连成立于 1938 年，建制于八路军总部警卫团属下一个连；3 连成立于 1941 年八路军精兵简政时，是由机关编余干部组成的武工队和地方武装合编的连队。此外，营属机炮连是 1946 年由营部机枪排扩建的。

邱行湘自从兼任洛阳警备司令以后，信心满满，霸气十足。这位蒋经国嫡系青年军的师长，不但拥有野战作战的军权，还有了防守城市的决定权，甚至调动城市资源的决策权。他统一指挥洛阳守备部署。

《洛阳日报》吹嘘洛阳是双层袋形阵地，“好进难出”，“共军如攻此城，无疑自投罗网”。

邱行湘自诩洛阳城防御阵地的构筑和组成，可称为“铜墙铁壁”的一等工事。但其防御工事也有致命弱点，主要是因兵力不足而采取的要点守备，而要点之间，间隙又较大，易被分割包围，指挥所和主要火器较明显，易被发现进行炮火摧毁。

我军攻打洛阳的各纵队都在紧张而有秩序地进行攻城准备工作，

各级指挥员冒着敌人的炮火到前沿阵地看地形，又按照分工召集会议，展开民主讨论，研究制定具体作战方案。同时，部队都抓紧时间，开展攻城前大练兵活动。

第 3 纵队第 8 师第 23 团 1 营经过新式整军运动，官兵士气高昂。受领任务后，营长张明多次率领连排干部对敌情地形和城防设施进行侦察。两天后，便收到几十张调查表和图纸。而后，全营广泛开展军事民主，详细研究进攻方案，反复进行爆破和突击演习。

10 日下午，张明在东关前沿的一座民楼上观察东门地形及敌军防御工事。这时，在东门北侧的城墙垛口中，伸出了一个敌军的脑袋，拿着喇叭筒冲张明他们叫嚣："土八路，你们打吧！过去，日本人攻了 15 天都没有攻下来；现在我们的工事更坚固了，谅你们 3 个月也打不开，插翅也飞不进来……"

面对敌军的疯狂挑衅，张明对神枪手杜兰学说："小杜，你狠狠教训一下这个家伙。"

叭的一声，杜兰学给出了我军对敌军的有力"回答"，叫嚣声戛然而止。后来，张明从俘虏口中得知，这颗子弹正好从喇叭口里穿进，射中了敌人。

11 日午前，除九龙台、潞泽会馆两据点工事坚固，几攻不下，其他外围据点已全部肃清。因这几个据点对攻城妨碍不大，故以少数兵力包围监视，待城内主要敌人歼灭后，再予解决。

我军攻城总指挥陈士榘和唐亮经过重新部署，决定所有攻城部队，统一在 11 日黄昏开始总攻。晚上 7 时，攻城开始了！这时，急雨骤然而下，天空漆黑一片。第 3 纵队和第 4 纵队冒雨同时发起五路攻击，只听见轰轰的炮声夹杂着剧烈的爆炸声，震天动地。炮击过后，战斗进展比较顺利，第 3 纵队第 23 团 1 营以 3 连为主，营属机炮连配合，将东门外铁丝网、拒马等多层障碍和暗堡等 12 道障碍全部排除，加快向瓮城发展。

营长张明一声令下：“马景春上！”只见战士马景春扛着大铡刀，敏捷地跃出工事，向敌人的梅花堡扑去。他挥舞着铡刀，将堡外的电网砍开了 3 个大缺口。张明又发出命令：“刘焕之上！”爆破员刘焕之抱着 17.5 公斤重的炸药包，快速跑到梅花堡边，动作敏捷地将炸药包放好。拉响导火索后，他一个打滚，滚到数米之外。炸药包爆炸了，随着一声震天动地的巨响，地堡飞上了天。至晚 11 时，第 23 团 1 营 2 连突入瓮城，经过一小时激战，全歼拼命顽抗的两个连敌人。

12 日凌晨，第 23 团 1 营派 1 连进攻。该连攻得好，突破了东门，把城门炸开了。接着，1 连奋勇占领城楼，城里的电灯还亮着。就在这时，敌人几乎集中了全城所有的重炮，向我东门突破口猛烈轰击。战斗进入白热化阶段时，两发炮弹在我 1 营观察所里爆炸。

当时，张明的脊背被弹片击中受重创，而他之前左臂负伤的伤口尚未愈合。看到营长受伤，卫生员赶紧跑过来为他包扎。教导员关切地问他的伤势，张明忍痛坚强地坐起来：“没有什么，快把重伤员架下去包扎。”他仍旧坚持不下火线，继续组织爆破和突击，坚持指挥战斗。在他眼前，守卫城楼的英雄沙培琛 3 次负重伤仍坚持指挥，机枪手倒下了，沙培琛端起机枪扫射；第一个冲进城门的突击班班长张云贤，两次负重伤却仍在坚持，牺牲前仍鼓励战友继续战斗。

但后续部队无法前进，突击 1 营的电话又被打断，部队伤亡很大。第 3 纵队代司令员孙继先甚至越级打电话到 1 营，命令张明：“你们应不顾一切，坚决守住突破口，确保后续部队冲进城去，撕大突破口。”张明以宣誓的态度向孙继先保证：“请首长放心，我们 1 营提出的口号就是：人在，阵地在！哪怕剩一个人也要坚持到最后胜利！”

经过殊死搏斗，张明率1营终于顽强击退了国民党守军的疯狂反扑，虽然付出了很大的伤亡，但巩固了突破口，为全团后续部队突入城内开辟了道路。接着，后续部队冒着敌人的炮火，快速地冲进城门，并撕大突破口。很快，第3纵队的5个团全部从东门冲入城内，打破了敌人的防御阵地，与敌展开激烈的巷战。

12日下午，第4纵队由西门和南门突入城里，会同3纵队携手作战，对敌进行分割包围。至黄昏前，守敌大部分已被我歼灭，邱行湘余部约5000人退守麇集在城内西北角运动场纵横仅200米的核心阵地负隅顽抗。当夜因天降大雨，我军停止攻击。

13日，我军重新组织对敌西北核心工事外围攻击，经4小时激战，与敌挨楼逐屋争夺，歼敌2000多人，迫使残敌全部退守到小圩子。小圩子是一个深沟高垒、地道孔穴结合而成的坚固集团工事，也是敌人的最后一个堡垒。我军当夜对小圩子发起两次攻击，均受挫未果，当再行组织攻击时，天已将明，只得暂时停止。

14日，国民党军整编第18军到达黑石关西南府店、口子镇一线，会同整编第47军增援洛阳。我第8纵队在随后东渡伊河的第9纵队主力协同下，顽强阻击援军。

面对敌增援部队的步步迫近，战斗如再要拖延，战局将对我军不利。为迅速解决战斗，我军最后决心向小圩子发起总攻。

攻击前，部队集中100多门炮火，向敌阵地进行猛烈的轰击。密集而猛烈的炮击持续40分钟，把小圩子打成了一片火海。敌人蒙了，被我军的强大炮火压得抬不起头来。

下午5时20分，总攻开始了。刹那间，四面八方杀声震天，激荡着整个洛阳城的夜空。第3纵队、第4纵队的4个攻尖刀团从三个方向勇猛冲击，至晚10时全歼城内小圩子核心阵地守敌。与此同时，东关的九龙台、潞泽会馆，西关的发电厂残余据点也全部肃清了。

洛阳战役结束后，
营队官兵在洛阳东城门合影

第337团3连被第38军授予
英雄部队荣誉称号

洛阳战役，我军激战七昼夜，全歼敌青年军第206师。这一胜利，是我军开展新式整军运动后取得的第一个大胜利。这一胜利动摇了敌人守备城市的信心，改变了豫西解放区的局面，提高了我军的攻坚战术技能，为继续夺取大城市打下了基础。同时，补充了兵员，改善了装备，为今后作战补充了大量物资。

“洛阳营”荣誉战旗

1948 年 7 月 7 日，华东野战军司令部政治部授予 1 营“洛阳营”光荣称号，该营营长张明被授予“华东二级人民英雄”和“华东甲级战斗英雄”称号。

济南第一团

冲锋勇向前

“济南第一团”是解放战争时期，人民解放军团级单位首次获得的最高荣誉。获此殊荣的部队是华东野战军第9纵队第25师第73团，其前身为诞生于1935年11月的昆嵛山红军游击队。

1948年秋，解放战争进入第三年，形势变得更有利于人民解放军。解放区空前扩大，部队士气高涨，装备改善，攻坚作战能力显著提高。国民党军力量不断削弱，被迫改“分区防御”为“重点防御”，一方面加强大城市的设防，一方面组织若干机动兵团准备随时救援，以求保持对重要点线的控制。

在华东战场，华东野战军山东兵团接连取得周张、潍县（今潍坊）及兖州等战役的胜利后，已形成对济南的包围之势。蒋介石为屏障徐州，隔断华北、华东两解放区的联系，并迟滞华东野战军南进，做出确保济南的决定，令第2绥靖区司令官王耀武所部固守济南，在徐州及其附近地区集中共17万人的3个机动兵团伺机北援。

济南为山东省省会，是津浦、胶济铁路交会点和连接华东、华北地区的战略要地。它北靠黄河，南倚泰山，地形险要，易守难攻。国民党第2绥靖区在日寇占领期间筑有的坚固防御工事基础上进行了全面设防，以济南内城为核心防御阵地，以外城和商埠为基本阵地，以济南外围县镇及制高点构成外围阵地，各阵地内均构筑众多的永备和半永备型工事，形成能独立作战的支撑点，内外城均筑有巷战工事。集中了 9 个正规旅、5 个保安旅及特种兵部队共约 11 万人。

1948 年 9 月 16 日，华东野战军发起济南战役，攻城兵团全线展开攻击，以突然勇猛的动作迅速突破了守敌外围防线。至 20 日拂晓，东集团抢占了黄河铁桥，攻占了茂岭山、砚池山、燕翅山、马家庄、黄台山等阵地和要点，主力直逼城垣，使守敌大为震惊。

与此同时，西线守敌国民党军整编第 96 军军长吴化文率整编第 84 师等部 3 个旅 2 万余人起义，撤离战场，使守军西部防线出现了缺口，西集团各部乘势疾进，占领了商埠以西、以南守敌阵地。至此，攻城兵团以 4 天时间扫清守军外围据点，从四面包围了济南市区。

济南第一团留影

攻城兵团指挥部为了不给守敌以喘息之机，令西集团迅速攻占商埠，东集团加紧进行攻城准备。西集团从 20 日黄昏开始对商埠发起攻击，充分发挥炮火和炸药的威力，多路突破守军阵地，并快速向敌纵深发展，楔入商埠东部，直逼外城西墙，切断了守敌退路，经过激烈战斗于22日中午攻占商埠，全歼守敌2万余人。东集团在炮火及坦克支援下，也肃清外城守敌的地堡群，逼近城垣，进行近迫作业。

第9纵队第25师第73团继兄弟部队扫清外围之敌后，奉命于霸王桥加入战斗。第73团1营首先歼灭外城东侧之敌，逼近永固门下。9月22日黄昏，东西两集团开始合击外城，第73团1营在纵队炮火和4辆坦克掩护下，实施连续爆破，迅速突破永固门，攻入外城，与守敌展开激烈巷战。午夜后，3营9连于东半街东端加入战斗，经过一夜激战，歼灭敌保安第6旅旅部，生俘少将旅长徐振中。至23日中午，我攻城兵团全歼守军第213旅及保安第6旅残部，占领外城，逼近内城。

23日晚，为了减轻济南市的损失，攻城各突击部队发扬勇敢战斗和连续作战的作风，对内城发起全线总攻。第73团受命于城东南角实施攻击，在强大炮火掩护下，“常胜连”7连的爆破手冒着浓烟烈火，迅速拔除鹿寨，炸毁城下地堡和附属防御工事。接着，爆破组展开对城墙的连续爆破。先后3次突击，均遭敌严密火力封锁而失利，战斗陷入僵局。

7连突击失利后，纵队聂凤智司令员对第73团的战况十分关注，电话指示第73团要找出失利原因，做好再次突击的准备。9月24日深夜1时30分，7连第四次突击开始了。纵队炮兵集中火力猛烈轰击城东南角城头，7连连长肖锡谦、政治指导员彭超把指挥位置向护城河前移几十米，直接指挥各组人员战斗。

爆破组迅速涉过护城河，将绑有百余斤炸药的杆子奋力竖在近14米高的城墙上，战士张云清正准备拉火，一颗手榴弹在他身边爆炸，一条腿被炸断了，右臂也负伤了，他忍着剧痛艰难地拉着了炸药，一声巨响过后，城墙被炸开一个缺口。

云梯组在炸药爆炸的火光中飞奔过河架梯，将梯子牢牢抵靠在城墙上。肖锡谦连长看到梯子已架稳，随即命令打红色信号弹，通知炮兵向纵深和两侧射击，同时命令突击队登城。由于敌侧射火力凶猛，8 班、9 班首次突击登城失利。肖锡谦连长马上命令 2 班班长李永江带队突击。

李永江带领 2 班以娴熟的动作迅速登上云梯，他登到梯子顶端才发现，梯子比城墙头短了半人高，但时间已不容许他有丝毫的犹豫，他踩在梯头上双手奋力扒住城墙边沿，使劲往上一蹿，第一个登上内城城墙。上城后李永江单枪匹马向东北方向冲去，穿过处于混乱状态的敌群，一直冲出 20 多米，来到气象台一个小屋子外面，里面是一群被我军强大炮火吓得不敢动弹的敌人。

他机智勇敢地扔出一枚手榴弹，并用冲锋枪打了一梭子子弹，高声喊道:“不许动，你们被包围了，缴枪不杀，解放军优待俘虏。”敌人被李永江的气势所震慑，乖乖放下武器，并举起双手，就这样李永江一人俘虏 20 多个敌人，缴获轻机枪 3 挺。

敌人的反扑开始了，企图把我登城战士赶下城去。李永江占据有利地形，向反扑的敌人猛烈地开火，万分紧急关头，2 班战士也紧跟着登上城墙，立即加入战斗，支援李永江将反扑的敌人打退。

这时，7 连连长肖锡谦和政治指导员彭超相继登上城墙，组织指挥大家巩固立足点，先后打退敌“敢死队”在内的 10 次反扑，牢牢守住了突破口，控制住了城墙制高点气象台，保证了 8 连、9 连和后续部队的顺利登城。

7 连将山东人民赠送给第 9 纵队的一面“打下济南府，活捉王耀武”的红旗插在气象台的顶端，鼓舞着全团及兄弟部队奋勇攻城。刚登上城墙的 8 连、9 连和 7 连并肩战斗，打垮了敌人多次疯狂的反扑，坚守住城头阵地。

随着第 73 团 1 营、2 营相继登城，敌我态势发生了变化，但敌人仍企图凭借火力杀伤我登城指战员，阻止我军下城巷战。为了扩大突破口，团指挥所登城后于凌晨 4 时 50 分命令部队下城投入纵深巷战。同时为了便于后续部队快速进入内城，团特务连奉命在 7 连突破口以西数十米处用炸药炸开一个巨大的缺口，第 75 团（附合并建制的第 74 团，仅为 1 个营）、第 76 团一部和兄弟纵队一部陆续由此通道源源不断进入内城，投入纵深作战。

下城后，第 73 团 2 营直插敌侧背，占领敌警察局，歼敌一个汽车营，缴获汽车 100 余辆。3 营进至南北仓棚一带。下午 1 时许，4 连攻进敌旧省政府，缴获火炮 13 门，而后直扑敌新省政府。5 时，7 连首先攻入新省政府，相继与兄弟部队会合，将突围之敌歼灭。大部分敌人在我军凌厉攻势下放下武器投降。

在巷战中，第 73 团全体指战员始终保持旺盛的革命斗志，英勇杀敌，并自觉遵守群众纪律，做到秋毫无犯。战士们宁肯饿着肚子，也不私拿群众的东西吃；有战士在战斗中衣服烧坏了，尽管战场上到处散落着衣服和鞋子，他们也不私取一件，宁可穿着烧坏的衣服赤着脚，继续战斗。特务连战士刘元昌在挖防空洞时，挖出 197 块银圆，立即交还给房东。房东是一位商人，接到银圆后激动不已，称赞:“解放军是黎民救星，天底下的好队伍。”

至 24 日黄昏，我攻城兵团全歼城内守军，济南战役胜利结束。外围据守马鞍山、千佛山等地的国民党军残部，经攻城部队的炮击和政治攻势，于 25 日、26 日放下武器。

济南战役，华东野战军经过 8 昼夜激战，以伤亡 2.6 万余人的代价，共歼灭国民党守军 10.4 万余人（包括起义 2 万余人）。开创了人民解放军夺取国民党军重兵坚守的大城市的先例，动摇了其据守大城市的信心，锻炼和提高了人民解放军攻取大城市的能力。

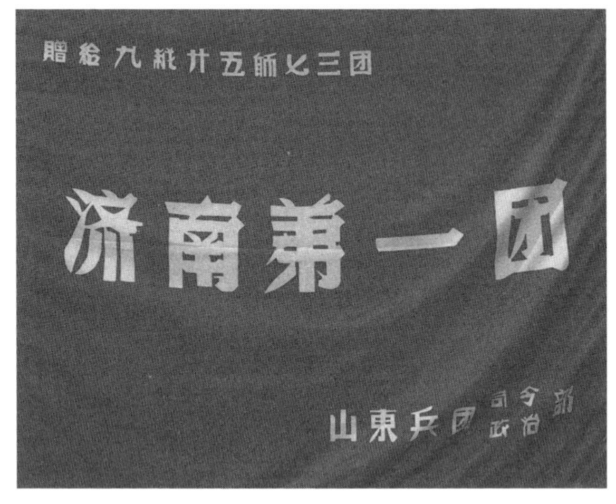

“济南第一团”荣誉战旗

9月24日，济南解放当天，中央军委复电华野，批准授予第9纵队第25师第73团“济南第一团”荣誉称号。10月10日，在济南历城县境内驻地港沟举行隆重的授奖命名大会。第9纵队司令员聂凤智在会上宣读中央军委嘉奖令，将一面绣有“济南第一团”大字的红旗授予第73团。

“济南第一团”随后参加了淮海、渡江、解放上海等著名战役及抗美援朝战争。1949年2月该团整编为第27军第79师第235团。在渡江战役中，第235团3连5班所乘船成为百万雄师中“渡江第一船”；抗美援朝战争中，在部队大量冻伤的情况下，于柳潭里地区与美陆战第1师血战数日，最终将美王牌师击溃。1998年，军队精简整编，第79师整编为第235旅，直接沿用“济南第一团”光荣的第235团番号，现为第71集团军某重型合成旅。

济南第二团

虎啸泉城

1948年9月18日晨，标志着解放战争战略决战的序幕战济南战役正式打响后的第三天，作为攻城西路部队总预备队的华东野战军第13纵队参加战斗。第39军向济南城南敌第213旅防守的兴隆山、青龙山等地发起攻击，歼敌一部，余敌北窜济南城。第13纵队主力随即进入济南城南郊预定待命位置，从这里出击，既可向东支援东集团，亦可向西支援西集团。

19日晚8时，敌第96军军长兼第84师师长吴化文在我军事打击和政治攻势双重压力之下，率所部第84师3个旅约2万人举行战场起义。吴化文所部原来与另5个旅防守西区，吴化文部起义后，使敌人在西区的防务出现一个巨大缺口。王耀武得知后大惊失色，立即催促参谋长罗辛理："赶快向南京、徐州发报，说我们济南这里腹背受敌，情况险恶，可否抓紧向北突围。"

深夜时分，第13纵队乘吴化文起义部队向外开，敌人西区另外几个旅向后缩的混乱情况，大胆往里插，向前疾进。司令员周志坚即令第37师，迅速夺取东白马山、丁家山、辛庄，插进商埠，第38师为二梯队，尾随第37师从右侧进入商埠，第39师继续肃清敌之外围据点。

商埠是济南商业最集中的闹市区。这里，一座座楼房鳞次栉比，一条条马路纵横交错。敌人凭借这一座座楼房和一条条马路作为屏障，在楼房里、马路口构筑了许许多多明碉暗堡，组成交叉火力网。

拂晓前，第37师、第38师均进至进攻商埠的待机位置。周志坚在白马山顶上的一个大碉堡开设了指挥所。

天亮时分，西集团几个纵队都在做进攻商埠的准备。商埠东面是济南外城，外城里边是内城，外城与内城的北城墙是共同的一道墙，东、西、南三面才是两道城墙。商埠是挖外壕时把土翻向里边用土夯起来的，漫长的一圈土围墙有许多叫作卡子门的进出口。

20日，蒋介石和国防部电复王耀武："应速调整部署，坚决固守，已令空军助战投掷弹粮。目前济南之于华北，亦犹四平之于东北数省，战略要地，务必固守，各路援军已兼程疾进。"

其实，蒋介石命令王耀武固守待援是一着死棋。王耀武重新调整部署，除留一个营守千佛山、一个团守马鞍山，以第211旅、保安第8旅、青年教导总队以及第74师第171团防守商埠外，将主力全部撤入城内，这样防守商埠的力量就更加单薄了。

傍晚6时20分，第13纵队与西集团兄弟纵队会攻商埠。第109团向辛庄西卡子门，第110团向辛庄东卡子门同时爆破。第109团1营在营长田军指挥下一举突破，晚7时该团2营、3营投入战斗，他们破墙穿屋，避开敌街心火力，迅速穿插，占领经十二路后，即行巩固既得阵地，至21日晨5时已推进到外城永绥门外。经一夜突击，3营靠近了外城。第二梯队第38师各团于20日晚9时进入商埠，各团急速向东发展进攻。21日上午，13纵队全部抵近济南外城，占领了北起永绥门、沿顺河街至齐鲁大学一线的有利阵地，准备攻击外城。

外城是王耀武第二线基本防御阵地，城内守敌为第77旅、保安第6旅、特务旅和第213旅残部。为了不给敌人喘息之机，西集团占领商埠后紧接着就攻打外城。

13纵队主要任务是突破外城西南角的永绥门，决心以第37师、第38师突破外城，第37师第109团从永绥门正面，第111团从永绥门北侧，第38师第112团从永绥门南侧，在200米正面上3个团并肩突击，求得集中兵力，对敌各个击破而自己又能互相策应。第110团、第113团和第114团为师二梯队和纵队预备队；第39师继续于济南城南郊围攻青龙山、马鞍山之敌，掩护主力翼侧。

永绥门城门楼是敌一个较大的火力支撑点。城门两侧设有子母堡，正面横着拒马。城墙是用块石和方砖砌成，高7米，厚6米至7米，顶端每隔100米筑一母堡，每隔10米筑有子堡或射击掩体，城墙中层有暗堡和火力发射点，城下外沿筑有单堡和子母堡，有地道通向城外，再外边有护城河和铁丝网。

周志坚到前线仔细搜寻，终于发现敌人在永绥门北侧城墙下有一个十分隐蔽的大地堡。首先炸掉这个地堡，就可以打开城墙了。

傍晚6时07分，第112团从永绥门南侧首先发起攻击；6时10分，第111团从永绥门北侧发起攻击；6时20分，109团从顺河街口正面发起攻击。200米的正面上，枪炮、炸药轰鸣，火光闪烁，浓烟滚滚。

第109团团长田世兴指挥炮兵进行抵近射击，摧毁敌城墙上高中层火力点。该团2营营长宫本江指挥迫击炮、六〇炮和步兵火力，压制敌城墙低层火力点，掩护5连爆破。在炮火支援下，仅用10分钟即把顺河街口城墙炸开一道缺口，2营教导员姚江率4连登城，敌人施放毒剂，敌我激战于突破口上，姚江壮烈牺牲。5班班长赵守令带领战斗小组打退敌人反击，炸毁两侧地堡，巩固了突破口，团指挥所率1营、3营投入巷战。

第111团3营在永绥北侧的突破也颇迅速。9连扫清护城河西岸障碍，8连爆破城墙，该连2排首先登城，击退敌人反扑，掩护连主力登城；接着，团主力顺利进入突破口投入纵深战斗，在第109团1营的配合下歼灭火柴公司守敌1个营。

第109团打开通往商埠的突破口

在永绥门南侧突破的第112团这边，7连很快爆破成功，该连8班登上外城，打退敌人的疯狂反扑，保障连主力登城，并以火力策应109战斗。仅经48分钟的战斗，8连、9连全部投入巷战。

3个团3个突破口，3个箭头，实施窄正面、多箭头并行突击，使敌人乱了套。王耀武恃其工事坚固，曾说过外城外围能守半个月，市内能守一个月。从济南战役打响到现在仅仅6天，而攻打外城还不到一夜，一座坚城就土崩瓦解，已构不成防御体系。

随着3个突击团，纵队预备队第110团、第113团、第114团相继投入纵深战斗，胜利的喜讯通过电话很快在第37师传开了。全师都为第109团在商埠、外城和内城接连3次突破的胜利而欢呼。但是，一场争夺城头突破口的苦战也同时开始了。

济南内城，确实是一座坚城。城墙高10米，顶厚9米，沿城墙每隔100米即有一个向外突出的炮台，炮台之间有子母堡，堡与堡之间有掩体，附有电网，城门楼筑成火力支撑点，城门外有许多地堡，下有通城里的地道，最外层有护城河，水深及胸。它是济南守敌的最后一道坚固的屏障。坤顺门是内城西南的一座城门。城上城下明碉暗堡林立，形成了紧密交叉，封锁严密的火力网。不过，城墙根和护城河之间的一部分民房，还没有来得及拆除，我军攻城时正好可以利用。

22日，是济南战役的第七天，中午12点多，兵团正式下达攻城命令。

几个小时以后，第37师按照战斗部署各就各位。第一线突击营紧贴着护城河外占领了攻击阵地。机关枪架到楼房上和房脚下。射击孔被秘密地打开了，山炮、野炮也抵近了前沿，离城墙只有近100米。它能以单炮的最有效的准确火力，直接支援步兵爆破。有两门山炮架到了齐鲁医院的一座楼上。

23日晚6时，总攻开始。炮火准备时，突击部队按预先编好的架桥、爆破、登城等小组做好出击准备。经过45分钟的炮击，第109团3营8连和第110团1营2连，分别担任了两个团的爆破连。8连立即架桥，桥刚架好，就被敌人炮火炸断。爆破队员等不得把桥修好，抱起炸药包，跳进齐腰深的河水，涉水过护城河。

他们冒着敌人的炮火，迅速炸开了城墙根的铁丝网，炸通了城角下的房屋，炸毁了敌人的城脚地堡，打开了一条通往城墙的通道。城上城下各个明碉暗堡里的敌人火力同时集中到这里，爆破队打开的通道变成了一片火海。接着，第 110 团 1 营的火力阵地被破坏。随后，第 109 团的炮兵阵地又被打中了，电话线被打断了，团和营的指挥联络中断了，第一线战斗情况一时失去了掌握，打开通路的战斗被迫暂时停顿下来。

后来，第 13 纵队炮兵和兄弟纵队的炮兵，积极克服夜间和城墙高不便观察的困难，集中猛烈的炮火，迅速把敌人纵深的炮火压了下去，突击营也重新组织了火力和爆破，打开通路的战斗恢复了！

第 109 团 8 连的爆破队员，不顾敌人炮火的猛烈轰击，把一包包炸药送到城墙底下，城墙又高又陡，表面平滑，难以攀登。他们之前就把炸药包捆在一根长长的竹竿上，导火索连上一条长长的细绳，再在底面安上两个小轮子，把炸药包呼啦一下子拉上城头，拴在导火索上的细绳垂下来，用力一拉，轰隆一声开了花。也有的在竹竿头上固定一个滑车，先把竹竿立起来，再把炸药包拉上去。

这些缴获的美国造炸药包发出了轰隆的爆炸声，不过敌人的坚固城墙还是没有被炸坍塌。根据以往的攻城经验，再厚的城墙也早该炸开了。可是时间紧迫，没有别的炸药换，只得继续用洋炸药炸下去。这个谜直到战后才解开，原来，美国造的 TNT 块状炸药，需要每块插进一个起爆雷管。可是，当时我军工兵没有使用这种炸药的经验，把几十块捆成一包，只插进两三个雷管，结果一包炸药只引爆两三块，其余的都被炸飞了。

战斗时起时伏，进展迟缓，第 109 团 3 营首次突破受挫了。大家都焦急万分，高锐果断命令：部队进行短暂的战场休息。

24 日凌晨 4 时，继续发起总攻。第 109 团、第 110 团两个团的突击营在强大密集的火力掩护下，重新开始了连续爆破。

第 109 团 8 连充分利用炮火掩护的有利时机，以迅速勇猛的动作，接连把 70 多包炸药送上城头。其中，17 岁的 6 班副班长周元志，凭着勇敢和机智，连续送炸药包 11 次。震耳欲聋的爆炸声接连不断，厚厚的城墙上焦土飞扬，城墙终于被炸开一道两米宽的口子。

6 个战士把六七米高的云梯刚抬到城墙脚下，就被敌人发现了。手榴弹从城头上扔下来，4 个战士负了伤，云梯没有立起来。后面的战士紧接着冲上去，又有的被打伤了。接连几次，终于把云梯架起来了！

8 连打开登城通路的战斗任务，胜利完成了。

作为登城突击连的第 109 团 7 连立即跳下水壕，冲到城脚下，勇猛迅速地攀上云梯，登上城头，消灭了城墙突出部分的敌人，扩占了突破口。突破口打开了！登城成功了！

第 109 团 3 连、9 连也争先恐后地登越城头，直插内城，开始巷战。紧接着，1 连、2 连登城协助 7 连巩固和扩大突破口。

这时，王耀武命令整编第 77 旅旅长钱伯英："伯英兄，请立即反击，堵住突破口，恢复城墙阵地。因为内城城墙是最后的一道坚硬防线，如被打开就无险可守了。"

钱伯英亲自到一线督战，进行了激烈的反扑。敌人凭着人多势众，武器精锐，从坤顺门顶上的大碉堡和各处城头高堡里，从架设着机枪的城内楼房的窗口里，从四面八方用火力封锁着勇士们的通路，机枪、步枪向我阵地猛烈射击着，手榴弹雨点般地投过来。

情况十分危急。师长高锐把电话打到纵队指挥所："司令员，我们还缺乏最后一击，请求炮火支援！请求炮火支援！"周志坚掷地有声地说："高锐，好钢用在刀刃上！"放下电话，周志坚就命令上级派来的榴炮 3 营和纵队山炮团开炮支援第 109 团和第 110 团。炮兵在支援步兵战斗中尽了最大努力，尽管炮弹打得很多，但因高层建筑物的阻碍，炮弹大都落到城内，不能有效地支援步兵在城墙突破口上的战斗。

第109团的5个连队在突破口上与敌人反复拼搏，终因敌众我寡，苦战4小时后，大部分伤亡，于7时40分突破口又被敌军占领。

形势十分严峻。现在是大白天，而且是一天的刚刚开始，已经不允许我们等到夜间再发起攻击了，必须白天攻。白天攻比夜间攻还要困难。周志坚考虑了这一态势，断然对第39师下令："高锐，让110团继续攻击。"

担任爆破的第110团1营2连连续两次，把非常厚的城墙炸了一个大口子，把城墙顶上的火力点给炸哑了。周志坚立即补充命令：搭梯子，爬梯子登城。

执行搭梯子登城打开突破口任务的是第110团3营9连。城墙顶上的敌人又开始反扑，城门里和东西墙的敌人不住地向我云梯猛烈射击，直打得木片横飞。架梯队的勇士们前赴后继，前后四次都没有成功。关键时刻，高锐命令操动架在齐鲁医院楼上的那两门山炮："给我轰！集中火力砸向城楼。"几分钟后，两门山炮左右开弓，把敌人的火力点打哑巴了，来自右翼的援敌也砸下去了。3营9连第五次强行架梯，终于成功了！

9连连长秦嗣照和指导员张福善带领全连勇士，迅速攀登上了城头，城墙上的敌人蜂拥而至，9连和敌人展开短兵相接的肉搏战。秦嗣照和张福善都下了死命令："9连好样的，坚守到最后一个人，人在阵地在！"

整个9连拼红了眼，最后连炊事班也加入战斗。由于登城的云梯被敌人火力封锁，登城的后续部队被隔断了。一个多小时过去了，城上的战士最后只剩下班长李来祥和一个新战士。李来祥大声说：

“决不能让敌人上来！”他们两人把缴获的几箱手榴弹一颗颗投向沿交通壕涌过来的敌人，坚守着夺占的阵地。

就在这危急之时，敌人被来自背后的猛烈一击弄得晕头转向，造成了极大的混乱。原来是第109团突入城内的3连和9连打到坤顺门背后，占领了一座楼房，组织火力压制城墙上的敌人。3连和9连于清晨5时25分攻入城内后，孤军奋战，连续攻占19座楼房，并从俘虏的口中得知：突破口被敌人占领。面对严峻的局面，他们决定以两个排阻击敌人，主力往回打，从城里配合城外攻打突破口。于是，在关键时刻，他们及时赶回，这就为从正面突破的第110团3营进行了非常有利的策应，他们还策应第109团2营自身恢复突破口。两个连为夺取巩固和扩大突破口，立下了赫赫战功。

接着，第109团2营在坤顺门右侧又打开了一条通路。5连连续炸掉敌人5个碉堡，接应该团进入巷战。

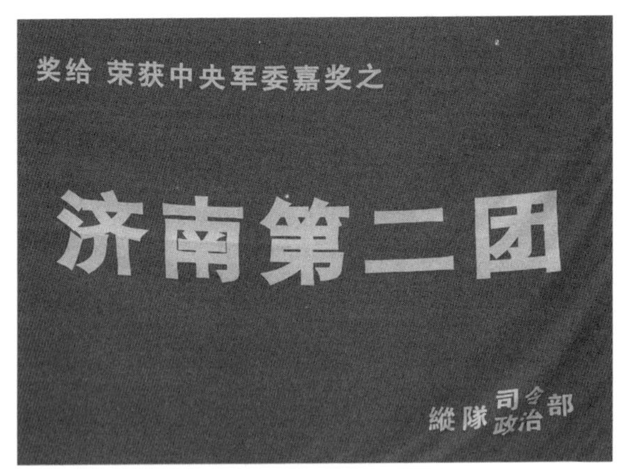

“济南第二团”荣誉战旗

午后开始，周志坚命令第38师从坤顺门投入纵深战斗，还同意第3纵队第8师从突破口进城，接应正面部队打开普利门。部队进入内城后，敌人的 B29 轰炸机突然发动轰炸，第 37 师政委徐海珊英勇牺牲，师长高锐负伤。

周志坚果断命令第 38 师师长徐体山统一指挥城里两个师战斗。各部队发展顺利，敌人开始土崩瓦解。

历时 8 天的济南战役胜利结束。是役，第 13 纵队毙伤敌 5000 余人，俘虏敌人 10363 人。10 月 10 日，山东兵团首长颁布嘉奖令：奉中央军委、华东军区暨华野总部电令，授予第 13 纵队第 37 师第 109 团“济南第二团”光荣称号。

白老虎连

死打硬拼英雄虎胆

1948 年 9 月 25 日，在辽沈战役中，东北野战军第 9 纵队第 25 师第 74 团 1 营 1 连奉命在锦州外围坚守白老虎屯，阻敌增援。全连官兵激战 16 小时，击退 10 倍于己的敌人一个多团兵力的 15 次进攻。战后，被东北野战军授予“白老虎连”荣誉称号，并奖励“死打硬拼”旗帜一面。

“白老虎连”荣誉战旗

1948 年 9 月，锦州战役拉开了国共两军大决战的序幕，这场战役的胜负将对东北乃至全国战局产生关键性影响。攻克锦州的前提和关键是夺取敌军在锦州周边构筑的外围阵地。锦州守敌凭借锦州西北的大山，以帽山为中心，构筑坚固工事，把防线延伸到义县，以敌第 22 师为防守主力。

为消灭锦州城北的外围敌人，“东总”于 9 月 24 日下午以急电命令第 9 纵队第 25 师于当晚以夜摸渗透战法割裂锦北防线，切断敌第 22 师退路，并阻击锦州之敌北援，配合我第 9 纵第 26 师协同 8 纵消灭敌第 22 师，夺取锦北有利地势，为最终攻占锦州创造有利条件。

一夜急行军，1 连穿越“山山有碉堡、村村有敌人”的防御纵深，终于在 25 日凌晨 4 时到达指定位置。白老虎屯，北倚小山，南距锦州城只有 4 里半路，附近盘踞着敌第 18 师一部，村南有敌城防工事；村西南两三百米处是敌碉堡群；村西紧靠锦州通往帽山的公路，是锦州守敌向北增援的必经之路。

拂晓，3 排截获敌人派往帽山送信的联络副官，了解到锦州守敌 1 个师正准备经过这里去增援敌第 22 师，炮兵和坦克也将出动。田指导员抓紧时机，进行阵前动员，要大家准备迎接这一场恶战。陈连长听说要来坦克，指挥大家在街口堆上柴火，挡住坦克的进路。

果不其然，也是在这一天，1948 年 9 月 25 日清晨，国民党军派出 18 架飞机轰炸东北野战军第 8 纵队、第 9 纵队阵地，锦州城内的炮兵也开始向这两个纵队轰击。7 时许，城内约两个师的兵力杀出城，向第 9 纵队第 25 师正面阵地猛扑过来。

他们以坦克开路，装甲车掩护，步兵冲锋，一批一批地冲上去，又被一次一次地打下来。阵地上炮声轰鸣，硝烟四起，枪弹声、喊杀声混成一片。

这时，第 9 纵队背面传来激战声。敌暂编第 22 师和第 93 军骑兵团妄图南逃，正被第 26 师和刚刚赶到的第 8 纵队围歼在火力之中，我军共歼敌 700 余人。国民党援军在飞机、大炮、坦克的掩护下，连续不断地向第 8 纵队、第 9 纵队所在的营盘、亮甲山、白老虎屯、五姓屯等阵地猛攻。

敌人完全没料到，共产党的军队竟敢在义县未克、帽山未占的情况下，深入他们眼皮子底下虎口拔牙，卡住其增援第 22 师的咽喉要道。他们突然察觉情况不妙，便立刻疯狂出动大量兵力，在飞机、坦克的配合下，7 时许开始向白老虎屯、五姓屯一线发起轮番猛攻。白老虎屯因距敌最近、最为要害，首当其冲。

白老虎屯距锦州市 2 公里，也是敌人增援暂编第 22 师的必经之路。震天动地的隆隆炮声宣告：国共两军你死我活的辽沈大决战的序幕战开打了！

敌一个加强连在炮火掩护下，从东面向 1 排阵地冲击，1 排以近战火力将敌击退。接着 1 排、2 排连续打退敌在更多炮火掩护下的多次进攻。这时，连长将重机枪调到北山，加强 3 排的防御，牢牢控制公路。

果然很快就有敌军一个团兵力从城中窜出，顺着公路企图往北增援。3 排发现敌情，立刻予以迎头痛击。敌人狗急跳墙，转而在两辆坦克掩护下，冲着北山阵地围了上来。2 排集中火力打坦克后之敌，机枪手赵俊生、李长福跳出工事，端起机枪向敌猛扫；3 排以各种火器向敌射击。田指导员站在高处发现敌督战队不断逼着士兵向前冲，立刻提醒大家："瞄准了打，打戴大檐帽的，打机枪手。"大家都沉住气瞄着准向敌群射击，终于将三面围攻之敌击退。

敌多次冲击不成，又出动 6 架飞机轰炸 1 连阵地，工事多半被毁，人员伤亡较大。接着，敌在3辆坦克引导下，分3路以密集队形向1连冲击。各排发扬英勇顽强的战斗精神，与敌在前沿短兵相接，攻上来打下去，又攻上来再打下去，反复争夺。1排打退敌5次冲锋，子弹快打光了，陶排长身负重伤。当敌再冲过来时，他带领战士用刺刀将敌挑落下去。

2排吕排长为接应1排冲出包围，腿被打断，翻滚着指挥战斗。3排连续8次击退10倍之敌的冲击，忽从范家屯方向又冲来敌1个连，他们腹背受敌，阵地被突破。战士们跳出工事，与敌白刃格斗。8班副班长王高金和战士姚尚云刺刀拼弯，最后拉响手榴弹，冲进敌群，与敌同归于尽。

为缩短防线，固守阵地，1连主动放弃白老虎屯外面的山头，退到屯里继续拼杀。

敌军立刻从四面包围了屯子，又出动6架飞机在上空来回轰炸扫射。俯冲的飞机带起一阵阵狂风搅得地面乌烟瘴气，反倒像替咱们施放了防空烟幕弹。

飞机转了半天，大概看没什么效果，便一斜翅膀飞走了。飞机刚走，又过来3辆坦克。战士们有的没见过这玩意儿，不免有点心慌。指导员看出大家的情绪，大声喊道："大家不要怕，坦克车是瞎子，咱们瞄准了打，打它的枪眼，让它瞎撞吧，上不来！"敌人的步兵正跟在坦克后面往前冲，我军机枪、小炮一齐开火，把敌人的步兵打得跟坦克脱了节。敌人看这个办法也不灵，只好再逼着步兵对屯子继续展开围攻。

战至中午，全连只剩下小炮班、5班、伤员及连部勤杂人员。连长和指导员分析敌我情况，若继续分散阻击，于我不利，便决定收拢屯内，依托房院，集中打击敌人。

他们撤到村西北角一所大院内。院北是3间正房，南面是土墙和木门，东面是土墙，西面是3间厢房，房后50多米远就是公路。官兵利用墙垛、门洞，以5班阻击东南方向，连长亲自把守西墙缺口，伤员依托墙根、房角，连勤杂人员也都参加了战斗。他们决心据院坚守，把大院变成一座扼住公路的堡垒。

这时敌机又转了回来，围着大院绕圈，只因两军距离太近，怕伤了他们自己人，才没敢扔炸弹、打机枪。指导员趁这机会，又给大家鼓劲："大家不用怕，飞机抓不到咱们，只要打垮地面上的敌人，就能胜利。"果然飞机转了几圈便一去不回了。

敌人以迫击炮和轻重机枪向大院射击，并从左右两面向院墙逼近。1连战士则用六〇炮、机枪、掷弹筒和手榴弹一次次把靠近的敌人击退。一个戴大檐帽的敌军官从墙角探出半个身子，嘴里骂骂咧咧，催着士兵往前上。通信员赵桐凤说了声："瞧我送他回姥姥家！"扳机一扣，那家伙应声栽倒。另两个敌人刚一探头，又被小赵一枪一个打翻在地。敌军一阵大乱，扭头就跑，李维和拿机枪一顿猛扫，又撂倒一大片。全连英勇奋战，手榴弹投光了，就用石头砸，枪管打热了就用水冲、用尿浇，打得敌人始终无法冲进院子。

相持了半天，敌人见毫无进展，只好把坦克车再调来3辆，向大院冲过来。好一个平时略显文弱的小李杉，抱着一大捆手榴弹，翻身跳过墙缺口，冲着敌人坦克就跑了过去。他把成捆的手榴弹一齐拉开导火索，往坦克肚子底下一塞，身子往旁边一滚。只听一声巨响，坦克被炸翻，油箱着了火，引着街上的柴火，形成一道火墙，挡住后两辆坦克的进路。它们见势不妙，扭头溜之大吉。

下午3点多钟，敌点燃东边的豆秸垛，阴谋借浓烟掩护冲进院内。呛人的浓烟，热辣的气浪，战士睁眼困难，呼吸短促。指导员田广文高喊：“同志们，眼睛注意监视敌人、瞄准敌人，狠狠地打！”同志们用准确的步枪、机枪火力，将进攻之敌击退。

黄昏，靠东面的两间正房已被打塌，1 连最后剩下的 37 人，近一半负伤。为了更有效地守住阵地，他们又撤至靠西的一间正房坚守。子弹快打光了，情况非常危急。田指导员庄严地鼓舞大家：“同志们，我们是党和人民的军队，战斗到一个人，也要守住这所院子！”连长坚定地说：“子弹打光了，用刺刀拼、用砖头砸、用牙齿咬，坚决不让敌人从这条路通过！”

外面敌人再次发动冲锋，情况危急。指导员田广文想到，万一敌人冲进来怎么办？自己是共产党员，宁死不能当俘虏！他看了看手表说：“现在 6 点整，天快黑了，今天咱们把敌人的部队拖住不少，给进攻的主力部队造成了有利条件，基本完成任务。眼下咱们要继续拖住敌人，争取时间，能支持到天黑就有办法。现在大家把随身的东西都清理一下，该毁的毁掉，什么也不要留给敌人！”他率先砸碎手表，烧毁文件，决心与阵地共存亡。

大家一起动手，把各自携带的望远镜、小炮、铜号、联络旗、药瓶、菜金等，能拆的拆，能烧的烧。2 排副排长沙万庆身上没别的东西，只有大练兵时连队获得的两面锦旗。看大家都在烧东西，他把锦旗也拿出来要往火里丢，可转念一想，这锦旗是全连同志血汗换来的荣誉，烧掉太可惜，便又把锦旗包起来围在腰上。

指导员看大家收拾得差不多了，说道：“既然同志们愿意和我死在一起，咱们就要和敌人血拼到底，死里求生，我们要学习狼牙山五壮士，死要死得荣誉，有价值！”大家齐声高唱起《光荣的朱德投弹手》《狼牙山五壮士》等战斗歌曲，以压倒一切敌人的英雄气概，把小屋变成了坚不可摧的钢铁堡垒。

敌人接近院墙，试探着在墙头架起两挺机枪要往小屋里扫射。这么近距离的火力对屋里威胁太大，通信员赵桐凤说："不用慌，瞧我的！"只听叭叭两枪，把敌人两个射手打翻在墙外。指导员让大家把子弹都交给赵桐凤，为他当弹药输送员。大家一面捡子弹一面说："别打光了，每人给自己留一颗。"王全礼说："打吧，不要紧，我这儿留了颗手榴弹，到时候大家聚一块儿，一拉火就行了。"真到了视死如归的境界，什么烦恼都没有了，大家又有说有笑地热闹起来。

敌人在墙外不敢露头，也不敢进院，改用欺骗宣传企图动摇我们的军心。他们开始喊话，说什么"八路军弟兄们，你们跑不了啦，缴枪吧""投降了吃好的，人生不就是吃喝玩乐嘛"。屋里的勇士们感到是一种侮辱，破口大骂："交你妈的枪子儿，有种的你小子上来！"

指导员叫大家不要乱骂，要明白地讲道理，自己先大声喊道："蒋匪军的弟兄们，你们也都是穷苦人出身，在家吃苦受罪，给地主当牛做马，临了又抓你们当兵，替蒋介石卖命当炮灰。你们想，冤不冤哪！我们解放军是帮助你们翻身的，天下穷人是一家，快过我们这边来吧，把枪口掉过去，打倒压迫穷人的蒋介石！"这几句话还真有效力，墙外立刻老实多了。

这时东厢房一间半塌的屋子里，老乡的一头驴饿得一个劲儿跑槽，发出咚咚的声响。陈连长灵机一动，趁机大喊："东厢房的人听命令，敌人不到跟前不许打！"敌人信以为真，拼命往东厢房射击。敌人在墙外听见小屋里又说又笑，满不在乎，气得没办法，头也不敢伸，怕的是神枪手厉害，一露头就送命；更不敢进院子，怕进得去出不来。喊了一阵话，叫人家顶得直窝火。正犹疑不定，忽见传令兵气喘吁吁跑过来说："传司令官命令，快撤回城去！"指挥官心慌意乱，顾不得细问，连忙传令撤退。

晚8时左右，西北方向传来激烈枪声，全歼帽山守敌第22师及第93骑兵团后，我主力挥师前来接应穿插部队。1连在敌人心脏地带苦战16小时，打退10倍于己的敌一个团以上兵力在飞机、坦克掩护下的15次进攻，终于胜利完成任务。

此时，帽山主阵地全部被我军攻占，锦州已无险可守，敌军城防在我军俯瞰之下暴露无遗。锦北战斗的胜利还有一个未曾料到的重大作用，就是控制了锦州城北的飞机场，阻断了敌人从空中增援的捷径。如果没有锦北的胜利，蒋介石派出的空中增援部队将进入锦州，后果不堪设想。为保住锦州，蒋介石只得急忙改从华北抽调部队经葫芦岛驰援，不惜血本地企图打开增援通道，我军也在塔山一带不惜一切代价予以阻击。

1连因在这次惨烈的战斗中表现卓绝，贡献巨大，被纵队授予“白老虎连”荣誉称号，并奖“死打硬拼”锦旗一面。东北野战军总部号召各部队向“白老虎连”学习，强调“加强气节教育，不论情况如何严重，都不能当俘虏，要学习‘白老虎连’三十七勇士的坚决顽强精神”。

白台山英雄团

坚如磐石锁白台

战史上有这样一场重要战役，它与黑山阻击战和淮海战役中的徐东阻击战，并称为解放战争战略决战“三大战役”中的“三大阻击战”。

1948 年 9 月 12 日，辽沈战役打响。林彪、罗荣桓率东北解放军发动攻击，连克辽宁兴城、绥中、义县。10 月初，东北野战军主力对锦州国民党守军形成合围之势。蒋介石急调华北“剿总”的第 62 军 3 个师、第 92 军 1 个师、独立第 95 师，抽调山东的第 39 军 2 个师从烟台海运至葫芦岛，会同驻在锦西、葫芦岛的第 54 军 3 个师、暂编第 62 师，共 11 个师组成“东进兵团”，从锦西方向驰援锦州，由侯镜如指挥。由廖耀湘统领的“西进兵团”共 10 万余人，从彰武、新立屯一线驰援锦州，企图从东西两侧对进，夹击我军于锦州城下。

为了坚决阻击国民党军东进兵团援锦行动，根据东北野战军命令，第 4 纵队、第 11 纵队和热河独立第 4 师、第 6 师及炮兵旅，由第 2 兵团司令程子华统一指挥，迅速向塔山地区集结，组织坚守防御。

进入解放战争战略决战的人民解放军早已告别了小米加步枪的年代，拥有的炮兵火力已与国民党军旗鼓相当。仅塔山前线，从山炮、野炮，到榴弹炮、高射炮，还有东北野战军增拨的重型榴弹炮、野战加农炮等，多达100多门。

塔山又称塔山堡，是位于锦西与锦州之间有100余户人家的小村庄。塔山不是山，却是我军防御阵地的一道门闩。虽只是个无险可守的村庄，但任务艰巨，责任重大，不守也得守。而且只能寸土不让地坚守，决不能采取大范围进退的运动防御。必须像钉子一样牢牢钉在12公里宽的防御正面，死死堵住国民党军“东进兵团”驰援锦州的必经之路，确保东北野战军主力一举打赢至关重要的锦州攻坚战。

吴克华在纵队师以上干部会议上带着破釜沉舟的语气说：“无论付出多大牺牲，也要守住塔山！”

纵队政委莫文骅坚定地说：“纵队党委要求不惜一切代价，以鲜血和生命，寸土必争，死守到底，一步不退！就是打到最后一个人，打到最后一口气，也要坚决完成任务！”

9日上午，各师团举行庄严的阵地宣誓。第12师师长江燮元、政委潘寿才当着指战员的面，站在自己的指挥位置上表示：“我将像钉子一样钉在这里，决不后退一步！”第36团团长江海、政委王淳在阵地上带着营连干部宣誓：“誓与战士同生死共患难，死守阵地，寸土不失！”潘寿才还到第36团检查阵地加固情况，与团长江海、政委王淳一起扛沙包加固重机枪阵地。

东北我军以8个师阻援，而国民党军是以11个师进攻，战斗之激烈程度可想而知。

10日凌晨4时，吴克华司令员、莫文骅政委、胡奇才副司令员、欧阳文政治部主任、李福泽参谋长等纵队首长，从位于九户屯以南、王善屯以北高地的第4纵队指挥所，赶到位于排路沟村西北高地半山坡的纵队前方指挥所。

这个指挥所是利用日伪时期遗留下的一个旧碉堡简单改造而成，里面低矮、阴暗、潮湿，架了4部指挥电话。碉堡外架设一架炮队镜，和碉堡顶棚上一样，铺了一层高粱秆做隐蔽。炮队镜可以把东自打鱼山岛西至虹螺山脚下的白台山阵地全线一览无余，连葫芦岛外敌舰上的舰名都清楚可见。

拂晓，国民党军“东进兵团”以3个师的兵力，在海、空军火力掩护下，向塔山实施连续猛攻。先是进行了半小时的炮火准备，平地炸松几尺土，对我军塔山一线阵地的前沿掩体、碉堡、交通壕、堑壕有较大破坏。

与此同时，我军的炮兵也以密集火力猛烈还击国民党军塔山第二梯队的集结地域。纵队前方指挥所的4部电话铃声不断，参谋们背对背，把头倚在墙角下大声叫喊。瞬息万变的战况报告和命令指示源源不断地上传下达。吴克华和莫文骅就坐在湿漉漉的高粱秆上，展开几张地图，守着4部电话机指挥5万大军作战。

敌第151师第453团1个营，向第36团警卫连2排守卫的刘家屯北侧18.1高地发起进攻。第一次攻击以1个排试探，被我军用手榴弹打退。18.1高地又称白台山7号阵地，由于时间仓促，交通壕还没有挖通，有些掩体还不够深。

天亮后，敌人增加至1个连发起了第二、三次攻击，被我2排副排长姜万昌指挥战士们以阵前侧翼反冲击打退。快中午时，敌人在猛烈炮火和4架飞机的掩护下发起第四次攻击。这时，吴克华命令集中火力轰击敌人后梯队集结地域，让敌人的冲锋连不起来。敌人也是顽固冲锋，第一梯队被打掉了，第二梯队冲上来；前面的被打死了，后面的踩着尸体再往上冲，但还是被我军阵前英勇的反击给压下去了。敌人的第五次冲锋依然很疯狂，虽然大半天累计下来造成了 2 排的不小损失，但还是被打退。

下午，敌人经过一阵猛烈炮击之后，将白台山纵深第三道防线 120 高地至第二道防线之间炸得一片焦土，电话线也被反复炸断，4 纵队派出的接线员接连牺牲。这时，敌人又发起第六次冲锋。守卫 18.1 高地的 2 排干部全部阵亡，阵地只剩下了 9 名战士，1 名被埋在土里，另外 8 名全被炮火震昏，不省人事。

危急时刻，通信兵王英冲出战壕，躲避炮火，沿途查线，八断八接，最后手臂负伤，鲜血直流。找到通往第二道防线高地的电话断头后，却无法连接，王振英强忍剧痛，把两个线头扯到嘴里用牙关咬住，让电流通过身体，保证了反击命令传达到隐蔽在第二道防线的预备队 1 排。

与此同时，敌人已经靠近 18.1 高地战壕。就在西面 100 米开外侧翼阵地上据守的 1 排排长肖殿盛接到命令后，立即让 3 班副班长朱贵率班迅速反击，支援 2 排。3 班一顿手榴弹打过去，接近战壕的 20 多名敌军狼狈后窜。3 班接管 7 号阵地后，迎战敌一个整排。

几个回合下来，3 班也只剩下朱贵一个人了，而且只剩下一枚手榴弹。朱贵急中生智，当敌人冲到前面时，他投出最后的手榴弹后大声喊道："1、2、3 班都隐蔽好，不要打枪，等敌人上来抓活的！"敌人一听，吓得掉头往回跑。

朱贵趁机唤醒 2 排被炮火震昏的 8 名战友，"快醒醒，快醒醒，敌人要冲上来了！"一听说敌人，战士们迅速跃起身。朱贵又与另两个醒来的战友一起挖出被土埋得不能动的冯日江，并同侧翼阵地冲上来的 1 排 1 班班长孙安庆共同继续战斗。

第一天，第 4 纵队共打退敌人 9 次进攻，毙、伤、俘敌 1200 余人，成功夺回丢失的阵地，但自身也伤亡 400 多人。

11 日拂晓，敌军第 54 军和第 62 军在海军和空军火力的支援下，继续以 4 个师的兵力，采取中央突破的战法，两翼策应配合，向核心阵地塔山堡发动猛攻。塔山堡顿时淹浸在一片硝烟火海中。村中公路旁有一棵三四抱粗的大柳树，也被炸得折枝断条，干黑叶焦。我军第 4 纵队的炮群仍然采取前后梯队轰击的战术，打击敌人。

第 36 团 1 营 1 连 5 班班长徐忠智，在全班伤亡、敌人突入阵地之后，一个人顽强抗击，机枪打坏了，就与冲上来的敌人死打硬拼，终因寡不敌众，他拉响了最后一颗手榴弹，与敌人同归于尽。第 36 团第二梯队英勇反击，又把失去的阵地夺了回来。战到傍晚，国民党军已经付出了伤亡 1300 人的重大代价，但还是不能进塔山一步。

13 日，是敌人攻击的第四天，也是塔山战役中战况最激烈的一天。拂晓 4 时 30 分，敌军的炮兵就开始向白台山、塔山的阵地猛烈轰击，我军防线遭受到前所未有的压力。天亮以后，敌独立第 95 师，第 54 军第 8 师，第 62 军第 151 师、第 157 师在数十门重炮、舰炮和飞机的炮火掩护下，采用全体出击的战术，潮水般向第 4 纵队发起全线攻击。炮击刚停，就成连成营成团往上冲，连长营长团长带头冲。敌军接连发起 3 次冲锋，都被第 4 纵队打了回去。

这时，凶残的绰号为“赵子龙师”的独立第 95 师以 50 万银圆为诱惑，两个营组织了多批敢死队。敢死队赤身裸体，身背大刀，手端冲锋枪，连续高呼：“杀呀！没有第 95 师攻不下的阵地！”一个冲锋队上来，再一个冲锋队上来，全是冲锋枪和机关枪。前面倒下后边上，一梯队垮了二梯队上，二梯队垮了三梯队上。剩下几个人冲不动了，就把尸体垒成活动工事，钉在那儿，硬是不退。

战斗到白热化，打得最激烈时，第 4 纵队从上边逐级传下话，到一线阵地指战员耳中听到的是:“毛主席说了:4纵在，塔山在!”这一下，大家倍受鼓舞，干劲倍增，拼命杀敌，决不退缩。

敌我双方上千人在这块1万多平方米的平地上展开了惨烈的白刃战，我军将士越杀越勇，刺刀扎弯了用枪托打，枪托打碎了搬石头砸。阵地上不断有人倒下，又不断有人补进，到处杀得天昏地暗，血肉横飞。阵地前尸体堆积，伤兵遍地。

下午，第4纵队第36团2连在张克升营长指挥下，分头迅猛插到常家沟东面的刘家屯，向正在集结准备攻打7号阵地的敌人展开突袭，打垮敌人1个团，并捣毁敌军1个团级指挥所。此意外打击，将敌第62军两个师指挥系统完全打乱。战士们一路猛冲猛打，勇抓俘虏。10班战士毛金奎冲进刘家屯后，在这条街上追上一敌逃官，枪指断喝:“不许动!解放军优待俘虏。”敌军官吓得呆住了，慌忙将手中报话机交出。毛金奎肩背报话机继续勇猛前冲，在屯东头1个大院里，继续喊话，利用政治攻心，只身抓获45名俘虏。毛金奎因此荣立大功。

敌第62军第157师第469团向第36团7号阵地连续猛攻，我5连英勇阻击，打退敌人多次进攻，全连最后只剩下连长焦连九1人。他的耳朵被炮火震聋，眼鼻流血不止，仍一直在坚守阵地，敌人未能前进一步。后来，第31师第93团1连在付出较大牺牲后，从侧翼反击过来，巩固了5连阵地。

上级准备用第31团换下第36团，第36团团长江海、政委王淳坚决不同意。后来上级只派第31团1营加强阵地防守力量。

14日天还没亮，东野其他纵队已扫清锦州外围阵地，慌忙之中的蒋介石连夜电令塔山“东进兵团”拂晓攻下塔山，黄昏到达锦州。不久，敌军炮兵便猛轰塔山，海上的舰炮也开始助力。6时30

分，激战开始。国民党飞机飞临塔山上空，步兵开始行动。但敌各路悍军连续攻击 5 小时，都没有任何进展。白台山方向，国民党军第 157 师对阵地发起集团式冲锋，但一次次的冲锋最终被第 36 团挡在了白台山之下。

14 日晚，从烟台几天前火急启运，却因风浪太大进不了葫芦岛港的国民党第 39 军，以及期待已久的战车部队终于海运抵达葫芦岛。但一切都为时已晚。

15 日，锦州解放，敌“东进兵团”仍在塔山地区未能前进一步。历时六天六夜的塔山阻击战终于取得胜利，同时保障了我军主力锦州攻坚战的胜利。

“白台山英雄团”荣誉战旗

这场在狭小局部战场上的勇猛血拼，双方为了达到作战目的，都不惜代价。其意义远远超出了塔山之战这个局部战场的胜负，不但关乎辽沈战役的进展乃至结局，而且在相当程度上影响了自此以后解放战争的进程。国民党军队虽然在数量上占有优势，但是海陆空三军未能有效地协同作战，最终未能攻下塔山。塔山阻击战的胜利，为东北野战军主力攻克锦州赢得了宝贵时间。坚守白台山的第4纵队第12师第36团，因此战被授予“白台山英雄团”称号。

塔山英雄团

一战成名

说起塔山，很多人以为是一座山。去了那里才知道，所谓的塔山，根本不是山，不过是辽宁葫芦岛市连山区塔山乡一个叫塔山的小村子。

这个只有百十户人家的村子，周边是此起彼伏的小丘陵，海拔最高也不过几十米。

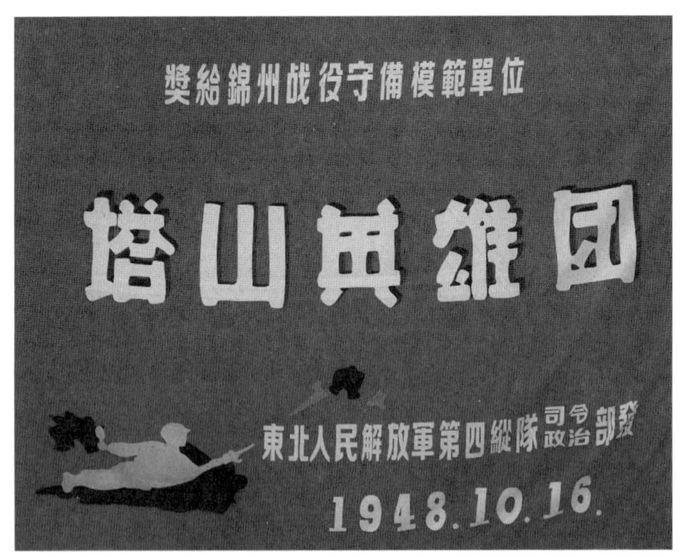

“塔山英雄团”荣誉战旗

在有些军事常识的人眼里，这种地方无险可守，根本不适合打阻击。然而1948年秋天，无常的战争让东北人民解放军第4纵队在这里创造了战场奇观，打了解放军历史上规模最大、时间最长和最为残酷的阵地防御战，在六天六夜的时间里，他们用鲜血和生命阻住了数倍于己的敌人，成就了军事史上阵地防御战的经典战例。

有人说，这场阻击战是一场生死之战，是关系到辽沈战役能不能打赢的一战，也成为决定人民解放军和国民党军两支部队命运的一战。

本来无山的塔山一夜成名！

塔山，成了一座不可逾越的高山；塔山，成就了一支钢铁部队，铸就了不朽的塔山精神！

当时，第4纵队奉命直插北宁线，首战月亮山，再战砬子山，攻克兴城后，切断了关内和锦州的铁路、公路交通。正准备参加锦州攻坚战，突然接到了“东总”的电报，要他们立即进至塔山堡一带，在塔山、高桥地区布防，和第11纵队，热河的独立第4师、第6师一起，准备阻击锦西、葫芦岛向锦州增援之敌。

这份电报命令他们坚守塔山，阻敌7天到10天的时间，掩护我主力部队攻克锦州，拿下辽沈战役的第一仗。电报明确告诉他们，现在打下锦州不成问题，关键是4纵能不能守住塔山这个地方。

这个电报来得很突然，第4纵队的军政首长觉得这是一个180度的大转弯，第4纵队的上上下下都是准备打锦州攻坚战的。谁都知道，攻坚战和阻击战是完全不同的概念，打大城市的仗，缴获多、战绩大。哪个部队都希望打战果丰硕的仗。

但他们也清楚，在辽沈作战这个大局面前，总部首长把第4纵队这颗棋子摆在塔山，就是要他们确保辽沈战役第一战的胜利！

纵队司令吴克华召集作战会议，讲完敌情和我方作战部署，他十分严肃地说了如下一段话："同志们，情况就是这样，摆在我们面前的，是一场硬仗，要准备打一场恶仗，打一场苦仗。

"增援的敌人，可谓来者不善，他们还有空中、海上的支援，这对我们4纵来说，是前所未有的考验！无论付出多大的牺牲，必须完成任务！我们必须守住塔山。只有抱定一个决心，和眼前的阵地共存亡，绝不能让敌人前进一步，确保打锦州的胜利。"

纵队党委会上，党委书记、政委莫文骅说："为辽沈作战的大局，尽快统一官兵的思想，形成共识。这回就是四个字——死守塔山，坚守到底！一步也不能退，一步也不许退！

"敌人打到了营部，营部就是第一线，敌人打到了团部，团部就是第一线，打到了师部，师部就是第一线，打到我们纵队部，我和吴司令就是第一线。各位，今天话说在这里，天塌下来也不能退，就是打到最后一个人，打到最后一口气，也要完成阻击任务。"

江燮元师长黑着脸，带着在第34团的干部看阵地，他说："从今天开始，这里就是我的指挥位置，我和你们在一起，像钉子钉在这里，坚守在这里，谁都别想跨过塔山一步！"

战争中，连队是一个重要的作战单元，一支部队的战斗作风，看一个连队就能看出来。战斗打响前，他们绕着坟堆修了一条长约30米的战壕，沿着战壕修了6个地堡，全排战士就分散在6个地堡里。

战斗打响后的头3天，敌我双方阵前交火。敌人伤亡1000多人，始终未能前进一步。

10月13日拂晓，敌军开始了猛烈炮击，炮火急袭过后，敌步兵向2连的阵地发起密集冲锋，这正是敌独立第95师，正儿八经的蒋介石的嫡系部队，号称“没有丢过一挺机枪”的“赵子龙师”。他们先向2排、3排阵地冲击受挫，迅速转向程远茂所在的1排，企图攻下这里，从侧面攻占桥头。

一波又一波敌人向着1排阵地冲来，1排凭借工事，连续打退敌人5次进攻。打到下午2点多，敌人又调来炮火支援，阵地上的6个地堡被炮火掀掉5个，剩下的1个被炸得也只剩了一半。

程远茂发现：敌人的炮弹有对面山坡上打来的，也有从东边海面上军舰上打来的。忽然，一颗炮弹在程远茂身旁爆炸，他头部负伤了，撕裂般地疼痛。睁开眼睛一看，阵地上3班班长倒下了。通信员小刘上来给他包扎，他说，快叫3班剩下的3个人，补充到1班和2班。

这时，5架敌机呼啸着，低空俯冲下来，子弹打得烟尘滚滚。飞机飞走，步兵再次开始冲锋。这次冲锋和前几次不一样，队伍打着枪，叫着号，哇哇叫着往上冲，程远茂很是奇怪，这是什么阵势？他们疯了吗？

程远茂做了个手势，命令所有火力把敌人放到阵前近处再打。当敌人距离他们只有几十米的时候，步枪、机枪、手榴弹一齐开火。前面的敌人纷纷倒下。后续的敌人踩着他们同伴的尸体，又冲了上来。又是一阵猛打，更多的敌人又躺倒一片……

突然，左边机枪不响了，程远茂跑去一看，操作机枪的代理排长倒在血泊里。机枪班弹药手张连喜抓起机枪，说：“我来打！”程远茂握住他的手，说：“阵地上两挺机枪都交给你，张连喜，这回就看你的了。”

此时，敌人蜂拥冲上来。张连喜左右开弓，时而打这挺，时而打那挺，子弹像雨点一样洒向敌群。程远茂朝他竖竖大拇指，并派3

个伤员帮他递送子弹。张连喜眼睛冒火，越打越勇。

就在枪声稍停的瞬间，程远茂清点了一下人数，1 排的阵地上，连伤员总共剩了 7 个人。弹药也将告罄。程远茂来不及多想，把全排剩下的人员组成一个班，指定 2 班班长魏殿荣代理排长。赶紧收拢弹药……

这时，10 多个敌人冲到被炸破的铁丝网跟前。一个军官站起来高喊："冲啊，他们没有弹药了！"话音刚落，就被程远茂叭的一声"点了名"。战士们用手榴弹消灭了铁丝网附近的敌人。后面的敌人又冲了上来，黑压压的一片，程远茂拉开手枪弹夹一看，还有 3 发子弹！他嘱咐大家："同志们，考验我们的时候到了，子弹打光了，就用刺刀，用枪托，用石头，石头砸光了就用牙咬，只要还有一口气，就要和敌人拼到底！"

打光了子弹的人端起了刺刀，拿起最后一颗手榴弹的人已经把弦扣上了指头，阵地上能动的人都拿起了能用的铁器和石头。程远茂扣着扳机，正要喊打，突然，前面的敌人成排地倒下了，右方庄稼地里射出密集的子弹。

"我们的援兵到啦！"程远茂带头冲了出去！

2 连 1 排在程远茂的指挥下，连续击退敌人约 4 个营兵力的 8 次冲锋，全排只剩下 7 人（2 连 115 人，剩下 18 人），而敌人在 1 排前沿阵地丢下数百具尸体，始终没能向前一步。

塔山战役胜利结束后，程远茂所在的第 28 团被评为"守备英雄团"。他也被评为战斗英雄。记者采访他，他说："没什么好说的，我和我们的战士战前就说好了的——死打硬拼，敢打必胜，有我无敌！"

用艰苦卓绝、悲壮惨烈来形容塔山阻击战一点都不过分。它谱写了战争史上阻击战的辉煌篇章。4 纵涌现“塔山英雄团”“白台山英雄团”和程远茂、鲍仁川等大批英模单位和个人。他们铸就的“顾全大局、严守纪律、勇于牺牲、敢打必胜”的“塔山精神”永载史册！这种精神无论在战争年代还是在和平时期，都闪烁着耀眼的光华，成为这支部队永远传承的红色基因。

塔山阻击战战后现场

现在去塔山，肯定会看到很特别的一景——在“塔山英雄团”前沿指挥所的位置，也就是塔山阻击战纪念塔后的烈士陵园里，有一个奇特的将军园。8 位当年在这里鏖战的开国将军——东北野战军第 4 纵队（后来的第 41 军）司令员吴克华、政治委员莫文骅、副司令员胡奇才、副政治委员兼政治部主任欧阳文、参谋长李福泽，以及坚守塔山阵地的第 4 纵队第 12 师师长江燮元，第 12 师第 34 团（塔山英雄团）团长焦玉山、政委江民风，长眠在这里。

这些高级将领生前都有遗言，百年之后一定要回到塔山，和牺牲在这里的战士永远在一起。

吴克华将军病逝前的遗言是：“我永远忘不掉塔山阻击战牺牲的战友，忘不掉塔山用鲜血染红的每一寸土地，塔山阻击战是那样的辉煌，那样的残酷，我是幸存者，死后我一定要回塔山和牺牲的战友在一起。”

莫文骅中将在病床上的遗言是：“我死后哪里也不去，就要到塔山，塔山阻击战的英魂都在那里，我们要永远和他们在一起！”

当时在塔山阻击战一线组织指挥的副司令员胡奇才将军，从工作岗位上退下来之后，先后数次到塔山，每一次都要在塔山烈士纪念碑前伫立良久，不许任何随员打扰他。弥留之际，他对夫人说：“我是塔山的幸存者，做梦都梦到这地方，死后一定要回塔山，这样我的灵魂才安稳。”

钢铁营

淮海大战铸钢铁

解放战争中著名的三大战略决战之一淮海战役中，人民解放军中原和华东两大野战军密切合作，英勇奋战，在以徐州为中心，东起海州，西至商丘，北起临城，南达淮河的广大地区，对国民党军队进行了极为有效的战略性进攻，历时 66 天，消灭国民党军共 55.5 万人，是解放战争中歼敌数量最多、政治影响最大、战争样式最复杂的战役。

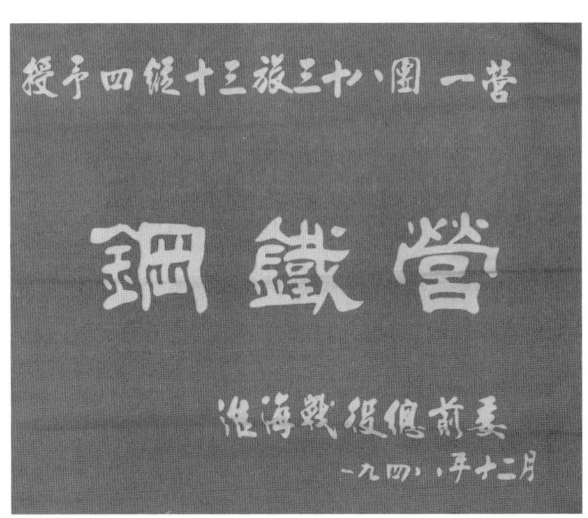

“钢铁营”荣誉战旗

此役，人民解放军涌现许多英模集体和个人，其中，中原野战军第 4 纵队第 13 旅第 38 团 1 营，因战绩突出，作用明显，被淮海战役总前敌委员会批准授予“钢铁营”荣誉称号，全营每人记大功一次。在数十个英模单位中受到战役最高领导机关总前委的奖励者屈指可数，获得营级单位荣誉称号的也属凤毛麟角，殊荣可赞，堪称典范。

1948 年 11 月 12 日，淮海战役处于第一阶段，为切断津浦铁路徐蚌段，孤立徐州之敌，第 38 团 1 营随第 13 旅行动，奉命在津浦线的宿县以北李家庄截击。部队赶到时，敌孙元良第 16 兵团的前卫 122 师正准备通过，1 营在营长张英才带领下直扑车站和铁路，利用铁路旁的山包、路基、涵洞击退敌人多次蜂群式冲击，毙敌 500 余人，炸毁多段铁路和涵洞，将钉子死死地钉在津浦线上。1 营如钢似铁地“钉”在津浦铁路线上，行动迅速，战果重要，赢得了参加淮海战役的第一场硬仗，腰斩徐蚌段的胜利。这也是 1948 年以来，1 营取得的第二场出彩的重要胜利。

12 月，已进入淮海战役关键性的第二阶段。2 日夜，1 营 500 多名指战员在张英才带领下奉命接防宿县以南小张庄。我军当面之敌是国民党军黄维第 12 兵团第 18 军第 11 师第 31 团、第 18 师第 53 团，其中还有一个“老虎营”。第 18 军作为蒋介石的“五大主力”之一，武器精良，作风凶悍。连日来，敌我反复争夺，已使小张庄弹坑累累，到处是断垣残壁，几乎成一片废墟。

经过艰苦较量，小张庄成为我军揳入敌心腹的一个突出阵地。夜色中，平原野外四周一片漆黑，1 营指战员冒着冷飕飕的寒风，隐蔽行军，在弹坑间跳跃，在田埂上疾走，静悄悄地按时赶到小张庄，从兄弟部队第 37 团 2 营手中接过防地。接防后，张英才思忖：恶战即将来临，敌人肯定要拼命突围，我们能否守得住兄弟营交下的阵地，不远处的冷枪冷炮打破夜的沉寂，绷紧张英才的脑神经。是主动出击，还是固守待援？张英才在简易的营指挥所里考虑再三："不行！1营的话语里就没有被动挨打这个词，必须打出去，以攻代守、主动出击、以快打快。"

很快，张英才根据当面之敌的工事情况，组织了一个突击队、一个火力队，其中，突击队又分成7个突击小组。接下来，在3次偷袭中，前两个小组由于初来乍到，不熟地形，没有成功，但摸清了敌人的交通壕和火力点的具体位置。

凌晨，张英才趁敌人睡梦之际发起第四次偷袭，我各突击小组在严密的火力掩护下，一起冲击各自预定目标。顿时，放松了警惕的敌人惊慌失措，沿着壕沟乱窜。一个小组在副班长余化金率领下最先突上敌人阵地。接着，小组每人急投两组手榴弹，把敌人的一个重机枪阵地炸毁。其他各组也分头遍地开花，冲击敌人的交通壕，摧毁敌人的火力点。敌人一片混乱，纷纷跳出交通壕，企图向后面的主阵地逃跑，却被我在侧翼布置的轻重机枪拦头猛扫，顿时死伤众多。

就这样，战士们往壕内压，在壕上扫，几乎把前沿阵地的敌人全歼。紧接着，距我军30多米远的敌人另一个重机枪阵地向我军进行报复性扫射。张英才见好就收，牢记自身的主要任务是扎紧篱笆，防敌突围，关门打狗。于是，我军在占领的阵地要卡上隐蔽起来，不理会敌人的乱扫，为抗击敌人在天明后的突围进攻，合理地保存实力。与此同时，临时抢修阵地，打造"铁桶"小张庄，为抗击黄维兵团的突围做好充分准备。

果然，3日清晨，黄维为了打通东向与李延年兵团会合的通道，令其第18军第31团、第53团，分别向小张庄发起猛烈进攻。一排排炮弹铺天盖地地向我1营阵地倾泻而来。顿时，阵地上泥土四溅，弹片横飞，硝烟弥漫。敌炮火延伸后，其突围部队气势汹汹向我前沿阵地冲来。这时，由于前沿阵地前出担任警戒任务的1连侯永福战斗小组两名战士未能及时撤回，被甩在敌人的冲锋队伍之后，没有被敌人发现。于是他们孤悬敌后，隐蔽待敌。

1营阵地正面，防守的1连、3连指战员大胆沉着，英勇机智，等敌人冲到几十米有效射程之内，才一齐开枪猛烈还击，敌人顿时死伤一片。但敌人还是拼命地往我军阵地上冲。张英才果断组织阵前出击，与敌激战，甚至白刃格斗。

在敌人后面隐蔽孤胆作战的侯永福小组，虽然四面受敌，险象环生，生死难卜，但他们灵活机动，大胆勇敢。战斗中，组长侯永福手中的冲锋枪突然打坏了，手中只剩下3枚手雷。紧要关头，组员黄诚提醒道："组长，你看，前面的敌人不是给我们准备好了武器嘛！"说罢，趁战斗间隙，在侯永福的掩护下，黄诚跳出阵地，爬到敌人尸体堆里捡回一挺机枪、一支冲锋枪、一支步枪和一些子弹。

刚回阵地，十几名敌人冲了过来。一阵猛烈还击后，敌人死的死，逃的逃，剩下两名被活捉。说来也巧，侯永福和黄诚都是参加解放军不到半年的解放战士。侯永福是豫东战役小庄战斗被俘解放的，黄诚是李家庄战斗被俘解放的。他们硬是在敌人眼皮底下，利用极为短暂的战斗间隙，以亲身经历，向两名俘虏现身说法进行人民军队教育。三言两语就说到俘虏的心窝里，使两名俘虏迅速完成了从俘虏兵到解放战士的思想转变。接着，他们就加入了侯永福小组，帮助压子弹，参与敌后孤胆战斗。

1营阵地正面激战了一个来小时后，敌人又在3架飞机轰炸扫射掩护下，发起新一轮突围，攻击非常猛烈。战斗正酣时，机枪连指导员跑来向张英才报告：“营长，敌人向我们阵地打了不少烟幕弹，是为飞机指示目标。我们能不能也往敌人那边打烟幕弹？”张英才说：“好啊！可以将计就计。放！”

果然，我们一打烟幕弹，敌机就上当了。因为小张庄阵地突出，敌我犬牙交错，烟幕弹一打，敌机就跟着过来乱炸。地面敌军顿时蒙头转向，乱成一团。混乱之中，突然，敌人屁股后面又响起了枪声。原来是侯永福、黄诚带着两名俘虏兵，从敌后打了回来。见敌人乱上加乱，张英才不失时机地下令吹响冲锋号，1 连和 3 连指战员跃出工事，一个猛冲，将来犯之敌彻底打垮。

中午，敌人进行了步、炮、坦、空协同以后，又进行了一次反扑。他们加强了炮兵对前沿阵地的压制射击，以坦克炮击开路，步兵紧随跟进，蜂拥而上，逼近我主阵地。很快，敌人在我军 1 连、3 连接合部突进来一个连兵力。

危急时刻，张英才命令部队：“发扬我军刺刀见红，勇敢不怕死的精神，坚决把敌人打出去，一定要把阵地夺回来！”于是，1 连、3 连发挥近战特长，以投手榴弹、拼刺刀的威力，向敌人发起反击。3 连连长赵三成一马当先跃出战壕，冲在最前。不久，他的右胸中弹负伤，但他继续忍痛指挥战斗。后来，指导员吴志玉接替指挥。其他指战员在连首长的精神感召下，以昂扬的斗志，与敌人短兵相接，再次白刃格斗，终于夺回阵地。

下午 2 时，敌人又向 2 连防守的高土堆发起反扑。敌人用坦克抵近射击，摧毁我防御工事，而后步兵跟上冲击。我军据守的 5 班在班长郑虎率领下，与敌人斗智斗勇，打起拉锯战。敌人坦克射击时，郑虎就把全班撤下来；当坦克停止射击，敌步兵往上冲时，郑虎又率全班回到高土堆去反击敌人。就这样，撤下来，爬上去，再撤下来，再上去，敌人在一个多小时里连续 4 次冲击都没有成功，高土堆这个制高点始终控制在 1 营手中。

下午 4 时左右，敌人孤注一掷，发起最后一次攻击。关键时刻，张英才坚定地喊道：“同志们，注意保存自己，消灭敌人，誓与阵地共存亡！”在战术上，1 营仍然是采取拉锯战之法。当敌炮火急袭时，各连除留一名观察员外，全部撤进避弹洞。当敌炮火一延伸，全营指战员短距离奋勇出击。

1 营被授予的锦旗

就这样，一直打到天黑，1 营在满是弹坑的废墟中与敌鏖战 24 小时，毙伤敌千余人，俘敌 200 余人，粉碎敌 19 次空、步、炮、坦协同的疯狂进攻，使突围之敌始终没有越过防线一步。小张庄一仗，是典型的硬仗和恶仗，成为 1 营第三场出彩的重要胜利。战后，1 营荣获中原野战军第 4 纵队授予的“智勇结合，寸土不让”锦旗。侯永福被纵队授予“孤胆英雄”称号，黄诚获“射击英雄”称号。

最终，全营发扬连续作战精神，昼夜激战 25 小时，一举攻占国民党军第 14 军指挥所，还协同兄弟部队全歼第 14 军的一个师，击毙敌军长熊受春，生俘敌副军长谷炳奎。

1948 年 12 月，鉴于第 38 团 1 营在淮海战役中的突出表现，淮海战役总前委授予其“钢铁营”荣誉称号。

在革命战争火与血的洗礼中，张英才由一名普通战士成长为英勇善战的基层指挥员，经受了艰苦卓绝的考验，充满了生与死的人生传奇。当连指导员时，他带领的连队在上党战役中，面对敌人的三面包围，苦苦坚持 4 小时，硬生生杀出一条血路，获得“铁的九连”光荣称号。22 岁的他获得了人生中的第一枚“战斗英雄”奖章。当营长时，他带领的部队在淮海战役中荣获“钢铁营”光荣称号。他本人战功赫赫，曾经 3 次获得“战斗英雄”称号，9 次荣立特等功。

实践证明，钢铁营和战斗英雄张英才不是一蹴而就，不是靠运气，不是偶然获取的，是在无数次残酷铁血战斗中打出来的，他们在血与火的战斗中愈战愈勇，特别擅长打硬仗，打恶仗，百炼成钢。

在“钢铁营”，新兵下连和新排长分配后，第一件事就是参观荣誉室，第一次教育就是队史传承教育，教唱的第一首歌曲就是《钢铁战歌》，让红色文化帮助官兵洗经易髓，在浑厚的红色文化中深扎钢铁精神，争做钢铁传人。每年老兵退伍前夕，钢铁营都要为他们开展“留下好传统，永当钢铁人”活动。

“一日是钢铁战士，一生为钢铁传人！”这就是一茬茬钢铁营官兵铿锵有力的铮铮誓言！

金汤桥连

一战打破金汤神话

解放天津是辽沈战役后东北野战军挥师入关后的重要战役。拿下天津，就打开了北平的大门；攻克了天津，意味着灭了傅作义死守北平的最后一点念想。

1949 年 1 月 14 日，凛冽的寒风中，刘亚楼将军一声令下，人民解放军集中 5 个军 22 个师，大约 34 万人，组成东西两个突击集团对天津守敌陈长捷发起总攻。西突击集团由第 38 军、第 39 军、第 43 军第 128 师组成，从西向东攻击；东突击集团由第 44 军、第 45 军组成，从东向西攻击。战斗打响前，我军各路首长约定：谁最先到达金汤桥，活捉陈长捷，谁就夺得解放天津的头功。

金汤桥是横跨天津市中心海河上的一座大桥，建于清道光二十一年（1841），耗银 20 万两，名为金汤，取其固若金汤之意，是当年我解放军攻克天津的必经之地。不言而喻，这里也是敌人重兵扼守的要地。当时，国民党军在金汤桥附近的每条街道上都设置有障碍物，每座房屋也都有敌人的明暗火力点，组成立体式交叉火力网。敌人企图依托障碍物和有利地形，扼守金汤桥，阻止解放军前进。为了虚张声势，国民党守军还自诩大桥为“模范工事”。

1949 年 1 月 15 日 3 时，第 45 军第 135 师团第 405 团 7 连的战

士们在坦克 1 连的战车支援下，冲过天津外围的一道道封锁线，一马当先，沿陈家沟、娘娘庙大街一线向金汤桥穿插，冲至丁字路口时，一道大型拒马障碍挡住了部队前进的脚步，敌人依托工事向 7 连的勇士们猛烈射击，几个冲在前面的战士瞬时就挂了彩。

连长张玉田审时度势，抓紧时机，让 1 排用火力掩护，压制敌人。同时让通信员携带炸药，破开障碍，炸掉了拒马，打开了通路。随后，7 连继续向南前进，在娘娘庙大街十字路口又遭到敌人大约一个排兵力的阻击。张玉田不顾个人安危，坚持冲在部队最前方，经 20 分钟战斗，在坦克、步兵的连番打击下，蒋军丢下 10 多具尸体，剩下的敌人见大势已去便四处逃窜。

为加速推进，尽早冲上金汤桥，指导员马占海带领 2 排从 1 排攻击阵地旁边插了过去。在兴隆街岔路口，2 排又遭到敌人的顽固阻击。敌人依托街角的暗堡，对我进攻部队进行火力压制。耳畔，兄弟部队的喊杀声和枪炮声不绝于耳，眼前，吐着一道道火舌的暗堡成了拦路虎。马占海对战士们喊道："不能再拖延了，必须马上把它解决掉！"

晨曦初露的霞光中，马占海和 6 班班长在火力掩护下，向暗堡匍匐前进。乘着腾起的硝烟，他们爬到暗堡前。马占海眼疾手快，从射击孔中塞进一颗手榴弹，不料敌人随即将嗞嗞冒烟的手榴弹扔了出来，在暗堡外爆炸了，幸好无人受伤。但是，也是这个手榴弹的扔去扔来吸引了敌人的注意力，在附近的 6 班班长在战友们的火力掩护下，顺利地向暗堡内甩去一颗反坦克雷。轰隆一声巨响，暗堡灰飞烟灭，敌人也被炸上了天。

由于事先来不及充分侦察，2 排忽视了右侧的敌军暗堡。就在部队继续行进途中，从道路右侧的暗堡中射出一串罪恶的子弹，射中了突前指挥的指导员马占海。虽然已经过去了几十年，时任 2 排排长李九龙至今还清楚地记着那个场景。枪响之后，指导员马占海手捂着汩汩流血的胸膛，踉踉跄跄向前走了两步，就扑通一声轰然倒下了。当战友们呼地围上来准备给马占海包扎时，指导员马占海只对李九龙留下了一句“代我指挥”的话就闭上了双眼。

指导员的英勇牺牲，点燃了战士们心底复仇的火焰，也激起了全连官兵更加旺盛的血性和斗志。在随后的战斗中，2 班副班长王青山指挥爆破组突击到一座高楼下，试图炸掉金汤桥正前方的一个大型母堡。爆破组组长李全顺爬到距母堡 10 多米处时，前方敌人的子弹构筑起了一条难以逾越的火力网。

李全顺瞥了一下身后，战友们都在掩体后做出了冲锋的姿态。万分危急时刻，他急中生智，朝自己的前方猛地甩出一颗手榴弹，趁着手榴弹爆炸升起的黑烟，他左右躲闪着冲到母堡前，硬是塞进去两根爆破筒。轰的一声巨响，母堡成了废墟，李全顺距离太近，身上也血迹斑斑，连门牙都被炸掉了。

胜利会师金汤桥

正是这次关键的爆破，扫清了前进金汤桥最后的障碍。2 班副班长王青山迅速带领战士们夺取了桥头阵地，随后多次击退敌人反扑。不久，兵分两路，穿插进攻，7 连战友经过两小时激战，终于在金汤桥头重逢，红旗在金汤桥头热烈地挥动起来。清晨 5 时 30 分，7 连完全占领金汤桥，为攻克天津打开一条极为重要的通道。

天津战役终于结束，上级首长提出给立下汗马功劳的英雄 7 连照一张“全家福”作为纪念，原本 100 多人的 7 连部队最终只剩下了不到 30 人，也都不同程度地负了伤。

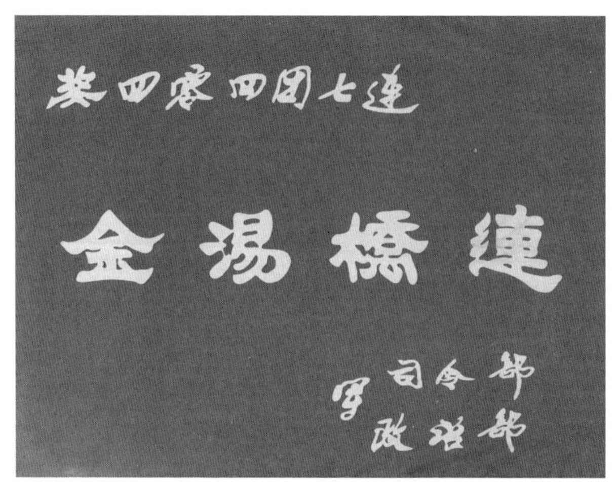

“金汤桥连”荣誉战旗

站在飘扬的战旗下，回想倒下的战友，在场的每位战士都哭了，第 45 军首长当即提出为 7 连命名“金汤桥连”。后来，也有人把金汤桥称作占海桥，那是为了纪念当年在战斗中英勇牺牲的 7 连指导员马占海。

战争年代，7 连以能征善战扬名军旅。和平时期，7 连仍然是响当当的模范连队。铁打的营盘流水的兵，金汤桥连的传人换了一茬又一茬，“金汤桥连”的旗帜永远没有褪色。“四特”连魂，把7连塑造成了一支来之能战、战之能胜的突击英雄连。

勇猛顽强英雄团

人在阵地在

在庆祝新中国成立70周年阅兵式的战旗方队中，有一面鲜艳醒目的旗帜——“勇猛顽强英雄团”。这就是1949年解放兰州的战役中，勇猛顽强、不怕牺牲，攻占兰州城西南边的沈家岭，并打退敌人优势兵力的疯狂反扑，牢牢守住阵地，对兰州战役的最终胜利产生决定性影响的中国人民解放军第4军第11师第31团。

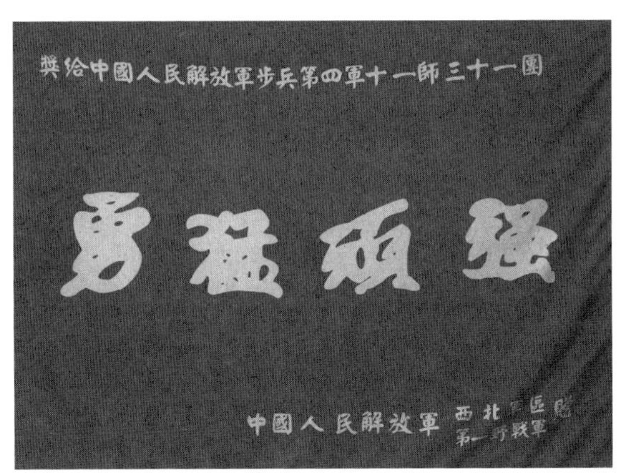

“勇猛顽强英雄团”荣誉战旗

“勇猛顽强英雄团”是一支老红军部队，它是当年西北红军刘志丹、谢子长、习仲勋同志创建的红27军的一个团，在抗日战争和解放战争期间都做出了卓越贡献。

兰州是西北重镇，国民党西北军政长官公署所在地。兰州城北临黄河，南靠群山，地势险要，易守难攻。国民党军队在南部山区修建的永备工事可直通城内，并且各主要阵地互相连接，构成了完备的防御体系。

1949 年 8 月 21 日，彭德怀司令员签署了兰州战役的作战命令。这是西北战场上的一次大城市攻坚战，更是一场硬仗。

第 31 团受领的任务，是夺取兰州城西南面的沈家岭。

沈家岭是一个由南北两块高地组成的葫芦形山梁，面积不大，约 0.4 平方公里，两高地中间是马鞍形凹陷。东侧坡度小，延伸至兰阿公路，西侧则多岩石峭壁，与狗娃山相对。沈家岭不但扼守公路，也是诸南山主阵地中离黄河铁桥最近的主阵地，称为“锁钥”甚为贴切。占领这个高地，对整个兰州战役会产生重要的影响。

军、师首长在看地形时，对第 31 团团长王学礼说:“此地的守敌是马步芳手下主力部队第 190 师，沈家岭这个山上设了三道防线，构筑了非常坚固的钢筋水泥工事。地形对我军非常不利，这里居高临下，易守难攻。”王学礼团长回复道:“听明白了，这是场硬仗，我们就来碰这个硬钉子！”师长说:“这次要你们打头阵，当先锋。响鼓也要重槌敲！”

8 月 25 日 5 时 50 分，红色信号弹划破天空，总攻开始了！

我军大炮朝着沈家岭方向一阵猛轰，沈家岭山头上火光一片。炮声一停，第 31 团的队伍立即向前运动。王团长指挥 1 营和 2 营正面展开攻击，用炸药破坏“青马”的人造峭壁，打开了缺口，几十分钟内一举突破两道防线。

然而，第三道防线，即敌人最坚固的防线挡住了去路。防线由几个碉堡群组成，碉堡的前面是沟壕，战士们冲到沟边，就被碉堡里喷出的火舌压下去了。冲上来，压下去，再冲上来，又有好几个战士倒在了敌人的碉堡前。

相持的拉锯状态使正面进攻的1营2连受阻。连长李应般连续组织了两次爆破组，都没能攻破敌人的碉堡群，同时侧面一个碉堡不停地喷着火舌。

在万分紧急的时刻，连长李应般抓起一个炸药包，说："我来！"他时而跃起，时而匍匐前进，就在接近碉堡的时候，乱飞的子弹打中他的腿部和腰部，跟在他后边的战友看得清清楚楚，连长腿上的鲜血都流到了地上。

"连长，你负伤了！"

连长摆了摆手，示意他们不要动，注意敌人的火力。

正在准备营救连长的战士，看到连长艰难地向前爬动，接近了碉堡的射击死角。突然，李应般站了起来，身体扑在了敌人碉堡的枪眼上。

就在这一瞬间，后边的战士吼叫着，没命地冲了上来，全连高喊着："为连长报仇！冲啊！"2连终于冲过了这道封锁线。

在阵地的另一侧，担任先锋任务的2营6连排长王立功带着3个班，冲过敌人前面几道战壕以后，同样遇到敌人猛烈的还击。他身上几处负伤，卫生员火速给他包扎一下，他带着伤继续带领战士们向前冲。他们带着一往无前猛打猛冲的气势，终于把敌人的阵地打下来了。

他们立足未稳，敌人就开始反扑，全排的手榴弹已全部打光。

王立功排长朝着战士喊道："现在就是考验我们的时候了，就是用石头砸、用刺刀拼，也要守住这个阵地。"

这个排顶住了一次又一次冲上来的敌人，最后和敌人展开激烈的白刃格斗。面对“马家军”的马刀，战士们一无所惧，他们用自己手中的武器和敌人进行拼死的白刃格斗，终于守住了阵地。

格斗中，敌人一颗子弹飞过来，打中王立功的左眼角，子弹穿过头颅，王立功当时就昏死过去。

激烈的争夺战中，王学礼团长通过电话对着坚守在前面的同志喊话：“两军相逢勇者胜，现在就是考验我们战斗精神的时候了，同志们，我们这块阵地只要攻上去了，我们一定能守得住它！”

敌人一波又一波地冲上来，阵地眼看就守不住了。

战斗白热化的情况下，王学礼带着 4 挺机枪冲上阵地。打到最后枪弹不够了，敌人冲上了阵地前沿，王学礼带着阵地上所有的战士，开始拼刺刀肉搏。激烈的战斗过后，整个团剩下不足 300 人。

王学礼把机关工作人员全部调上一线，重新进行战斗编组。他动员道：“弹药不足，我们从敌人身上去拿回来！手榴弹、子弹打光了，我们就用刺刀拼！我们人在阵地在，不坚持到最后，我们就不是我们红军团了！”

团长的这种精神鼓舞着战士们，敌人始终没能占领第 31 团的阵地。打到最后，第 31 团只剩下了 170 余人。

增援部队上来了，王学礼激动万分地向他的 170 多位勇士喊道：“援兵到了，同志们，我们胜利了。”

旋即，王学礼拔出手枪，站在主峰的北侧山梁上，朝着他的战士喊道：“冲上去！紧紧地咬住他们……”这时，一发炮弹突然落在阵地上，王学礼倒在了血泊中……

很快，我军攻克沈家岭，沿线设防的国民党军纷纷放弃其余阵地，仓皇撤退。

在兰州诸山战斗中，沈家岭战斗起了十分关键的作用。经过一天的血战，沈家岭被攻克，造成了“青马”整个防线的崩溃，狗娃山之敌不得不收缩，此时我第3军适时插入，断敌退路。沈家岭失守，“青马”于西线再无屏障，不得不逃跑。事后“青马”军官都无例外地承认，正是由于沈家岭的过早失守才导致了“青马”最后的溃败。

沈家岭之战后的第二天傍晚，红旗插上了兰州城头。西北重镇兰州宣告解放。在随后举行的入城仪式上，10多万兰州市民涌上街头，载歌载舞欢迎人民军队，庆贺胜利。

兰州战役结束后，第一野战军总部和第2兵团授予第31团“英勇顽强英雄团”的锦旗一面，王学礼被授予“人民英雄”称号。连长李应般获记大功一次，总部授予他“战斗英雄”称号，王立功排长荣立特等功，被授予“战斗英雄”称号。

在这个团的团史馆，存放着兰州战役发起前夕，王学礼团长给他妻子写的一封信：“我们南征北战十几年就是为了打倒蒋介石、解放全中国，这一天就要来了，我们现在正在准备消灭敌军，解放大西北，我不能前来看你，望注意身体，带好孩子，让我们在胜利的时候再相会，那时我们的第三个孩子一定出世了，他们将是新中国第一代最幸福的人，让我们举起双手迎接祖国的新生吧，祝你和孩子们健康快乐。”

这封信送达他的妻子苏维仁手上的时候，王学礼已经壮烈牺牲了。

3位勇士和他们的战友用鲜血染就了鲜红的战旗，他们留给这个团队的一往无前英勇顽强精神，是它永远传承的基因。

渡海先锋营

劈涛斩浪过海峡

1949 年年底，中国人民解放军取得了两广战役的胜利，解放了华南沿海地区，立即向海南岛进军。

1949 年 12 月中旬，第四野战军第 15 兵团第 40 军、第 43 军先后进入雷州半岛，开始为进攻海南岛做准备。

此时，从东北南下到雷州半岛的部队，是正经八百的“陆军”，从来没有和大海打过交道。要解放我国的第二大岛屿海南岛，就必须渡海作战，这在我军历史上是第一次。

盘踞在岛上的国民党军不甘心失败，收拢残部，建立了陆海空立体防线，随时准备抵抗解放军进攻。

解放海南岛，最突出的问题是横渡琼州海峡。

茫茫的琼州海峡，水面宽的地方达 50 千米。最窄的地方也有 20 千米。帆船横渡顺风时需 5 小时，汽船也需 3 小时，逆风时帆船不宜航行，汽船则需要 6 小时到 9 小时。

鉴于我军缺少渡海作战经验，且之前金门战役失利，第 13 兵团领导非常谨慎，他们认真研究了金门岛登陆作战失利的教训，以及二战中美军在太平洋实施渡海登陆作战的战例，设想了各种方案，决定把陆军训练成“海军”，派部分成建制的部队偷渡登岛，再进行主力登陆。

进驻雷州半岛的部队，要在短短两三个月里，把陆军训练成海军谈何容易。第 40 军和第 43 军的战士 90% 是北方人，全是“旱鸭子”，不熟悉水性还晕船。

部队在海边搭起草棚，把团营指挥所都搬了过来。他们在岸上用荡秋千、旋转木马、走浪桥来克服晕船；在海里练游泳，在海滩上一遍遍地练习冲滩；还有战士自己钻研出了船上射击瞄准的诀窍，并且推广到了全军。以团为单位组织专门的水手训练队，把各连挑选出的水手集中到一起，请老船工教他们操纵帆船的方法，他们很快就掌握了撑篙、划桨、掌舵、看风识浪和简单修补等技术。

1950 年 3 月 5 日，第 40 军第 118 师第 352 团 1 营全体指战员，在南海边的椰树林下进行了一场非同寻常的动员誓师大会。

兵团副司令兼第 40 军军长韩先楚明确告诉战士们：“潜渡海南岛是我们历史上从来没有过的一个特殊任务，我们军党委就希望你们这个营的全体指战员奋勇向前、排除万难、争取偷渡、准备强渡，以特别的勇敢创造特殊的历史荣誉。”

在誓师大会上，军长韩先楚和第 118 师师长邓岳为勇士们壮行，把一面绣着“渡海先锋营”的旗帜授予渡海登岛的 1 营。

晚上 9 时，在夜色掩护下，“渡海先锋营”的 14 艘大帆船在师参谋长苟在松率领下，乘着东北风，像 14 把钢刀，劈波斩浪，直插海南岛。

1 营官兵趁着夜色，乘坐木帆船，沿着季风方向行驶，向海南岛急速前进。带队的参谋长苟在松朝着站在岸边的军长、师长挥手喊话：“我们海南岛上见。”

“马到成功！”

开始的行程很顺利，但当船队走了三分之二的路程后，苟在松参谋长向韩先楚军长报告：“海风停了。船不走了。现在海上已经没有风了。”

在岸上的韩先楚军长和邓岳师长都非常着急。

韩先楚说：“怎么可能呢？我们这个地方的风还是很大，为什么在海上没有风了？”

焦急的邓岳师长找到了航海专家、气象专家。专家解释说，是因为五指山把风给挡住了。帆船没有风就等于没有了动力。

苟在松再次报告，部队已经开始划船，“就是一点风都没有，我们划也要划到海南岛上去”。

划船渡海，可以称为传奇。所有船上的人都开始紧张地划水，有用船橹的，有用枪托的，还有用盆子的，只要能够划水的，全都用上了。

幸运的是，直到第二天中午，海面上都没有敌人的踪迹。

就在这个时候，官兵们通过望远镜看到了海南岛的陆地线。由于船队离海岸越来越近，海岸上的敌人就从工事里探头探脑地出来看看情况。敌人由于不知道这些船来自哪里，便没有开枪，也没有开炮。

过了一会儿，1营官兵发现敌人的十几艘木船正向登陆船队驶来。此时，苟参谋长判断敌人现在并不知道这是我方的船，而侦察员也发现敌人的船上挂了红旗。于是，我方所有船只都挂上了红旗，迷惑着敌人，接近海岸。

第二天下午1时，渡海部队逼近海岸线，即将登陆。如梦初醒的国民党军向解放军发起猛烈的攻势，岸上炮火齐发，空中飞机轰炸，平静的海面瞬间沸腾了。我军官兵把生死置之度外，冒着敌人的枪林弹雨划桨、摇橹，向岸边猛冲。

怎么办？1营教导员张仲先喊：“看见了没有，前面就是我们登陆的地点，大家一定要冲上去，冲到岸边，就是胜利。”

敌人的飞机朝着我军又是开枪又是开炮，岸边上的敌人也开始进行拦阻射击。在这种情况下，只有争分夺秒不怕牺牲地冲上去，才能够完成这一次跨海登陆任务。

当登陆船离岸边不到200米的时候，已经可以看得到海底的礁石和泥沙了，张仲先收起他的望远镜，拔出驳壳枪，朝着战士们喊道：“现在下水登陆！”部队开始向岸边冲去。

在这次战斗中，登陆船上的炮兵起了非常重要的作用。当时船上一个炮手叫赵连友，他自己制作了一个能卡住炮管的木制炮盘，使他用手握着炮筒就可以装弹射击。他一连打了30多发炮弹，发发炮弹都落在敌人前沿的堑壕里。因为连续不断发射炮弹，炮管已经打红了，他的手也被烫坏了。这个时候，连长提醒他：“老赵你那个炮膛太热了，当心炸膛。”

老赵挥了挥手，告诉他：“没事，你们都快闪开，如果炸膛只炸我一个，我也要多发一发炮弹把敌人给打下去。”

在我方炮火掩护下，1营官兵抢滩登陆成功了。

登陆后的1营官兵出现在敌人面前时，守岛的敌兵一下子就失去了斗志。有一个战士高喊着缴枪不杀，直朝敌人冲了过去，那一个连的敌人乖乖地做了俘虏。

来接应登陆部队的琼崖纵队第8团在敌人的背后也发起进攻，里外夹击。敌人的两个连被迅速击溃。在这种情况下，两支部队会合了，又是一次史无前例的会师。在大陆的韩先楚军长、邓岳师长接到了中共中央华南分局和第15兵团发来的电报，说登陆部队和琼崖人民武装会师，开创了我军渡海登陆的范例。

“渡海先锋营”抢滩登陆成功，突破了国民党海陆空军的立体防御，撕开了所谓固若金汤的“伯陵防线”的缺口，为主力部队登陆加速解放海南岛创造了有利条件。

“渡海先锋营”荣誉战旗

四野总部迅速通令嘉奖第40军第118师第352团1营全体指战员，正式命名该营为“登陆先锋营”，并授予“突击登陆先锋营”锦旗一面，给所有渡海作战的指战员记大功一次。

钢铁英雄连

钢铁的意志钢铁汉

新疆哈密东北有一座边城小县——伊吾，1950年3月到5月间，一支英雄的连队在这里孤军奋战，坚守40余个昼夜，先后打退上千叛匪的疯狂进攻，直至援军到达，用鲜血和忠诚书写出一个传奇。

新疆和平解放后，美国策动乌斯满等匪首发动武装叛乱，一时间新疆各地狼烟四起，伊吾县原县长艾拜都拉等人也暗地串联响应，密谋组织暴乱。2月16日，解放军第6军第16师第46团1营2连137人奉命进驻伊吾县城。

2连是一支有着光荣传统的连队，它的前身是红25军第75师第225团1营2连，走过二万五千里长征，在平型关大捷、延安保卫战，以及青化砭、羊马河、蟠龙的“三战三捷”等战役战斗中屡立战功，荣获过“战斗英雄连”称号，是一支敢打硬仗恶仗的英雄连队。

伊吾古称“昆莫”，虽处偏僻，地广人稀，但地势险要，历来为兵家必争之地。国民党军曾在此驻守一支边卡大队，并建有一个物资补给站，储存有可装备一个团的枪支、3万多发子弹和600多枚迫击炮炮弹。伊吾虽小，但位置重要，叛匪一旦控制这里，不但能够威胁内地与新疆之间的陆路通道，也可以据此为基地，祸乱一方。

伊吾北山，今称胜利峰

2 连进驻伊吾后积极协助县工作队展开工作，宣传解放军进疆的意义，帮助当地百姓进行春耕生产。此时，艾拜都拉等人也加紧叛乱准备，并蛊惑同伙说："共军百十个巴郎子兵（娃娃兵）没啥了不起，我们必须马上行动把他们赶走，不然穷鬼们都会投向共产党。"

一时间，伊吾地区各种反动分子蠢蠢欲动。各族群众虽慑于叛匪威胁，不敢接近解放军和工作队，但也通过种种办法暗中提醒。

托背梁的毡匠报告有人在向空多罗山迁移。一个老头在晴朗的上午打着点燃的灯笼在部队营房外来回转悠，见人就唠叨："这里天要黑了，要小心！"国民党留守部队的军官暗中告诫我军 1 营副营长胡青山，要警惕有人发动暴乱，还提醒说：日后有什么大的军事行动，一定要把北山控制住，只有这样保卫伊吾才有希望。

这一切引起了县工委和率领 2 连的副营长胡青山的警觉。胡青山是个具有传奇色彩的战斗英雄。他 17 岁参军，荣立 7 次大功。在鲁西南反"扫荡"战斗中，他连续夺占日伪 4 个城门；在张庄反顽战役中，更是带伤夺得敌人的机枪阵地，迫使守敌缴械投降；在陕北横山战斗中，他率部勇捣敌人指挥所，一人就活捉 8 个敌军官，被评为特等战斗英雄。在进军新疆的战役中，他又带领1个连抢占哈密机场，迫使守敌一个团放下了武器。战功赫赫的胡青山可谓智勇双全的基层指挥员。

在察觉暴乱的各种迹象后，胡青山立即命令2连进入战备状态，占领县城有利地形，修筑防御工事，并让指导员王鹏月火速将情况向上级汇报并请求支援。

与此同时，叛匪也开始动手，切断了伊吾县城通往外界的电话线和道路。面对危局，胡青山并没有惊慌失措，恰好叛匪头目艾拜都拉派人请他和全体干部参加晚上的一场婚礼。胡青山一眼就识破了这一阴谋诡计，但他也想着要擒贼先擒王，于是将计就计，准备借此机会将城里的叛匪一网打尽。

当晚，胡青山带人准时赴约。婚礼上，自以为奸计得逞的艾拜都拉一声令下，十几个叛匪冲了出来企图加害胡青山等人。结果，被早有准备的2连一个反包围，把参加叛乱的警察局局长尹建中、副县长李树贤、国民党补给站副站长蔡林泽等人一举抓获，虽然艾拜都拉借机侥幸逃脱，却成功打乱了叛匪全县叛乱的计划，为伊吾保卫战的胜利奠定了第一块基石。

30日拂晓，重整旗鼓的叛匪兵分两路，向县城发起总攻。匪首艾拜都拉杀马血誓："不消灭共产党，决不罢休！"发誓要在3天内拿下伊吾县城，并狂妄地为匪徒开出悬赏："杀一个共军给10只羊，杀一个当官的给10块大洋。"

此时乌、尧匪帮已经在哈密地区集聚兵力3000余人，伊吾与外界一切交通均被切断，2连几次派人出城都遭到土匪阻击。由于没有配备电台，叛匪又裹挟带走了城里的群众，2连陷于孤立无援的危险境地。更加困难的是，在外帮助生产的两个班遭敌偷袭，全部英勇牺牲，伊吾城内加上工作队也只有100余人，可谓敌众我寡，2连即将面临严酷的考验。

胡青山毕竟是枪林弹雨中浴血拼杀的战斗英雄，越是情况紧急头脑越清醒。他立即指挥2排排长周克俭带一个加强排进攻北山制高点，必须在最短时间内拿下北山碉堡。

红军连队的排长都有着丰富的作战经验，周克俭并没有正面进攻，而是采取迂回战术，逐渐靠近了匪徒占领的北山碉堡。2连战士在陡峭的岩石上奋力攀登，一鼓作气，攀到了山顶，在机枪、六〇炮的支援下，向碉堡发起冲锋。叛匪毕竟是一群乌合之众，哪见过这阵势，哭爹喊妈，纷纷逃窜。

拿下北山，粉碎了叛匪第一次进攻，胡青山并没有松口气。他一方面组织召开党支部会议和连长、排长、班长会议，向全连提出“与伊吾共存亡”“为伤亡战友报仇”的口号，确立了“以守为主，待援为辅，各自为战，独立作战，保存实力，消灭敌人”的作战方针，重新部署了兵力，将各个班配置到各个制高点上，营房由各班抽调人员和炊事员、轻伤员守卫。

另一方面，他彻底清查了县城内部情况，消除隐患，调配物资，把库存的机枪、迫击炮全数下发，还把多余的炮弹改装成地雷，布置在防御区域内，以弥补兵力不足。事实证明，这些措施对打退叛匪进攻和偷袭，起到非常大的作用。

很快，不甘心失败的叛匪开始发起连续进攻，一群群的马匪挥刀跃马气势汹汹。胡青山指挥部队沉着应战，直到敌人冲到阵地前几十米，才下令开火。在迫击炮和手榴弹的爆炸声中，匪徒成片撂倒，本是乌合之众的土匪从未见过这么猛烈准确的火力，顿时作鸟兽散。

进攻受挫的艾拜都拉气昏了头，居然阵前召集大小匪首开“现场会”。胡青山当然不会放过这样送上门的机会，几发迫击炮炮弹呼啸着砸了过去，当场就将艾匪的亲信干将报销了10多人，再次打退敌人的进攻。

几天后，脑袋缠着绷带的艾拜都拉如同输红眼的赌徒再次亲自督战，向我北、南两个山头要点连续发动大规模反扑，但都被顽强坚守的2连战士一次次打退。尽管伊吾县城处在匪徒的层层包围中，但整个防御阵地仍牢牢地控制在我军手里。

一天，天降大雪，“聪明”的艾拜都拉让匪徒披上羊皮，企图利用雪雾天气偷袭。接到哨兵报告，胡青山很纳闷，因为全城的人畜都被土匪劫走了，不可能有羊群往城里来。他用望远镜仔细观察一番后，让人找来一支射程较远的三八式步枪，瞄准羊群就是一枪，只见一只“羊”应声倒地。接着他又弹无虚发连开数枪，远处的“羊”群顿时全都两脚站立，乱成一团。战士们这才看明白了，于是，所有武器一齐开火，打得偷袭之敌落荒而逃。

经过半个多月激战，叛匪损兵折将，无力发动大规模进攻，于是改为小规模的连续攻击和骚扰，企图用消耗战将十分疲惫的2连守军拖垮。在没有补充休整、没有群众支援的情况下，战士们除要应对敌人连续不断的袭扰外，还要昼夜加修工事，恢复被敌人切断的各要点联系和给养供应。

特别是北山制高点，更是双方争夺的焦点。叛匪在对解放军坚守的北山阵地多次进攻失败后，采用挖地壕的办法将北山死死围了起来，以严密的火力封锁切断了我军的补给，特别是饮水供应，企图迫使我军不战而退。

在最初几次补给尝试受挫后，胡青山决定由一名战士牵一匹枣骝马来执行向北山运输给养和供水任务。这匹枣骝马是从骑兵营退下来的战马，也算是身经百战的“老革命”，不仅与随行战士配合得十分默契，还懂得如何通过敌人的火力封锁区，遭土匪袭击时能迅速随人卧倒隐蔽；当战士轻声命令它“冲锋”时，它就会利用我军火力压制敌火间隙，撒开四蹄急速冲向山顶，把急需的水和粮弹送到阵地上。

伊吾保卫战纪念碑

时间一长，枣骝马竟能像一名勇敢的战士，开始单独执行任务。只要把物品捆好放在它的背上，发一声命令或拍一下后背，它就会自觉直奔北山主峰。途中它时而卧下隐蔽，时而跃起急奔，灵活而机智，每次都出色地完成了任务。在“军功马”的帮助下，北山的补给始终未断，叛匪的图谋又一次落空。

就这样，3 月 29 日到 5 月 7 日，2 连 108 名官兵在副营长胡青山率领下顽强坚守，先后打退了叛匪的 7 次猛攻，以伤亡 42 人的代价守住了伊吾县城，有力地配合了我军东、西两线剿匪行动，为迅速歼灭尧乐博斯匪帮创造了有利条件。

5 月 19 日，第一野战军司令员彭德怀向第 46 团发来嘉勉电。

1950 年 5 月，西北军区暨第一野战军授予该连“钢铁英雄连”荣誉称号，并赠送“钢铁英雄连”锦旗一面。

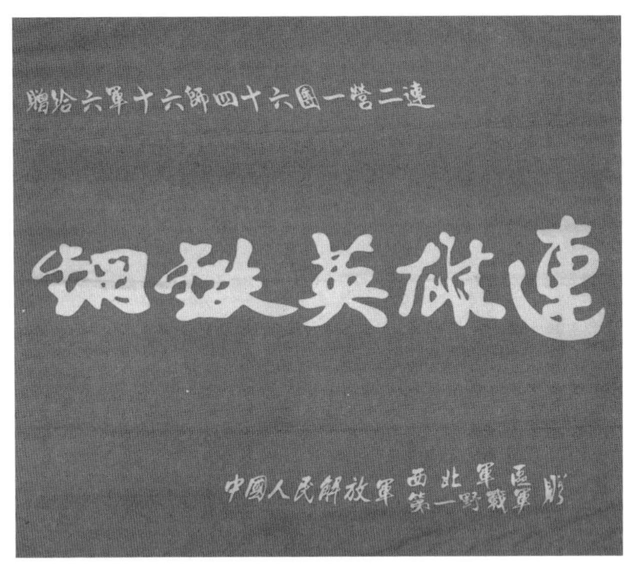

“钢铁英雄连”荣誉战旗

1987年7月29日，胡青山重返昔日战场，祭扫烈士陵园。他说：“今天的伊吾，是一个拥有1.6万人的边境县。城内高楼林立，人民生活幸福、安逸。伊吾人民时刻铭记，没有你们的英勇献身，就没有伊吾人民今天的幸福。他们曾向你们宣誓：要永远记住你们的英雄业绩，在你们曾经洒尽鲜血的土地上，把伊吾建设得更加美丽，更加繁荣——这就是我37年后，重返伊吾的所见所闻。”

进藏先遣英雄连

七个民族的六十三位烈士

说起进军西藏，人们自然就会想到当时西南军区的中国人民解放军第 18 军。在张国华、谭冠三将军率领下，他们克服千难万险，修通了川藏公路，胜利进军西藏。然而人们并不知道，在第 18 军进藏之前，就有一支“进藏先遣连”，已经踏上了神奇的藏北高原。

早在 1950 年初春，毛泽东主席就发出“进军西藏宜早不宜迟”的指示。中央军委把毛主席的指示以电报的形式，发给西南军区和西北军区，要求他们做好进军西藏的准备。

接到毛主席的电报之后，新疆军区王震司令员和军区党委认真研究，组建了独立骑兵师，为进军西藏做准备。

战斗要有尖兵，进军要派先遣。骑兵 1 团 1 连被选为进军西藏探路的先遣连。这个团的保卫股股长李狄三被任命为先遣连总指挥。连队共有 136 人，分别来自汉、蒙古、维吾尔、哈萨克、藏、回、锡伯等 7 个民族。

这也就是我军进军西藏的部队中，派出的第一个先遣连，出发最早的一个连队。

进藏先遣连出征誓师仪式，在新疆的于阗县（今于田县）普鲁村的一个打麦场上举行。王震司令员特地赶来参加他们的誓师仪式，亲手把进藏先遣连的旗帜授给这个英雄的连队。

这是一次极其艰难的行军。这是一次特殊的先遣任务。

从于阗县出发时，他们只有一张自绘的地图和一个指南针。那真是叫探路。哪里能走，哪里不能走，只能是一边侦察一边前进。

经过 10 来天的行军跋涉，到达了赛虎拉姆石峡。这个峡谷两边全是高耸入云的大山，进入峡谷，路越来越窄。最窄的地方可能只能通过一个人和一匹马。在这样的峡谷中行走，不免让人感到几分恐惧。136 位勇士，用了 3 天才穿过石峡。

再往前走，海拔越来越高，越走越艰难。由于高山缺氧，有的战士头痛、恶心、呕吐，还有的出现心跳加快、呼吸困难等症状。那些无声的战马鼻孔开始流血，也变得步履蹒跚。

走着走着，一个可怕的事情发生了，好几个战士说自己什么都看不见了。李狄三知道，这是得了雪盲症。

可以想见，一个大多数人得了雪盲症的部队，行军会有多么艰难。

先遣连在进军西藏途中

在这种情况下，先遣连硬是走出了新疆，走上了藏北高原，到达了西藏阿里地区的今改则县（那时候不叫县，而是被称为改则宗）。

藏北高原是“世界屋脊的屋脊”，这里冬天来得特别早。10月份已经是寒风劲吹、大雪飘扬。山上的积雪常年不化。先遣连准备继续前进，却被大雪寒冬挡住去路，藏族向导说，大雪封山了，今年不能再走了，要到来年四五月份，才有可能继续前行。

先遣连把情况报告了军区。王震司令员下达了一道命令：停止向纵深发展，就地迅速转入过冬备战。自力更生，坚持到春季会师。

王震司令员为什么要他们自力更生坚持到春季呢？

那时候，西藏还没有解放，我们的队伍要执行严格的民族政策，那就是，任何情况下，不能动藏民的一针一线。至于那些可以遮风避寒的喇嘛庙，更是不可进前一步。

由于冰雪，后方的补给线中断了。100多个人的吃饭也成了巨大的问题。先遣连成立一个打猎组，在人烟稀少的高原上，猎取黄羊、野马等来充饥。

有一次，打猎组的两位蒙古族战士——祥子（巴利）和鄂鲁新，跑出了几十里路打猎。在高原上打猎，实在太累人，祥子说跑不动了，歇会儿吧。就在一个背风向阳的地方坐下。不一会儿，祥子就裹着牛皮睡着了，战友鄂鲁新转了一圈回来时，急忙把他摇醒。这时，牛皮已经冻在他的身上了，扒也扒不下来。

高原上的寒冷可见一斑。

回到驻地的时候，祥子就病了，从此再没有起来，他牺牲之前，对副连长说：“副连长，我不能死，我们的任务还没完成，阿里我们还没有解放……”

这就是我们的战士，他们心中最重要的是什么？是还没有完成任务！

祥子入葬的那一天，连队的气氛十分压抑。已患病的总指挥李狄三从帐篷里爬出来，拄着一根拐棍来为祥子送行。战士用四张野马皮包裹好祥子的遗体，抬到了墓地，全体肃立，为这位战友下葬。此时，总指挥李狄三跪在他的战士面前，喊了一声：“祥子！”就再也说不出一句话来。

有关先遣连的困境报告，送到了新疆军区王震司令员手中，王震司令员给部队下达了一个死命令：不惜一切代价，接通运输线。

为了支援进藏先遣连，新疆军区和新疆各族人民都行动起来，组织运输救援队，千方百计打通运输线，给先遣连运送粮食和军需物资。

1951 年春节前后，新疆军区先后派了 3 支救援队进藏，接应先遣连。

第一批救援队，带了 500 头毛驴组成的驮运队，带着急需的物资出发了。没有翻过界山，500 头毛驴就大部分倒毙了。东西运不上去，还谈什么救援？他们只好无功而返。

第二批救援队又带了 500 头毛驴，这些毛驴都是经过精选的。它们中间有 16 头翻过了界山，但是，到达当古的时候，一场漫天大雪，把物资和毛驴全部埋在雪里。

新疆军区又派了第三批驮运队。接受了上两次的经验教训，选了精壮的毛驴和牦牛驮着给养、食盐再次出发。由于气候恶劣，风雪太大，艰难行走 25 天以后，越过界山达坂，只剩下 30 头牦牛了。

这时，每头牦牛出发时驮的 40 公斤粮食，已经被牦牛吃得所剩无几。这怎么办？

驮运队铁定一条心，一定要和先遣连的同志们见面，他们忍痛留下 3 头牦牛，其余的全部杀掉，集中了所有能吃的东西，继续往前赶。两位维吾尔族兄弟，拉着 3 头牦牛，继续前行。

暴风雪来了，一头牦牛挣脱缰绳跑了，一位维吾尔族兄弟拼命追赶，牺牲在了路上。

最后，剩下的同志就赶着剩下的两头牦牛到达了先遣连驻地，他们交给先遣连的只有 1.5 公斤食盐，7 个馕，还有一沓子来自各地的战士的家书。

对先遣连来说，那段日子，极端恶劣的环境成了他们最大的敌人。他们和这个“敌人”展开了生死搏斗。李狄三和战士每天都在和死亡抗争。他们在冻土上凿挖出 10 多个地窝子。棉衣穿破了，用麻袋片补起来。补了一层又一层，最后，一件衣服都有十几斤重。鞋子破了，他们就用野牛皮缝补。

苦熬的日子里，总指挥李狄三病了，带的药品都已经用光，病情一天天加重，走路已经非常困难了。但他仍然坚持每天要战士扶着他到各班去和战士们见面，给战士们讲当年的战斗故事，鼓励战士们一定要坚持下来。要熬过这段日子，要把红旗牢牢地插在藏北高原。他还让通信员抱来一堆羊毛，他一点一点捻成毛绳拴到各班……

运输线终于接通了，新疆军区骑兵团团长安志明带着后续部队赶到先遣连驻地。战士们欢呼起来，但总指挥李狄三已经是奄奄一息了。

在地窝子的一块野驴皮上，安团长紧紧地握住李狄三的手，他却连话都说不出来了，他的眼睛里全是泪水，非常吃力地从枕边摸出他一路上写下来的日记，交给安团长，想说什么，但是什么也没说出来，只是示意他打开那几个笔记本。

34 岁的李狄三非常不舍地闭上了自己的眼睛。团长和战友们整理他的遗物，翻开他的日记的时候，看到了他在最后一页留下的几行字：

两本日记是我进藏后积累的全部资料，万望交给党组织。

金星钢笔 1 支，是南泥湾开荒时王震旅长发给的奖品，如有可能请组织上转交给我的儿子五斗。

…………

李狄三亲手写下的关于部队进藏的资料，送到了有关的决策部门，这为后来中央改变进藏路线的决策——人民解放军大部队选择从西南方向，而不是从西北方向进藏——起到重要作用。

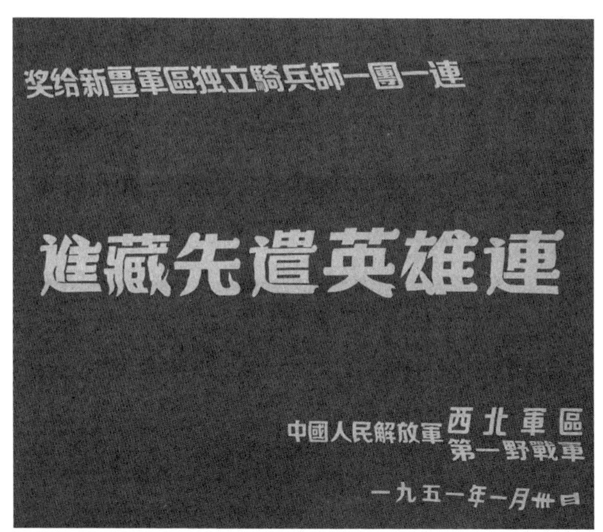

“进藏先遣英雄连”荣誉战旗

进藏先遣连挺进藏北的一年多时间里，付出了巨大牺牲。先后有 63 名干部、战士牺牲在藏北高原。李狄三和先遣连的事迹报到身经百战的王震将军面前时，他几度哽咽，几次落泪。他含着眼泪给西北军区发电报，为这个连队请功：“我们每一位战士都要记一等功！”

这时候，进藏先遣连的136名勇士，只剩下了73人！

西北军区、中央军委都给予这个连队崇高的荣誉，西北军区通令，给进藏先遣连的每一位战士记一等功。中央军委追授李狄三“人民英雄”称号。

在西藏自治区解放60周年的时候，西藏人民没有忘记这支来自西北军区的连队，没有忘记136位顶天立地的英雄，全体西藏人民投票推举李狄三和阿沛·阿旺晋美、张国华、谭冠三等人为“和平解放西藏、感动西藏”英雄人物。

新兴里战斗模范连

鏖战冰雪新兴里

1950年11月25日，抗美援朝第二次战役正式打响。两天内，不畏强敌的志愿军依靠正确的战术和勇猛的战斗精神，已将西线进攻的美军打得一片溃散。

东线美第10军仍在继续前进，以图快速增援西线，担任主攻的陆战第1师第5团、第7团已进至柳潭里，担任助攻的以美第7师第31团为主组成的团级战斗群（相当于加强团）进至新兴里，担任掩护的美第3师随后跟进。

新兴里位于丰流里江入长津湖口南岸，南高北低，东西狭长。村北地势平坦且有窄轨铁路和公路通过，村西滨湖，地形狭窄，不便于大部队展开。村南3座突兀山峰呈三足鼎立之势，为新兴里到下碣隅里公路之咽喉，易守难攻。

新兴里以南约6公里的后浦美第31团团长艾伦·麦克莱恩上校素以蛮横骄傲著称，因为他指挥的第31团从未吃过败仗，所以目中无人。

此时，按预定作战计划，志愿军第27军已隐蔽进入柳潭里、新兴里以北地区，但敌人并没有发现我军。27日下午4时，第27军副军长詹大南赶赴新兴里。因第80师原师长张铚秀两天前已紧急升任第 26 军副军长，所以，詹大南既是上级指导者，又是实际指挥者。此时，根据错误的侦察，误认为当面之敌只有 1 个营。我军因此决心以集中优势兵力打歼灭战的战法，发挥夜战、近战的特点，以第 80 师附第 81 师第 242 团共 4 个团的兵力，一举歼灭敌人。

美军第 31 团组建于第一次世界大战期间，参加了 1918 年至 1920 年对俄国西伯利亚地区的干涉作战，因战功显赫，被伍德罗·威尔逊总统授予“北极熊团”称号，并由总统亲自授予“北极熊旗”。第二次世界大战期间，参加过太平洋战场上的阿留申群岛、马绍尔群岛和冲绳岛等进攻战役，是美陆军中战斗力强的团队。

志愿军第 238 团同样战绩不俗，敢打会拼，因在淮海战役中五战五捷，荣立集体一等功；第 241 团更是在潍县战役中，率先打破号称“固若金汤”的老城突破口，而被授予“潍县团”光荣称号；第 239 团、第 240 团有朝气，进步快，攻守兼备，以攻为主；第 242 团基础较老，作风好，善打穿插，以守为主。

11 月 27 日午夜 12 时左右，由集结地域隐蔽进入战斗位置的志愿军第 27 军的 4 个团，在零下 35 摄氏度左右的气温和纷飞的鹅毛大雪中，向新兴里当面的美第 7 师第 31 团战斗群发起进攻。第 238 团团长阎川野指挥 1 营、2 营，首先突破敌人防御前沿，朝鲜的房屋都不相邻，近的隔几十米，远的隔上百米，美军都在屋里，如果以连建制发起攻击容易造成伤亡。志愿军就以班、排为战斗单元，协同掩护，一间房一间房地与之激战。3 营 8 连在攻击时被一独立家屋的美军密集火力所阻，几次爆破均未成功。

连长心急如焚，对配合作战的师炮兵团 92 步兵炮连 5 班班长孔庆三说：“孔班长，能不能敲掉它？”孔庆三回答：“没问题，连长。”连长用信任和感谢的目光看着孔庆三说：“好！”

孔庆三立即和二炮手把炮推上附近一个小山坡，准备摧毁敌火力点。但由于地面不平，冰冻坚硬，炮阵地难以构筑，导致炮的右驻锄悬空，不能发射。时间不等人，孔庆三急中生智，冒着危险将一把铁锹插进右驻锄的铁环，用左肩膀死死抵住铁锹把。

二炮手急忙说："不行！班长，这样太危险！"孔庆三厉声说："没时间了，别管我，赶紧开炮！赶紧开炮！"二炮手没法犹豫了，一炮将独立家屋摧毁，击毙美军 30 多人。然而，孔庆三却被火炮很大的后坐力撞击掀翻，同时还被迸回的弹壳击中腹部，壮烈牺牲。

第 239 团 2 营营长张宗海和教导员张桂绵率部主攻，命令 4 连连长李长言率领连主力迂回穿插。当他们进至新兴里东山的背侧时，听前面房子里的敌人朝他们叫喊。原来，敌人以为是配属自己行动的南朝鲜军。叫声正好给 4 连指示了目标。

于是，李长言立刻命令道："开火！"刹那间，轻重机枪的弹雨一齐泼向敌人。而后，除在正面留少数人员继续牵制敌人外，连主力迅速从两翼包抄过去。夜幕下，我军各战斗小组利用地形地物向前跃进。不一会儿，有两个战斗小组各自进攻一座独立家屋，一个小组利用家屋的射击死角，迅即将几颗手榴弹从门窗塞向屋中；另一个小组在攻打时直接端着机枪向里面扫射。

美军被我军的这种贴身攻击战术打蒙了，有的逃窜，有的投降，有的躺着装死，少数负隅顽抗者即被我军击毙。4 连用这种打法，一连夺取了敌人的多座独立家屋。

与此同时，4 连指导员庄元东率一个排隐蔽进至新兴里东山 1200 高地。他们发现山腰几顶帐篷内有大约一个排的美军正在睡觉，便立即命令全排："悄悄包围敌人！"

可是，有个战士还是不小心踩在美军用一堆空罐头盒子做的警戒物上滑倒了。咣当当，响声一下子惊醒了敌人。庄指导员见此，当即扣动冲锋枪扳机，嗒嗒嗒嗒。枪声就是命令，部队立即开火。顷刻间，30多个美军在睡梦中被击毙。

接着，我军在夺取独立家屋时，敌人立即开始组织反击。激战中，庄指导员和一名班长相继牺牲。拂晓，4连李连长他们又发现了山下有敌人一个停炮场。他们以迅雷不及掩耳之势从1455.6高地和1100高地突入敌停炮场，捣毁57野战炮兵营A连火炮阵地。

第239团3营营长毕序阳率部从新兴里南面冲进村子，看见十几辆汽车、十几辆坦克围着两个帐篷。他们先炸了两辆坦克，接着冲进帐篷就打，发现里面有电话机、报话机等通信器材。营部通信班班长张积庆报告毕序阳说："营长，这帐篷壁上还挂了作战地图呢。"毕序阳指着地上还未燃尽的作战文书说："小张，赶紧把它们踩灭了。没准还有不少的情报！"原来此处正是敌人的团指挥所。

经过一夜激战至11月28日拂晓，第238团攻占新兴里以北、以东一线高地；第239团攻占新兴里以南1455.6高地和1100高地，控制了新兴里之敌据守的最后一个制高点1250高地；第240团夺取了内洞峙东北、正北和西北一线高地，切断了新兴里和内洞峙之敌的联系；第242团攻占新兴里以南的1221高地和新岱里，控制了东仓至下碣隅里公路。

部队除吃干粮与吞冰雪外，均未得热饭热水，弹药仅补充到少许子弹和手榴弹。这就是志愿军指战员在抗美援朝战场上一口炒面一口雪一边打击敌人的感人英雄故事的源头。至此，第80师打了美军一个措手不及，将美军合围压缩在新兴里、内洞峙之狭小地域内，陷敌于不利态势。

11月28日6时天亮，第80师由于掌握敌情不准，误以为敌人已经大部被歼，就准备清扫战场。但不久，被打散的美军集结起来向分散的志愿军开始了强力反冲击，志愿军被迫暂时退出村落。早上 7 时许，美军第 31 团坦克连 12 辆坦克，伴随步兵一部在多架飞机配合下，自后浦向北运动，组织余部反扑，欲解新兴里之围。

第 242 团于新兴里以南 1221 高地东南公路坚决阻击。9 连副班长叶永安带领一个小组机智勇敢，用手榴弹连续炸毁美军 3 辆坦克。后来，8 连战士冲过来又打坏第四辆坦克。战斗持续到下午 4 时，敌军其余坦克撤回后浦，解围企图未逞。

美第 31 团团长麦克莱恩也率指挥所进入内洞峙与美 32 团 1 营会合。经一昼夜战斗，80 师步兵战斗伤亡和冻伤减员达 1/3。

28 日晚，志愿军第 27 军命令第 80 师继续进攻新兴里、内洞峙之敌。师部署为：第 238 团主力由新兴里东南进攻，1 个营由 1324 高地进攻；第 239 团由正南、西南进攻；第 240 团全部配属七五山炮 6 门围攻内洞峙守敌。

5 分钟炮火准备后，于傍晚 6 时 30 分，各团同时发起进攻。由于对被围敌军兵力估计不足，均遭到美军步兵火力反击。一夜之间，80 师主力付出重大代价。但在 29 日凌晨 4 时，美第 32 团 1 营残部惧怕被歼，配置炮兵、坦克各一部，丢弃榴弹炮 4 门和 300 具尸体，突破第 240 团 3 营阵地，逃向新兴里。途中，美第 31 团团长麦克莱恩被志愿军击毙。5 时，第 240 团占领内洞峙及其东南阵地。

11 月 29 日拂晓，第 27 军首长见敌人火力太猛，远远超出了我们的想象，感到暂不能全歼该敌，遂令停止攻击。

不久我军从俘虏口中证实，新兴里美军实力为 4 个营。鉴于我军参战部队冻伤、冻亡和战斗伤亡减员已近 2/3，各步兵团不得不合并建制并整顿各级战斗组织。

29日上午，美军航空兵对新兴里空投大批粮弹进行支援。9时30分下碣隅里的美陆战1师派一部在飞机和炮火支援下，向新兴里进攻，企图打通与美第31团的联系，遭到志愿军第81师第242团的顽强阻击，被迫于下午4时回窜。

当晚我军未对敌进攻，积极进行战斗准备。第9兵团首长鉴于新兴里和柳潭里两处之敌均超出我原估计兵力的3倍以上，决心首先集中优势兵力歼灭新兴里之敌，而后再移兵分别歼灭柳潭里等地之敌。宋时轮与彭德清和刘浩天通过密电沟通，拟调第81师第241团，会同第80师共5个团的兵力，继续围歼新兴里美军。

30日半夜11时起，在火炮实施急袭15分钟后，新兴里地区被一片爆炸声和硝烟味笼罩，志愿军第27军攻击部队的指战员蜂拥冲进美军坦克防御圈内，与美国兵血肉相搏。这种围歼战术，对于宋时轮、陶勇来说都是驾轻就熟，他们在国内三年解放战争中，正是通过这一战术先后在孟良崮、碾庄圩、陈官庄等恶战中击毙国民党名将张灵甫、黄百韬，活捉蒋介石的股肱杜聿明。

当夜雪下得更大，气温降得更低，志愿军冻伤更多，减员更加严重。但是第80师和第81师主力毫不畏惧，斗志旺盛，像第239团4连这样的尖刀连队一样都是在战斗场上吃炒面，吞雪团，坚持战斗，英勇拼搏。

至12月1日拂晓，志愿军4个步兵团先后突破美军外围阵地，但在主阵地前沿遭敌绵密火网和坦克的拦阻与杀伤。天亮以后，志愿军继续顽强紧缩合围圈，各突击连队不怕牺牲，连续作战，与敌展开逐壕逐屋的激烈争夺。敌我双方胶着，犬牙交错。而盘旋于战场上空的美军数十架飞机，难以识别目标，只能袖手旁观。

美第31团战斗群伤亡惨重，在外援无望，陷入灭顶之灾，即将被歼的情况下，代指挥官费斯中校命令毁掉多余带不走的火炮、卡车和补给品，率剩余人员于 1 日下午 1 时开始，以一辆 40 厘米双管防空炮装甲车为前锋，40 多架飞机、10 多辆坦克做掩护，集中兵力向 241 团阵地发起攻击，开始沿公路向南猛烈突围。

志愿军第 27 军部队立即展开拦阻和转入追击作战。第 242 团 3 营依托 1221 高地，第 242 团 2 营则在公路以东一线高地，对突围之敌猛烈射击，并炸毁公路上的桥梁，将美军部队拦截于 1221 高地前。

第 80 师各团不顾美军飞机狂轰滥炸，依托公路东侧的有利地形，从美军队形的侧方、正面和后尾猛烈冲击。而美军在依赖空中火力支援撤退的同时，也遭到空中自己火力的误炸，导致行动迟缓和人员伤亡。当日黄昏，残敌一股 200 余人向正西方向突围，企图越过冰封雪盖的长津湖向柳潭里逃窜，结果车辆和辎重过重，导致冰面破碎，人和车掉落湖中，人员全部冻溺而死。

天黑以后，另一部美军残余几百人乘数十辆汽车、坦克继续沿公路南逃，被志愿军第 242 团 1 营兜头截住，拦阻于后浦、泗水里的一片洼地之中。志愿军对卡车投入燃烧手榴弹，炸死与烧伤美军众多。经过短兵相接的激烈战斗，费斯中校被击毙，志愿军毙俘美军 400 余人，美军最后有近 200 人突围，由陆战 1 师接应逃入下碣隅里。

12 月 2 日凌晨 4 时，新兴里战斗胜利结束。至此“北极熊”轰然倒下，成建制地覆灭了。此役创造了志愿军在一次战斗中以劣势装备全歼美军现代化装备一个加强团的模范战例。第 239 团 4 连为捣毁“北极熊团”团部的独立家屋和临时帐篷做出突出贡献。

该团 3 营通信班班长张积庆在打扫战场时，缴获了“北极熊团”团旗。旗面正中是一只用金黄丝线绣的展翅的苍鹰，左爪携箭束，右爪握橄榄枝；鹰嘴叼着的缎带上用拉丁语写着“为了祖国”字样；

鹰上方是一头张牙舞爪的北极熊；鹰下方的缎带上写着部队“第 31 步兵团”的番号；旗面的上、右、下三边绣有金黄色细穗。现在，这面“北极熊团”团旗被列为国家一级保护文物，由中国人民革命军事博物馆收藏。

“北极熊团”团旗

战后，志愿军第 27 军授予第 239 团 4 连“新兴里战斗模范连”称号。

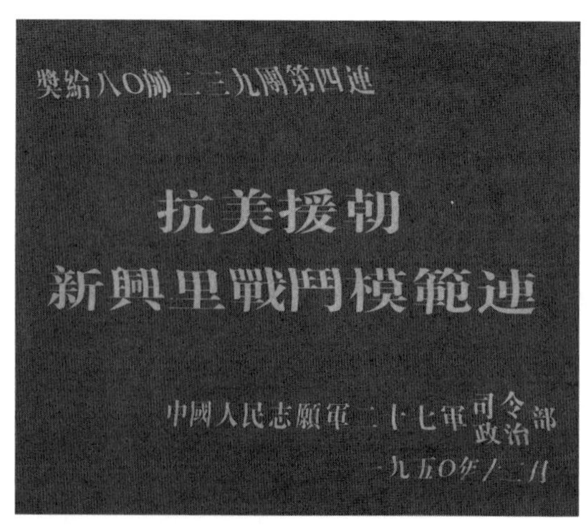

“新兴里战斗模范连”荣誉战旗

新兴里战斗中，志愿军在没有空中火力和地面坦克支援的条件下，运用夜战、近战、肉搏战、伏击战、穿插战等战术，英勇地同武装到牙齿的强大美军搏杀，围歼追逐，鏖战冰雪，忍受艰苦，敢于牺牲，终于取得了最后的胜利。

1950 年 12 月 11 日，美国《时代周刊》评价此次战役为“败北——对美国来说从未有过的最大的败北”。《新闻周刊》则拿此战与第二次世界大战期间同样在 12 月份发生的珍珠港事件做了对比：“也许这是美国历史上自珍珠港事件以来在军事上遭受的最惨痛的失败。”

新兴里战斗的历史意义在于，志愿军第 27 军以一个加强师创造了一个以劣胜优、以弱胜强的战争奇迹，创造了抗美援朝作战史上唯一成建制地全歼美军一个加强步兵团并缴获其军旗的光辉范例。

杨根思连

“三个不相信”的连魂

习近平主席在庆祝中国人民解放军建军90周年大会上发表讲话时说道:“在枪林弹雨的战场上，面对气焰嚣张的强大敌人，人民军队曾经发出了‘三个不相信’的英雄宣言，在革命战士面前，不相信有完不成的任务，不相信有克服不了的困难，不相信有战胜不了的敌人！”

习主席讲的这“三个不相信”，正是全国战斗英雄、中国人民志愿军特等功臣和特级战斗英雄杨根思在抗美援朝战场上向他的战士做动员时发出的心声，也是“杨根思连”的铮铮誓言。

杨根思出生在江苏省泰兴一个贫困的乡村，这个村子“羊”姓是大户，几乎都姓羊。杨根思原名羊庚玺。他参军时，带兵的人问他叫什么，他回答:“羊庚玺！”登记的人顺手写成了杨根思，从此也就有了新四军战士杨根思。

杨根思参军以后，便赶上打了一仗。那是攻打当时国民党顽固派的一个据点。首次参战的杨根思手里根本没有枪，只有一根长矛。战士们凭着血性，冲到敌群当中，和敌人展开肉搏。阵地上刀光血影。混战中，杨根思用长矛刺死了一个敌人，缴获了第一杆枪。

这杆枪，使他的手里从此有了杀敌的利器。他受到当时排长的表扬:“作战勇敢，手持长矛夺钢枪!”

杨根思备受鼓舞。他觉得当兵就要勇敢，就要顽强。这样才能算一个好兵。

抗日战争时期，杨根思所在团是新四军的一把“尖刀”，在夜袭浒墅关、火烧虹桥机场、决战黄桥等战役战斗中屡建奇功。这支部队转战到浙江西部。在打新登的作战中，杨根思勇敢地冲上山去，救下了身负重伤的营长。

在战火中，杨根思也从一名普通战士逐渐成长为战斗英雄。在桃花山战斗中，他用两枚手榴弹炸掉了敌人重机枪扼守的一个哨口，开辟了部队的通路。因此第一次立了功，被评为团里的战斗模范。

解放战争中，他所在连队又先后参加鲁南、莱芜、孟良崮、淮海等重大战役。1946 年部队转战到山东，在泰安的战斗中，杨根思所在班是尖刀班，冲在最前面。当时地形对他们非常不利，既没法展开火力，也没法消灭前面一个地堡里的敌人。

杨根思一马当先，隐蔽接敌，用手榴弹炸毁敌人的地堡，保障了这个部队能够继续向前冲击。他的脸部和鼻子受了伤，战友们要抬他下去，但是他坚持不下火线，卫生员给他包扎了以后，他蒙着眼睛不能看东西。班长说:“你赶快下去。”他不仅没有下去，反而从地上摸起了两颗手榴弹说:“班长，告诉我，朝哪个方向打?”班长告诉他:“向左前方。”他就按照班长说的方向，甩出了这两颗手榴弹。在攻打全城的制高点天主堂时，杨根思硬是用 18 颗手榴弹把敌人炸得魂飞魄散，举手投降。杨根思首次获得了“战斗英雄”称号。

1946 年秋天，杨根思所在部队向国民党守军的前沿阵地发起冲击。杨根思和战友们把一种用线拉的地雷送到国民党守军的碉堡下。第一颗雷送上去了，杨根思拉动弦线，这个地雷却没有爆炸。肯定是地雷瞎火了，怎么办？杨根思又抱着第二颗拉雷，到了敌人的地堡下，第二颗拉雷再次拉动弦线，依然没有爆炸。杨根思非常着急，他跑到营部领回第三颗拉雷，再次机警地送上去。这次拉动弦线，拉雷轰隆一声爆炸，带动了前两次送上去的两颗拉雷同时爆炸，一下子把国民党守军的碉堡炸掉一大半，杨根思的战友们呼叫着冲上去。

战斗结束以后，团里正式授予杨根思“爆破大王”称号。

1947 年，解放军华东野战军与国民党军队在山东枣庄齐村附近展开激战。国民党军队依托战壕、围墙、碉堡、暗堡等组成连环工事，构建了纵深防御阵地。发起总攻时，杨根思连续爆破国民党守军碉堡群，炸毁敌旅部核心工事，保障了部队迅速全歼齐村守敌，立大功一次，被评为“华东一级战斗英雄”。

在攻克齐村的战斗中，国民党守军一个旅被包围，他们企图依托非常坚固的工事，等待救援。已经是 9 班副班长的杨根思领受了上级交给的任务：一定要把圆形的大碉堡炸掉。团首长对他说：“你是我们这儿的爆破大王，相信你一定能够完成这个任务。”

杨根思抱着炸药包冲上去，放置好就准备拉弦，这个时候，他突然听到地堡内的敌人正在吵嚷，好像有人在说“不行就投降吧……”

杨根思当机立断，抱着炸药包跳入交通壕，踹开地堡大门，大喝一声：“缴枪不杀，谁敢顽抗，通通报销！”

他这一声喊，把敌人给震慑住了。敌人纷纷举起手，乖乖地缴了枪。一个排的敌人全都成了杨根思的俘虏。

在淮海战役、渡江战役当中，杨根思越战越勇。他由副排长、排长，升为副连长，成为一名成熟的基层指挥员。

战火中，杨根思和他的战友们迎来了新中国的成立。

1950 年国庆节前，为表彰在民族解放战争中的英雄模范，中央军委决定，9 月在首都北京举行第一届全国战斗英雄劳动模范代表大会。谁被选作英雄模范都是一个非常高的荣誉。杨根思所在的第 20 军，几万人的队伍选了 4 个代表，杨根思是其中一个。

英模代表大会召开的那天，全国全军 350 个战斗英雄和劳动模范在怀仁堂后边的荷花池和毛主席等人见面。杨根思的心情非常激动，他见到了人民领袖毛主席，人民军队的总司令朱德等中央领导人，他后来不禁感慨："我们这些穷孩子就是在他们的领导下，一步一步成长起来的呀！"

1950 年 10 月 1 日，杨根思等所有代表一起登上了天安门城楼，参加了中华人民共和国的国庆大典。

国庆大典结束的第二天，杨根思就匆忙登上火车，返回了部队所在地。

此时，朝鲜战争已经爆发。以美国为首的"联合国军"已在朝鲜仁川登陆。杨根思虽然不知道他们在天安门上观礼的那天中午，毛泽东主席就收到了朝鲜领袖金日成发来的请求中国人民解放军出兵支援朝鲜的信函，但他已经明确地感觉到了战争的呼唤。

1950 年 10 月，
杨根思为即将赴朝的第 58 师做报告

杨根思回到他所在的第 20 军第 58 师第 172 团驻地时，中国人民志愿军就跨过了鸭绿江，打响了抗美援朝保家卫国的神圣战争。

他们接到了准备出发的命令后，经过简单准备，第 172 团作为第 20 军入朝参战的先头部队，坐上了开往中朝边境的火车。

中国人民志愿军第 20 军入朝的时候，以美国为首的“联合国军”总司令麦克阿瑟正在叫嚷：“只要两周就能结束战争，士兵们将回家过圣诞节。”

刚刚入朝的中国人民志愿军第 20 军，直接开到了朝鲜东北部长津湖地区。

长津湖是朝鲜北部的盖马高原上的一个淡水湖。朝鲜半岛的长津江水流进这个湖中，因而得名长津湖。它是朝鲜北部一个极寒的山区，1950 年冬天，又是赶上 50 年不遇的严寒。部队来到这里，正赶上降大雪，气温急剧下降，到了零下 30 摄氏度。

11 月 26 日，在纷纷扬扬的大雪中，杨根思所在团队到达集结地。战士们的第一感觉是：冷，出奇地冷，天冷得伸不出手来！

他们遇到的麻烦绝不仅是寒冷。部队上来得很急，给养没有跟上，老百姓给他们送了几口袋土豆。连队只能发土豆充饥，一个战士可以分到 3 个；团员、党员只能分到两个；最后分到连长的时候，连一个土豆都没有了。毫不夸张地说，他们真正是饥寒交迫的队伍。

宿营后，杨根思走进了战士们在雪中搭起的帐篷。他要看看战士们休息的情况。帐篷里，战士的被子上都是雪，有战士说，脚已经冻伤了。杨根思帮他们把树叶子围在身边，告诉他们，把衣服扎紧一点，坚持到天亮，太阳出来，情况就会好一点。

杨根思不知道的是，此时，我们的对手不仅有防寒帽、毛衣、毛袜子，还有皮靴和鸭绒睡袋，还有牛肉罐头、火鸡腿……

杨根思连长对战士们说:“在我们面前没有不能战胜的敌人，也没有不能克服的困难，即使有 99 个困难，只要有一个坚强的意志，这些困难都能够克服的。”他就是用这样一种精神，鼓舞着、动员着 3 连的全体战士。

在 11 月 27 日的鹅毛大雪中，志愿军第 9 兵团开始向长津湖的美军发起了进攻，第 20 军在长津湖南端的小镇下碣隅里和美军的陆战 1 师进行一场决战。

下碣隅里，是这一带的交通要点，有 3 条简易公路都在此通过。敌我双方，都志在必得。

第 20 军发起进攻时，也正是美军陆战 1 师北上发起总攻的时间。因而战斗打得非常激烈，从傍晚一直打到天亮。11 月 28 日，第 20 军从三面包围了下碣隅里，并且切断了美军陆战 1 师在柳檀里和下碣隅里之间的联系。

晚上，杨根思到营部开会，接受任务。团里要求，第二天（29 日），杨根思率 3 连上去接防，接替原来 1 连的下碣隅里阵地。

这一阵地，就是 1071 高地，人们俗称小高岭。在这里，可以看得到下面的美军陆战 1 师的临时机场。美军陆战 1 师要突破我军的包围圈，无论如何也绕不开这个制高点。

营长说:“人在阵地在，小高岭决定大战局。”

杨根思重重地点了点头。

第二天上午，战斗打响时，杨根思在 3 排的阵地上指挥作战。

天寒地冻，阵地上根本没有办法修筑掩体。没有掩体，战士只能利用仅有的地形地物，阻击向上冲锋的敌人。

美军的飞机、大炮不停地朝小高岭轰击。他们不光是用普通的炸弹，还用了汽油燃烧弹。小高岭阵地一片火海，一轮火力攻击之后，爆炸不仅对我们的战士有杀伤，同时也把冻得非常厚的小高岭上的土都炸松了。杨根思命令战士们赶快利用弹坑修筑工事，准备迎接敌人步兵的进攻。

敌人的步兵开始了冲锋，第一次冲锋被打下去了。第二次冲锋马上来了……不到一个小时的时间里，敌人的机枪子弹把副连长的腿打断了，卫生员冲上去包扎，急救包包不住，说："主动脉打断了……"副连长很快牺牲了。杨根思眼看着副连长流尽了最后一滴血。

敌人的进攻一波比一波猛烈，冲上来，打下去。敌人在两次冲锋的间隙，用 20 门大炮朝小高岭阵地不停轰击，3 连处在一片火海当中。

在一天一夜里，敌人发了疯一样就想拿下这个小高岭，连续发起 8 次冲锋，阵地依然在 3 连手中。

第八次进攻之后，阵地上突然安静下来。杨根思站起来，呼唤着战友的名字，没有一声回应。转了一圈儿，发现阵地上只剩了两个人——他和重机枪排长。

短暂的平静可能是一场更激烈的战斗的开始，他对重机枪排长说："你把重机枪给我扛回营部去，反正也没子弹了。"

重机枪排长怎么忍心让连长一个人留在阵地上呢？

"我不下去，我要跟你在一起！"

杨根思说："听命令，你马上下去，向营里报告情况。下去！"

重机枪排长流着眼泪下了阵地，整个小高岭阵地上只剩下了杨根思一个人。他摘下帽子，在身上拍了拍，转身收集阵地上所有能用的武器弹药——1 包炸药、3 颗手榴弹，还有 1 支驳壳枪。

短暂的平静之后，山下的美军陆战 1 师再次向小高岭发起冲击，这是他们的第九次攻击。

面对扑上来的敌人，杨根思用仅有的枪和弹，和敌人进行搏杀，最后，他手里只有那个炸药包了。敌人号叫着向他扑来。杨根思抱起炸药包，拉着了导火索，大吼一声朝敌群冲了过去！

随着一声巨响，杨根思和40多名敌人消失在硝烟烈火当中。

杨根思用生命守护了阵地，实现了“有我在，阵地就在”的英雄誓言。

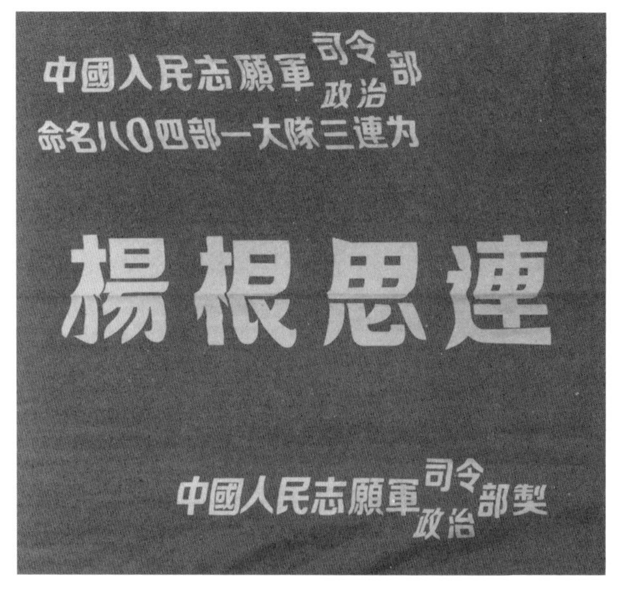

“杨根思连”荣誉战旗

下碣隅里作战，小高岭争夺战起到了非常重要的作用，从整体上来说，中国人民志愿军在第二次战役中成功地把战势稳定在了三八线附近，粉碎了“联合国军”占领朝鲜北部的作战计划，迫使敌人由战略进攻转为战略防御。

杨根思的英雄壮举，用他自己的行动，诠释了他动员战士时说的:“不相信有完成不了的任务，不相信有克服不了的困难，不相信有战胜不了的敌人。”

杨根思的英雄壮举，为志愿军战士树立了一个光辉的榜样，很快传遍了朝鲜战场，志愿军战士们高喊着杨根思的名字，和敌人进行了更加英勇的战斗，出现了几十位像他一样和敌人同归于尽的英雄。

二级英雄连

飞兵激战龙源里

多年以后，会有这样一幕战斗场景让人从脑海中怎么也挥之不去：白雪覆盖下的山峦，呼啸的北风卷起漫天大雪，14 位英雄在零下 20 多摄氏度的严寒中脱光上衣，赤裸着脊梁，腰上缠满炸弹，端着枪怒吼着向下冲锋，有人中弹倒下，有人扑入敌群拉响身上炸弹……山下的敌人瞬间崩溃了，纷纷向公路上逃命。

这一幕发生在伟大的抗美援朝战争第二次战役中，英雄们所在连队诞生于平江起义，前身为红 5 军第 13 师特务连侦察排，先后参加过平江起义、一至五次反“围剿”、二万五千里长征、平型关战斗、天津战役、抗美援朝第一至第四次战役等著名战役战斗。

抗美援朝战争期间，连队编为志愿军第 38 军第 113 师第 337 团 1 营 3 连。这个军、这个师、这个团、这个营、这个连，均因这场战争大放异彩，并为胜利立下不朽功勋。第 38 军在第二次战役中一举获得“万岁军”的美称，为一个军冠以“万岁”之名在我军历史上仅此一例。

第 113 师一贯以长途奔袭、深入敌后孤军奋战而著称，在由德川长途奔袭三所里，关紧美第 8 集团军南撤“闸门”的战斗中，创造了至今无人打破的长途行进纪录，加之入朝参战时电台呼叫讯号是“飞虎”，终以“飞虎师”称号而闻名。连队也是在团的编成内，先是 14 小时急行军 145 华里，成功穿插三所里，经德川战斗中连续作战四天四夜后，又奉命奔袭龙源里，先敌 5 分钟占领阵地，激战两昼夜，击退敌人 20 余次进攻，终使南逃北援之敌相距不到 1 公里，却始终不能会合。部队铸就了一往无前、英勇顽强、舍我其谁的铁血精神，在战场上所向披靡，威震敌胆。

1950 年 11 月初，志愿军取得第一次战役的胜利，使“联合国军”迅速占领全朝鲜的美梦彻底破灭了。但骄横的“联合国军”总司令麦克阿瑟仍然错误地判断：入朝的中国军队兵力并不多，而且装备陈旧。于是，他准备发动“最后的攻势”，赶在鸭绿江冰封前抢占全朝鲜。

对“联合国军”可能重新组织进攻的企图，中国人民志愿军司令员兼政治委员彭德怀早有准备，提出了巩固胜利、克服当前困难、准备再战的方针，如敌再进，则放其深入后击之。毛泽东同意彭德怀提出的方针，要求彭德怀：志愿军应争取在一个月内，东、西两线各打一两个仗，歼敌七八个团，将战线推进至平壤、元山一线。

据此，彭德怀决定采取内线作战、诱敌深入、各个击破的方针，计划在西线将“联合国军”诱至大馆洞、温井、妙香山、平南镇一线，集中 6 个军歼灭之；在东线将敌诱至旧津里、长津一线，由第 9 兵团歼灭之。11 月 6 日起，志愿军按预定计划以部分兵力节节抗击，主力向后转移，相继放弃黄草岭、飞虎山、博川和德川等地。

打好这一战役的关键是必须迂回包围，才能实现歼灭美军 1 至 2 个师的战役目的。因此，担负突破任务的第 38 军、第 42 军如何形成一个拳头至关重要。

为保证第二次战役的胜利，志愿军司令部决定由副司令员韩先楚亲自到第38军督阵，统一指挥第38军、第42军的作战行动。临行时前，彭德怀再三叮嘱韩先楚："一要插进去，二要接受上次战役的教训，不能再让敌人跑了。"

在志愿军第38军军部，韩先楚向军长梁兴初下达任务：你们军先打德川，整个战役从你们这里开刀，拿下德川后迅速迂回敌后。为保险起见，准备派第42军一个师先过来配合第38军夺取德川，然后再去打宁远。梁兴初一口拒绝了让第42军助战的计划："打德川我们包了！一天时间解决战斗。"

24日上午8时，"联合国军"和南朝鲜军在全线发起总攻势。25日黄昏，志愿军在西线发起反击，拉开了第二次战役的序幕。26日上午11时，志愿军第38军顺利占领德川，并将南朝鲜军第7师围住，战至次日上午7时，敌第7师除少数逃窜外，大部被歼。

27日11时，第113师接第38军电令，为继续扩大战果，歼灭美军主力于军隅里、价川地区，要该师于28日拂晓赶到三所里，阻敌南逃北援。随即，第113师按第338团、师直、第337团、第339团3营的行军序列从德川出发，沿途驱散和俘获了多支南朝鲜军溃退的小股部队。

28日拂晓，副师长刘海清为加快行军速度，命令部队去掉伪装迷惑敌机。指战员用脚板和敌人的汽车赛跑，发扬不怕疲劳和连续作战的作风，克服又饥又渴又困，咬紧牙关跑步前进，至28日7时，终于以14小时急进145里的速度，先敌数分钟抢占三所里，控制了公路两侧的高地，像一把钢钳一样钳住了美军退路。

第113师当即决定第338团在三所里构筑工事阻击敌人，第337团作为师预备队。当日，美军在飞机、坦克的掩护下，拼命向南突围，与我军第338团展开激烈搏杀。战至下午4时，粉碎敌10多次猛烈冲击，并击退由南接援之敌1个营。部队打得相当艰苦，伤亡较大。师长江潮顶住巨大的战场压力，坚持暂不使用师预备队第337团。

晚6时，美军在三所里已经连续猛攻7小时，仍毫无进展，不得不暂时停止进攻，战场渐渐沉静下来。

在第113师指挥所里，江潮终于长出一口气，总算把敌人堵住了。可就在这时，刘海清在地图上意外地发现还有一条经龙源里通往顺川的简易公路。

龙源里地处丘陵地区，位于三所里的西面，不仅北通价川、军隅里，南通顺川、平壤，而且在它的北面有公路可与三所里相连，两地相距不过几十公里。

不好！美军在三所里受阻，必然会改道龙源里南逃。

几乎与此同时，彭德怀等人也意识到了这一点，急电第113师——务必赶在敌人之前抢占龙源里！

果然，美第9军见从三所里南撤无望，便改道从龙源里撤退，同时急调位于顺川的美骑兵1师主力和位于平壤地区的英29旅各一部向北增援接应。

第337团立即命令1营教导员陈忠孝和团参谋长温克弟于凌晨2时率领1连、3连为团双前卫连，连夜向西南方向的龙源里跑步前进，务必在凌晨4时抢占龙源里。

29日凌晨4时，第337团1营1连、3连急行军15公里，先敌5分钟占领龙源里。部队刚进入葛岘岭，就发现北面公路上一串汽车灯晃动着向葛岘岭开来。

陈忠孝按照遭遇战的打法，命令两个连先敌开火，先敌冲锋，一下子把敌人打蒙了。前后仅用20分钟，俘其15人，其余均被击毙，缴获汽车 17 辆及全部物资。战士们查看车上的东西，发现都是机枪、卡宾枪等各类武器，炮弹子弹，医药，面粉和牛油，罐头等用得着的好东西，赶忙组织部队把所有的东西搬上山去，并妥善掩藏起来。后来事实证明，阻击战第一天带来的弹药就打光了，后面就用缴获的这些武器弹药。

搬完物资天已经快亮了，陈忠孝在晨曦中对战士们说："临来龙源里时，师长对我说，你陈忠孝绰号'铁蛋'，是真铁蛋还是软蛋、泥蛋，龙源里就能做出定论。"

3 连连长张友喜抢着问："教导员，你是怎么回答的呀？"

"当时我回答师长、政委说：'就一句话，我在这里，你就过不去！"听了陈忠孝的话，张友喜大声说道："回答得太好了！教导员，这就是我们'老 4 团'的性格。我在这里，你就过不去！"

"我在这里，你就过不去！我在这里，你就过不去！……"在呼啸的寒风中，1 营 1 连、3 连的战士虎啸般的吼声回荡在葛岘岭的山谷中。

随后，1 连、3 连在葛岘岭南北公路两侧构筑工事，以扼守公路入口处的葛岘岭。1 连在北，3 连在南。1 连阵地上方的葛岘岭主峰，可居高临下扼守公路进入龙源里的入口，地理位置非常好，此处放一个排可稳住 1 连阵地。但 3 连没有主峰的地理优势，且 3 连阵地处在 1 连的左侧，不仅要阻击从北面南逃的美军，还要阻击从大同江北上增援接应的美骑 1 师，承受两面作战的巨大压力。

3 连，这个英勇的红军连队，将要面临的战斗一定异常残酷，处境必然非常艰难。但是此时，3 连的战士们并没有因此而受到影响，大家战斗情绪高涨，"我在这里，你就过不去"已经成了每个战士的必胜信念。

8时许，敌人乘数百辆汽车和坦克，在数十架飞机掩护下，企图从龙源里向南逃跑。

3连连长张友喜见美军坦克如入无人之境向3连阵地冲来，立即命令两个爆破组炸毁前头的坦克。然而，两个爆破组人员在距离坦克10多米处全部中弹牺牲。张友喜见状抓起炸药包就要跃出战壕，副连长杨泰秋一把扯过连长手中的炸药包，连续几个翻身，利用弹坑，进到了坦克射击的死角。

几乎在杨泰秋跃出战壕的同时，3排战士徐汉民也跃出战壕，迅速接近坦克，把手榴弹塞进坦克的履带，把坦克的履带炸断。但美军坦克驾驶员钻到坦克下，居然很快修好了履带。伏在弹坑中的徐汉民冒了火，追过去跳上了坦克，把一捆手榴弹塞进坦克的炮塔里，一声巨响，坦克终于趴窝了。

同时，副连长杨泰秋在前面用炸药包也将最前面的一辆坦克炸毁。在巨大的爆炸中，杨泰秋壮烈牺牲。后面第二辆坦克看不清前面的道路，撞向被炸毁的坦克，翻了车。这下公路被堵死，剩下的坦克只得停在葛岘岭前的公路上。

1连、3连趁此机会又派出多批爆破组，接连炸毁了4辆坦克。美国随军记者报道：在龙源里“中国士兵用血肉身躯与钢铁坦克搏斗”。

敌人在最初的慌乱之后，迅速调整部署，很快就以一个连的兵力在20多架飞机和炮火的支援下，向3连阵地扑来。3连以密集火力向步兵猛烈射击，连续打退多次进攻。随后，敌人将兵力增加至1个营，狼群似的向我阵地冲来。战士们勇敢地迎击上去，将敌人再次打退。

这时顺川北援之敌1个营在6辆坦克、数十门火炮支援下，从顺川向北开进，来到龙源里接应南撤美军，与在此坚守的3连1排展开激战。3连顿时处于敌人南北夹击的险境之中。1排发扬英勇顽强的战斗精神，奋力阻击，用数不清的手榴弹回击进攻的敌人。机枪射手徐连才独当一面，顶住敌人5次进攻，枪管打红了，用湿毛巾裹住，站起来端枪扫射。战后，徐连才被授予“特等功臣”和“二级战斗英雄”称号。

战斗仍在激烈地进行。敌人向3连右翼阵地猛烈进攻，3连的一个班在拼死抵抗后全部壮烈牺牲。

鉴于第113师成功穿插到三所里和龙源里，关紧了美军南撤的“闸门”，彭德怀命志愿军西线部队发起全线总攻，各路军队勇猛追杀，不断分割、包围、攻歼美第8集团军。我军攻势越猛烈，网里困住的敌人越是疯狂地突围。特别是龙源里第337团以1团之力顶住现代化装备的美军3个师的南北夹击，战况十分惨烈。

下午1时，彭德怀让志愿军司令部直接接通第113师指挥所了解龙源里情况。师政委于敬山报告:“请报告彭总，我们完全有信心把敌人卡死在这里。全师指战员不惜付出一切代价坚决完成任务！”

29日，激烈的龙源里阻击战一直持续了一整天。美军除了凝固汽油弹未使用外，其他现代化武器几乎全部派上用场。双方激烈厮杀到黄昏，美军损失惨重撤到军隅里，准备再战。

连夜，连队组织官兵吃了一顿热饭，抓紧修复工事，对官兵再次进行思想发动，使大家都明白，孤军深入敌后，敌强我弱，明天的战斗将是空前惨烈的。“我在这里，你就过不去！”为此，官兵们不惜鱼死网破，誓与阵地共存亡。

志愿军司令部和第38军，此时也很清楚第113师的艰难处境。于是，梁兴初命令第114师从西北方向向龙源里疾进，驰援策应第

113 师。第 112 师第 335 团 3 连占领龙源里东北的松骨峰，在龙源里东北阻击南退的美第 2 师，以减轻“飞虎师”第 337 团在龙源里的军事压力。

11 月 30 日，最艰难的一日到来了。敌人发起“最后一击”，南撤之敌与北援之敌联合向龙源里 3 连等阵地猛攻，连续冲击 10 余次，均被我顽强阻击。

在阵地上指挥战斗的陈忠孝后来回忆道：“六七千美军，漫山遍野向 1 连和 3 连进行猛烈进攻，这是空前的规模。1 营各个阵地都处在异常危急之中。3 连阵地受到南北两面敌人的疯狂攻击，两面应敌，打得非常残酷，战斗也最为壮烈。但 3 连坚守阵地，拼死血战，伤员急剧增加，且所有轻重伤员都拒绝下战场。”

3 连 3 排阵地处在阵地前沿，与敌人相距只有 30 多米。敌人对 3 排阵地进攻非常猛烈。3 排排长刘绪学带领全排战士击退敌人多次冲锋，毙伤敌 100 多人之后，全排只剩下几个战士，排长刘绪学负重伤。

连长张友喜看到前沿 3 排阵地危急，跃出弹坑向 3 排阵地跑去。突然，敌机投下两颗汽油弹在他面前爆炸，大火遍地燃烧，气浪把张友喜抛出几米高后重重摔在地上的火中。张友喜从火堆里爬起来冲出去，棉衣烧着了，他猛地撕开棉衣甩掉，在零下 20 多摄氏度的寒冬里，穿着衬衣奔向 3 排阵地。

“连长！大衣！”这时，一个重机枪射手从掩体里跑出来，把一件美军的呢子大衣披在他身上。张友喜跑到 3 排阵地，只见这里和 3 连其他阵地一样，已被炮火犁遍了，掩体工事大部被摧毁，只有几名战士。

张友喜马上调整部署，将 3 排剩下的战士合在一起组成一个班，任命徐汉民为班长，重新隐蔽机枪位置，每个人身边堆起了拉出弦的手榴弹。“连长，人在阵地在！”徐汉民说。

“我要你人一定在，就像昨天炸坦克一样！”张友喜命令道。

然而，战至下午 3 时 20 分，3 排战士全部壮烈牺牲，美军以伤亡 100 多人的代价，终于攻占了 3 排前沿阵地。

3 连连长张友喜看到 3 排前沿阵地被敌人占领，知道敌人接下来就会向 3 连梯次阵地逐个发起进攻。3 连到了生死存亡的危急关头。张友喜从阵地上点出 14 名战士：“3 排阵地必须夺回！你们 14 个人跟我冲！夺回 3 排阵地！”

说罢，张友喜甩掉外衣，光着膀子，抱起一挺轻机枪，高喊：“撼山易，撼老 4 团难，撼 3 连更难！”14 名战士在张友喜的率领下向 3 排阵地实施反击。

于是便出现了本文开头的那一幕。对面的敌人惊呆了，光着脊梁，腰缠炸弹，呐喊着迎着弹雨无所畏惧地冲锋，这是人吗？谁敢与他们相搏？冲到 3 排阵地前的战士甚至不惜与美军同归于尽，先后有 6 名战士牺牲。50 余名美军顿时崩溃了，纷纷向公路上逃命。张友喜带着剩下的 8 名战士夺回了 3 排阵地。

3 连阵地上的伤员越来越多，但只要是能爬动的、能扣扳机的、能躺在地上帮助压弹夹的，就都坚决不下阵地。

一个胸部负重伤的战士在被抬下阵地之前，艰难地从怀里掏出一封入朝后写给父母、已经被血染红的信交给班长：“我如果牺牲了，帮我把这封信寄回家给我父母，可别弄丢了呀。”

班长接过信说：“放心吧！丢不了。如果我牺牲了，我会提前向其他战友交代。”

在接下来的战斗中，负伤的班长掏出这封被血浸透的信，递给班里的战士。这个战士在负伤时又将信交给其他战友，一个传一个。

战后，活着的两名战士看了这封信。信中说为了父母的安宁，为了朝鲜和东方和平，他一定要打败美国强盗。

第 337 团 3 连
被志愿军第 38 军授予
“英雄部队”荣誉称号

美军也打红了眼，被逼到绝路上的美国人搞起了他们鄙视的“人海冲锋”，成百上千地向阻击阵地猛攻。从顺川北上救援接应的美军 1 个炮兵营，在 22 分钟内向葛岘岭阵地发射 3206 发炮弹，创造了单炮射弹每分钟 8 发的最高纪录。美国空军几百架次飞机轮番对龙源里阵地狂轰滥炸。

一位美国记者写道：“美国人已经不敢相信他们的眼睛。在那地域火海般的高地上不可能再有人类生存，但每当美国兵要去占领那些似乎已经空无一人的高地时，中国士兵又开始疯狂地射击、刺杀……”

激战两昼夜，击退敌人 20 余次进攻。此役，3 连 170 多人只剩 40 余人，但始终像钉子一样牢牢地钉在阵地上，使南逃北援之敌相距不到 1 公里，却始终不能会合，为主力部队追歼逃敌创造了有利条件。战后，该连被志愿军总部授予“二级英雄连”荣誉称号，颁发“屡战屡胜”锦旗。

“二级英雄连”荣誉战旗

临津江突破英雄连

破冰奇突临津江

抗美援朝第一、第二次战役，志愿军把以美国为首的“联合国军”打得东、西两线全面崩溃，被迫向三八线实施总退却。志愿军则乘胜追击，收复了朝鲜临时首都平壤。此时，敌人害怕我军越过三八线，还要了一个“先停火，后谈判”的花招，企图诱使我军停战，赢得喘息时间，卷土重来。针对朝鲜战争的国际形势，洞若观火的毛泽东一针见血地指出，目前美、英各国正要求我军停止于三八线以北，以利其整军再战。因此，我军如到三八线以北即停止，将给我政治上以很大的不利。并致电志愿军司令员兼政治委员彭德怀，提出我军必须越过三八线，并寻歼敌一部的指示要求。

彭德怀根据毛泽东的指示电，立即召集志愿军总部其他首长紧急讨论。认为政治必须决定军事，而且不能给敌人喘息之机，遂决定发起第三次战役，打过三八线去，将“联合国军”赶至三七线一带。

志愿军决心集中6个军，在人民军3个军团的协同下，突破敌人在三八线的既设阵地防线，寻机歼敌，而后再进行休整，准备春季攻势。战法上决定不用侧翼迂回，而采取正面突破的办法，重点突破临津江，把美军、南朝鲜军分裂开，然后消灭东面第一线布防的南朝鲜军。为达成战役的突然性，战役的发起时间定为 1950 年 12 月 31 日下午 5 时，即公历元旦前夕。

在开城附近从西往东排列的志愿军第 50 军、第 39 军、第 40 军、第 38 军和配属的 6 个炮兵团为主攻右翼突击集团，由志愿军副司令员韩先楚指挥，在人民军第 1 军团配合下，从高浪浦里至永平 30 余公里的正面上突破，向东豆川里、汉城（今韩国首都首尔）方向实施主要突击。其中第 39 军从中央突破临津江撕开口子，割裂美军、南朝鲜军的联系。

第 39 军把在高浪浦里东南的新岱至土井地区突破临津江的战斗任务赋予了所辖头等主力第 116 师。

临津江新岱至土井地段位于汉城以北 75 公里处，江面宽 150 米左右，水深 1 米上下；时值寒冬，东边土井渡河点已结冰，冰层厚约 15 厘米；但西边砂尾川、新岱地段的江面均未结冰。南岸的舟月里北、新岱南、土井对岸均为天然峭壁，高度 7 米至 10 米，不便攀登。南岸延伸均为中等起伏地，便于运动；北岸地势平坦，距江岸 2 公里开外是连绵不绝的丘陵地带，有数条深 1.5 米至 2.7 米的自然沟。

12 月 11 日，第 39 军军长吴信泉命令第 116 师师长汪洋，派第 348 团从平壤出发到九化里以南地区，执行突破临津江的战斗侦察任务。经过 7 天行军，先遣第 348 团到达临津江北岸九化里以南的青连里、下高密地区，立即展开 6 个连的兵力，进行战斗侦察，驱逐了南朝鲜军第 1 师第 11 团、第 12 团战斗警戒分队，控制了北岸制高点。之后，他们又破解了敌人的 8 次战斗侦察，俘敌 5 人，经过审问基本上了解到南朝鲜军第 1 师各团的部署、战斗编成和阵地火力配备等情况。

12 月 13 日，第 116 师主力由平壤向高浪浦里地区开进。20 日，全师主力经过急行军到达临津江北岸集结地域。师长汪洋亲自带领团以上指挥员到预定突破地段进行反复的现场侦察。经过综合对比，东段的有利条件占优势。至于雷群，汪洋决定集中几十门迫击炮，在冲锋发起前进行密集火力轰击，一是将冰层炸掉，打出数十个麻子般的弹坑，便于突击队攀缘；二是将敌人埋设的地雷引炸，为步兵开辟道路。

志愿军第116师是第一批入朝参战的部队。第一次战役中，该师首战云山，重创美王牌骑兵1师，打出了国威、军威。第二次战役中又痛击美第25师，第347团迫使美第24团整建制的3连全部投降，第346团收复平壤，立下了殊勋。

第116师是一支历史悠久的红军师，其源头可追溯至1932年12月组成的西北红26军，军事家刘志丹曾任该军第42师师长。由于战斗经验丰富，作风勇猛顽强，该部在抗战中编为新四军第3师第10旅，始终是我军的核心主力部队之一。解放战争时期，部队先后编为东北野战军第2纵队第5师、第四野战军第39军第116师，成为东北百万大军中7支头等主力师之一，也是全军战斗力最强的王牌师之一。这次参加抗美援朝，第116师经过第一、第二次战役锻炼，在连续胜利的鼓舞下，士气高昂，斗志旺盛，求战心切，敢打必胜。

第116师当面之敌为南朝鲜军步兵第1师第11团、第12团，师属榴弹炮营及配属的美军炮兵约两个营。该师是南朝鲜军中战斗力较强的部队，虽遭第一、第二次战役打击，但兵员已补齐，依托临津江天然屏障固守。其战斗队形为两个梯队，防御纵深约5公里，由3道防御阵地组成。守备要点筑有地堡及暗堡，纵深有交通壕和隐蔽部，轻重机枪、无后坐力炮、火箭筒能构成直射、侧射的绵密火网，并昼夜以炮火封锁江北岸渡口，破坏江面冰层。临津江两岸设有地雷群，在车辆易通行的地段设有混合雷场。

敌军每天 9 时开始以排、连分队渡江向我阵地前沿实施战斗侦察，黄昏则撤回江南。敌航空兵每日分批轮番侦察、轰炸、扫射江北高浪浦里前沿和纵深较大的村镇、交通枢纽、制高点。夜间，敌交替使用照明弹、照明雷、夜航机和探照灯实施观察。总之，南朝鲜军第 1 师凭借临津江天险，构成的纵深横长防御阵地，号称“铜墙铁壁，不可逾越”。

战前还有很重要的一点，为隐蔽意图，必须派 1 支营级规模的部队在假定目标进行佯攻，吸引敌人火力和目光，以保障真实主攻地段的各种战斗准备。为此，第 116 师指定第 348 团 1 营在高浪浦里正面地区积极进行了 10 天袭扰和组织强渡准备，让敌人误判志愿军在此渡江。接着，配合行动的第 115 师第 344 团 2 营也同样地进行了 4 天佯攻，敌人则整日集中炮火、飞机，向高浪浦里我军佯攻阵地猛烈攻击，但均被击退。

前后 14 天的战斗，敌人是陆、空立体真攻，我们是地面真守。两个营的英勇顽强，起到了牵制迷惑敌人、有效地掩护师主力在新岱至土井突破地段进行周密部署和充分准备之目的。此外，各团阵地前沿都组织了若干小分队，击退了敌人的多次武装侦察破坏活动，保障了进攻阵地的隐蔽和安全。

为了保证进攻发起的突然性，第 116 师利用雨裂沟，突击构筑了进攻出发阵地。白天严禁人员、车马走动。

为了组织好步炮协同，师团均开设 1 至 2 个步炮联合观察所，把观察到的敌人火力点、障碍物编上号，具体分配到每一门火炮上，并不间断地掌握更新敌情。战前粮弹准备比较充足。每天保证部队两餐热食，发起进攻前要吃热饭、喝热汤，多吃油、肉类食品，以增强御寒能力。

战斗发起前，第346团1连、4连和第347团5连、7连被确定为尖刀连。4个连队出发前，军政委徐斌洲亲自动员说，哪个连队迅速冲过临津江，哪个连队就获得“临津江突破英雄连”称号。考虑到各尖刀连都誓当“英雄连”，徐斌洲于12月28日密令政治部赶制4面“临津江突破英雄连”奖旗。

“临津江突破英雄连”荣誉战旗

30日夜间，第116师所有部队包括配属的炮兵，整整忙了一夜，完成了各项准备工作。全师部队在运动中进入各自的进攻出发阵地前，为让寂静的阵地不引起敌人的怀疑，各团、营用早已布置好的机枪，不时进行零星射击，迷惑敌人。汪洋率第一梯队指挥员到阵地上严格检查隐蔽伪装执行情况，随时改进隐蔽伪装措施。同时，强调了伪装纪律，明令如有暴露目标或泄密者处以极刑，严惩不贷。战争不是儿戏，自古违令者斩!

巧合的是，31 日凌晨下了一场雪，整个江岸一片雪白，使第 116 师阵地覆盖了一层天然伪装。师第一梯队距敌仅 150 米至 300 米，敌虽以航空兵终日低空盘旋侦察，刚接任美军第 8 集团军司令的李奇微中将，也乘喷气式教练机在临津江北岸上空进行了观察，但未发现志愿军迹象。这一大胆而巧妙的隐蔽伪装，取得了空前的成功，堪称一段战争史上惊险完美的绝唱。

31 日下午，精准的总攻发起时间正式开始，4 时 40 分，汪洋师长通过电话下达开始总攻的命令。顿时，师及配属的炮兵第 26 团、第 45 团 86 门火炮，向敌前沿滩头阵地、192 高地、147.7 高地和防御纵深马智里地区敌人阵地发射数千发各种口径的炮弹，猛烈的火力急袭和破坏，准确摧毁了敌前沿 40 余个火力发射点和多层障碍物，歼灭美军一个黑人防坦克炮兵连，压制了敌纵深炮兵火力，炮弹命中率达 80%。

这是抗美援朝战争开始以来中国人民志愿军最大规模、最强火力的一次炮击。猛烈的炮火红透了夜空，使江南岸纵深的南朝鲜军阵地工事，在猛烈的爆炸声中一个个坍塌，炮弹准确地把敌人的碉堡、滩头阵地等打成了一片火海。经过 10 分钟火力打击，敌第一批目标大部被摧毁。

4 时 50 分至 5 时，直瞄炮轰击第二批目标，团、营迫击炮准确对最前沿的敌铁丝网、地雷场集中射击，在敌人地雷区、铁丝网中开出冲击通路，为尖刀连打开了突破口。与此同时，各尖刀连障碍排除组利用炮火烟幕，迅速排除江北岸残存地雷。

第 346 团 4 连 3 班班长张财书冒着炮火，连续排除 4 处集群地雷，在部队已经发起冲锋的紧要关头，他自制的扫雷杆又被炸碎的情况下，他冲入雷区，用手抓住弹雷索，拉响了最后一群地雷，以自己身负重伤的代价为冲锋部队打开了通路。

5 时到 5 时 03 分，师、团炮兵群对突破口进行 3 分钟的集中急袭压制射击，保障 4 个尖刀连发起冲击，渡江突破敌江防阵地。支援步兵占领并巩固突破口阵地，同时压制敌人反冲击部队。随后的战斗证明上述程序和时间异常周密、严谨、科学，获得巨大成功。突破临津江战斗成为志愿军师进攻的一个典范战例。

5 时 03 分，炮火延伸，汪洋命令发出冲锋信号。这时，第一梯队千百名步兵在 40 余挺轻重机枪火力掩护下，跃出堑壕，向临津江冲去。

5 时 08 分，冲在最前面的左翼第 346 团尖刀 1 连、4 连跑步通过封冻的江面，向江南之敌发起猛烈冲击，迅速消灭残存火力点内顽抗的敌人，胜利占领江南岸登陆场。5 时 14 分，右翼第 347 团尖刀 5 连、7 连，徒步涉过寒冷刺骨、水深及腰、100 余米宽的临津江，攀上了高达 10 米的悬崖，攻占了敌人的前沿阵地。就这样，志愿军 4 个尖刀连前后仅用了 11 分钟即突破南朝鲜军 1 师的江岸防线，攻占了敌人的前沿阵地。

1951 年 1 月 1 日晨 6 时前后，第 116 师攻击部队进到芦坡洞、大村、武建里、直川里一线，第 346 团占领雪马里、新村以北高地，第 347 团占领芦坡里及其以南高地，第 348 团进至廉安里、马智里。经过 13 小时的激战，第 116 师突入敌人纵深 15 公里，突破南朝鲜军第 1 师 3 道防线，迅速到达指定位置，胜利完成军所赋予的战斗任务。

南朝鲜军在志愿军强大攻势的打击下，于 1 月 2 日开始全线溃退。第 39 军令第 116 师当晚出发，抓住议政府之敌，向汉城方向追击。汪洋遂令第 346 团向议政府方向攻击前进，第 347 团向釜谷里进攻，切断议政府至高阳公路，以阻击南逃之敌。

3 日凌晨 3 时 30 分，第 347 团 1 营和 3 营 7 连向釜谷里守敌发起攻击。突破临津江后第 347 团猛冲猛打到釜谷里地区，这里是通向汉城的交通要道，7 连奉命抢占坚守一个小山包，之后英军皇家来复枪团在坦克大炮的支援下猛攻 7 连阵地，连长牺牲后指导员接替指挥，指导员牺牲后副连长上，然后排长接替指挥，班长接替指挥。

只剩下 10 多人时由只有 19 岁的司号员郑起接替指挥，7 连坚守一天一夜后弹尽粮绝，剩余的最后几人准备用白刃战来捍卫阵地……釜谷里战斗，切断了敌人的南逃之路，消灭了溃逃之敌。

4 日凌晨 4 时左右，第 116 师配合人民军第 1 军团和志愿军 50 军在议政府地区向汉城攻击。下午 4 时，城内守敌弃城逃跑。第 116 师率先进占汉城。7 日晚上 9 时，第 348 团进至三七线附近的水原。至此，第三次战役结束。第 116 师向敌纵深推进 100 多公里，成为志愿军作战纵深最远的一个师。

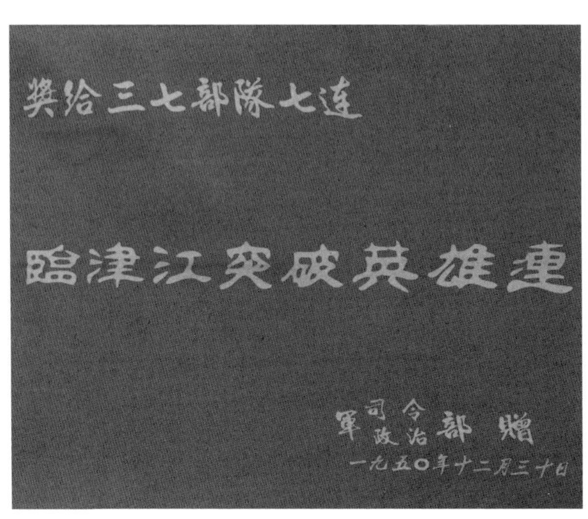

“临津江突破英雄连”荣誉战旗

第三次战役之后，第 39 军授予第 346 团 1 连、4 连和第 347 团 5 连、7 连“临津江突破英雄连”称号。

1 月 25 日，中国人民志愿军和朝鲜人民军高级干部联席会议，在朝鲜君子里志愿军总部矿洞里举行。第 116 师汇报本师突破临津江的战斗经验，受到彭德怀司令员、金日成首相以及志愿军其他高级首长的一致好评。他们为第 116 师完善的战斗部署、政治动员、物资准备及大胆选择突破口、炮火精确打击、渡江迅速快捷而拍案叫绝。

志愿军副司令员陈赓将这次突破战斗总结为“三险三奇”。刘伯承元帅称赞此次战斗“应给五分”。

三八线尖刀英雄连

为了山河无恙

三八线是位于朝鲜半岛上北纬38度附近的一条军事分界线。二战后期，一个叫安迪·腊斯克的美国陆军上校，在地图上随手勾画了一条大致平分朝鲜半岛的线，并建议以此线作为美、苏两国对日军事行动和受降的临时分界线。谁也没有想到，这条线竟成为朝鲜半岛的南北分界线，并在此后很多年里成为吸引世界目光的一条“火线”。

抗美援朝期间，志愿军第42军第124师第372团4连英勇善战，不怕牺牲，成为全军第一个突破三八线的连队，也由此声名远扬。

1950年12月31日黄昏，在朝鲜前线敌我对峙的三八线上，中国人民志愿军和朝鲜人民军兵分两路，向“联合国军”发起全面进攻，抗美援朝战争第三次战役就此打响。

志愿军第42军第124师为军第二梯队，受命在第125师突破道城岘后，即沿巨林川、道大里向济宁里以南迂回，截断南朝鲜第2师及第5师一部之退路，协同第66军围歼该敌。第372团作为全师的前卫团，先行开进，以攻占济宁里、小沐洞为首要目标。

1950年12月31日，4连连长王清秀从团部开会回来，接受了担任团尖刀连的任务。他明白，作为全师刀尖的刀尖，自己的连队将承担怎样的重任，这既是压力，也是荣耀。4 连是一支有着光荣传统的连队，自 1946 年 5 月在辽宁岫岩县组建以来，先后参加辽沈战役、川东鄂西剿匪等战役战斗，战绩彪炳、骁勇善战，一向是师团指挥员手中的一张王牌。

4 连训练场景

此时，在第 125 师进攻路线前面，是被敌人视为天险，并赖以固守的道城岘。这里地形险峻、道路崎岖，本来就是易守难攻的天然防线，再加上层层叠叠的防御工事和地雷鹿寨，使得第 374 团、第 373 团数次进攻受挫。通向济宁里的大门没有一脚踹开。

“道城岘就是铁打的，我也要突破它！”师长苏克之将突破天险的任务，交给了第 372 团 4 连。道城岘峡谷南北纵长约 7 公里，南面为陡峭的高山，山顶分水线即三八线。东、西两侧为高山伸展出来的两条山梁，谷内石壁狼牙，雪深及脚面，坑坑坎坎无路可行，走起来深一步，浅一步，弄不好就陷进雪坑。4 连选择从高山和山梁的接合处登山。

守敌万万想不到会有“天兵天将”从这样险要的地段攻关，恰在此时，顺山梁攻击的第 373 团吸引了敌人的主要兵力，造成山垭口防御力量空虚，4 连趁此机会，一阵猛打猛冲，顺势突破道城岘天险。

突破成功，踹开大门，只是一个不错的开始，真正的考验还在后面。第 124 师交给 4 连的任务是在 1 日 12 时前，直插敌人后方的济宁里，切断南朝鲜第 2 师和第 5 师的退路。为防止在穿插时与其他部队发生误会，特地要求战士们反穿棉衣，并用白手巾围在脖子上。

早上 6 时，天色刚刚泛白，4 连主力进抵巨林川。这是三八线以南第一个大村庄，由龙沼沿撤退的南朝鲜军 1 个营已经先一步占领这里。

最先抵达巨林川的 4 连 1 班，发现三面都是敌人。班长赵恒文想道，要是等后面的队伍上来，敌人可能就会逃窜，反正部队很快就会到达，先冲进去再说。

赵恒文带一个小组迅速隐蔽地穿行着，踏着积雪直扑村内。敌人察觉，顿时村里响起了密集的枪声。赵恒文一见此状，带领全班向敌群猛投一阵手榴弹，炸得巨林川地动山摇。敌人慌忙组织火力严密封锁公路，郑宪良等几名战士负了伤。连长王清秀率主力到达后，即令火力掩护，向敌发起冲击。但由于敌众我寡，攻击一时难以得手。不能与敌人僵持，必须速战速决。王清秀冷静地观察了地形，决定派 1 班迂回敌侧后。

赵恒文带队乘隙绕到敌人侧后，一阵突然的猛烈火力，打得敌人抱头鼠窜，有的甚至连枪都扔掉了。巨林川战斗，1 排俘敌百余人，残敌狼狈南逃。1951 年 1 月，第 124 师授予赵恒文“瓦敌英雄”的称号，并给 1 班记集体大功一次。

由赤龙洞、赤木里到济宁里的公路蜿蜒曲折，沿途地形极为复杂，山高林密，4 连要想在规定时间内穿插 50 公里，不但需要急行军，还要有巨大的勇气和指挥应对突发情况。王清秀命令刚赶到的 2 排转为第一梯队，迅速南插，他对战士们说："敌人不打我们，我们就不还手；敌人要打我们，还要看看值不值得打，千万不可与敌人纠缠。你们只管插不管打，早一分钟插到济宁里，敌人就少跑掉一些。"

4 连 2 排战士排成纵队，一线前进，在冲过一段起伏地后，2 排副班长冷树国看见远处的小山包上有股敌人正在布防。他带着战友们跳进河滩，潜行到距敌人很近的地方，一阵猛打，打散了敌人。

部队继续向前猛冲，前边不远处出现一排排瓦房顶。"济宁里！"冷树国大喊一声，"快跑！"

可是，在队伍的前面出现了一条河，河两岸结着冰，河中间还漂着冰块。冷树国觉得如果能从河里直插进去，比绕道近多了，时间紧迫，不能犹豫，他果断地一摆手："咱们从河里插进去，堵住敌人。"

就这样，4 连不顾山高雪深和空中敌机威胁，边打边进，8 小时前进 40 余公里，进行大小战斗 10 余次，硬是用双脚跑过了敌人的汽车轮子。连长王清秀看了看表，还差 5 分钟到 12 时。4 连提前穿插到了济宁里，成功截断敌人的退路。

1951 年 5 月底，第 42 军军长吴瑞林与其他 3 位首批入朝作战的军首长奉命回国，向毛泽东主席汇报朝鲜战况和作战经验。据吴瑞林回忆，毛泽东在会谈中问他："看了一个报告说，你军有个小分队，双脚跑过汽车轮子，是怎么回事？"

吴瑞林回答："我军一从道城岘突破，敌人就混乱不堪了，纷纷溃逃。南朝鲜第 2 师美上校顾问惊慌失措，乘吉普车向汉城逃跑，因沿途盘山公路弯曲，又加河流多，冰雪阻碍，他欲速不能。我军第 372 团 4 连的白文林、冷树国战斗组，每人均穿上美军的服装，伪装起来，翻山越岭滑坡走直线，直插济宁里，断敌退路，伏击敌人。在公路上截击并俘虏了企图向汉城逃跑的南朝鲜军第2师美上校顾问等3人，截住了退逃的敌人，打退了敌人的多次反扑。”

4连刚到济宁里，就与南朝鲜军700余人及汽车、炮车20余辆遭遇。4连立即组织进攻，炮弹在混乱的车群中爆炸，村北头也响起重机枪声。王清秀先是指挥部队用手榴弹炸毁了第一辆车，然后再把最后一辆车击毁，两辆被炸坏的汽车堵路，重机枪、六〇炮一阵猛打，整个济宁里立即笼罩在烟雾之中。白文林、冷树国战斗组押着俘虏向王清秀报告：尖刀分队无人伤亡。

4连在18小时内前进80多公里，十战十捷，切断南朝鲜军第2师、第5师退路，为整个战役的胜利做出重要贡献。1951年1月，4

“三八线尖刀英雄连”荣誉战旗

连被第42军授予“三八线尖刀英雄连”称号，记集体大功一次，冷树国被授予“追击英雄”荣誉称号。

白云山团

血战到底

“高高的白云山，耸立在朝鲜汉江南，侵略者要从这里进犯，我们的英雄把他们消灭在山前。炮弹炸翻了土地，我说不准你进犯。大火烧红了山岩，我们说不准你进犯。英雄昂立在山巅，英雄的鲜血光辉灿烂。”这首由著名作家刘白羽和音乐家郑律成创作的《歌唱白云山》，曾传唱大江南北、长城内外。歌曲中唱的英雄就是志愿军第 50 军第 149 师第 447 团的那一群普通官兵。

1951 年 1 月，抗美援朝第四次战役汉江南岸阻击战打响。志愿军第 50 军和第 38 军第 112 师，受命以 4 个师的兵力阻击美第 1 军、第 9 军 4 个师 3 个旅。

其时，正值天寒地冻，风雪交加，而且经过 3 次战役，部队弹药消耗巨大，人员没有补充，参战官兵甚至连棉鞋都穿不上，一线作战的步兵营一天只有 30 发左右的炮兵火力支援。

面对来势汹汹的美军第 25 师，担任正面阻击任务的第 149 师依托临时构筑的野战工事，顽强坚守阵地，以突然、猛烈的火力配合阵前反冲击，大量杀伤美军有生力量，其负责防守白云山地域的第 447 团战绩尤为突出。

白云山是“京釜国道”东侧的一个制高点，左边是光教山，右边是帽落山，三山互为依托，扼制着从水原通往汉城的铁路和两条公路，为敌我双方争取的战略要地。白云山至东远里正面约 9 公里、纵深约 6 公里地域的防御任务由第 50 军第 447 团担任。

1 月 25 日，为查明美军进攻意图，打乱其进攻节奏，第 447 团 3 营副营长戴汝吉奉命率该营 8 连和师侦察连、团侦察排共计 200 余人夜袭水原城。水原距我军防御前沿约 8 公里，处于美军进攻出发线的腹地，地形不熟、敌情不明，唯一的优势就是志愿军战士敢打必胜的信念。指挥这支突击队的是在长春起义的原国民党上尉军官戴汝吉，他在受领任务时，唯一的要求是："如果我牺牲了，请追认我为共产党员。"

突击部队在风雪中夜袭水原，全歼美第 25 师直属宪兵连一个排，毙敌 60 余名，俘虏宪兵一人，烧毁汽车 10 余辆，打乱了敌人的部署。

在水原吃了亏的美军，在 26 日对第 447 团 2 营的前沿阵地进行了整整 8 小时的空、炮火力突击。一天下来，山上的大树几乎全部炸倒。

第 447 团坚守白云山阵地抗击敌人进攻

出乎美军意料的是，志愿军各级作战单位都没有被动防御的习惯。第447团3营敢主动夜袭水原，第447团2营也没有挨炸不还手的风度。就在美军发起进攻前，为打乱其进攻节奏，27日晚8时，2营副营长李盖文率4连和配属的2连各一个排，由兄弟峰前沿出击，分三路袭击盘踞杜陵的美军1个营部。经20分钟激战，以伤2人代价，击毙美军30名，俘获1名，其余美军狼狈溃逃。

与此同时，6连连长郭家兴率该连3排袭击佛堂洞以东的美军，被对方发现后，郭家兴带头猛冲，突入敌群，边扔手榴弹边打驳壳枪，子弹打光了，就抡起步枪向对方砸去，直至中弹牺牲。此次夜袭，又歼灭美军20余名。

第447团的夜袭行动，打乱了美军的进攻部署，在28日整整一天，美军只能以猛烈的空、炮火力压制第447团阵地，步兵未采取行动。

29日6时许，美军发起更大规模的进攻，以30余架次飞机、30余门火炮实施一小时的火力准备后，施放大量烟幕掩护由坦克引导的1个营的兵力，向兄弟峰前沿的263.5高地和328高地实施猛攻，经两小时激战，夺取了这两个高地。下午2时许，2营副营长李盖文率6连1个排，乘美军立足未稳，向263.5高地实施反冲击，激战一小时后恢复了阵地。当夜，6连又组织对328高地的反击作战，一举夺回阵地后，为收缩兵力固守要点，天亮前，悄悄撤出328高地。

30日，美军集中3000余人，在80辆坦克、20余架飞机、30多门火炮支援下，猛攻447团阵地。进攻前，美军进行了长达一小时的炮击，炽烈的炮火炸翻了土地，烧红了山岩。经过两个多小时的激烈战斗，263.5高地失守。坚守261.5高地的分队，在与美军激战4小时后，弹药殆尽，全部阵亡。紧要时刻，副营长李盖文亲率4连1

排实施反冲击，击退敌人守住了阵地。

经过几天的狂轰滥炸，兄弟峰的全部树木都被炸断烧焦，所有工事均被炸平，但兄弟峰阵地岿然不动。在战斗最激烈的时刻，李盖文用电话向营长孙德功报告：“放心，有我李盖文在，兄弟峰丢不了。”31 日，美军集中两个营的兵力，又一次对兄弟峰发起进攻，激战至午后，6 连打退美军 8 次冲锋，最后只剩下指导员熊家兴和 3 名战士，退守反斜面阵地，兄弟峰主峰被美军占领。

2 月 1 日拂晓，美军两个连在 20 余架飞机、30 多门火炮掩护下，进攻光教山。在此据守的 4 连与敌激战竟日，终因寡不敌众，伤亡巨大，阵地失守。第 447 团立即组织反击，仅用半小时就把美军从阵地上赶了下去。围绕光教山，双方展开了拉锯式的反复争夺。

在作战中，战斗模式几乎如出一辙。

空中，无数敌机在志愿军阵地上空扔下成千上万吨的炸弹；地面上，敌军各类火炮昼夜不停地倾泻着弹药。炽盛的炮火犁遍了志愿军阵地上的每一寸土地。炮火过后，黑压压的美军跟在成群的坦克后面发起冲锋，被打退后，继续轰炸、炮击，而后再冲锋。不少阵地都是战至最后一人，才被美军占领的。

美军攻占了光教山阵地后，又以此为依托，集结 1 至 2 个营的兵力，在炮火掩护下，向白云山志愿军阵地发起疯狂冲锋。第 447 团指战员以“人在阵地在”的决心顽强抗击，一次次打退美军进攻。

2 营营长孙德功回忆这段残酷的战斗曾说道：“电影里的场景是不对的，在美军轰炸过的山顶上，根本没有整块的大石头，树都炸成了丝丝，石头炸成了渣渣。”

2 月 3 日，汉江南岸阻击战进入最关键的时刻，孙德功接到了“死守白云山，与阵地共存亡”的命令，此时，他的唯一请求竟是：

"能不能给我几箱手榴弹？" 当夜，师长金振钟派人送来两壶烧酒和6筒缴获的牛肉罐头，并转告孙德功：你孙德功要的，我金振钟没有，师机关不但自有弹药早就补充下去了，人也正往下补充。这酒，就是给你孙德功的"原子弹"。

孙德功转身对在场的人说："罐头每连一筒，营部不留；酒，在场的每人一口，剩下的归我独吞。"

第447团2营又在美军的狂轰滥炸和猛烈进攻中整整坚守两天两夜，以伤亡344人的代价，阻击美军第25师11昼夜，毙伤俘美军1400余人，圆满完成阻击任务。

"白云山团"荣誉战旗

战役中，志愿军司令员彭德怀发来嘉奖电，通令表扬扼"京釜国道"的志愿军第50军特别是第148师，以及打得最好的坚守帽落山的第443团、坚守修理山的第444团、坚守白云山的第447团。1951年3月，志愿军第50军授予第447团"白云山团"荣誉称号。

道峰山营

火红的战旗血染成

在激情燃烧的抗美援朝战场，有一首名叫《道峰山营营歌》的歌曲一直唱得响亮："道峰山营道峰山营，火红的战旗血染成。勇往直前打硬仗，抗美援朝立战功，立战功。突破临津江，飞越鹦鹉峰。尖刀直插敌心脏，道峰山出奇兵。"

歌中唱的道峰山位于今韩国首都首尔市郊的东北部，这里风光秀丽，主峰为紫云峰，是首尔和议政府间的最高峰，海拔 716.7 米，周围还有万丈峰、仙人峰等奇峰怪石。这座山在当地是小有名气的旅游景地，同时也是控制临津江南北交通的制高点，战略地位非常重要。

在抗美援朝的 5 次战役中，道峰山也是"联合国军"西线守敌退往汉城的交通隘口。当年，我军一支部队抢占此处，切断了敌军主力退向汉城的通道，动摇了一线"联合国军"的整个部署，以至于"联合国军"总司令李奇微亲自命令要将这支部队打掉，以确保汉城到前线的通道安全。这支部队就是我军第 190 师第 569 团 3 营，也就是歌中唱到的道峰山营。

1951 年 4 月，就在第五次战役开始前，志愿军第 64 军奉上级命令，决心以第 191 师、第 192 师为第一梯队对敌人进行第一波次攻击。第 190 师作为第二梯队，则被安排在第 191 师后面跟进、突破后，执行战役迂回穿插任务，首先歼灭高浪浦里西北之敌，同时夺取渡口，强渡临津江后直插议政府，断敌退路，阻敌北援，并相机占领汉城。此时，强悍的西线之敌——美王牌军第 1 军已经指挥 3 个师和 2 个旅成一梯队在我们对面展开，防守临津江东、道峰山北这一地带。

4 月 22 日傍晚，志愿军全线发起第五次战役。担任第二梯队指挥的第 190 师师长陈信忠接到任务后，火速派遣侦察科科长陈福山带领先遣侦察组，去了解第 191 师进攻作战的准备情况以及对前沿之敌的侦察情况。

23 日下午，第 190 师开进至江边，在高浪浦里以东的古邑里地区待命。陈信忠正在听取刚刚返回的陈福山向他汇报第 191 师突破临津江的情况，军长曾思玉突然来到师指挥所。

曾思玉表情严肃地对陈信忠说："军里与 191 师、192 师现在联系不上，你们师要临危受命，马上加入战斗，明天上午 10 点钟以前必须赶到道峰山，只能前进，不能后退，不能有丝毫的犹豫！"

凭借多年的战斗经验，陈信忠马上意识到情况的复杂与严峻：一梯队两个师肯定发展不顺利，此时军长令第 190 师强行穿插，必将有一场恶仗！

陈信忠立即派人通知各团团长到师指挥所受领任务，谁先到，向谁交代，并派参谋人员去位于师后续梯队的第 570 团传达任务，争取了时间。

为了坚定各团指挥员的决心，陈信忠在下达任务时重申："到达道峰山就是胜利，不论遇到多大困难，爬也要爬到道峰山。"接受了穿插迂回先锋营任务的第 569 团 3 营营长宋进才当即立下军令状：

“我在阵地在，发扬不怕牺牲的精神，打好出国第一仗，为祖国争光！”命令下达后，陈信忠与政委粟秉臣商量后决定，由参谋长张怀瑞带前进指挥所到先头第 569 团加强指挥，师指挥所在第 569 团后跟进。

随后，部队进行简短准备，18 时开始轻装渡江。朝鲜半岛 4 月份的天气仍然寒气逼人，到处都是厚厚的积雪。第 190 师第 569 团 3 营于 4 月 23 日下午投入战斗。该营在炮兵掩护下，以迅猛的动作突破敌军前沿阵地，随后就一路向敌军纵深穿插。

3 营很快逼近了临津江，这是朝鲜中部的一条大江，江面宽 100 米左右，受海潮的影响，江水时深时浅，3 营冒着敌人的炮火，跳到冰冷的江水中，向对岸冲去。由于敌人没想到 3 营那么快就穿插到临津江边，慌乱之中，阻击不力，我军很快就突破了临津江。

渡江后，部队强行突破，遇到南朝鲜军第 1 师的顽强抵抗。敌人借助空中及炮火优势，封锁了突破口，对穿插部队狂轰滥炸，部队三面受敌，前进受阻，师与各团失去了联系，与军指的联络也中断了，情况非常危急。

陈信忠对敌情、我情及任务做了分析判断，他认为，当前的首要任务是掌握好部队，与师前指取得联系，尽快与敌直接接触，以减少敌火力的杀伤。在通信中断、与上级失去联系以及遭敌火力杀伤等最困难、最危急的时刻，陈信忠不断组织力量冲破敌人拦阻，勇猛向敌纵深穿插。经过艰苦奋战，全师终于进至距汉城仅 15 公里的加柴洞、五龙洞、陵洞地域。

第 569 团 3 营则按照陈信忠的指示，直插议政府以南的道峰山。在穿插途中，3 营营长宋进才率领部队边跑边打，虽然不断有人被敌人火力击中倒下，但大家还是不惜一切代价向前冲。当部队抵达至金谷里时，遭到了敌人的三面攻击，但全营并没有停顿，而是继续冒着猛烈的炮火交替掩护前进，仅 8 分钟就突破敌人阻击，并随手歼灭敌军一个排。

3 营全体官兵扔掉行装轻装快速前进，采取钻、绕、打相结合的战术手段，以坚决勇猛的动作，插得快、攻得下、站得牢，在敌纵深战斗 20 小时，至 24 日 14 时，冲破敌军 7 次拦截，歼敌 100 多人，推进 60 公里，终于到达了道峰山！

3 营随即炸毁山下的公路铁桥，切断了敌军的退路。在汉城指挥战斗的“联合国军”总司令李奇微在得知道峰山失守后，立即命令向南撤退的部队向 3 营发起猛攻，务必打通山下的通道。同时，我兵团侦察支队也奉命配合 3 营在道峰山对来袭敌军进行阻击。

敌人为了援助被我切断退路之敌，疯狂地向道峰山进行炮击。据后来的报告，每次敌人冲锋之前，道峰山上落弹不下数千发，山腰上炮弹坑套着炮弹坑，碗口粗的柏树像高粱秆一样被炮弹炸断。3 营指战员和兵团侦察支队的官兵们挖掩体，跳弹坑，顽强抵抗，巧妙地躲避着敌人的炮袭，并监视着山下的敌人，击退了敌军连续的反扑。白天敌军在飞机大炮坦克的优势火力下发起攻击，晚上我军则连夜构筑工事，做好粉碎敌人进攻的准备，还适时在晚上组织小部队夜袭，不断地疲惫和消耗敌军。

敌人见进攻难以得逞，恼羞成怒之下随即纵火烧山，妄图将 3 营指战员烧死在山上，营长宋进才则急中生智想出了“以火制火”的办法，即先将荫蔽地区的草木放火烧尽，截断火路，又粉碎了敌人的火攻。由于战场就在敌人的心脏部位，孤军奋战，后方无法支援，缺粮、缺水、缺弹药，但是就在这样艰难的条件下，3 营和兵团侦察支队一道，在道峰山上顽强阻击敌人四夜三天不曾退却一步，谱写出一曲动人的英雄战歌。

他们就是插入敌人心脏的钢刀，挫败敌人 3 次大规模围攻，完全打乱了李奇微战前的纵深防御计划，动摇了敌人的全线布局，圆满完成了阻击任务。直到 4 月 28 日，兄弟部队抵达道峰山接替 3 营后，3 营才奉命撤回。

当时，彭德怀总司令在给志愿军第 64 军的电报中指出：“190 师一部能迅速插至道峰山，我的评价是四个字：打得很好！全体同志都值得记功表扬。”

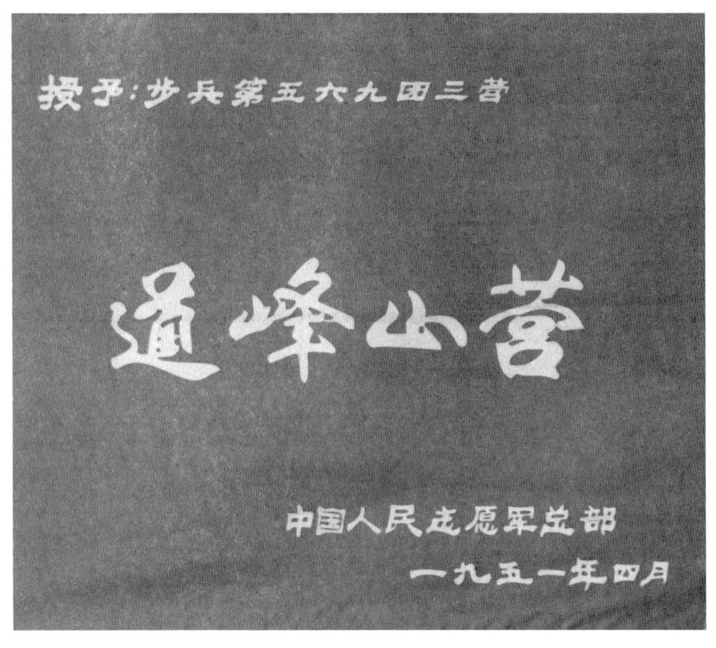

“道峰山营”荣誉战旗

战后，第 569 团 3 营被志愿军领导机关授予“道峰山营”光荣称号，全营荣立集体二等功，副团长、营长立二等功，全营每人记三等功一次。兵团侦察支队被授予“道峰山支队”荣誉称号。

鸡雄山阻击战斗英雄连

铁血阻击鸡雄山

1951 年 6 月中下旬将近 20 天时间里，在抗美援朝第五次战役结束后不久，到夏季防御战役开始之前的过渡阶段，志愿军第 26 军以第 77 师为主，前后与美军第 25 师第 35 团、加拿大旅和南朝鲜军第 9 师反复对抗、阻击坚守，以运动防御与短促反击相结合的拉锯战形式，粉碎了美军、南朝鲜军和加军用“磁性战术”进行的 6 次疯狂进攻，像钉子一样钉在“朝鲜蜂腰部”中段的鸡雄山一线，打出了志愿军的威风，显示了志愿军第 26 军老部队“排炮不动，必是 8 纵”的铁血顽强作风。

尤其是志愿军第 77 师第 230 团 1 营 2 连的阻击与反击战斗，被编入我军步兵分队战术教材和教学战例选编，也被美国西点军校列为步兵战术研究课题加以分析和研究。2 连的这种打法，就是贯彻毛泽东提出的“零敲牛皮糖”战法，破解李奇微“磁性战术”的成功实践，也是毛泽东提出的“伤其十指，不如断其一指”歼灭战思想在抗美援朝战争中的成功运用和有效发展。

5 月底，志愿军第 20 军、第 26 军斜插疾进至五圣山、平康、新岱里以北地区，组织阵地防御作战，阻敌北进，接应和掩护北撤部队。志愿军第 26 军方向，一面迅即派出侦察分队到前沿地域活动，一面速令第 77 师第 230 团、第 78 师第 233 团冒雨开进，先头占领一线防御阵地。

6 月 10 日，第五次战役刚刚结束，中线之敌趁我友军西调之时，随即趁机北进，其中南朝鲜军第 9 师经中里北犯占领铁原以南金鹤山地带，美第 25 师及加拿大旅也同时进抵瓦水里、沙谷里，向金化逼近。

鸡雄山在金化城东北 1.5 公里处，海拔 603.9 米，俯瞰辖制金化交通枢纽，山下是几条公路的交叉点，地理位置非常重要。从攻防战斗特点看，鸡雄山地形南缓北陡，易攻难守。不过，作为志愿军第 26 军左翼主阵地五圣山的屏障，鸡雄山再不好守，也得守，而且一定要成为阻止美军北进的一个“钉子”，牢牢地钉在这里。

13 日，美军第 3 师、第 25 师和加拿大旅以坦克 140 余辆伴随步兵，在飞机掩护下分三路北犯，有两路步兵分别攻击了我军第 78 师防守的岭尾北 471.7 高地及斗流峰，美机 13 架轮番轰炸扫射赤山、虎岩山一带阵地；从正南方向进至金化一路的美军第 25 师第 35 团在 20 辆坦克配合下，向我军第 77 师防守的鸡雄山阵地冲击。第 230 团 1 营 2 连的防区，在鸡雄山前沿作为枢纽，自然是美军攻击的重中之重。首先是美军第 35 团的一个排在飞机、大炮、坦克掩护下向鸡雄山发起进攻，遭到我 2 连 1 排的有力阻击，狼狈后撤。经一天激战，美军在当日黄昏之前均被我军击退。

14 日后，美军采用“昼进夜缩”战法，每日以多路小股配合坦克，在炮火掩护下向我军前沿阵地进行威力侦察。对此，我军采用阵前伏击、阵地阻击、夜间袭击和地雷战等战术，给敌军相当数量的杀伤。在 2 连 1 排当面，美军增加到一个连。1 排倚仗地形优势与敌人展开血战，连续打退美军的 3 次冲锋。后来，3 排排长宋兰君高喊："把美国鬼子放近了，再投弹！"接着，他指挥战士们冒着敌人密集的火力，奋不顾身地连续投出 30 多颗手榴弹，打垮美军的第四次冲击，毙伤美军若干。

15 日，美军多次向我阵地轮番进攻，投入的兵力也越来越大，已增加到 1 个营，依旧是坦克、大炮展开猛烈轰击。2 连 1 排的战壕、掩蔽部、地堡全部被摧毁了，交通道路也被敌人火力封锁，1 排陷入了弹尽粮绝的险境。在连番血战及敌机轰炸下，1 排伤亡惨重，排长牺牲。

副排长王兆才带领剩下的战士，一方面抓紧时间修复工事，另一方面继续打击冲上来的敌人。他对战士们说："把沙包往前垒，机枪掩体要加固，多注意搜集行军水壶，战斗激烈了，一滴水可以救命。"该连 1 班在上里东北小高地担负警戒阵地阻击，敌人两个连由翼侧攻击鸡雄山时，被该班连续击退 5 次，后因弹药不足，该班主动撤至主阵地，全班仅 3 伤 1 亡。

16 日，视鸡雄山为眼中钉、肉中刺的美军，投入 8 架飞机、8 辆坦克和 10 门榴弹炮，以加拿大旅一部配合美军步兵对鸡雄山发起猛烈进攻。据守在金化城严井里北侧山腿前沿阵地上的 2 连 3 排 8 班，由模范共产党员、3 战斗小组组长张胜坤率 3 名战士，奋勇打退敌人先头兵力的 3 次进攻。在敌人以两个排的兵力发起第四次攻击时，张胜坤用巧妙的伏击配合班里另两个小组杀伤敌人 30 多名。

另一阵地上一个班的勇士炸毁了敌坦克两辆，与敌人展开激烈的争夺战。一直战斗到黄昏，美军和加军步兵全部被阻击在山脚下。2 连 1 排阵地上只剩下了王兆才一个人，但他没有丝毫动摇，决心同敌人决战到底，与阵地共存亡。夜间，他利用敌人照明弹的光线，从敌人尸体堆里搜集枪支弹药，并将这些武器弹药分别放置在阵地东、中、西三处，做好继续同敌人搏斗的准备。

17日上午，美军第35团的冲锋开始了，猛烈的炮火将宋兰君他们排坚守的前沿小高地炸得面目全非，致使排里几名战友牺牲。紧接着，100多个敌人尾随坦克冲上来，宋兰君沉着指挥，等敌人靠近到距阵地三四十米时，令全排每人两颗手榴弹急袭，结果，美军丢下十几具尸体溃逃下山。

不久后，美军第二次进攻发起，又是100多人在4辆坦克掩护下冲了上来。宋兰君带领全排誓与阵地共存亡，再次将美军打了下去。我军的伤亡也很大，3名班长和多名战士壮烈牺牲。与此同时，坚守鸡雄山北部597.9高地的3营7连，密切配合和支持前沿2连的行动，敢打敢拼，采取佯动、袭击、骚扰等手段，打击、牵制、吸引美军第25师第35团的兵力，迟滞了敌人的攻击行动。尤其是顶在前沿云岳山的7连2班，采取远打近炸相结合的战法，连续打退美军的两个排的两次进攻。

接着，他们又在伤亡较大、弹药所剩无几的危急情况下，顽强坚守，击退美军的第三次进攻。王兆才这边，敌人发起进攻时，从阵地东边攻击，他就跑到东边阻击，从中间来他就跑到中间阻止，从西边打上来他就跑到西边抗击。他的这种简易“游击战术”，搞得美军晕头转向，弄不清阵地上究竟还有多少志愿军。就这样，王兆才又守了阵地两天一夜。这时，他一人已毙伤敌人48名。但靠一个人防守不可能太久，王兆才做好了与敌人同归于尽的准备。

18日，是第230团2连1排最危险的时候，已连续战斗五天五夜的王兆才，终于等到2连第二梯队突破敌人的封锁赶了上来。接着，他又坚持和第二梯队的战友一起继续战斗，直到彻底打退敌人。

19日，南朝鲜军第30团以两个营兵力强攻鸡雄山东部507高地，我军避敌锋芒先撤退下来。紧接着，3排趁着敌人还未站稳脚，马上就反击上去。指导员率领36个勇士，在灌木丛和树林中曲折前进，巧妙地避开了南朝鲜军炮兵延伸射击的炮弹与头上敌机的扫射，直奔到507高地下面，分成两路猛扑上去。

敌人正在山顶上躺着休息，根本没想到我们反击得这样快。当他们发觉不妙的时候，突击勇士的手榴弹已经在他们中间炸开，冲锋枪也对着他们猛扫，溃不成军的南朝鲜军四散奔逃，我军则穷追不舍。敌军被这一突然攻击完全打蒙了，不少人当了俘虏，仅仅20分钟，我军就夺回了507高地，把敌人打垮下山。

24日晨，因美军第25师进攻久未奏效，“联合国军”调整攻击部署，改由从铁原地区东调的南朝鲜军第9师主力对鸡雄山发起进攻。先是南朝鲜军第29团在20多辆坦克掩护下，向鸡雄山东西两侧及正面攻击，美军以强烈炮火支援助战。坚守鸡雄山主峰、凤尾北山及上甘岭东山的志愿军第230团1营和坚守鸡雄山左翼400高地、500高地的第20军第175团一部同时与敌人展开激战。由于南朝鲜军和美军炮兵的步炮协同战术没有操练得法，美军炮兵将南朝鲜军误伤不少。

战至10时，攻我左侧之敌占领了300高地，攻我右侧之敌占领凤尾北山阵地，造成了对志愿军的分割态势。1营副营长刘兆春英勇牺牲。13时30分，1营为解除威胁，恢复阵地，由营长梁正伟亲自带2连2排、3排的4个班向两侧迂回进行反击，经17分钟战斗，夺回了主峰西侧的第一、第二高地。晚上，1营2连连长崔延生率3排勇猛迅速夺回鸡雄山东侧一个高地，阵地全部恢复。

25日，南朝鲜军第9师以3个营的兵力分三路向我鸡雄山东、南、西三面猛攻。敌军向鸡雄山发射了上万发炮弹，整个山峰被炸弹炸去有两厘米。战至 11 时，为了减少伤亡，师长沈萍下令部队主动撤出鸡雄山主峰。第二天中午 12 时，敌继续向我军纵深的两个高地进攻，战斗中，宋兰君带领两个班，勇敢顽强地向敌人冲杀，与其他 4 个班一起，一举夺回主阵地。

26 日至 29 日，南朝鲜军第 9 师改由第 28 团在 52 辆坦克支援下，向我鸡雄山阵地进行多路反复冲击。山脊被坦克炮弹炸塌，硝烟战火又弥漫在山脊。我第 77 师奉兵团指示，从第 229 团、第 230 团抽出 6 个连，以排、班、组的形式守卫阵地，并适时打反击。

战士们耳朵震聋了全然不顾，弹药打光了就用刺刀拼、石头砸，誓与阵地共存亡。29 日午后，第 230 团还以 5 个班的兵力，反过来从东北主攻鸡雄山，西北助攻鸡雄山，把南朝鲜军第 28 团一个连的残部赶下鸡雄山 603.9 主峰阵地，并阻击了敌第 28 团另一个连的增援。

鸡雄山阻击战与反击战持续近 20 天，可谓铁血顽强，荡气回肠，壮怀激越，可歌可泣！志愿军第 26 军以第 230 团为主，第 229 团配合，血战 17 个昼夜，取得了令人赞叹的战绩。

“鸡雄山阻击战斗英雄班”2 连 1 排 1 班合影

尤其是第 77 师第 230 团 2 连，守得坚决，攻得勇猛，在弹药供应不上的情况下，全连各排、班、小组表现了顽强的独立作战精神，浴血奋战，“零敲牛皮糖”，固守阵地 17 昼夜，经受敌 6 个炮群百余门火炮的轮番轰炸，打退敌在飞机、坦克掩护下的数十次进攻，还以勇猛的反击粉碎敌人的分割包围，一直坚持到增援部队到来。

2 连炊事班在连队粮尽水缺的情况下，全班冒着危险往返 30 多公里，给连里 11 个战斗点送水送饭。在途中因跑路颠簸，还要防止敌火力封锁和避开敌机扫射，他们就用大小布袋将饭菜盒装在里面，保证不洒。他们还用野葡萄汁点豆腐、在泥土中生豆芽等办法改善伙食。在战斗最紧张、最残酷的时候，班长就在窝窝头里夹上宣传纸条鼓舞士气，还抽派战士到前沿阵地帮助背送弹药。炊事班的这些办法和行动，受到全连指战员的一致好评。

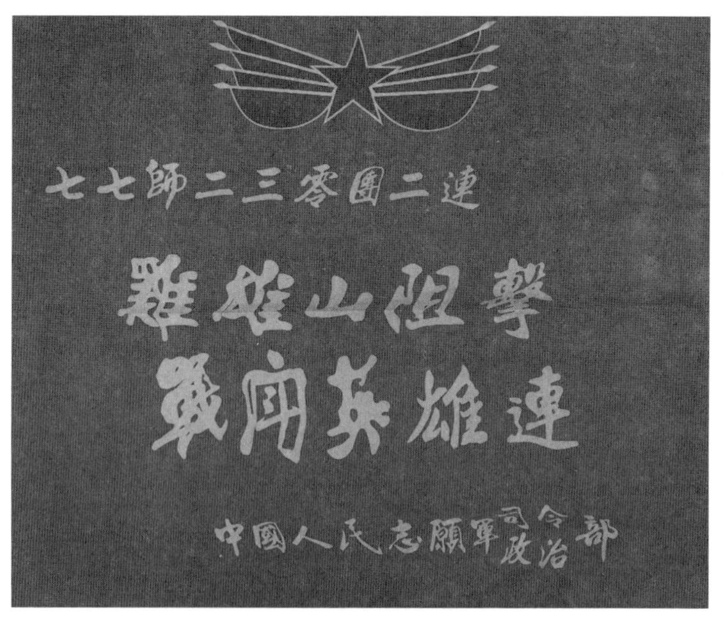

“鸡雄山阻击战斗英雄连”荣誉战旗

1951年8月12日，志愿军第26军授予第230团2连3排为“鸡雄山反击战斗英雄排”，1排1班为“鸡雄山阻击战斗英雄班”，2排4班为“鸡雄山反击战斗模范班”，3排8班为“金化阻击英雄班”，2连炊事班为“模范炊事班”。

1952年6月，志愿军总部授予第77师第230团2连“鸡雄山阻击战斗英雄连”光荣称号，记集体一等功。授予王兆才“一级英雄”光荣称号、宋兰君“二级英雄”光荣称号、张胜坤“三级英雄”光荣称号，给他们均记特等功。

志愿军第230团各连队，尤其是2连，认真贯彻毛泽东主席提出的“零敲牛皮糖”战法，在无数次战斗中，通过小歼灭战、小击溃战、小阻击战、小反击战，紧紧拖住敌人打，铁血顽强地阻击，积极勇敢地反攻，以小口小吃，一块一块地“敲”，逐步积累的办法，不断歼灭敌人的班、排力量，积一个个战术上的小胜，达到了战略上在相互磁性紧粘的状态中，坚决遏制敌人的进攻势头，迟滞敌人北犯猛击我主力的企图，破解其“磁性战术”的凶猛之势，最终打击其士气，动摇其信心，消耗其力量的预期目的，也可称为一种战略上的大胜。

第230团指战员以“人在阵地在”，不惜牺牲一切的勇敢精神，同武装到牙齿的敌人血战到底，哪怕只剩下一个人，也要与阵地共存亡，这就是我军大无畏革命精神的具体体现。

英雄中队

敢于空中拼刺刀

2019年10月1日，雄伟的天安门广场举行隆重的国庆70周年大阅兵，100面英雄部队荣誉战旗接受党和人民的检阅。其中，只有一个英模单位是从地面到空中同时受阅，这就是大名鼎鼎的空军“英雄中队”。

地面，“英雄中队”战旗在最右边的东部战区序列第四辆猛士敞篷越野汽车上猎猎飘扬。空中，由“英雄中队”最新一代飞行员为主驾驶的5架歼-16国产战斗机组成的“攻击中坚”楔队呼啸而过。人们注目和仰望“英雄中队”，殊荣可佩。

1951年10月20日，组建刚满一年的空3师，即率50架米格-15歼击机抵达安东前线机场，奉命入朝作战，担任掩护泰川一带新建机场和平壤至安东一线交通运输的任务。熟悉战区、训练战法仅仅半个月后，战斗任务就来了。赵宝桐、范万章这些平均飞行时间只有50小时的年轻飞行员，第一次参加空战，将面临生与死的考验。

美军凭借其空中优势，每天出动2次或3次，每次组织50至80架次的大机群，于昼间活动于平壤至安东地区寻机与我空战，并破坏沙里院以北的交通线，轮番轰炸我拉古哨发电站、安东大桥等重要目标，气焰十分嚣张。

“英雄中队”空地勤人员合影

11 月 4 日天气晴朗，上午 10 时许，我空军地面雷达报告，敌机 6 批共 128 架，进袭清川江、定州、博川等地区。随着几颗绿色信号弹升向蔚蓝色天空，师地面指挥所命令 7 团升空迎敌。10 时 26 分，副团长孟进率 3 个大队共 22 架米格 -15 战斗机，在朝鲜人民军空军的掩护下迅速跃飞天空。

战机飞过鸭绿江，初次参战的赵宝桐既紧张又兴奋。从飞机上望下去，可以清楚地看到地面上清澈的清川江和被敌人炸毁的城镇村庄。飞至朔州上空后，师地面指挥所指挥员及时通报敌情：“价川上空约 5500 米高度，有 F-84、F-80 飞机 20 架。”7 团奉命准备截击，在师地面指挥所的引导下，米格 -15 飞机进入战斗队形，搜索前进。孟副团长命令：“1、2 大队在 6000 米高空担任攻击，3 大队在 7000 米高空担任掩护。”

志愿军空第 3 师飞行员第一次见到真正的美军 F-84、F-80 飞机，有那种仇人相见分外眼红的感觉。战前训练时，他们曾经请空 4 师老大哥和朝鲜人民军飞行员介绍过美机的特点和活动规律。

美军配置的 F-80 单座喷气式战斗轰炸机和 F-84 单座高亚声速

喷气式战斗轰炸机，虽然被称为美国空军的两大板斧，但在整体质量和作战性能上，还比不过我军的米格 –15。米格 –15 速度快，加速好，爬升性能强，机头装有一门 37 毫米大口径航炮和两门 23 毫米口径机炮，能携带 200 发炮弹，火力威猛，比装备两挺 12.7 毫米 M3 型机枪的 F–80 要强，比装备 6 挺此型机枪的 F–84 也稍胜一筹。

米格 –15 是中国从苏联进口的一款单座高亚声速喷气式战斗机。它采用了半硬壳结构，为全铝合金机身，机翼为后掠中单翼；尾翼带后掠角向后倾斜，水平尾翼高高装在垂尾上；因未装备雷达，不具备全天候作战能力。这是中国空军的唯一利剑。

米格 –15 因外形俊俏，颜色银灰，速度奇快，被志愿军昵称为“银燕”；F–80 本被美军称为“流星”，因为两机翼的翼尖各挂一个副油箱，被志愿军戏称为“油挑子”；F–84 因飞行速度超快，被美军称为“雷电”。

此时，敌机已飞离价川上空，向南回窜。孟进见敌情改变，决定不予追击，告知各机：“我机左转向东南方向前进。”师指挥所随即下令：“部队返航，注意安全。”可是，3 大队没有听到副团长左转弯的命令，在大队长牟敦康的率领下继续向南飞去。不久就到了顺川的上空，只见在一大朵白云的边沿上，有许多小黑点在移动。

“注意，前面有敌机！”7 中队中队长赵宝桐从耳机里听到大队长的声音。开始只见大约 6 公里外有 10 余架 F–84 战斗轰炸机，高度 4000 米，分为上下两层，正在向南飞行。牟敦康命令各机投下副油箱，加大速度爬高向敌机飞去。

当距敌机越来越近时，连敌机的形状看得都非常清楚，一群呈十字架形的敌机正向海上窜去。敌机共有 24 架，超出我方一倍多。面对数量上敌强我弱，而战斗位置我强敌弱的形势，牟敦康毫不犹豫，迅速下令："8 中队掩护，7 中队攻击！"米格战机充分显示了它的性能，一加油门就追上了美机，并从美军战机群右侧上方突然展开攻击。牟敦康率先带僚机冲向敌机，双机与 4 架美机格斗，牟敦康占据高度优势，先于敌机开火，击伤美 F-84 战机一架。

敌机被志愿军的飞机打了个措手不及，一下子四散逃离。赵宝桐和僚机范万章紧随大队长的机组冲上去时，却因冲得太猛，一下子掉进了 20 多架敌机的中间，他连忙向领队长机报告："我看不到你了！我看不到你了！""看不到也保持空域，继续战斗！"牟大队长在无线电中回答了赵宝桐。这个回答给了赵宝桐极大鼓舞，知道战友们还在身边。

敌机被我机这样猛烈一冲，队形已经大乱。不过，赵宝桐由于角度过大，没有来得及开炮，却看到串串弹光从他的右后方向敌机射去，原来是范万章对敌机开炮了。尽管没有打中敌机，但范万章善于掩护长机并敢于战斗的精神使赵宝桐备受感动。

这时，几架敌机马上围拢过来，都把机头对准了赵宝桐的飞机。分秒之间就是生与死的毫厘之间，对于飞行时间只有几十小时的赵宝桐而言，他的生命已经被挤压在瞬间的缝隙中。而空战就是胆量、反应和技艺的较量，就是经验、思维和能量的融合，所有这一切在弹指一挥间都要果断抉择。只见赵宝桐毫不迟疑，猛地一拉操纵杆，机身嗖地向斜上方冲去。

瞬间，敌机射出的一道道炮弹被甩在了赵宝桐战机机翼之下。等他回过头来，看到 4 架敌机正在左转弯，露出一个六七百米的空当，他就一个半滚冲了过去，顺势咬住一架敌僚机紧追不放。敌机左转，他也左转；敌机右转，他则右追。双方在几千米的高空展开了追逐战。压杆压得他双眼黑视，但他仍然死死地压住操纵杆，终于把敌机套进了瞄准具的光环。但他心中牢记 4 师战斗英雄李汉传授的瞻前顾后的经验："当你攻击敌机时，一定要回头看看有没有敌机攻击你，千万不要顾头不顾尾。"用余光一瞟，发现有 4 架敌机此时也从尾后包抄过来，机头也对准了他的飞机。

机警的赵宝桐先向敌僚机开炮，三炮齐发，随即一个拉起跃升。瞬间之后，敌机的机枪也尾随打来。幸亏米格 -15 空中灵活、速度快，要不然肯定被敌机的机枪扫中了。

赵宝桐加快飞行速度，突然间，灵活的米格战机失速进入螺旋，像一个空心大铁坨，打着旋儿从数千米高空快速向地面坠去，1000 米，800 米，500 米……机舱里的赵宝桐眼前瞬间是天，瞬间是地，天和地都在急速地旋转。但果敢的赵宝桐已经从刚才惊心动魄的战斗中找到了镇静的感觉，沉着冷静地做出了处理，终于在 300 米高度改出螺旋，米格战机又向高空冲去。而被他打下的那架敌机已扎进江湾的泥滩里。

此时，在赵宝桐前面又出现了两架敌机，掉头向西南方向飞去。"想逃，没那么容易！"赵宝桐盯住一架敌机追了上去，500 米，400 米，300 米，他稳稳地将敌机套住，按下炮钮，咚咚咚！炮弹正中敌机机翼。敌机冒着浓烟向地面栽去，机尾朝天，摔在小山坡上，爆炸了！后来，通过专家判定射击胶卷，确认赵宝桐击落了两架 F-84 敌机。

中队长赵宝桐和大队长牟敦康不畏强敌，勇往直前，用"空中拼刺刀"的大无畏精神，与不可一世的美空军飞行员展开殊死搏斗。初出茅庐，他们抓住战机，首开全师实战一举击落击伤 3 架 F-84 敌机的纪录。不过，3 大队有一架飞机被敌击伤。这样，志愿军空 3 师入朝第一战，就跟美国空军打了个 3 ∶ 1，全师士气大振，树立了与美国空军敢打必胜的信心。

有了第一次的空战经历后，尽管和参加过第二次世界大战的美军飞行员相比还是一个新手，但赵宝桐已经找到对付敌机的高招——那就是勇敢、战术加技术。

11 月 23 日，志愿军空 3 师第 7 团再接再厉，击落美空军“雷电”7 架，击伤一架，自己仅伤一架，创造了 8 ∶ 1 的辉煌战果。其中，赵宝桐击落击伤敌 F-84“雷电”各一架。

空 3 师一出手就取得两次空战的胜利，但毕竟是同性能稍逊的 F-84 较量，真正的考验才刚刚开始。

11 月底，美空军 51 战斗截击联队完成了最先进的 F-86E 改装，这样，美军在朝鲜战场的 F-86 式飞机增至两个联队共 120 余架，并担当美空军混合机群的空战主力。美军以它为后盾，进一步加大了轰炸强度和密度，空战规模日益扩大。F-86E 单座超声速喷气式战斗机，因飞行速度超过声速，火控系统装有计算机、雷达、瞄准具等精密设备，机翼下挂有两枚“响尾蛇”空对空导弹，所以被美军称为“佩刀”。

赵宝桐（中）与战友

12 月 2 日，志愿军空军配合苏联空军，第一次参加敌我双方多达 300 架战机的大空战，已接任大队长职务的赵宝桐遇上了真正的对手 F-86E。

下午 2 时 33 分，美机 8 批 120 余架飞机向泰川、博川、顺川等地飞来，准备对我交通线予以重点轰炸。当值班命令一来，志愿军空 3 师奉命全师首次以 42 架米格 -15 飞机出动。英雄赵宝桐迅速地跳进座舱，随即升空迎敌。朝鲜人民军空军 4 个飞行团配合行动。这时，满天都是轻飘飘的薄雾，越往前飞能见度越不好。当空 3 师飞至顺川、清川江口上空时，发现了敌机，而且是几次遇到但没有真正较量过的 F-86E。赵宝桐机警地扫了一下这迎面相遇的美军 F-86E 战斗机，足足有 20 架。

“敌机就在下面，把队编好！”赵宝桐一面下达命令，一面带领全大队投入攻击。他毫不畏惧地咬住一架 F-86E 的尾巴，瞄准后狠狠地开了炮。这架美国空军的王牌飞机当即中弹，掉进大海里去了。

赵宝桐仍旧是攻击完成后，立即机警地向上冲升脱离。刚一改平，发现下面又有两架敌机。敌机以为是赵宝桐要攻击它，就急忙做半滚下翻动作逃跑。占有高度优势的赵宝桐一推机头，几秒钟就追上了敌机。敌机马上放了增速器，加速逃离，赵宝桐则一直在后面追赶。近了之后，他稍稍带点机头，用瞄准具光环套住敌人僚机，炮钮一按，射出的炮弹像几条火舌，冲向敌机。当即看到敌机冒着浓烟，摇摇晃晃地飞着，接着一个翻滚，一头栽了下去。

这样，赵宝桐一下子击落两架 F-86E 敌机，又首开全师击落美国空军“王牌”飞机的纪录，成为空 3 师击落“不可战胜的”“佩刀”战斗机第一人。

与此同时，在志愿军机群后面担任警戒的范万章驾驶着08号僚机，突然发现左边有3架敌机在刚刚发生的空战中被打散，不成队形地乱飞。范万章立即向带队的长机报告：“发现逃窜的敌机，请求攻击。”带队长机说：“同意。”范万章随即操纵飞机迎头冲了上去。此时如惊弓之鸟的敌机，反观只有范万章一架飞机来势勇猛，便仗着机多势众和装备先进，壮着胆子向范万章围攻上来。面临险境的范万章，沉着冷静，速度不减，对准一架敌机冲去并及时开了炮。因距离太远，炮弹从敌机机翼下飞过，没有打中。范万章又加大油门追了上去，当瞄准具光环对准锁定了敌机，范万章猛按炮钮，敌机被击中起火，坠向大海。另两架敌机见同伴被击落，只顾落荒而逃。

空域战斗尾声，赵宝桐准备掉转机头返航时，突然遭到从右后上方4架敌机的攻击。当他正要推机头向左侧脱离时，左后方海上又有两架敌机对着他攻击。赵宝桐上下冲杀，不久，他的机翼和升降舵先后中弹，飞机失去了操纵，进入螺旋下坠。很快，他跳出座舱，打开了降落伞。伞张开了，轻飘飘的，从寒冷的空中下降着，最后落到一个积雪的小山坡上。跳伞落地成功后不久，赵宝桐被志愿军陆军战友救助，并受驻地村落朝鲜老乡们的热情接待。

赵宝桐回基地后，休息了几天，12月11日又继续升空作战，击落击伤敌F-80飞机各一架。此战中，僚机范万章击伤F-86战机一架。

1952年1月6日10时10分，又一次战斗打响，范万章驾机飞上蓝天，向目标挺进。飞至朝鲜龟城上空，范万章发现两架美机正偷袭长机组僚机严忠祥。他一面急呼“02号，02号，后面有两只小狼”，一面报告带队长机“01号，01号，请求攻击”。得到带队长机的准许后，范万章急速做了个180度转弯，向美机冲去，并适时打出一串炮弹，把偷袭美机驱散，使中队战友严忠祥脱险。然而，他自己却因此而掉了队，成了孤零零的单机。危急之时，范万章加大油门向编队追去。

突然间，朵朵白云下，有 4 架美机围住了范万章这架掉队的单机，他们分成两对双机，一左一右以侧坡度上升。接着，一串串炮弹从范万章战机的前后左右飞过。然而，范万章并没有惊慌，而是灵机一动，拉起机头，朝太阳方向飞去。强烈的阳光刺得美飞行员睁不开眼睛，一时失去了目标。趁 4 架美机盘旋搜索之际，范万章利用阳光作为掩蔽，从万米高空直冲下来，径直朝美军飞机杀了个回马枪，美机猝不及防，一下子乱了方寸。范万章趁机紧紧咬住最后一架美机，迅速瞄准，狠按炮钮，一串炮弹直接命中，美机拖着浓浓的黑烟坠地爆炸。其余 3 架美机见势不妙，赶紧溜之大吉。

范万章调整好机身，继续追赶编队。他驾机上升到 9000 米高度，向博川方向疾飞。快到安州上空时，他又发现左前方有 4 架对安州城实施狂轰滥炸后正在返航的敌机。范万章义愤填膺，决定趁敌不备，狠狠教训美军。他驾战机一个翻转下滑，从 9000 米高空俯冲下来，对准敌长机就是一通炮弹，敌机立刻冒了烟，抖了两下又往前蹿飞。范万章迅速追了上去，又是 3 条火舌直扫美机，将其击落。

其余 3 架美机见长机被击落，恼羞成怒，仗着 3 对 1 的优势，围着范万章上下翻转、横滚，企图把范万章压下去，获取高度优势。范万章沉着镇定，与敌巧妙周旋。估计敌机将要开炮的一刹那，他猛地蹬舵拉杆，飞机唰的一下向左上方闪去。而敌机打出的炮弹紧贴他的机身飞过。范万章很快拨转机头，反转到美机的后上方，瞅准时机，把最后那架美机打得凌空爆炸。剩下的两架美机见同伴连连毙命，早已吓破了胆，拼命加快速度向海上逃窜。

这次空战，范万章神勇无比，一是援救战友，打退两架偷袭的敌机；二是遭遇 4 架敌机，他机智勇敢地以回马枪战术，击落敌机一架；三是再遇敌机 4 架，他猛虎掏心，先击落敌长机，再回身反转，又击落敌僚机。就这样，一场空战下来，范万章一举击落敌 F-80 型飞机 3 架，首创我空军以少胜多的空战范例，立特等功。

1952 年 8 月 8 日空战之后，范万章和战友要返航，突然被 4 架 F-86E 敌机咬住。危急时刻，他向敌机群冲去，当即击落敌长机，掩护战友安全返航，由于寡不敌众，范万章光荣牺牲。

志愿军空 3 师于 1951 年 10 月至 1952 年 1 月、1952 年 5 月至 1953 年 1 月两度赴朝作战，共击落敌机 87 架，击伤 27 架，是空军中取得战绩最大、创造王牌最多的部队，堪称中国空军第一主力师。

“英雄中队”荣誉战旗

1953 年 1 月 10 日，空 3 师在安东召开击落击伤敌机百架祝捷庆功大会。中央军委发来嘉勉电，空军军委奖给空 3 师一面巨幅奖旗，上绣“战绩大、打得好”6个金黄色大字，成为空3师历史上最光荣的一页。其中，赵宝桐率领的7中队是空3师的尖子中队，成为志愿军空军6个荣立集体一等功的单位之一，他本人创造了志愿军飞行员个人战绩最高纪录，成为人民解放军空军历史上的“空战之王”，他驾驶的编号为25号的米格–15战斗机，至今陈列在中国航空博物馆里，飞机机身上喷着的9颗红五星极为闪耀。

英雄的部队，传承着英雄的基因。作为英雄中队的传人，和平建设时期，他们不断弘扬和发展“英雄中队”精神，出色完成保卫浙东沿海、打敌空飘气球、解放一江山岛等战斗任务。

新的历史时期，随着部队几经改革整编，英雄中队已升格为东部战区空军航空兵某旅飞行3大队。3次在空军率先改装新型战机，坚持实训，北进大漠，南飞岛礁，东出远海，西上高原，发扬“空中拼刺刀”精神，圆满完成各项演训任务，在上级比武竞赛中斩获多个第一。他们决心打造一流过硬最强的空中利刃，成为未来战场上的空中王牌。

阳廷安班

一不怕苦，二不怕死

在中国人民解放军的编制序列里，班是最小的战斗单元。“阳廷安班”是怎样的战斗集体，可以在全军的百面战旗当中占有一席之地呢？

这要从中国人民解放军第 18 军修筑著名的川藏公路说起。

1952 年 4 月执行进军西藏任务的第 18 军受领了一项特殊的任务——他们的一个师和近万藏族人民组成筑路大军，实施川藏公路西线（拉萨至林芝）的施工任务。

上过川藏线的人都知道，这条道路有多险；参加过修路的人都知道，这项任务有多难——

这个师的官兵，要在海拔 4796 米的敏拉山施工。山上氧气稀薄，战士们每迈一步都要气喘吁吁。修路的高强度劳动，使不少人患了高山不适应症，心跳加快，每分钟心跳都在 100 多次；血压升高，不少人鼻孔出血，头痛难忍。

这里气候变化无常，一天三变。内地正是酷暑 8 月，这里却早已冰封雪飘。六七级大风夹着沙石腾空而起，卷着冰雹铺天盖地而来，给施工带来很大困难。有一次，一夜大雪，就把工地上的帐篷压垮了 37 顶，战士们不得不从帐篷里爬出来收拾住处。

面对这险恶的环境，师领导向战士们进行动员："这里苦不苦？苦！这里难不难？难！但同志们不要忘了，我们这支部队什么时候怕过，什么时候退过？抗日烽火中我们在豫皖苏地区转战，什么苦没吃过？千里跃进大别山，解放大西南，进军西藏我们又是怎样走过来的？……"

"阳廷安班"所属的第155团2连，在施工中的任务段是叫皮康崖的险段。那个地方几十米高的陡壁，就像刀削斧砍一般，下边是一条汹涌澎湃的尼洋河。当地的俗语说得好：飞鸟难过皮康崖。

当地的藏族乡亲都认为在这里修路简直就是天方夜谭。有一个藏族小贵族说："那个地方牦牛都爬不上去的，你们能够把公路修出来？那你们就是神仙了。"

战士对这个当地藏族小贵族回答："我们都是凡人，但是我们有一不怕苦，二不怕死的精神。"就在这样一种特别艰难的情况下，战士们攀上悬崖绝壁，用几十米长的绳子吊着身子在悬空中打眼放炮，硬是开出了一条能站住脚的小道，又在这个小道上一步一步向前推进，经过两个多月的艰苦奋战，终于在这个悬崖上凿出来一条公路。

正在工地现场的师副政委乔学亭等领导同志，为他们举行了一个小小的庆祝仪式，祝贺他们完成了这一极其艰难的任务。乔学亭十分激动，动情地说："你们2连任务完成得好，经验总结得好。你们提出'一不怕苦，二不怕死'的口号。'金珠玛米'就要发扬这种精神，不管有多难，路一定能修通。"

应该说，这就是享誉全军的战斗口号"一不怕苦，二不怕死"的革命精神的起源。在2400多公里的川藏公路上，浩浩荡荡的大军叫响了这句口号。

"一不怕苦，二不怕死"的战斗精神，在后来的边境反击作战中一步步铸就，成为这支部队的红色基因。

1962 年 10 月，我驻藏部队进行了一场激烈的军事斗争。

10 月 20 日早晨 7 时，“阳廷安班”所在的 2 连作为尖刀部队，对盘踞在某地区的敌人发动攻击。

枪声一响，6 班班长阳廷安带领战士，跃出战壕抄近道向敌军的地堡发起攻击。他一只手端枪，一只手举着手榴弹，迅速地冲向敌人的主堡。在营连炮火的支持下，很快拿下了这个碉堡。

在一片爆炸声、喊杀声当中，他们又转身向敌人的子母地堡冲过去。遇到敌人的火力网猛烈阻击。班长阳廷安不惧这枪林弹雨，对他身边的战士喊道：“我们不是‘一不怕苦，二不怕死’吗？跟我来，我们一定能打进去！”

在呐喊声中，他们冲出敌人挖的堑壕，向敌军纵深追去。阳廷安跳过一棵横倒的大树时，敌人的一梭子弹飞来，他跌倒在地，挥了一下手，就彻底倒下去了。

旁边的战士徐瑞清向敌人的地堡投出一枚手榴弹，正准备救护班长时，也中弹牺牲在了班长的身边。

副班长曾祥智两眼冒火，他高喊：“为班长报仇哇，同志们跟我冲！”

几个战士跟着副班长向着敌人的地堡冲过去，他们的气势压倒了敌人，很快夺下了相互连接的 7 座地堡。

逼近敌人营指挥所的西北侧时，突然，一发炮弹在他们身边爆炸，副班长曾祥智被炸起的石头击中头部负了重伤，还没等救护队上来，他也英勇牺牲了。在这种情况下，班里老兵杨秀州主动接过指挥的责任，喊着“跟我来”，继续向敌人冲击……

激战到最后，6 班的 8 名战士，只剩下了一个新兵刘汉彬。

他抓起班长阳廷安的那支冲锋枪，举着手榴弹，加入5班的战斗序列当中，和战友们一起，收拾了最后5个地堡。

在他们的共同努力下，他们一鼓作气，共攻克地堡27个，缴获火炮3门，各种枪支59支，为全歼这一地区的敌人奠定了基础。

在这场战斗中，班长阳廷安、副班长曾祥智和其他战斗骨干前仆后继，英勇冲锋，战斗到最后一人。他们这种“一不怕苦，二不怕死”的壮举，前仆后继的精神深深地感动了所有的参战部队。

正在前线指挥作战的西藏军区司令员张国华将军特意赶到第155团，站在他们的队列前，张司令含着眼泪说：“同志们，我们这个部队就是要有你们这种‘一不怕苦，二不怕死’的劲头，世界上任何敌人只要胆敢来犯，胆敢来欺负我们，就让他有来无回！”

为了表彰“阳廷安班”不怕牺牲、奋勇杀敌，圆满完成上级交给的作战任务的精神，表彰他们突出的战绩和对战役胜利做出的重大贡献，国防部在1963年授予西藏军区步兵第155团2连6班“阳廷安班”荣誉称号，全班荣立集体一等功，为班长阳廷安追记一等功，其余战士分别记功。

1963年2月，张国华奉命进京参加中央工作会议，在这次会议上，毛主席点名让他汇报军事斗争作战情况。毛主席说：“张国华一直在前线，最有发言权。”

张国华心中忐忑不安。虽然多次向毛主席、中央军委汇报过西藏的工作，但事关军事斗争的全面情况，一个简明扼要的汇报，是要费一番脑筋的。他连夜精心准备了一份汇报提纲。在这份提纲中，突出了西藏各参战部队在战斗过程中保持我军优良传统，发挥政治工作优势，培养军人过硬的战斗作风，特别强调了那句已在驻藏部队中叫响的豪迈誓言——“一不怕苦，二不怕死”。

提纲拟就后，张国华首先送给时任军委秘书长兼总参谋长的罗瑞卿审阅。“请总长看看，这样讲行不行？”

罗瑞卿看后，认为写得很好，提笔写下批示：“此件看了，很好，请照此向中央工作会议汇报。”

2月19日下午，汇报会在中南海怀仁堂举行。张国华进入会场前，罗总长还叮嘱他：“老张，你不要紧张。记住给主席汇报时，千万别漏了那句‘一不怕苦，二不怕死’，这不仅是你们的发明，也是我们全军部队的政治优势。”

毛主席主持这次会议，见坐在他与刘少奇中间的张国华显得颇为拘谨，毛主席便幽默地说：“井冈山（多年来毛主席一直这样叫张国华）百万军中取上将首级如探囊取物，仗打胜了，你还紧张么子哟，今天是你唱主角喽。”

毛主席的话引来一阵笑声，会场的气氛顿时活跃起来。

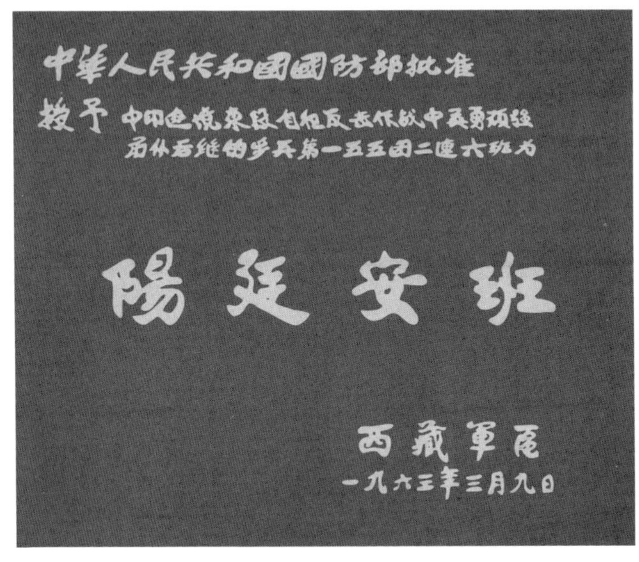

“阳廷安班”荣誉战旗

张国华详细汇报了这次作战的经过。在汇报过程中，毛主席频频插话。他对参战部队的表现十分满意。

张国华讲到我们为什么能够战胜敌人时说:“战胜敌人，我们的战士靠的就是‘一不怕苦，二不怕死’的精神!”

毛主席当即插话说:“我赞成这样的口号，叫作‘一不怕苦，二不怕死’。”

说完，他用手指了指张国华:“这是你的发明权。”

张国华连连摆手说:“不是我，发明权是我们伟大的中国人民解放军。”

毛泽东点点头，若有所思地说:“过去金兀术说，撼山易，撼岳家军难。今天我要说，撼山易，撼解放军难。”

坚守二二二点九高地一级英雄班

降龙伏虎　所向无敌

志愿军第39军第115师第343团3营7连4班，前身组建于1933年10月。1952年7月，在抗美援朝战争春夏巩固阵地的斗争中，该班与10倍于己的美军在222.9东无名高地展开激烈的争夺战，激战四昼夜，击退敌人13次进攻，歼敌500余人。战后，志愿军总部授予该班“坚守二二二点九高地一级英雄班”荣誉称号。

志愿军第39军第115师第343团7连4班，在抗美援朝战争1952年春夏巩固阵地作战中，随所在连奉命坚守铁原以西222.9高地东无名高地（亦称老秃山）的任务。

7月18日，全班就进入了预设阵地，但是一直作为预备队在后方掩蔽部等着换防的消息。一天一夜，就是在静静地等待着上级的命令，小伙子们心急火燎，在狭小的掩体里来回转圈圈。

7月20日清晨，被叫去接受任务的班长刘佐才从连部飞奔回来，跑进4班的掩蔽部，气还没有喘定就向大家宣布：“同志们，批准了，就在今天晚上，我们接替7班，守卫222.9高地。”

班长的话还没落地，全班同志就唰地站了起来，一个个摩拳擦掌，都觉得自己这英雄终于是有了用武之地。没一会儿，党支部还接到了副班长倪祥明写的一张入党申请书："请支部在这次战斗中考验我对党的事业的忠诚，如果我具备了党员的条件，希望吸收我入党。"

222.9 高地，这块位置在朝鲜战场西线临津江南岸崇山峻岭中的高地，刚刚被志愿军某部第四次占领了，接着敌人又开始了绝望的反扑，争夺战正在激烈地进行着。

在早上接到换防上战场的通知后，4 班全体战士整整等了一个白天。终于，夜幕降临，战士们在排长石林和与班长刘佐才率领下，精神抖擞地跃出了掩蔽部，迎着晚上山间飘来的锋面雨，冒着敌人的炮火向前沿进发。连长杨印山在 4 班出发前还特意交代了任务，并做了战前动员，他的话语很有分量和感染力，给每个人都注入了勇气和力量。

4 班战士踏过敌人炮火的封锁地区，终于来到 222.9 高地。他们在一个被炮火震破的防空洞里和 7 班的战友会面了。交代情况，经过检点弹药，他们送走了坚守阵地三昼夜的 7 班战友，立即按照预定计划，开始抢修工事，准备抗击敌人新一轮的进攻。在敌人的炮火下经过一昼夜的紧张劳动，4 班完成了抗击敌人坚守阵地的准备工作，坑道修通了，带掩体的交通沟做好了。战士们兴奋地说："已经有把握了，让美国鬼子们来攻吧！"

21 日晚 8 时，美军第 2 师第 23 团以猛烈炮火轰击老秃山，4 班转入坑道隐蔽。9 时，美军约两个排的兵力进入阵地，"轰！"洞外突然响起一颗手榴弹的爆炸声，班长刘佐才喊道："同志们，赶快占领工事，消灭敌人！"

呼啦一声，所有同志都跟随排长和班长冲出了洞口。4 班的战士们跃出坑道，向美军猛烈射击。4 班同志散开以后，见敌人已经到了离工事只有 10 来米的地方了，正好展开火力消灭敌人。冲锋枪、机枪织成火网，手榴弹在敌人群里一个接一个地腾起火花。敌人一阵被打下去，一阵又冲上来。

战斗开始后，连主阵地上的支援炮火也密集地打向敌人来往的山坡上。敌人偷袭没有得逞，就硬攻，拼命地用炮火轰击4班的阵地，掩护他们的冲锋部队。轻机枪射手、共产党员王义腿上负了重伤，仍然不停地射击；右胳膊和脸上又负了伤，他还支起身体，咬着牙，忍着痛，用左手扔手榴弹。葛方明的左手和腿上也负了重伤，他就用牙齿咬开手榴弹的保险盖，用一只手坚持扔。班长刘佐才首先将一名指挥官击毙，趁美军混乱之际，带领全班实施反冲击，毙其50余人，打垮了美军的进攻。

激烈的战斗不歇气地打了一个多小时，密密地横躺竖卧在阵地前的美国兵的死尸已经有100多具。在这个战斗的紧要关头，排长石林和以及战士傅显宗、吴永珍已经壮烈牺牲，班长刘佐才两次负伤，可是他继续一面打一面指挥。他跟前的手榴弹打光了，就到洞口搬子弹箱，这时一块弹片又打中了他的头部。他已经是第三次负伤了，血从他的头上流下来，糊住了他的眼睛，他用手抹了一把，就昏倒在交通沟里了。

22日1时，美军又以1个营的兵力向老秃山发起攻击，4班沉着应战，待美军近至阵地前30米处猛烈开火。机枪手王义跳出堑壕，端起机枪勇猛扫射；战士张永和接连投出20多枚手榴弹，将美军炸得血肉横飞。全班在连、排火力支援下，毙美军200余人，守住了阵地。

5时30分，美军以两个排的兵力在飞机、火炮、坦克支援下，分三路再次向4班防守的阵地发起攻击。在表面阵地上的副班长倪祥明和战士周元德、宋成久3人虽然负了轻伤，仍利用工事、弹坑，忽左忽右灵活地打击敌人，由副班长倪祥明进行作战指挥。倪祥明把守备坑道口和保护伤员的任务交给了宋成久，自己在洞里搜寻弹药，两手紧握两颗手榴弹，从洞口里面观察着敌人的动静。

这时候，忽然有5个美国兵的黑影闪动在洞口外的交通沟上，倪祥明赶忙对周元德说："敌人来了，我们把他们消灭掉！"说着就拿起手榴弹冲出洞口，向敌人直扑过去。5个美国兵马上扑过来抓他，倪祥明挥起手榴弹，狠狠地对着一个美国兵的胸部砸过去，又伸出胳膊抓住了这个美国兵的衣襟，使劲一按，美国兵就脸磕地栽倒了。另外4个美国兵乘机猛扑过来和倪祥明厮打成一团，周元德也冲上来支援副班长，使尽力气从副班长身上扳下两个美国兵。

倪祥明烈士肖像

倪祥明又站了起来，抡起手榴弹向着美国兵的脑袋拼命打去。守卫在坑道里的宋成久借着炮弹爆炸的火光和照明弹的闪光里，看到副班长倪祥明、周元德和敌人搏斗的情景，他想冲上去支援，但是他还要守卫坑道，并且保护负伤的同志。这时，又有五六个美国兵冲了上来。看到倪祥明跟周元德说了些什么，接着就听到倪祥明在大声叫喊："宋成久，我要跟敌人拼了……"

当美国兵们冲到倪祥明和周元德面前的时候，只听得倪祥明和周元德高喊："共产党万岁！""毛主席万岁！"接着，就是4颗手榴弹的连续轰响。两人在子弹打光、身体负伤的情况下，与冲上来的5名美军搏斗，毅然拉响手榴弹与其同归于尽。美国兵有的被炸死，有的被吓得退了下去。后来，当美军逼近坑道时，身负重伤的班长刘佐才和一名战士，凭借坑道又打退美军3次攻击，守住了坑道口。

23日拂晓，7连在炮火支援下，趁美军立足未稳实施反冲击，恢复了表面阵地。清理战场时，222.9高地上，英雄倪祥明和周元德的遗体和敌人的尸体躺在一起：倪祥明身下压着一个美国兵，右胳膊还把一个美国兵的脖子紧紧地钳住，另一个美国兵死在他的背上；周元德紧紧地扼住两个美国兵，躺在湿地上，美国兵的耳朵和鼻子被咬得稀烂，衣服也被撕成了碎片。反击部队的突击班长张文举从倪祥明被炸断的手指头上，取下了他拉响的最后一颗手榴弹的铁环。

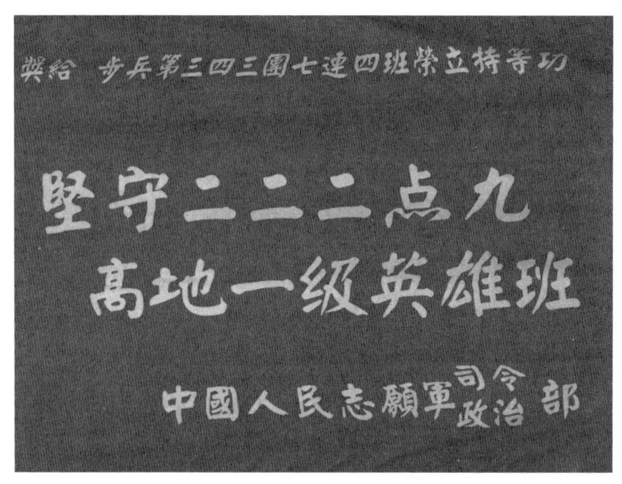

“坚守二二二点九高地一级英雄班”荣誉战旗

战后，中国人民志愿军领导机关授予4班“坚守二二二点九高地一级英雄班”荣誉称号，并记集体特等功；追授倪祥明“一级战斗英雄”称号，记特等功，师党委也批准了他生前的伟大志愿——追认他为中国共产党党员。“坚守二二二点九高地一级英雄班”坚强的战斗意志品质和大无畏的精神品格，至今仍铭记在中朝两国军民的心中。

英勇顽强守如泰山钢铁连

“为什么战旗美如画”

在反映抗美援朝战争的影视作品中，《英雄儿女》里王成那句“为了胜利，向我开炮”成功塑造出一个舍生忘死的英雄形象，成为亿万观众心中永不磨灭的记忆。在抗美援朝战争中，王成式战斗英雄并不鲜见，志愿军第65军第194师第582团6连副指导员赵先有就是其中典型的代表。“为什么战旗美如画，英雄的鲜血染红了它”，赵先友和他的连队在开城保卫战中浴血奋战，为鲜艳的战旗增辉添彩。

1951年，在朝鲜停战谈判的过程中，美方以“联合国军”占领开城是“为大韩民国首都汉城的安全做更充分的保证”为由，无理提出“联合国军”需要开城地区，并叫嚣:“若不是因为停战谈判而将开城中立化，它早就被‘联合国军’占领了。”开城是朝鲜古都，停战谈判会址所在地，是全世界关注的焦点。开城的归属问题对整个朝鲜局势至关重要。为了粉碎美军侵占开城的阴谋，志愿军第65军奉命进驻开城以南及东西九华里、吉水里以南地区，担负起保卫开城的光荣责任。第194师第582团6连随部参加开城防御作战行动。

1952年10月2日，6连奉命坚守67高地。67高地和红山包此前均为南朝鲜军海军陆战队第1团3营主阵地的前哨阵地。位于砂川河东岸，距河 300 米至 1000 米，西岸为志愿军第 65 军第 194 师的防御阵地，敌我隔河对峙。两据点均为环形坚固阵地，山顶筑有地堡，山腰有战壕和四道铁丝网环绕，网内外布满各式地雷，并构筑大小地堡 30 余个，地堡、地道与战壕互相贯通，距离主阵地较近，可以得到纵深火力的支援，不利于我防御和反击。

此时，正值板门店谈判争执关于停战界线问题。美方代表狂妄宣称砂川河东之“70 高地”（我军称 67 高地）一线在其控制之下，以此为据，企图压我方让步。故此，我方谈判代表团希望志愿军第 65 军能夺占该阵地，以配合谈判。志愿军第 65 军决心发起秋季战术反击，蚕食、夺占砂川河东岸一线阵地。9 月 6 日开始，经敌我双方的反复争夺，两个阵地最终置于我方控制之下。

在 6 连奉命坚守 67 高地的时候，正是敌人疯狂反扑之际。在政治指导员马加林带领下，战士们接连打退敌人两次冲锋。当敌第三次冲锋被击退后，坚守东南前沿的 5 班的子弹和手榴弹都打完了，战斗小组长关景春一面让大家不要慌乱，一面立即和战士龙景光钻入地堡废墟中，找来两箱手榴弹和子弹。不久敌人发起第四次冲锋，炮火把高地打得燃烧起来。龙景光两腿被烧伤，军服也哧哧地冒着火苗，他一边将燃着的衣服撕掉，一边继续向敌群投弹。关景春边指挥全班战斗，边用步枪向敌射击，打得山坡上敌人死伤一片。

高地东北侧前沿阵地由 6 班固守，班长李富、战斗小组长刘增长、新战士刘殿良部署在最前沿的阵地。因工事被敌人炮火摧毁，在击退来犯之敌后，他们立即抢修工事，连夜挖出一人深、两米长的堑壕。在敌第五次冲击时，指导员马加林负了重伤，通信员刘顺武边用身体掩护指导员，边高呼复仇口号向敌人射击。战士郑守义右臂负了重伤，忍着剧痛激战两个多小时，才被战友们强行抬下火线。

晚9时，1排和4班在副指导员赵先有率领下，冒着敌炮火增援2排，正赶上敌第六次冲击，他们立刻协同2排击退反扑之敌。而后，赵先有趁着战斗间隙与1排排长王成林、2排排长王贵印研究了战法，调整了部署，当晚又打退敌两个排的多次冲击。

副指导员赵先有肖像

10月4日5时至12时，疯狂的敌人用飞机对67高地实施了57架次的狂轰滥炸，先后投下炸弹400枚、汽油弹89枚。9时，在空中火力掩护下，敌步兵两个连分别向67高地东北、东南进行了两次冲击，均被顽强的6连战士击退。10时20分，敌又以一个连向我阵地连续实施两次进攻，6连及时以1班、3班对2班、4班增援，将敌击退。数次进攻受挫后，敌改强攻为偷袭，于12时出动4辆坦克偷袭东北高地，结果被我军预伏在那里的无坐力炮摧毁。

晚7时，敌人又以一个连的兵力分两路向67高地扑来，并同时配合以短促炮火袭击，企图利用黄昏视线较差的条件袭占我阵地，但被我军以手榴弹、自动步枪齐射击退。接着赵先有率领一个组乘胜追击，缴获大量武器。

7时30分，敌人再次纠集大量兵力向我阵地发起多路多次冲击，最近一股竟冲至距我阵地前沿仅10米处。6班班长李富身负重伤，战斗小组长刘增长英勇牺牲，新战士刘殿良满腔怒火，端起烈士的武器猛烈射击，经近半小时激战，敌人两个排的冲击又被粉碎。当发现敌人再次准备冲击时，副指导员赵先有及时用报话机联络炮兵，指示目标，对冲锋集结之敌进行了火力打击，遭我炮火袭击之敌刚接近我阵地，即被我阵前反冲击击溃。

10 月 5 日是一个惊天地泣鬼神的日子，在这天，赵先有和他的战友们，用鲜血和生命谱写了一曲革命英雄主义的壮歌。敌人几次惨败之后，恼羞成怒，用飞机、大炮和坦克对 67 高地实施地毯式轰炸，整个高地浓烟滚滚，飞石四溅。上午 10 时，战斗空前激烈，敌人集中 1 个营的兵力，在 8 架飞机、12 辆坦克掩护下，再一次向 67 高地猛烈进攻。阵地顿时一片火海，战士们衣服烧着了，身体被烧伤，仍然英勇杀敌。

敌人一批一批冲上来，又被一次次地打下去，敌横尸遍野，6 连官兵也付出了极大的代价。所有人的耳朵都被震聋了，后来，阵地上只剩下失明的赵先有和多处负伤的刘顺武二人。敌人又像潮水一样冲到跟前，但是不敢接近他俩，只是哇哇乱叫。此刻，在我军指挥所里，人们屏住了呼吸，突然无线电话里传出了赵先有急促的声音:“首长，请求向阵地开炮！”

英雄的声音感动了在场所有的人，经过简短研究，并从望远镜里看到刘顺武把赵先有背进防炮洞以后，决定以炮火急促射压制正在我阵地上乱蹦的敌人。当我反击部队冲上去以后，6 连指挥所防炮洞里静静地躺着已经壮烈牺牲的赵先有和刘顺武。洞外横着许多敌尸，敌弃尸 50 余具。至此，敌已无力再战。67 高地始终牢牢地控制在我军手中。

正在板门店谈判的我方代表团负责人李克农同志，在获悉第 65 军反击作战夺占红山包和 67 高地后，赞誉道:“你们的卓越指挥、英勇战斗所取得的胜利，有力地支持了我们的谈判立场，打击了敌军及其谈判代表哈利逊的嚣张气焰！我谨代表谈判代表团向你们表示热烈祝贺和衷心感谢！”

67 高地攻防作战，是参战部队互相支援、步炮坦密切协同、团结战斗的结果。战后，志愿军第 19 兵团授予该连“英勇顽强守如泰山钢铁连”荣誉称号，给 6 连副指导员赵先有追记特等功，给 6 连战士刘殿良、关景春荣记一等功，给 6 连通信员刘顺武追记一等功。第 65 军还将赵先有的遗体运送回国，安葬在沈阳抗美援朝烈士陵园。

“英勇顽强守如泰山钢铁连”荣誉战旗

后来，巴金、王莘、胡可等作家到第 582 团采访后，巴金以赵先有、刘顺武等烈士的事迹为原型，含泪写出小说《团圆》，这就是电影《英雄儿女》剧本的蓝本。

黄继光英雄连

光耀千秋黄继光

2019 年 10 月 1 日 11 时许，在庆祝中华人民共和国成立 70 周年阅兵式上，伴随着威严雄壮的《钢铁洪流进行曲》单循环进入第一次震撼高潮，英雄部队荣誉战旗中的第一百面荣誉战旗——“黄继光英雄连”压轴出场，华丽亮相，接受党和人民的检阅。当用“蚕头燕尾”的漂亮隶书写就的“黄继光英雄连”旗面一进入电视画面，立即引起世人瞩目，“英雄永存，光耀千秋！”

历史将永远铭记，上甘岭战役经历 43 天浴血奋战，在 1952 年 11 月 25 日取得伟大胜利。此战，涌现以黄继光、邱少云为代表的 1.3 万多名英雄模范，是他们，用鲜血和生命写就了光耀千秋的辉煌战斗篇章。

1952 年 10 月 14 日凌晨 3 时 30 分，惨烈的上甘岭战役第一天，美军在仅 4 平方公里的阵地上，投入了三个半营的兵力，倾泻了 30 万发炮弹和 500 枚航弹，创造了世界战争史上当时火力密度最高纪录。阵地上草木荡然无存，岩石构成的山头被打成半米多深的粉末堆。

战役发起时，黄继光在志愿军第 15 军第 45 师第 135 团 2 营任营部通信员。2 营防守在灵台、454.4 高地、东南无名高地、781 高地地域。地动山摇的爆炸，使当时通信全部中断了，一片火海，到处都是烟雾和火焰。有发炮弹就在2营工事边右上方爆炸，溅起的碎石、泥土就把指战员埋到工事里了，黄继光也被埋下去了。不少人牺牲或负伤，黄继光被震晕了。紧接着，敌人的炮弹又打过来，又把黄继光震醒了。于是，他从泥土堆里爬出来，摇晃着身边负伤的战友："快醒醒，快醒醒，我们抓紧进坑道！"与此同时，他不由分说，立即把因腿伤走不动路的战友搀扶着救护到坑道里。

当夜的战斗极为残酷，敌人火力凶猛，志愿军顽强突击，造成部队负伤众多，牺牲不少。攻占4号阵地时，6连只剩下16个人能进行战斗。他们是连长万福来、指导员冯玉庆，以及从各班会集的9名步枪手、1名机枪手、2个步谈机员和2个通信员。参谋长张广生与连长和指导员观察地形，分析敌情之后，决定把9名步枪手编为3个战斗小组展开攻击。但在爆破0号阵地前沿那两个并列火力点时，敌人的照明弹把碉堡前的这一片开阔地照得很亮，他们先后被敌人机枪击中牺牲或负伤。

10月20日凌晨，6连只剩下7个人了。由于步谈机员要负责通信联络，连长和指导员还要负责全连行动，黄继光向张广生请缨道："参谋长，让我上吧，只要还有口气，我就一定炸掉它们！"6连通信员吴三羊和肖登良随之也挤过来，请求道："我们和黄继光一起上！"张广生见此情景，非常感动，到了生死关头，哪怕只剩下一个人，我们的战士也敢于挺身而出，这是一种多么伟大的献身精神！他咬咬牙命令道："黄继光，现在我任命你为6连6班班长，由你去完成最后的爆破任务！"万福来也当场宣布："吴三羊、肖登良，从现在起，你们就是6班的战士了，由班长黄继光带你们两人去执行爆破。倘若没完成任务，我就亲自去炸掉它。"

黄继光原本也是6连通信员，因聪明机灵，积极能干，就被调到营部任通信员。这次战斗任务本是陪同营参谋长，搞好服务保障，从职责上讲是不需要直接参加战斗的。但是，关键时刻，一腔热血的黄继光勇敢地站了出来，坚决要求直接参战，于是，营参谋长临时任命黄继光为 6 连 2 排 6 班班长。很快，新任 6 班班长黄继光带着新入本班的战士吴三羊、肖登良组成第四个爆破组，3 个人交替掩护，利用弹坑和敌人射击间隙隐蔽着向前跃进，执行最后关头的爆破攻击任务。

为了巩固战斗成果，志愿军第 45 师指挥部下了死命令，要求天亮前必须拿下 0 号阵地，与已占领主峰的第 134 团 3 营 8 连会合，再进入坑道坚守。否则，天亮后，敌人的地面炮火和航空兵火力袭来，部队的损失就太大了。还有一个多小时，天就要亮了，时间不等人，战机稍纵即逝。

当黄继光等 3 人向 0 号高地前沿的两个并列火力点匍匐前进时，同属 2 营的 5 连 6 班班长李炳洲带着两个战士也赶了上来，被冯玉庆指导员派去攻打 0 号阵地右翼的一个地堡，策应黄继光小组的行动。万福来连长则指挥机枪手以火力掩护黄继光等人的行动，黄继光三人在他们的掩护下，推着美军的尸体给自己挡子弹，每当照明弹亮起时，他们便将尸体掀下山坡，吸引火力。

终于他们成功地通过了 4 号阵地到 0 号阵地前沿间 50 米长的山脊，黄继光和肖登良分别炸掉了 0 号阵地前沿的两个并列火力点。随着几次猛烈的爆破声响，这两个火力点后方那个大弹坑中的美军纷纷跑了出来，进行反冲击，被黄继光 3 人的冲锋枪撂倒了几个在山梁上。其余美军慌忙向后面的鞍部逃窜，进了几十米外的 0 号阵地大地堡。

该地堡是美军利用志愿军早期守备部队原有的坑道改建的，并非钢筋混凝土结构的永备工事。黄继光3人尾随急追，扔出去不少手榴弹。手榴弹的爆炸声追着敌人的屁股响。但黄继光他们的手榴弹也快消耗殆尽了。这时，指导员冯玉庆迅速由4号阵地前到了0号阵地前沿两个火力点的位置，与黄继光等会合了。由于手榴弹几乎打光了，他们开始就地搜集进行补充。这时，0号阵地大地堡的机枪声响起，吴三羊不幸中弹光荣牺牲，肖登良则腿部受伤。

面对一下失去了掩护的不利情况，黄继光毅然决然地对冯玉庆说："指导员，我必须继续去爆破0号阵地大地堡。"冯玉庆别无选择地对黄继光说："好吧，你一定要注意安全！"说完，利用一挺就地获得的美制机枪对0号阵地还击，掩护黄继光前进。黄继光在冯玉庆的机枪和稍远处4号阵地6连机枪的双重掩护下，趁机利用弹坑向敌堡跃进，一路匍匐接近0号阵地大地堡。

就在这60多米的运动过程中，他被敌人的机枪压得连头也抬不起来，但仍瞅准时机向敌火力点连投几枚手雷。接近地堡时，黄继光遭敌火力射击，左臂被子弹打穿。但他忍受着剧烈的伤痛，继续冒着敌人的火力接近地堡，直到距离10多米时才将自己最后的一颗威力较大的苏制手雷投了出去。但是，这枚手雷爆炸过后，只炸塌了地堡的一个角，把敌人的机枪打哑了，并没有能够消灭敌人。万福来连长刚想要往上冲，这时，地堡内的敌人机枪又突然射击起来。

记得上甘岭战役前夕，师电影队到基层连队慰问，播放苏联电影《普通一兵》。电影讲述的是卫国战争时期，红军战士马特洛索夫为了战斗胜利，用身体堵住敌人从碉堡里射出的子弹，壮烈献身的故事。黄继光对影片主人公马特洛索夫舍身堵枪眼的英勇行为特别敬佩。回营部的路上，黄继光与营长秦长贵的警卫员李继德交流了观后感。

李继德说:“这个人真勇敢，是真正的英雄。”黄继光说:“要是搁着我，我也这么干！”黄继光随后半开玩笑地说:“小李子，咱们约好，如果我死了，你就给我家里写信。如果你死了，我就给你家写信，还要去家里看一看。”李继德赶紧说:“班长，俺俩不能死，还要立功当英雄呢！”战前，黄继光这个参军一年半，入团才两个月的21岁年轻战士，又向党组织递交了入党申请书。他在决心书中写道:“坚决完成上级交给的一切任务，争取立功当英雄，争取入党。”他在对万福来连长表决心时说:“连长，一旦需要，我就是马特洛索夫。”

现在，身负七伤的黄继光艰难地爬了过去，在机枪眼侧面猛力跃起，双手紧紧地抓着地堡的沙袋，用自己的胸膛堵住了敌人的机枪射孔喷火口。顿时，敌人的机枪哑了，时间也仿佛凝固了！黄继光骤然间由平凡创造了壮烈！他用血肉之躯阻断了敌人的射击，用自己年轻的生命开辟了部队胜利前进的道路。这时，近处的冯玉庆和远处的万福来爆发出对敌人的无比仇恨，利用有效时机迅速发起冲击，最终消灭了残敌，攻占了0号阵地。清晨6时30分左右，6连与第134团3营8连即著名的“钢八连”在主峰会合。随着3颗红色信号弹腾空而起，597.9高地表面阵地被第45师全部夺回。战友们踏着被黄继光等烈士鲜血染红的道路，把胜利的红旗插在了主峰阵地。

此次反击战之后的三四天，黄继光的遗体才运到后方收容所。首长前去看望，只见黄继光的遗体僵直，两手高举，还保持着趴在地堡上的姿势，左肩挎着挂包，右肩挎着弹孔斑斑的水壶和手电筒，前胸是蜂窝状的一片焦煳，胸口完全被打穿，干结了的紫红血块把衣服紧紧地黏结在身上。第45师野战医院卫生员王清珍为黄继光收殓遗体时，发现他的后脊背骨被子弹打断，肉被带了出来，背后现出一个拳头大的窟窿。她用温水洗去黄继光脸上的血迹，剪去残破的衣服，热敷臂膀两日，才扭动复原，穿上新军装，入棺运回沈阳抗美援朝志愿军烈士陵园安葬。

很快，部队党委根据黄继光生前申请，追认他为中国共产党党员，并追授“模范青年团员”称号。

10 天后的 10 月 30 日，钢铁般的志愿军第 15 军以第 45 师为主组织起更大规模的反击作战。几乎重组的 6 连再次向 597.9 高地发起冲锋，冲在最前面的还是黄继光生前的钢铁 6 班。新任班长吕慕祥在炸地堡时胳膊负伤，最后时刻，他冲进地堡拉响了手雷，与敌同归于尽。此战中，6 连再次拼光钢铁血本，参谋长张广生和指导员冯玉庆光荣牺牲，万福来连长身负重伤。他们以黄继光为榜样，奋勇杀敌，英勇献身，为志愿军第 15 军取得决定性大反击的伟大胜利做出重要贡献。

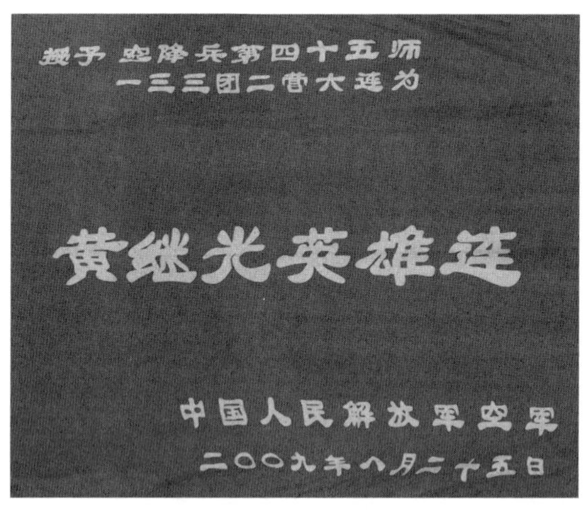

“黄继光英雄连”荣誉战旗

1953 年 4 月 8 日，中国人民志愿军总部批准，为黄继光追记特等功，并追授“特级战斗英雄”称号。6 月 25 日，黄继光获“朝鲜民主主义人民共和国英雄”称号和朝鲜民主主义人民共和国一级国旗勋章、金星奖章。

1961 年 6 月，中央军委决定，将陆军第 15 军扩充到空降兵部队的行列。自此，这支创造世界战争史上奇迹的陆地雄师，插上了飞翔的翅膀，成为蓝天蹈浪的空中劲旅。黄继光连改番号为空降兵第 15 军第 45 师第 135 团 2 营 6 连。全连指战员仅用 67 天就成建制，完成首次跳伞，率先实现从传统步兵连到空降摩步连的转型。

每当新兵下连，大家都要参观荣誉室，在黄继光铜像前宣誓：“我是英雄黄继光的传人，坚决完成上级赋予的各项任务……”老兵退伍时，在铜像前举行告别仪式，郑重地摘下帽徽和肩章。每逢部队外出驻训或执行重大任务，指战员都要在黄继光铜像前宣誓：“发扬黄继光英勇献身精神，誓死完成任务！”因为黄继光是连队的魂，在“黄继光英雄连”一年一度的新兵入连仪式中，听的第一堂课是黄继光的故事，参加的第一个活动是参观黄继光荣誉室，看的第一部电影是《上甘岭》，学的第一首歌是《特级英雄黄继光》。在上甘岭战役中千锤百炼出来的“忠于祖国、英勇顽强、勇挑重担、敢于牺牲”的黄继光精神，一直是凝心聚气的传家宝，已化为一种责任、一种基因，融入“黄继光英雄连”和空降兵部队指战员的血脉、骨髓。

“老班长”是 6 连指战员对黄继光的尊称。连里有一张整洁的空床——那是老班长的床。每天晚上，“黄继光班”班长都会亲手把被子铺开。每天早上，起床后的第一件事是把被子叠好。而且在每晚点名时，总是第一个点“黄继光”，全连指战员齐声答“到”。日复一日的精神传承，成为 6 连指战员攻坚克难的力量源泉。“老班长”的铁血性格和战斗作风，已经深深融入 6 连指战员的精神血脉。在 6 连有一句话，叫作“第一只是合格，过硬才是标准”。

上甘岭特功八连

布满 381 个弹孔的战旗

20 世纪五六十年代，一批反映抗美援朝战争题材的黑白电影如雨后春笋般在全国放映。其中，著名的《上甘岭》更是城乡家喻户晓。该片是 1956 年上映的第一部表现抗美援朝的经典影片，根据电影文学剧本《二十四天》改编，取材于著名的上甘岭战役。影片插曲《我的祖国》既抒情悦耳，又昂扬亢奋，唱出了志愿军战士对祖国、对家乡的无限热爱之情和英雄主义的气概。歌词真挚朴实，亲切生动。前半部曲调委婉动听，三段歌是三幅美丽的图画，引人入胜。后半部副歌，混声合唱与前面形成鲜明对比，仿佛山洪喷涌而一泻千里，尽情地抒发战士们的激情。“一条大河波浪宽”，唱遍大江南北，经久不衰，鼓舞人心，经典流传。

影片《上甘岭》就是以志愿军第 15 军第 45 师战斗力最强的第 134 团 3 营 8 连英雄事迹为原型创作改编的。历时 43 天的上甘岭战役中，8 连全体指战员前赴后继，浴血奋战，特别是在缺水断粮情况下，艰苦卓绝坚守坑道 14 昼夜，歼敌 1700 余人，创造了举世闻名的“地道战”奇迹，最终将布满 381 个弹孔的战旗插上了上甘岭主峰，被志愿军总部记集体特等功，被人们称为“上甘岭特功八连”。从此，“只吹冲锋号，不打退堂鼓”成为激励一代代 8 连指战员的连魂。这面弹孔累累的战旗，被中国人民革命军事博物馆收藏至今。

1952 年 10 月 17 日，上甘岭之战发展成战役并进入高潮之时，其他战场的枪声几乎都暂告停歇，只有上甘岭方向像火药桶一样不停地爆炸、燃烧。全世界的目光都被吸引到这片面积仅 3.7 平方公里、正面宽 2.5 公里的土地上。

此时，志愿军第 45 师与美军第 7 师和南朝鲜军第 2 师反复较量，反复争夺 597.9 高地和 537.7 高地北山，敌我双方得而复失，失而复得，但敌人还是占领了全部阵地。战争到了白热化状态，第 45 师师长崔建功别无选择，决定把最强的、作为预备队的 8 连派上去，执行最艰难的攻坚任务。

崔建功亲自给第 134 团团长刘占华打电话："我决定把 8 连拉上去，你们要分清攻守，8 连上去只反击不守备，反下阵地你就把他们撤下来休息。"

崔建功很珍惜 8 连这样的尖刀，怕把连队打光了。然而，残酷的战斗容不得多想，在后来的战斗中，8 连不但强攻，而且主要是固守，连队打光了 3 次，又重建了 3 次，其中 4 班 4 次重建，班长因重伤或牺牲先后更换了 6 次。上甘岭战役结束后，8 连成为第 15 军参战部队中重建次数最多的连队。

8 连作战勇猛，在整个第 15 军都很有名。但是在上甘岭这个"火药桶"般的高危地带，想要把一支成建制的部队送到阵地上去，简直是一件"比登天还要难"的事情。8 连之前就已经有 5 支连队试图突破敌人的封锁线，不过伤亡都颇为严重。

8 连不愧为一支英雄的队伍，面对敌人的枪林弹雨，他们从来也没有害怕过，反而积极寻找能够突破敌人封锁线的道路。从出发地到 597.9 高地有 1500 米，想要到达阵地，还必须通过一条 1200 米左右的山坳，而这条山坳又是敌人的炮火固定封锁区，也是最密集的地方，躲不过去，绕也不行，只此一条道。

于是8连经过仔细的调查，摸清楚了敌人炮火和照明弹的发射规律，研究了对策。18日傍晚5时30分，8连出发，连长李保成规定各班间隔20米，分散开来，缩小了部队规模，既不容易被敌人发现，也便于各班机动。先头班每人右臂绑白布条，用白面撒成路标，指示方向，并在几个要道口设置标兵，防止走错路。途中趁敌炮火间隙与照明弹将要熄灭的瞬间，迅速跑步前进通过。就这样跑跑停停走走，经过两个来小时，他们成功到达阵地。但是，一天前到8连当向导的9连通信员却慌了，因为他找不到1号坑道的洞口了，已经被敌人炸得面目全非。于是8连100多人在阵地上摸来摸去寻找洞口。这时，美军的炮火又开始攻击了。

趁着敌人炮弹爆炸的闪光，李保成看见了一个凹坑，他迅速就势一滚，滚了几下，还陷了进去。正巧，这就是1号坑道的洞口。9连的战士一下子就接住了8连连长。李保成赶紧让随同一起的8班班长崔含弼去把连队带进来。这时有许多8连的战士还在外面一边躲炮弹，一边找洞口，甚至还有战士找不到方向，在朝着美军阵地的方向摸进。这时候崔含弼又晃帽子又扔石子，才把他们招呼回头，引领战士们进入洞口。

崔含弼趁着夜色，在坑道附近匍匐往返20余次，近半个小时，到晚8时左右圆满完成了带领部队进入坑道的任务。这样，8连138人以负伤3人、牺牲2人的极小代价，全部进入了1号坑道，与坚守坑道的9连剩余人员会合，为19日大反击奠定了胜利基础，创造了连队成建制突破敌人严密封锁线安全抵达阵地的奇迹。

李保成就是影片《上甘岭》中8连连长张忠发的原型，而且巧的是，李保成与饰演 8 连连长的电影演员高保成同名异姓。8 连进入坑道前，李保成将战旗上的文字改为“英勇前进，将红旗插到解放的阵地上”并带上阵地。

19 日一大早，李保成就带着 8 连的班以上骨干，依托坑道口察看地形，随即制定了方案。

傍晚 5 时，志愿军第 45 师的反击开始，炮火分两次突袭 50 分钟，刚一延伸，在各个坑道内的 7 个连队勇敢跃出，分别向 597.9 高地和 537.7 高地北山冲去。

在攻击阵地东侧的 3 号阵地时，我军被残存的敌人火力点疯狂阻挡。这个地堡，视野开阔，火力猛烈，我军在此多次受阻。8 连两次组织爆破均未成功，担任掩护的战士赖发均机枪都打得快散了架，李保成见他身上 3 处负伤，便亲切地说：“小赖子，下去包扎吧。”

“不行，连长，我非得去干掉它。”说罢，赖发均握着手雷，向敌地堡匍匐而去。李保成命令机枪掩护。赖发均接近地堡时，臂和腿多处中弹，身负重伤，且几乎耗尽体力。他趴在弹坑里停歇片刻，之后攒足最后一丝力气，突然向前跃起，扑上敌地堡，同时拉响手雷，敌人的地堡哑火了，21 岁的赖发均壮烈牺牲，与敌人同归于尽。

凌晨 5 时 44 分，在 597.9 高地 9 号阵地上，美军在其顶部的巨石下修成一个地堡。地堡就在我 8 连主坑道口斜上方四五十米远。我军攻击受阻。19 岁的贵州苗族战士龙世昌，果断地拎了根爆破筒冲上去，副排长王练才组织机枪和冲锋枪火力掩护。眼看龙世昌要接近火力点了，敌人炮兵实施拦阻射击，一发炮弹将他左腿齐膝炸断。

9 号阵地上火光熊熊，从下往上看，龙世昌拖着伤腿的身影，在山岭棱线上被火红的夜空衬托得很清楚。只见他拼命地往上爬，把爆破筒从地堡机枪眼里杵进去。他刚要离开，爆破筒就被里面的敌人推了出来，哧哧地冒烟。龙世昌忍着伤痛捡起爆破筒又往里捅，捅进半截就被敌人挡住捅不动了，龙世昌就用胸膛死死顶住往里压。瞬间，轰隆一声爆响，地堡被炸飞了，好几个敌人都被炸成碎片，英勇的龙世昌与敌人同归于尽。战后，李保成到破碎的地堡找龙世昌的遗物，却什么也没找到。他呜呜失声痛哭道：“世昌啊，小机灵鬼，我再也见不到你了！”

天没还亮，8 连终于占领 597.9 高地主峰，把战旗高高地插在最显眼处。不久，沿西北侧山脚向上攻击的兄弟部队第 135 团 2 营 6 连，身负七伤的 6 班班长黄继光舍身堵敌 0 号阵地枪眼，用自己年轻的生命开辟了部队胜利前进的道路。在天亮前，6 连与 8 连在主峰会合，胜利完成第 45 师赋予的反击任务。战后，黄继光被追记特等功，并追授“特级战斗英雄”荣誉称号。

布满单孔的 8 连战旗

8 连是一支具有光荣历史的红军连队。1931 年创建于鄂豫皖苏区湖北省黄安县（今江安县），是在徐向前领导下，由黄麻起义的农民赤卫队队员为骨干组建起来的。抗日战争时期是八路军第129师警卫营3连，负责刘邓首长的安全。连队辗转征战，先后参加万里长征、百团大战、淮海战役等著名战役战斗150多次，英勇善战，屡建功勋。

8连连长李保成1946年入伍，淮海大战时就是尖刀排排长。入朝前，李保成先后担任过第15军警卫连连长、第134团3营8连连长。军长秦基伟欣赏李保成的年轻有干劲，胆大又心细，就举荐他到军校学习。毕业后李保成又回到军警卫连当连长。可他大胆找到军长秦基伟，坚决要求回老8连，到第一线打仗。秦基伟最终还是放李保成这只“小老虎”回到战斗力超强、被誉为“钢八连”的8连任连长，成为15军最年轻的3个连长之一。

由于来自几个不同建制的连队，按照上级指示，坚守坑道的所有人员统称8连，归李保成指挥。以8连为核心组建坑道党支部，形成战斗核心。8连指导员王土根形象地比喻道：“井冈山时期是支部建在连上，我们现在的支部是建在坑道里。”大家表示，编入8连无上光荣，为8连争光，为牺牲的战友报仇。

敌人进攻不成，转而用炮火破坏坑道。他们先是轰炸坑道口，企图炸塌堵塞坑道口。李保成就带着战士们冒着炮火抓紧清理坑道口。同时，敌人在炮火掩护下将地堡修到坑道附近，李保成就带着战士们利用炮火间隙，果断出击炸掉敌人的地堡。敌人还学着我军也搞起了夜间偷袭，结果我军发现后，我军根本不出坑道，而是将敌人的位置报告给炮兵，一轮拦阻炮击，把敌人全消灭在坑道几十米之外。

不过，李保成很快发现，比起外面的敌人，缺少粮食、药物和淡水才是最致命的，尤其对伤员来说更为严重。上级不断派后勤人员与补充兵源去8连，可大部分人都牺牲在了路上，急得战士们向上级请示，不要再派人以免出现更大伤亡。为了生存下去，战士们舔石头缝里的水，喝自己的尿。就在这样的艰难环境下，战士普遍出现夜盲症、风湿病等症状，但仍在舍命苦苦地顽强坚守。

由于美军炮火封锁得厉害，大家忍饥挨渴，27 日夜，8 连指战员坚持到第九天，才闻到萝卜味儿。是夜，运输连指导员宋德兴带着两名运输员，终于冲破敌人炮火封锁，九死一生地将 3 袋萝卜和一些慰问品送进 1 号坑道，那一夜 8 连如逢盛宴。后来，第 15 军后勤部改送苹果。他们星夜派人赶往平壤一带收购苹果，一共采购来 3.15 万多公斤，可敌人炮火太猛烈，最终只有一个苹果进了坑道！突破敌人炮火封锁线的危险性与残酷性可见一斑。

不断主动出击和对敌人破坏坑道的反击，使 597.9 高地 1 号坑道里的 8 连，平均每天有一个班的兵力消耗。8 连最多时补充到 140 多人，最少时，李保成身边只有 5 个战斗员。

10 月 30 日，我军在上甘岭地区开始大规模决定性大反击，8 连在一阵炮火准备后冲出坑道，攻打东北山梁 1 号、3 号阵地，杀向阵地上的敌人。在反击中，8 班班长崔含弼所在的 3 排担任左翼突击任务。不久，排长和副排长先后伤亡，崔含弼挺身而出主动指挥。战斗中，他炸毁敌人两个火力点，又使用敌人丢弃的机枪，掩护一名战士炸毁最后一个地堡，带领伤员打退敌人一个班到两个排的 4 次反扑。战后，崔含弼荣立特等功。面对生死考验，指战员毫不畏惧，抱定“只吹冲锋号，不打退堂鼓”的信念，最终把被敌人枪炮打了 381 个弹孔的血红战旗插上上甘岭主峰，取得了战役的决定性胜利。

接着，8 连又参与两天巩固阵地的战斗后，到 11 月 1 日已坚守坑道 14 昼夜，才奉命后撤。这时，仅有 8 人幸存，其中，战前属于 8 连建制的只有连长李保成、指导员王土根和一个小通信员。下阵地时，李保成拽过一截树干，这一根不到一米长的树干上，竟然嵌了 100 多块弹头和弹片。回撤路上，他们不幸遭遇敌人炮火，又牺牲两人。

小通信员悲愤地随手抓一把土，嘶哑地吼道：“狗日的美帝国主义，狗日的炮弹。”这一抓，就觉得手里硌得很厉害，拨了拨，竟从土里拨出了 32 粒弹屑。回到后方驻地，王土根仔细数了几遍战旗上的弹洞。14 天前，8 连带着这面崭新的战旗上的 597.9 高地，每反击一次，鲜红的战旗就插上阵地一次，一次次弹头崩、弹片穿，先后将一面不到两平方米的战旗炸出共 381 个大小不一的弹洞。这截树干和这面战旗成为钢铁的 8 连参加上甘岭战役的最好见证。

战后，师长崔建功告诉连长李保成：“这 14 天中，我前后向你们坚守的 1 号坑道补充兵员达 800 余人之多。不过，有相当一部分战士都没能冲过敌炮火封锁线，先后只有 400 人左右进到 1 号坑道，只有一半人哪！”

布满 381 个弹孔的战旗
飘扬在上甘岭主峰

战后，关于美英南朝鲜军的上甘岭战败，“联合国军”总司令克拉克在回忆录中沮丧地说，“金化攻势”是发展成为一场残忍的挽回面子的恶性赌博，这次“摊牌作战”是失败的。

毛泽东主席对上甘岭战役胜利的总结，概括起来是精辟的5句话20个字：战士勇敢，工事坚固，指挥得当，供应不缺，炮火猛烈。

在2019年10月1日上午举行的国庆70周年大阅兵中，“上甘岭特功八连”出场时，21岁的空降兵一级士官、擎旗手曹瑜用右手有力地擎着“上甘岭特功八连”战旗，器宇轩昂地站在战旗方阵的中部战区4号越野敞篷汽车上通过天安门广场。

战旗上写着中国人民志愿军第3兵团奖予“上甘岭特功八连”的评语：英勇顽强，功勋卓著。这8个字的高度评价，浓缩了战争年代的8连人用生命和热血书写的战场英雄传奇。接着，装备方阵中的412号空降兵战车隆隆驶过天安门广场。战车车长、“上甘岭特功八连”1班班长黄士祥身边，放着著名的布满381个弹孔的战旗。这样，一面战旗同时出现在两个威武雄壮的方阵中，接受党和人民的检阅，令人自豪，备受鼓舞。

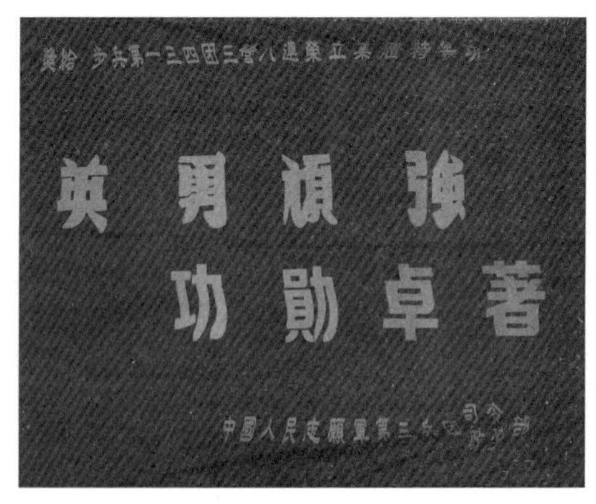

“上甘岭特攻八连”荣誉战旗

二级战斗英雄连

桂湖东北劈豺狼

2019年10月1日，雄伟的天安门广场举行隆重的国庆70周年大阅兵，100面英雄部队荣誉战旗中，有3个二级英雄连接受党和人民的检阅。其中一面战旗就是中国人民志愿军总部授予的志愿军第1军第7师第20团3营8连，现在赫然在列的东部战区陆军第73集团军某旅2营6连。

志愿军跨过鸭绿江

6月25日，是朝鲜战争中最重要的日子，因为这一天朝鲜战争爆发。而到了1953年这一天，就是朝鲜战争爆发3周年。在战场上如何纪念这个特殊的日子？中国人民志愿军以战斗行动打击敌人来纪念。当日晚7时30分，志愿军第1军第7师第20团在师炮兵群137门火炮支援下，突然向南朝鲜军第1师防线内的桂湖洞东北198.6高地发起攻击，打响了1953年夏季反击战役第三阶段作战的序幕战。

志愿军这次的进攻目标，桂湖洞东北198.6高地位于临津江东岸，两侧各有一无名高地，其东北有250高地，山脊呈东北往西南走向，正面横宽1200米，南北纵长60米，是敌军从临津江东岸到西岸通路的最重要屏障，敌军修筑的两条公路都在其身后通往临津江西岸。这些高地组成了南朝鲜军第15团前哨阵地。

桂湖洞东北198.6高地的南朝鲜军在阵地前设置了8道铁丝网，阵地内有多道堑壕、7个坑道、56个地堡以及若干暗火力点。身后可以得到一个105毫米榴弹炮兵营直接火力支援，一个105榴弹炮兵营和一个155榴弹炮兵营全般火力支援；另有一个坦克连和一个工兵连直接支援；其重炮群则根据情况予以支援。地堡全部设置在交通沟外，而坑道全部在地堡后方，坑道口对着地堡。阵地前沿布设着铁丝网、地雷、照明雷和汽油雷。

火力急袭时，剧烈的爆炸声、冲天的火光和烟浪，把整个198.6高地全部覆盖。经过5分钟的猛烈射击后，敌阵地上的各种障碍物和表面工事被我炮火摧毁得七零八落。

5分钟后，志愿军炮火开始向敌纵深延伸，天空升起进攻信号弹，20团3个连队的战士从各屯兵洞迅速跃出，按战前制定的进攻路线分头向预定目标发起攻击。8连为主攻，攻打198.6高地；1

连、9 连为助攻，分别攻打左侧的 197 高地和右侧的 179 高地，这两个高地也是无名高地。8 连由 29 岁的连长王虎元带 2 排和 3 排从右，副连长吕宽柱带 1 排从左，分两路直插 198.6 高地主峰。

冲锋时，8 连突击班最为神速。他们趁南朝鲜军遭我炮兵火力急袭，其火力点尚未复活时，没有爆破残存的铁丝网，而是两个战士直接往齐腰高的环形铁丝网上一扑，朝战友们大喊："踩着我们过去。"于是，突击班迅速通过障碍，直扑南朝鲜军地堡群。这一勇敢行为，后来成为电影《英雄儿女》的经典镜头。

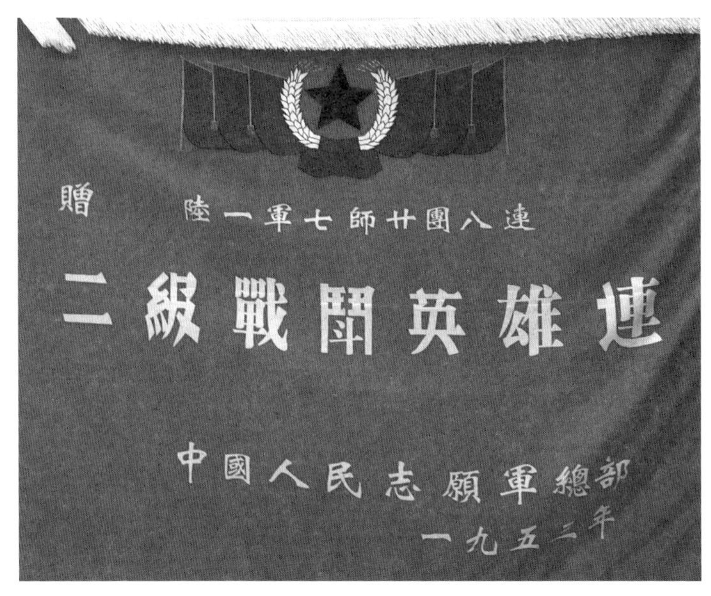

"二级战斗英雄连"荣誉战旗

战场上，时间就是生命，时间就是胜利。8 连后续各班都有勇士直接往铁丝网上扑，用身体当道路，每个人身上都被刺破了许多处，衣服也被撕成了布条条。但冲锋的勇士们踩着战友的身体冲过去，一下子赢得了时间，争取到了战斗主动权。仅用 5 分钟，8 连就直接冲进 198.6 高地南朝鲜军交通沟，肃清了表面阵地之敌。接着，连长王虎元通过步谈机命令各排："立即按照战斗方案，消灭藏在地堡和坑道里的敌人。"

被炮火震蒙了的敌人还没有回过神来，勇士们就已冲到他们面前。在山梁的左面，1 排战斗小组端上事先绑着手电筒的冲锋枪，顺交通沟向前搜索扫射。每组最前面的 1 名战士只管射击，后边的战友负责给他压子弹，递换冲锋枪，并投手榴弹。2 班战士用手榴弹消灭了 4 个地堡里的敌人。

山梁的右边，原来估计敌人的环形防御工事只有 8 个地堡，实际上却有 17 个，而且地堡与地堡之间的距离只有 5 米至 8 米，中间还有交通沟互相联系，组成一片严密的火网。这样，3 排 7 班、8 班在攻击地堡时受阻。连长王虎元果断命令 9 班班长："郭云亭，赶快带李尚珠和小王，你们 3 人去爆破敌人山梁右侧的地堡群。"

9 班班长答道："是，连长。坚决完成任务。"郭云亭等 3 人立即迂回冲进了夜幕中，沿着山梁迅速向前跃进，不一会儿，敌人的地堡群里连续闪了几下火光，紧接着就是一阵阵猛烈的爆炸声，敌人的 17 个地堡全部被炸毁。

在 8 连直扑 198.6 高地主阵地的同时，9 连即向敌高地右侧的 179 高地冲去，左侧 197 高地则由 1 营 1 连负责夺取。8 分钟后，3 支突击连全部突入并拿下敌阵地。

原来前一天夜里，即 6 月 24 日，各攻击连队就悄悄运动到前沿下面已经挖好的屯兵洞里，抬眼就可以望到驻守在 198.6 高地的敌人和工事。

正当 8 连准备稍事休整时，王虎元突然发现反斜面出现红色闪烁信号，他迅速判断反斜面也有南朝鲜军地堡群，而且估计这是残敌发出的求援信号。于是他立即命令道:“各排注意，各排注意，防止敌人炮火反击，赶快进坑道隐蔽。”

果然，这是南朝鲜军第 15 团 10 连连长吴荣焕上尉所率残部在向敌指挥所报告高地已失，要求炮兵火力反击。不久，南朝鲜军 58 炮兵营进行了 20 分钟急速射。火炮的轰隆声震天动地。幸亏王虎元及时发现，我军未遭损失。

吴荣焕误以为炮兵火力反击已大量杀伤志愿军，居然进行反击，试图重占阵地。结果大部被 8 连击毙，残部逃入坑道。反斜面地堡群也被 8 连全部炸毁。

晚 9 时 30 分，志愿军攻克 198.6 高地，并肃清了坑道之敌。仅 19 分钟后，南朝鲜军第 15 团就命令预备队 1 营发起反击。

自从 1953 年 4 月，南朝鲜军第 1 师观测到志愿军第 1 军第 7 师换防到他们当面后，轻视第 7 师是参加战争较晚的新部队，只赶上了一个尾巴，便频频对第 7 师防区发动夜袭。南朝鲜军第 1 师被美军誉为南朝鲜军最精锐的第一王牌部队，难免有些自命不凡，战争后期，其步兵战斗力更是超过美军步兵。南朝鲜军第 1 师敢于主动发起夜战，而美军只注重武器的精良，惧怕夜战和近战。南朝鲜军第 1 师的夜袭不光是正面小规模袭扰，甚至敢于深入第 7 师侧后进行袭击。但是经过两个月 34 次伏击和反袭扰战斗，南朝鲜军第 1 师大多战败，终于意识到这支新来的志愿军部队并不好惹，于是放弃袭扰，改为防御。

26 日 3 时 40 分，南朝鲜军第 15 团 1 营步兵开始反扑，妄想在志愿军立足未稳的时候夺回阵地。2 连从 250 高地顺山脊而下，3 连从正面直扑而来，不久 1 连就跟着投入战斗。照明弹把阵地照得通亮，探照灯不停地在阵地上来回照射，整个高地如同白昼，这时，8

连经过突击抢点抢修，居然把炸毁的防御工事修好了，为己所用。王虎元连长沉着指挥打击敌人的反扑。天还没亮，敌1营的反扑就被击溃。

上午8时，敌人出动大量飞机对志愿军第20团夺取的阵地狂轰滥炸，并调动12辆坦克及各种火炮实施摧毁性射击。198.6高地方向，敌人从一个排到两个连连续进行18次反扑，全被8连指战员打垮，阵地上堆满了敌人的尸体，8连也付出了不小的代价。担架队两人抬一副担架运送负伤或牺牲的战友，支援队每人都背负弹药2箱或给养3箱。他们在枪林弹雨中往来穿梭，上山下山。尤其是支援队，送了弹药给养后，下山时又把伤员和牺牲的战友抬下山去。有位担架员抬伤员下山时，耳朵被炸掉了，鲜血直流。卫生员替他包好伤口后，他又不顾危险跑上山去继续抬伤员。有位大力士排长，竟背了3箱弹药上山。敌炮弹打来，一声巨响，炮弹和弹药一起爆炸，这位排长惨烈牺牲。在无情的战争面前，大家没有眼泪，没有惧怕，更没有退缩，人人奋勇作战，前仆后继，与敌搏斗。

上午10时，美军第1军军长克拉克少将带着炮兵群群长舒本准将，与左邻英联邦第1师师长韦斯特少将会合到南朝鲜军第1师师部。克拉克怎么也没有想到号称固若金汤的198.6高地群在瞬间就失守了，于是下令:“无论反攻规模有多大，也要用一切作战手段夺回179高地群（内含198.6高地）。”

敌人的反扑遭到失败后，便又改变了进攻的花样，不断以二至三人的兵力在阵地前袭扰，妄图把志愿军从工事里引诱出来，用炮火杀伤。连长王虎元将计就计，让观察所人员一面观察，一面用冷枪对付敌人。敌人屡屡受挫，再也不敢轻举妄动。

在南朝鲜、美、英三方军队众多高级指挥官的亲自督战下，南朝鲜军又组织从排到营规模向我已夺取的198.6高地反扑。连长王虎元一方面命令战士坚守阵地，一方面与指挥所联系，请求炮火支援。志愿军的炮火很快就狠狠地打了过来，强大的炮火对反扑之敌实施拦阻射击。敌一个排在4辆坦克掩护下，连续进行了4次反扑。南朝鲜军冲上山顶，与8连展开残酷的白刃格斗。

8连在198.6高地战斗中战至11时30分，一共打退南朝鲜军23次进攻，此时全连仅剩连长王虎元以下8人，手中武器只有包括8枚手雷在内的13枚手榴弹和一根爆破筒。这最后8人虽拼杀到浑身血痕累累，但没有人牺牲，硬是用刺刀坚守了阵地。随后，在关键时刻，增援部队和支前队也赶上来了，打垮了敌人在上午的最后一次反扑冲锋。

中午12时许，就在8连打退南朝鲜军这次进攻后，第20团白指南团长命令6连接替了8连防务。

下午1时，美国陆军参谋长柯林斯上将带着第8集团军司令泰勒中将也赶到南朝鲜军第1师师部，专门听取了汇报，并指示美军要提供最大的火力支援。随即美远东空军派出B–29重型轰炸机赶来助战。

6月28日至7月2日，敌人又组织从排到营规模的反击52次，均被志愿军第7师第20团击退，南朝鲜军第1师的3个主力团轮流被打了一遍，不敢动弹。持续六昼夜的198.6高地激战至此胜利结束，志愿军共击溃敌人大小反扑120多次，毙伤敌3370人。

战后总结认为，虽然志愿军第7师战斗力并不弱，但他们入朝后从上到下都摆正姿态，虚心向兄弟部队取经、求教，把兄弟部队的作战经验变成自己克敌制胜的法宝。1953年夏季反击战役开始后，他们就把学习到的“兵力前轻后重，火力前重后轻”的战斗原则和

“抓一把，连续抓”的战术发挥得淋漓尽致。反观南朝鲜军第 1 师作为南朝鲜军最精锐的王牌部队，面对新参战的志愿军第 7 师，没有重视，他们想赢第 7 师，却被第 7 师打得很惨。

1958 年 10 月，志愿军第 1 军随志愿军总部最后一批撤离朝鲜，胜利回国。10 月 29 日，毛泽东等党和国家领导人在中南海接见以杨勇和王平为代表的中国人民志愿军代表团，向他们表示亲切的慰问。8 连连长王虎元作为志愿军英模代表随团接受慰问和汇报。

会见小憩时，毛泽东亲切地问王虎元：“你老家是哪里的？”

王虎元挺直身子答道：“报告主席，山西石楼的。”

“哦！石楼的，好啊！你们那有个石楼山，古称通天山。从南排到北的众多山峰，山上石叠如楼，故于唐时改名为石楼山。”博古通今的毛泽东侃侃而谈。

1953 年连队在 198.6 高地战斗胜利后合影

王虎元内心高兴，竟激动得喃喃答道：“主席伟大，主席伟大。”

毛泽东又把话题转到桂湖洞东北 198.6 高地战斗，对王虎元说：“你们这个 8 连真厉害，打一场硬仗，把美国的陆军参谋长、集团军司令、军长，英国和南朝鲜的师长都逼出来了。”毛泽东又转向朱德：“总司令，等于‘联合国军’的头头脑脑们都坐不住了嘛！”

朱德点头道：“对头，打得好！”

汇报会后，王虎元荣幸地与毛泽东、周恩来、朱德、陈毅、杨勇、王平等一起合影留念。“二级战斗英雄连”又赢得了一项极其珍贵和特殊的荣誉。

人民英雄坦克

铁甲战车传奇

1953年7月6日夜，大雨如注，狂风暴雨中不时传来发动机低沉的轰鸣声，只见一辆坦克高昂着炮口，抖动着庞大的身躯，在泥泞的沼泽地带中奋力前行……这便是志愿军坦克2师第4团2连215号坦克，1952年7月随第二批坦克部队入朝参战，先后参加1952年秋季战术反击作战、1953年夏季反击战役等大小战役战斗10多次。

石岘洞北山位于朝鲜江原道铁源郡，地理位置极为重要，为美军在该地区防御阵地体系的要点，志愿军曾3次攻占该阵地，均被美军反扑夺回，是敌人揳入我方阵地的一颗“钉子”。

在夏季反击战役第三阶段——金城战役中，为配合正面战场作战，我志愿军坦克2师第4团奉命配属第23军进攻石岘洞北山的美军第7师第17团。志愿军第67师第199团和第200团担任主攻，坦克2连、4连配合作战。

215号坦克此次受领的任务是前往将军洞发射阵地，支援步兵巩固阵地，打敌反扑。将军洞发射阵地射界开阔，距离目标近，又有天然遮蔽物，但要到达那儿，必须经过眼前的沼泽地，这里距敌人大约3000米，是敌人的火力封锁区，地面布满了炮击后留下的大大小小的弹坑，其间只有一条我方工兵利用20个夜晚修成的仅能容一辆坦克通行的简易道路。由于连日大雨造成道路泥泞，路面坑坑洼洼，又是雨夜行驶，视线不佳，驾驶员陈文奎一再小心谨慎，但还是在通过一个急转弯，距离射击阵地300多米的地方时，不慎陷入两个并排的大炮弹坑里无法动弹，既不能前进，也无法倒退。

乘员纷纷钻出坦克，排长兼车长杨阿如用一支蒙着黑布的手电筒查看坦克情况，立即被眼前的情景怔住了：炮弹坑非常深，坦克的翼子板几乎贴到了地面。他老半天才说出话来："机电员，和工兵联系下，把陷车的情况告诉他们，请他们支援我们。"机电员许仕德答应了一声，便迅速跳进坦克里。

雨小了，后方的工兵同志赶来了，杨阿如立即组织大家分工开展抢救，先在山坡的背敌面挖了几个防炮洞，然后在坦克履带下挖泥垫木头，泥又稀又黏，沾在铁锹上很难甩掉，大家索性把铁锹扔到一边用手挖泥。到了后半夜，抢救行动仍不见效。杨阿如分析了当时的情况，认为此时坦克所处的位置非常不利：四周平坦，没有任何遮蔽物；距离敌346.6高地的主峰只有2400多米，白天敌人完全能够看得清清楚楚。如果被敌人发现，别说完成任务，坦克都难保。

他急忙把施救无效的情况通过电台报告给团指挥所，团指挥所在了解情况并得知215号坦克能够正常射击后，命令杨阿如就地隐蔽坦克，等待指令。杨阿如立即招呼大家伪装坦克，就近找来能用于伪装之物，将坦克伪装成一个自然状态的土包，炮管像一根靠在土包上的木棍，同时将所有的痕迹掩盖掉。所有工作完成后，杨阿如和他的战友们便进到车里，一边休息，一边耐心等待命令。

黄昏，346.6高地上的敌坦克依然在向我方阵地射击。杨阿如在与团指挥所联络之后，立即发出卸掉伪装、掉转炮口的命令。看不清目标，杨阿如就冒着敌人的炮火，从坦克内探出头观察，确定射击方向，炮长徐志强利用白天选好的方位物和标好的密位，敌坦克射击时产生的火光，在瞄准镜上迅速锁定目标，听到车长的命令，迅速摁下发射按钮，只见一颗红色火球在敌坦克上划出一道绿光，向左上方一闪而过。“跳弹，向下瞄，放！”杨阿如急切地喊道，徐志强心里明白打中了，方向没错，只是高了一点，打在炮塔上了。他稍微摇动高低机，将瞄准点下移一点，“咚！”第二发穿甲弹脱膛而出，一下子就钻进了敌坦克的“肚子”里，“打中啦！再打一发！”

杨阿如话音刚落，又一发穿甲弹命中敌坦克，敌坦克瞬间燃起熊熊大火，映红了阴沉的夜空，其他两辆坦克见状慌忙掉转炮口向215号坦克还击，敌人纵深内的炮兵也开始向215号坦克所在地域集火射击。炮弹爆炸产生的弹片、掀起的石块打在坦克的装甲上当当直响，产生的气浪不断撞击着车体。徐志强不为所动，迅速转动炮口瞄准敌第二辆坦克，连续发射5发穿甲弹，第二辆坦克也落得了第一辆坦克同样的下场。紧接着又是6发穿甲弹，敌第三辆坦克如同一只死乌龟，趴在那里一动也不动了。

战斗中，215号坦克全体乘员在排长杨阿如指挥下，沉着应战，以果敢、精确的射击，5分钟就击毁敌坦克2辆、击伤1辆，并摧毁地堡4个、火炮2门，及时地支援步兵打退了敌人的疯狂反扑，巩固了阵地。但215号也因此暴露了自己的行踪，恼羞成怒的敌人对215号坦克进行了疯狂的报复，炮弹犹如雨点般向215号倾泻而来，顷刻间整个坦克淹没在炮弹爆炸击起的泥土和产生的烟雾中，而215号坦克因为身陷弹坑无法动弹。在这危急时刻，全体乘员并未因此而慌乱，他们心中明白必须尽快想出办法摆脱困境，否则后果不堪设想。

随着夜幕的降临，驾驶员陈文奎突然灵机一动，提出了一个想法。敌人都知道我军善于夜战，而且每次打完后都会在天亮前撤出战斗，由于敌人害怕夜战，因此每次都不会主动追击，只是用炮火“追击”，如果我们先把发动机的声音弄得很大，而后逐渐减弱，必能把敌人的炮火骗走。大家听了他的想法都很赞成，于是陈文奎果断地发动了坦克，先是加大油门，然后又逐渐减小油门，使坦克的轰鸣声逐渐由大到小，使敌人误以为这辆志愿军坦克在夜色掩护下，和往常一样打了胜仗就撤走了。于是敌人竟沿着坦克“撤走”的方向开排炮“欢送”。英雄的215号坦克就这样成功迷惑了敌人，继续在原地隐蔽待命。

8日，虽然敌人认为215号坦克撤走了，但仍不放心，将坦克陷车的沼泽地带作为重点关注的区域，先是派来几架飞机从空中侦察，并对可疑目标进行扫射、轰炸，同时不时利用远程炮兵进行排炮轰击。为了保障安全，防止弹片飞进车内损坏设备、伤及人员，乘员们不得不将所有的车窗关闭。由于车内空间狭小，人员多，时间一长空气变得混浊不堪，车外的硝烟又不断通过缝隙渗透到车内，使人难以呼吸。

炽热的太阳烘烤着坦克，车内的空气越来越稀薄，大家觉得头重口渴，心神恍惚。在这种情况下，只要打开车载电风扇就能解决问题，但谁都没有这样去做，因为大家心里明白，电对坦克有多么重要！没有电，坦克就不能发动，火炮就不能操作和射击，况且电瓶里的电量不多了，此时坦克的处境又不允许启动发动机为其充电，为随时接受命令投入战斗，大家选择了忍耐。团指挥所了解了215号坦克的情况后，指示乘员轮流在车内值守，其余人员到防炮洞里休息。但大家再次选择了坚守，全体乘员凭着一股不怕流血牺牲、勇敢顽强的革命意志坚守在自己的战斗岗位上。

炮声渐渐稀落了，乘员们将坦克驾驶舱盖和炮塔盖半开半掩着。这时，从敌 346.6 高地上突然传来坦克炮声，杨阿如从潜望镜里发现，在 346.6 高地主峰东西两侧被击毁的坦克不见了，取而代之的是两辆新开上来的坦克，刚才听到的炮击声就是它们发出来的。

一听有新的猎物，大家都摩拳擦掌要求消灭它，但这需要指挥所的命令。这时，机电员许仕德通知杨阿如去团指挥所，几小时后，他回到 215 号坦克，向大家宣布：明天晚上 9 时参加支援步兵攻打石岘洞北山次峰的战斗，消灭敌 346.6 高地上的坦克，但前提条件是 215 号坦克必须在战斗发起前驶出淤陷地，进入新的阵地。

紧张的抢救坦克工作开始了。要使坦克脱困的关键是找到足够多的垫木。只有把路垫好了，坦克才能开出来。雨夜中，坦克乘员们与前来支援的工兵战友一起开始了紧张的工作，有的趴在地上从车体下往外掏泥，有的跑到远处去搬石头，有的涉过驿谷川去搬木料，没有一个人喊苦喊累。

天亮后，敌人的炮群又开始向沼泽地带炮击，经过连夜紧张的劳动，大家已经十分疲惫，但仍然坚持干。为避免被敌人发现，他们把泥涂在草上捆在身上，将自己伪装起来，然后爬到几百米以外的山上，把被敌人炮火炸断的树干，用绳子拴住捆在腰上往回拖，冒着敌人的炮火往返数次，终于在临近傍晚时，在坦克履带下面用石头、木头垫出了一条坚实的道路。

9 日，敌人的反扑更加频繁和疯狂，炮火封锁和飞机轰炸更加猛烈。志愿军坦克 2 连以 3 辆坦克由光大岱前出，进入月串地发射阵地，以直瞄射击的方式，支援步兵进攻石岘洞北山次峰，击毁石岘洞东山敌坦克 1 辆、火炮 5 门、地堡 20 个。

“人民英雄坦克”215号及其乘员

与此同时，在工兵的帮助下经过两天紧张抢救，215号坦克终于驶出了弹坑，随即驶进新的射击阵地加入战斗，以猛烈的炮火对346.6高地射击。预备炮长师凤山凭借过硬的射击技术，精确瞄准，快速捕捉目标，11分钟就击毁美军坦克2辆、火炮3门、地堡20多个。步兵在炮兵和坦克的火力支援下，占领石岘洞北山次峰阵地。至此，石岘洞北山被我军全部占领。215号坦克则安全顺利撤回了集结地。

战后，志愿军总部授予215号坦克“人民英雄坦克”称号，全车乘员记特等功，排长杨阿如荣立一等功，被授予“二级英雄”称号。1953年10月，杨阿如代表中国人民志愿军坦克部队出席了朝鲜人民军英模大会，被朝鲜民主主义人民共和国最高人民议会常务委员会授予二级自由独立勋章。215号坦克原车现存放于中国人民革命军事博物馆。

杜凤瑞中队

铁杆僚机

杜凤瑞，被称为“铁杆僚机”的中国人民解放军空军著名战斗英雄。

1958年10月10日，在福建龙田的上空发生了一场空战，杜凤瑞所在飞行中队和台湾国民党空军6架飞机展开激战。杜凤瑞在击落两架敌机后，座机受伤严重被迫跳伞，在降落过程中遭敌机袭击，血洒长空。杜凤瑞牺牲后，空军领导机关为他追记一等功，并授予他生前所在中队“杜凤瑞中队”荣誉称号。

杜凤瑞是新中国培养的第一批飞行员。新中国成立之后，人民空军要从原有的陆军部队中严格选调飞行学员，杜凤瑞幸运地被选中了。

1952年，被选调为飞行学员的杜凤瑞来到长春的航空预备学校。后来，他又转到济南第五航空学校。

杜凤瑞没有读过多少书，充其量是小学文化，文化水平是限制他成为合格飞行员的最大障碍。在一次入学考试中，那些有关飞行专业的题，他几乎全部答不上来。在不得已的情况下，他交了白卷。

杜凤瑞面临非常大的压力。看着一架架飞机从地面呼啸着飞向天空，他甚至怀疑自己是不是能够当一名飞行员。

就在这个时候，中国人民志愿军空军的战斗英雄韩德彩在朝鲜英勇作战的事迹深深地打动了他。

杜凤瑞肖像

韩德彩的出身和杜凤瑞很相似，从小给地主放牛，家里穷得没有饭吃，只能到外地去讨饭，成了一名小乞丐，更不要说上学念书了。韩德彩16岁到部队，当连队通信员。没有文化基础的他，18岁时开始学飞行，其困难程度可想而知。他硬是凭着一股劲头，学成了难度非常大的飞行员本领，20岁的时候就驾上飞机参加抗美援朝战争。在一次空战中，韩德彩先后打下两架敌机，成为人民空军有名的战斗英雄。

榜样的力量是无穷的，杜凤瑞暗暗把韩德彩当成自己学习的标杆。首先要打败学习上的拦路虎，把学习当成和敌人作战，业余时间全部用在了学习上。最终，在结业考试中杜凤瑞考出第一名的好成绩。

理论学习结束后，按照当时的教程，杜凤瑞开始学习驾驶初级和中级教练机了。仅仅3个月之后，杜凤瑞就驾驶飞机翱翔蓝天了。

第一次飞上天空的时候，他鸟瞰着祖国的大地，既紧张又兴奋！

1955年，杜凤瑞从航校毕业后，被分配到福建前线某飞行大队，为大队长当僚机。他虚心向技术精湛的大队长学习，在地面一块练，

空中一块飞，不断摸特点、找规律，

杜凤瑞的大队长是一名老飞行员，他对新学员的要求非常严格。在一次飞行训练中，驾驶长机的大队长突然出了一个难题，操纵飞机来了个“大回环”。杜凤瑞的飞机就被甩到了长机后面200多米，持续了10多秒钟。训练结束后，大队长严厉地批评杜凤瑞：“你这一下延迟了10多秒钟，要是在实战当中，敌人的飞机很可能就抓住机会把你打下来了。”

杜凤瑞就跟着这位特别严格的老师认真地练习长机和僚机的飞行技术。经过一段时间的磨炼，杜凤瑞很快成长为一名优秀飞行员，被这个大队誉为大队长的“铁杆僚机”。

在飞行训练中，杜凤瑞也曾经遇到险情。他们到一个全新的空域飞行时，机场东南边有一团黑云在不断扩大。发现这一情况后，指挥部命令已经上天的飞机迅速返航降落。

一架又一架飞机陆续着陆了，唯独在远航的杜凤瑞还在空中飞。杜凤瑞的飞机接近机场，快要降落的时候，整个机场上空乌云密布，能见度特别低，什么都看不清。看不清跑道，就无法降落。杜凤瑞只好再把飞机拉起，转一个圈子回来还是没法降落。他驾着这架飞机三起三落。

飞机燃料马上要耗尽时，塔台的指挥员命令杜凤瑞跳伞，这样飞行员可以安全着陆。杜凤瑞要求说：“我现在请求紧急着陆，我觉得还有机会。”

经过十几秒钟紧张的操作，他冒着生命危险，穿过云层，把飞机稳稳地降落在了跑道上，为我们的国家保住了一架飞机。战友们见到他，纷纷竖起大拇指。

1958年8月23日，为打击蒋介石“反攻大陆”的嚣张气焰，中国人民解放军对国民党在金门的重要目标和炮兵阵地突然进行猛烈的火力打击，并封锁了金门海空运输线。

10月10日，国民党空军派出6架战斗机偷袭福建前线的解放军炮兵阵地，企图打破解放军对金门的火力封锁。

当国民党空军的飞机向福建前线飞来时，杜凤瑞所在机场，塔台上传来进行一等战斗准备的命令。不一会儿，两颗信号弹升上天空，我空军的8架飞机全部起飞，扑向战区。

杜凤瑞所在的机群是两个中队。当时的部署是，二中队爬高引诱敌机，杜凤瑞所在的一中队保持原有高度隐蔽飞行，准备截断入侵敌机的退路。

二中队飞到空域后，开始拉烟，高空出现了4条乳白色的烟带。敌机误以为解放军只有4架飞机，就朝二中队扑过来。二中队猛然掉转机头，把敌机队形劈成两半。隐蔽飞行的一中队抓住战斗时机，冲了上去，包抄拦截敌机。

杜凤瑞驾着4号僚机，紧随3号长机。正当3号长机准备向一架敌机发起攻击的时候，另外3架敌机却从后面冲上来，企图袭击长机。杜凤瑞紧急报告说："3号，3号，注意后面，注意后面，敌人要向你开炮！"

说时迟那事快，杜凤瑞推动舵杆向敌机冲过去了。长机趁机迅速脱离了险境，而杜凤瑞却被4架敌机包围了。

在这种情况下，杜凤瑞毫不畏惧，沉着应战，抓住一个机会，按动按钮，打出一串炮弹，一架敌机被击中起火。

另一架敌机却突然从他后面钻过来，朝他开了炮，杜凤瑞的飞机负伤了，机身剧烈摇晃。在这种情况下，他突然猛收油门，来了一个空中刹车，这一招，敌机没料到，一下子就冲到前面去了。杜凤瑞顶了顶杆，一头扎下去，咬住敌机，按动炮钮，果断开炮，这一架敌机也被打掉。当他准备再寻找另外目标时，他的飞机已经失去操纵，面前的各种仪表盘也失灵了，各种设备都已经不听使唤。失控的飞机急剧下坠。他不得不跳伞。

杜凤瑞刚刚被弹出座舱，飞机就在空中爆炸了。

杜凤瑞跳伞之后，一架敌机突然从空中扑过来。这架敌机朝着杜凤瑞射出了一串罪恶的炮弹，击中了降落伞……

杜凤瑞光荣牺牲了，这一年，他刚刚 25 岁。

杜凤瑞给人民空军树立了光辉的榜样。当时的福州军区举行了隆重的追悼大会。次年，空军司令部政治部决定给杜凤瑞追记一等功，随后又命名他生前所在中队为“杜凤瑞中队”。

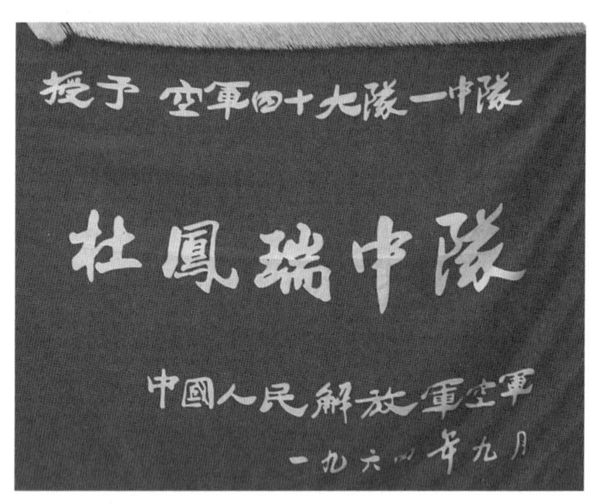

“杜凤瑞中队”荣誉战旗

命名后，这支中队始终保持着杜凤瑞身上那种无惧强敌、和敌人拼到底的精神和气概，培养了一代又一代的优秀飞行员，发扬着空军的战斗精神。

硬骨头六连

血性铸成英雄气

2020年八一建军节前夕，中央宣传部授予陆军第74集团军某旅“硬骨头六连”“时代楷模”称号。一时间，“硬骨头六连”再次成为人们关注的热点，“硬骨头精神”又一次在中华大地上传扬。

“硬骨头六连”并不是一支历史悠久的红军连队，它诞生于抗日战争的烽火之中。

1939年初，八路军第120师挺进冀中，在大清河畔组建了独立第3支队。这就是著名的“一把手”部队。司令员贺炳炎、政委余秋里，都是独臂战将。贺炳炎在红军时期失去了右手，余秋里在长征途中锯掉了左臂。

第120师师长贺龙曾经说过：“贺炳炎和余秋里两个人都是一只胳膊，刚到冀中时没几个人，可他们东一搞西一搞，就搞出了一支队伍，这支队伍打得很硬嘛！”

“很硬”的第3支队第7团2营6连，就是后来的“硬骨头六连”。

1940年1月23日，3支队第7团跳出日寇包围圈后，准备东渡子牙河。当行进到一个叫马家营的村子时，与300多名日军遭遇。6连奉命占领马家营，掩护全团东渡子牙河。在连长陈砚庭、指导员张会田指挥下，6连以最快速度抢占了马家营，大批日军便蜂拥而至。6 连利用断墙、残壁、塄坎，从早上打到黄昏，先后击退日军 5 次进攻。不少战士身负重伤，有的还被炸翻的黄土埋住了身子。

在最危急的时刻，指导员张会田带领战士，与日寇展开白刃格斗，毙伤日军 60 多个，击退日军的进攻，掩护全团渡过了子牙河，指导员张会田却英勇牺牲了。

这是 6 连牺牲的第一位指导员。

1945 年，在著名的爷台山战斗中，6 连作为进攻突击队，与国民党胡宗南的暂编第 59 师“常胜连”4 连针锋相对。1 班副班长张殿山带领战士尹玉芬、孙正中、赵春霖接近敌军阵地外壕。冲在最前面的孙正中牺牲了，尹玉芬、赵春霖朝敌军碉堡甩出两颗手榴弹，借着烟雾，敏捷地冲进了外壕。张殿山利用射击死角，突然冲到碉堡的射击孔，猛地伸出双手，紧紧抓住滚烫发红的枪管，一使劲儿，把机枪从工事里拽了出来。就在那一瞬间，6 连战士吼叫着全部冲了上去，与敌军拼起刺刀。

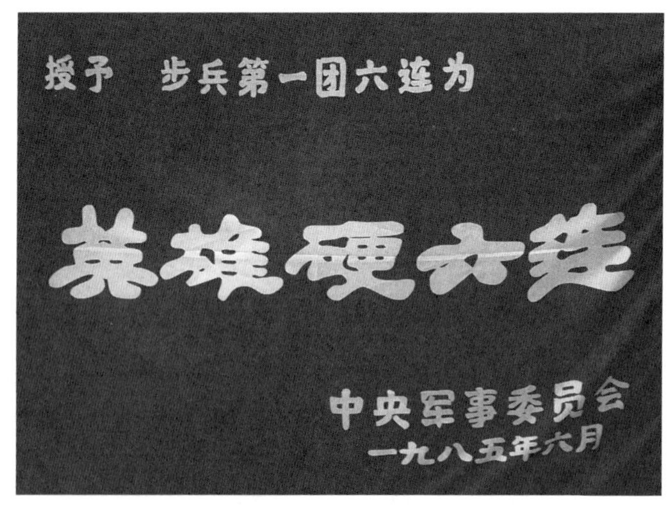

“英雄硬六连”荣誉战旗

此时，尹玉芬发现工事旁边有一架木梯，他立即攀登上去，见工事里有一个敌人正向我后续部队射击，他一扣扳机，敌人应声倒毙。不一会儿，连长李存金、指导员肖良田带着1排、3排冲上来了。尹玉芬奋勇当先，踩着人梯接近碉堡顶，先往里投了两颗手榴弹，消灭了3个正在疯狂射击的敌人，接着翻身登上碉堡顶，从碉堡的豁口连续投进几颗手榴弹，碉堡里的机枪也哑巴了。

尹玉芬后来又一人连续刺死几个敌人，最后还活捉了爷台山国民党军最高指挥官、加强营营长黄日升。

爷台山主峰的每一段堑壕，都闪现着6连战士的身影，杀得国民党军魂飞胆裂，有70多个敌人死于6连勇士的刺刀之下。战后，不少俘虏心有余悸地说："八路军的手榴弹、刺刀真厉害！"

在解放战争中，6连越战越勇，威震敌胆，屡建奇功。1948年的宜川瓦子街战役中，6连杀出了威风，确实惊心动魄。

第一野战军战史记载："处在敌人拼死突围地段上的第714团表现尤为突出，全团指战员与敌激战，团长、参谋长先后牺牲，团政治委员负伤……该团2营6连打得更为顽强，全连只剩下13位勇士，仍然坚守阵地。战斗中，班长刘四虎冲锋在前，一人连续刺倒了7名敌兵。"

刘四虎的英雄传奇绝非战史上所说的那么简单。

那天，刘四虎一马当先，一口气冲到了距敌前沿阵地十几米的一棵大树下。回头一看，跟上来的只有两个战士。几颗冒着青烟的手榴弹滚落在他们的脚下，眼看就要爆炸。刘四虎一脚踢开脚下的手榴弹，一个战士捡起手榴弹投向敌人。不一会儿，两个战士中一个牺牲，一个负了重伤。

刘四虎怒睁双目，连投4颗手榴弹，趁着爆炸的烟幕，端着上了刺刀的步枪，呐喊着冲上了敌前沿阵地。躲在工事里的一个敌机枪手被吓呆了，扔下机枪就跑。刘四虎跨上前去，一刺刀将敌人刺倒，然后向几个敌人猛追过去。一个敌人斜转身子想逃跑，但刺刀已从他的左肋下插了进去。另一个敌人翻转身准备搏斗，刘四虎虚刺一刀，敌人用刺刀向左一拨，胸前闪出了空当，他上前猛一突刺，敌人的肚子被刺透，倒了下去。他见敌人不肯缴枪，又追上第四个敌人，一刀刺中了敌人的咽喉，敌人立即丧命。第五个敌人背着背包要逃，他又一刀将敌人刺倒。仅三四分钟，刘四虎就刺死 4 个敌人，刺伤 3 个。

敌指挥官见上来的只有一个人，大声吼叫："不准退，谁退就枪毙谁！"十几个敌兵将刘四虎包围起来。刘四虎怒目圆睁，怒吼连连，手中的刺刀滴着血，那气势叫敌人既不敢靠近，又不敢开枪。刘四虎平端刺刀，威风凛凛，和敌人对峙了 10 多分钟，为后续部队上来争取了时间。

突然，刘四虎听见右侧有搏斗的呐喊声传来，立即将刺刀向前一指，冲出重围。只见 1 班班长舒照明已被压在地上，一个敌人正举起铁锹朝他头上砍去。说时迟那时快，刘四虎的刺刀朝敌人刺去，舒照明这才脱险了。刘四虎却因用力过猛，跌进了狭窄的交通壕，转不过身。他刚从身下抽出枪，拥上来的 4 个敌人几乎同时刺向了他，他的头部 4 处负伤，鲜血染红了帽子，他跌倒在深沟里，昏迷过去。这时，后续部队冲了上来。当他们把刘四虎抬下来的时候，发现他已负伤 11 处。

为占领敌主阵地，6 连连续组织冲锋。连长赵贵荣、指导员郭志山和排长相继牺牲，建制几次被打乱，战士们就自动组成战斗群。

最后，6 连只剩下 6 名拿步枪的战士，加上炊事员、通信员等共有 13 个人。副连长胡开珍将 13 个人组成一个班，对 3 排副排长说：“我当班长，你当副班长，就是死，也要与敌人拼到底！”

当冲锋号再次响起时，6 连的 13 位勇士再一次加入了冲锋的行列。

新中国成立后，6 连继承和发扬了战争年代铸就的“压倒一切敌人的狠劲，百折不挠的韧劲，坚持到底的后劲”，出色完成了剿匪反霸、抗美援朝、战备执勤、抢险救灾等一系列重大任务，以“战备思想硬、战斗作风硬、军事技术硬、军政纪律硬”而闻名全国全军，1964 年被国防部授予“硬骨头六连”荣誉称号。

刘伯承、贺龙、徐向前、聂荣臻、叶剑英 5 位元帅都为 6 连题过词，号召全军弘扬“硬骨头精神”，锻造过硬的思想、作风和军事技术。

几十年来，“硬骨头六连”可谓英雄辈出。1979 年奉命参加自卫还击保卫边疆的作战。本来安排副指导员谢关友留守，他却瞒着妻子，写了请战书，义无反顾地上了前线。

6 连获得的荣誉旗帜

在丛林作战中，谢关友以身作则，带领战士们冲锋陷阵，表现出一位政治干部应有的素质。在回撤的路上，敌人的一发炮弹落在了他的身旁，他壮烈牺牲了！

他的遗物是写在笔记本上的一封家书。这个笔记本，也是“硬骨头六连”连史室的传家宝。这封家书至今读来仍然催人泪下！

骏骏：

我可爱的儿子！

今天是你诞生整8个月。在8个月前的今天，晚8点55分，你从妈妈的肚子里剖出，到目前为止你还不能叫我一声“爸爸”。今天，爸爸是在前线给你写这封遗书的，因为爸爸的部队奉命令前来参战，打击敌人，为了怕你妈妈伤心和痛苦，我骗了她，到现在还没有告诉她，我上了战场……

骏骏，为什么今天爸爸要给你留遗言，这并不是爸爸怕死，而是因为战争是残酷的。如果爸爸为国献身了，那你再也见不到爸爸了。

要知道我是多么想念你，我想有必要给你留上几句：如果爸爸牺牲了，以后当你看到这个本子的时候，你就会知道爸爸是为了保卫边疆、保卫祖国而牺牲的，你应该感到光荣、自豪。你一定要继承爸爸的遗志，听党的话，做爸爸妈妈的好孩子。

我可爱的骏骏，当你懂事后，或能看懂爸爸给你写的最后一封信时，你千万不要难过。从内心讲，爸爸是很对不起你的，使你从小就没有得到父爱。要知道，爸爸是多么想你……

小骏骏，我的宝贝儿子，永别了，你长大后，一定要好好地生活，记住爸爸的话，并要好好照顾老人和妈妈。别忘了你是革命烈士的儿子，不要做出有损于党和人民的事，这一点，我是绝对相信自己的骨肉的。

最后，让我好好地（在你的照片上）亲亲你的脸，紧紧地抱你……

你的爸爸　谢关友

1984 年 1 月 22 日，“硬骨头六连”迎来命名 20 周年的时候，邓小平指示以中央军委的名义，给 6 连赠送了一面写有“发扬革命传统，争取更大光荣”的锦旗。

1985 年 6 月，中央军委授予他们“英雄硬六连”荣誉称号。

地空导弹英雄营

英雄挽弓射天狼

20世纪50年代末60年代初，退居台湾的国民党，在美国的支持下，天天叫嚣要“反攻大陆”。美军也多次派出高空侦察机，对中国大陆进行侦察活动。

当时，我军只有从苏联进口的米格-19战机和仿制生产的歼-6战机。这个型号飞机的飞行速度和高度都达不到美制侦察机的高度和速度。我军的高射炮射程又不够，打不着它。所以他们的侦察机有恃无恐，多次窜犯大陆。

中国政府多次发表声明，抗议美国的侵略行径。然而，美国凭借他们的空中优势，继续进行肆无忌惮的侦察活动。

在经济相当困难的情况下，我国决心组建地空导弹部队。从苏联进口了地空导弹武器系统。苏联方面也派遣专家帮助我军空军组建、训练地空导弹部队。

1958年10月6日，空军司令员刘亚楼在北京郊区清河镇的一个小礼堂里宣布地空导弹部队成立了。刘亚楼在动员讲话中说：“同志们，你们是审查了祖宗三代才被挑选出来的，党和人民把尖端武器交给你们，大家的责任不轻啊。你们要尽快地把苏联的尖端技术学过来，还有就是要绝对保密，连父母、老婆、孩子都不能告诉……”

当时，空军地空导弹部队是一支绝密部队，代号是“543部队”。这支部队不穿军装，对外宣称自己是一支打井队，在这里勘察地下水源。

1958年12月26日，空军地空导弹部队2营在北京组建。

在接收从苏联进口的导弹装备后，地空导弹部队的官兵很快就展开了训练。这款苏联导弹是一种全新的装备，名叫“萨姆-2”。经过短短3个月的学习，官兵们就基本掌握了“萨姆-2”导弹系统的作战性能和操作方法。苏联专家惊讶地称赞：“这些中国军人实在是了不起。”

1959年10月，在保卫国庆10周年防空作战中，2营官兵在北京通县（今通州区）上空一举击落国民党美制高空侦察机1架，开创了世界防空史上用地空导弹击落敌机的先例。

1959年10月7日，2营官兵接到战斗命令。上午10时3分，国民党空军一架美制RB-57D高空侦察机，从台湾起飞，一路向北飞来，飞到了北京上空。此时，敌人还不知道解放军拥有地对空导弹。2营营长岳振华指挥部队迅速打开雷达，搜索、锁定目标，发射了3枚导弹，直接命中目标。这一架RB-57D高空侦察机在空中解体爆炸了。

世界上第一个用地空导弹打落敌人飞机的，不是制造地空导弹系统的苏联人，而是中国人。直到两年后，苏联才用这种导弹击落了一架美制U-2飞机。

早在1958年，美国就把U-2侦察机和相关人员运到台湾，装备成立了国民党空军35中队，由于他们的队徽是一只黑色的猫，别名“黑猫中队”。还狂妄地说，黑猫有一对金亮的眼睛，象征高空摄影机，它可以昼夜出没，能够全天候进入高空实施侦测窥视。

最开始，黑猫中队在沿海打转，也侦测到大陆一些重要工业设施、军事部署等情报。经过两年来的准备，它们开始执行“打开天窗”的任务——监控中国核弹和远程导弹武器发展的秘密。

这次任务由美国直接下达，侦察的目标、航线和飞行高度都是美国军方事先定好。在飞机回到台湾后，美国人就将情报直接取走，而国民党方面也可以分享侦察得来的部分情报。

1962 年 1 月 13 日，黑猫中队少校陈怀生奉命首航西北。出发前，美国人告诉他说，你就放心地飞吧，你都不要怕，共产党根本动不了你一根毫毛。随后，黑猫中队的 U–2 侦察机飞行员，开始每人一个月执行一次任务。

U–2 飞机的反复出现，立即引起了我国各方面的注意，通过分析 U–2 飞机入侵路线，有关部门得出结论——U–2 侦察机要想飞到西北，刺探新中国原子弹研制试验基地建设工作的情报。这个判断非常重要。空军首长机关和地空导弹部队认真研究了作战方案。彻底改变“守株待兔”的打法，把导弹营从北京拉出去，进行机动设伏，用他们的话说，叫“导弹游击战”，也叫“近战快打”。

空军司令员刘亚楼很快签署命令，决定 2 营立即移防到江西南昌，在向塘设立新的导弹发射阵地——这里是 U–2 飞机一定要经过的地方。在这里设伏，等敌机再出现时，把它打掉。

然而，阵地设好了，U–2 侦察机却不见了踪影，天天在阵地上的战士们开始着急起来。此时，身在北京的空军司令员刘亚楼和分管作战的副司令员成钧经过谋划，决定“引蛇出洞”。

于是，他们命令 1 个大队的轰炸机群从南京起飞，直奔南昌向塘机场。第二天，又派 1 架大型轰炸机从南京直飞江西。这是我们引蛇出洞的诱饵，要让台湾当局感觉到福建方向的航空兵正在进行调动。他们一定会派U–2飞机前来侦察。

果不其然，1962年9月9日，一架U–2侦察机从两万米高空进入了大陆上空，直飞江西境内。当U–2侦察机距离2营阵地500公里时，部队进入一等战备状态。

当U–2飞到距南昌还有75公里时，2营打开制导雷达的天线，当即锁定了目标，但正要开火的时候，U–2开始向鄱阳湖方向飞去，而且越飞越远。

2营营长岳振华果断命令，关闭雷达天线，等候机会。他判断，U–2还会再次回头。不一会儿，雷达波显示，U–2飞机突然左转，从广济方向直逼南昌。

此时，正在空军指挥所的刘亚楼亲自督战，他紧握话筒，下达了命令，绝不准放过敌机！

战机来了，再近，再近……营长岳振华等到双方相距只有38公里时，果断下令：发射！3枚导弹瞬间升空，导弹紧紧咬住U–2。片刻，U–2飞机在导弹的爆炸声中坠毁。全营阵地上一片欢呼。

飞机残骸坠落在南昌市东南18公里处的罗家集附近。飞行员陈怀生虽然跳伞，但是被飞机的碎片刺穿心肺身亡。

这是中国击落的第一架U–2飞机，也是世界上第一次用导弹打下来的U–2飞机。击落U–2飞机的消息很快就传回了中南海，毛泽东听到周恩来的报告之后，问："这支部队现在在哪里，我要见见他们。"

随后，在中南海会客厅，毛泽东见到了2营营长岳振华，他握住岳振华的手，反复说："岳振华同志，打得好哇，打得好哇。"

在地空导弹部队组建时，毛泽东曾经说过："打下一架飞机，就给他的肩章上加一颗星。"于是，当岳振华指挥2营击落敌机RB–

57D 时，他由少校晋升中校。而在击落首架 U–2 之后，他又由中校晋升上校。之后击落第二架 U–2 时，又由上校晋升大校。就这样，岳振华成为我军历史上唯一拥有大校军衔的营长。

中国击落 U–2 高空侦察机，震惊了世界。美国等西方国家想要弄明白中国究竟是用什么秘密武器，打下了号称世界最强侦察机的。他们推测，不是飞行员叛逃就是飞机零件发生故障导致坠毁。

在一次记者招待会上，大批的外国记者问外交部部长陈毅元帅："你们是用什么办法把 U–2 飞机给打下来的？"

地空导弹英雄营授奖大会

陈毅元帅非常幽默地说："我们是用竹竿把它给捅下来的。"

外国记者当然不死心，有一次他们围住周恩来，问同一个问题。周恩来风趣地回答："U–2 飞得再高，也没有中国人民志气高，非要问用什么秘密武器打下它的，那就是 7 亿中国人民一起用拳头打下来的。"

在国土防空作战中，地空导弹 2 营官兵研究采用灵活机动的战术战法，六进西北、五下江南，机动行程 18 万公里，共击落 5 架敌机，先后荣立集体一等功 12 次。1964 年 6 月 6 日，被国防部授予“英雄营”荣誉称号。在国土防空作战中，解放军总共击落 5 架 U–2 飞机，“英雄营”打下 3 架，中国也是世界上打下 U–2 飞机最多的国家。凭借辉煌战绩，营长岳振华被授予“空军战斗英雄”荣誉称号。

“地空导弹英雄营”荣誉战旗

空军地空导弹部队“英雄营”组建 60 多年来，一直保持英雄本色。在新时代改革强军的路上，官兵迈出崭新步伐，创造了一个又一个的奇迹。不仅如此，“英雄营”官兵即使转业到了地方，也依然保持这种英雄本色。“英雄营”退伍老兵中有三四个人是一等功臣，比如韩泽民。退伍后，这些人都隐姓埋名，直到退役军人事务部登记转业退伍军人信息的时候，他们才拿出一等功的证书。

霹雳中队

霹雳雄风铸利剑

1951 年 5 月 5 日，中南军区空军第一支飞行部队空军第 18 师在广州白云机场组建，下辖第 52 团、第 54 团。后来被命名为航空兵“英雄中队”和“霹雳中队”的正是空 18 师第 54 团 1 中队。

1952 年 5 月 22 日，空 18 师率第 52 团、第 54 团由沈阳进驻大孤山机场开始参加抗美援朝作战。1952 年 11 月 28 日，空 18 师第 54 团 1 中队中队长马骞、飞行员毕序海在朝鲜信川上空遭遇美军机 8 架，经过奋勇作战，两人各击落美国 P–51 战斗机 1 架，首开该中队击落敌机记录。

1958 年 7 月 18 日，中央军委召开作战会议，彭德怀元帅传达了中共中央和毛主席的重要指示——“针对台湾海峡的紧张局势，我们必须采取行动。”

彭德怀元帅指着地图，对在座的高级将领们说：“中央军委现在决定采取两个重大动作，第一，空军进入福建作战，第二，金门炮战现在开始。”

按照中央军委部署，空军司令部于 7 月 19 日发出行动的命令。从空军机关和部队抽调的指挥机构人员相继到达福建，第一时间开设指挥所，建立指挥、情报、协同、航行、机要等各种通信网络。

“霹雳中队”——歼击机集群与作战人员

接着，国务院总理周恩来签署命令，任命聂凤智为福州军区空军司令员。福州军区空军指挥所于 7 月 25 日开始担负指挥任务。

驻汕头机场的空军第 18 师第 54 团被选为第一批入闽作战的空军部队。其实，这个团 1951 年 7 月才正式组建，组建后不久，就参加抗美援朝的空战，在空中的搏杀当中得到锻炼，经受了考验，取得较好战绩。

1958 年 7 月，福建正遭受台风袭击，连续十几天阴雨不断，地面交通受阻，入闽作战部队发扬我军光荣传统，克服重重困难，将作战装备准确运送到指定位置，迅速开始作战准备。

福州军区空军司令员聂凤智来到福建，对部队的国土防空作战进行了具体部署。

作为一名战功赫赫的将领，聂凤智司令员对部队的要求非常严格，他说：“部队一定要从最困难最复杂的情况出发，指挥机关严格掌握空情，有情况时你们要立即做出反应，做好打第一仗的准备，脚跟站稳，精心组织，旗开得胜。”

7 月 29 日，受台风天气影响，东南沿海浓云密布，4 架国民党飞机从台湾起飞，低空飞行，企图偷袭中国人民解放军的沿海机场。

此时，指挥一线作战的林虎师长（后来成为人民空军副司令员）果断下达起飞迎敌作战的命令。11 时 7 分 30 秒，大队长赵德安和黄振洪、高长吉、张以林驾驶 4 架飞机起飞应战，他们将飞行高度保持在距地面 200 米。

一般来说，起飞以后，战机应该马上穿过低低的云层，然后升到没有云彩的高空完成编队，再飞向战场空域。

当时，由于敌人的飞机早已经起飞了，离"航空兵英雄中队"没有多远，如果我方战机选择冲出云层编队，那么就有可能在编队还没完成时就被敌人发现，我方战机就会陷入被动。

当时林虎师长给中队下达命令："各机注意，按照战斗队形在 150 米的高度编队。"

虽然飞行员都回答明白，但这个战术动作的难度不会因为答应得干脆而减少。在厚厚的云层中，4 架飞机很难看见对方，要完全靠着仪表来操纵飞机，稍有不慎很可能发生飞机相撞的事故，这对飞行员的技术和意志都是特别严峻的考验。不过，凭借平时扎实的针对性训练，"航空兵英雄中队"4 架战鹰在云层中完成了编队，形成战斗队形。

与此同时，我空军地面雷达系统准确捕捉到了敌机位置，林虎师长指挥"航空兵英雄中队"4 架战机迅速向右前方搜索前进。

就在这种情况下，驾驶 03 号飞机的高长吉透过一道云层的缝隙首先发现敌机。长机赵德安立刻说："我来掩护，03 号你立即发起攻击。"

高长吉看准左侧离自己最近的一架敌机，加大油门猛扑上去，咬住它。这时候，敌机已经发现了高长吉，赶紧转弯。高长吉在敌机的左侧也来了一个急转，一拨机头，直插敌机的内侧。当时他们的飞行距离在 3000 米左右，几秒钟就到了 500 米以内。说时迟那时快，高长吉迅速瞄准，按动了炮钮，随着响亮的炮声，这架敌机拖着一条浓烟掉下去了。

第一架敌机打掉之后，紧跟在高长吉后面的张以林驾驶的 04 号飞机，马上扑向了带队的敌长机，开始“空中拼刺刀”。

两架飞机从云上打到云下，从云下又打到云上，敌机使出浑身解数也没能甩掉张以林的追击。张以林成功将敌机飞行高度从 2000 米压制到了 600 米。敌机试图摆脱低空飞行不利状态，拼命向上飞，但张以林、高长吉的炮弹迫使它只能继续降低飞行高度。在追击中，张以林抓住机会，在距敌机只有 150 米时果断开炮，敌机被一连串炮弹准确命中打掉了机翼，掉进了大海。

敌人发现他们的长机已经被击落，迅速掉过头来增援。赵德安又一推机头，向着增援的两架敌机扑过去。一串重炮打得其中一架敌机翻了几个跟头，从高空一头栽下去。眼看撞入海面的时候，这个飞机又恢复了平衡，但失去了战斗能力，只能朝台湾方向跑去。另外一架看到前面的 3 架飞机被打掉打伤了，只好返航，仓皇逃跑。

在这场持续时间仅有 3 分钟的空战中，“航空兵英雄中队”创造了零伤亡击落敌机两架、击伤敌机一架的战绩，实现了人民空军入闽作战的首战胜利。

这场战斗的胜利出乎了西方世界的意料，美国媒体甚至报道称“在台湾海峡上空发生了一场使国民党人透不过气来的一对一、一边倒的‘三比零’空战”。

在庆功会上，林虎师长为 4 位英雄披红戴花。林虎师长说：“你们只用了 3 分钟的时间，就击落了敌人的 F–84 飞机两架，击伤了一架，大获全胜。”

后来，空军司令员刘亚楼在战报上对这次作战胜利的原因进行了总结——“第一有很好的决心，第二有非常重要的指挥，第三是带队机长机动灵活空中指挥果断，第四是飞行员英勇顽强，攻击时靠得近，打得准，打得狠。”

在战斗中，“航空兵英雄中队”开炮射击距离近者只有 151 米，远者也不过 366 米，而且高长吉仅用两发炮弹就击落敌人一架飞机，创造了一个奇迹。

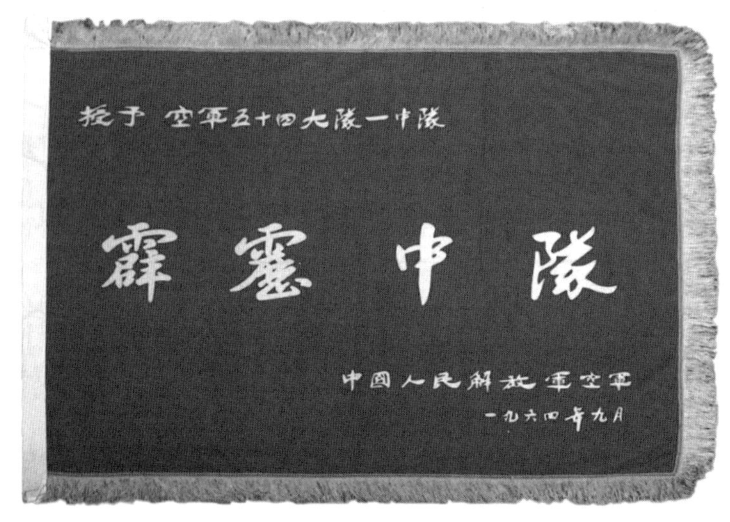

1964 年 9 月 29 日，
空军授予空 18 师第 54 大队 1 中队
“霹雳中队”荣誉称号

首战告捷，人民空军士气大涨，国民党空军也悲哀地感到他们的对手已不再是当年的“土八路”了，中国人民解放军有了属于自己的强大空军。

在抗美援朝战争和国土防空作战中，“航空兵英雄中队”以神速、勇敢、顽强的战斗作风创造了零伤亡击落击伤敌机 14 架的骄人战绩。1965 年 5 月 3 日，国防部授予中队“航空兵英雄中队”称号。

海上猛虎艇

铁血航程

在人民海军的战斗序列中，有这样一艘英雄的战舰。它在炮火中诞生，它曾小艇打大舰，“海上拼刺刀”，战功威震海疆，威名赫赫远扬。它是战时猛虎、平时标杆，大海骄子、英雄摇篮，风雨砥砺中峥嵘依然。这就是以勇猛顽强、敢打必胜而享誉军内外的“海上猛虎艇”。

海军护卫艇第 29 大队第 1 中队 588 艇，组建于 1958 年 7 月，原为 75 吨高速护卫艇（舷号 556 号），属于我海军的早期主力“55 甲”型炮艇，正式下水后不久，就与兄弟艇在厦门海域击沉国民党海军 450 吨的“沱江号”猎潜舰，从 3000 米一直打到了 100 米，创下人民海军以小艇击沉大舰的先例。

1964 年部队换装为 125 吨级护卫艇（舷号 588），属于人民海军历史上大量服役的 62 型护卫艇，在执行战备、护航、护渔等各项任务中，屡立战功。特别是 1965 年 11 月 14 日，在崇武以东海战中，海军东海舰队创造了“小艇打大舰”的光辉战例，588 艇一战成名，打得猛，打得准，和兄弟舰艇一起，一举击沉国民党海军护航炮艇“永昌”号，击伤大型猎潜舰“永泰”号。

1966 年 2 月，国防部授予该艇“海上猛虎艇”荣誉称号。1985

年，换装为400吨级037型猎潜艇（舷号695），艇名“咸丰”号。2014年8月8日上午，中国海军新型护卫舰泉州舰入列命名授旗暨继承“海上猛虎艇”荣誉称号仪式在厦门某军港举行，这标志着第四代“海上猛虎艇”正式加入人民海军战斗序列。

东海舰队授予556艇
“小艇击沉大舰范例”锦旗

让我们把目光拉回到那个战火硝烟的年代。20世纪60年代初期，国民党当局经常派出匪特在东南沿海一带袭扰。在遭受到我军的沉重打击后，60年代中期，国民党当局经常派出中型以上的军舰在海面进行捣乱破坏。当时，退守到台湾的国民党当局经常派遣特务到祖国大陆刺探情报，并出动军舰袭扰大陆东南沿海，抓渔民，制造沿海紧张气氛。

为此，福建前线的部队天天准备打仗，一年到头总是“箭上弦、刀出鞘”，部队经常出海待机，有时一待机就是十几天或几十天。舰艇部队官兵戏称为长年累月伴着“娘宫的浪花，竹屿的风沙，平潭的鱼虾”以及三都的“三宝”——蚊子、臭虫和小咬；吃肉就是吃猪油，用水就是半盆洗脸水，从出发一直用到返航。

真正轮到打仗的机会并不多，有些部队准备了几年也“捞”不到一次打仗的机会。许多干部战士为了不失去参战机会，常年不休假，不探亲，不住院，不离开驻地，就怕离开艇打不上仗。

因此，一听说打仗，部队就嗷嗷叫。护卫艇 29 大队，一年内曾四下海坛，待机歼敌，均无战而返。崇武以东海战是该大队第五次出海，谁也不愿失去这难得的机会，人人请战，大队机关干部几乎全部随艇出战。官兵接到战斗命令非常突然，当艇上传出紧急战斗警报声时，很多官兵晚饭正吃到一半，立刻放下碗筷，冲向自己的战位。

588 艇信号兵杨进兴咬破手指写下“永远忠于毛主席”的战前血书，因当时在执行赶赴平潭岛和大部队会合的航渡任务，没有时间写决心书，这封血书来不及交给党支部，于是就夹在收发信号的登记本里参战了。

1965 年 11 月 12 日，国民党海军护航炮舰“永昌”号驶离台湾左营到澎湖马公，配合大型猎潜舰“永泰”号执行任务。13 日下午 1 时 20 分，两舰由马公起航，编队驶往福建沿海国民党军队占据的乌丘屿。

由于此前“永昌”号雷达发生故障待修，故航渡中与“永泰”号保持目视距离 7 至 8 链，编队采取无线电静默和夜间灯火管制等隐蔽措施。这两艘舰很快就被东海舰队的雷达发现了。于是，东海舰队急调 140 海里之外的护卫艇 29 大队和快艇 31 大队的鱼雷艇、护卫艇参战。另调其他 7 艘护卫艇在外围担任警戒，确保战区安全。

经过 3 个半小时高速航行，29 大队 4 艘护卫艇于晚 9 时 5 分赶到娘宫锚地集结。编队随即把参战兵力编成 3 个战术突击群，以护卫艇 31 大队 573 艇、579 艇和护卫艇 29 大队 576 艇、577 艇 4 艘 111

吨护卫艇组成第一战术突击群，担任主攻“永泰”号任务。护卫艇29大队588艇、589艇两艘108吨护卫艇组成第二战术突击群，担负牵制“永昌”号任务。快艇31大队6艘鱼雷艇组成鱼雷艇战术突击群，对敌舰实施鱼雷攻击。

当夜台湾海峡的气象条件有利于夜间作战。10时08分，总参谋部批准打击敌舰的作战方案。8分钟后，编队12艘艇组成3个突击群先后从东月屿出击。

当时总参谋长罗瑞卿大将不在北京，总参谋部就把情况报告了周恩来，周总理于是请贺龙元帅到总参谋部坐镇指挥。“永昌”号和“永泰”号的排水量分别是650吨和600吨，舰上官兵分别为117人和114人，每一个舰上都有76毫米的主炮，有40毫米的双联装机炮，还有20毫米的机炮，两敌舰的吨位和火力都是我方数倍。

588艇指挥员王志奇后来回忆道：“那时候艇是真小，宽度只有10多米，长度只有20多米，艇上几十个人，整个兵力是没办法跟对方相比的。”

尽管如此，周恩来仍对海战做出明确指示：“同意打。集中兵力先打一条，要近战，抓住战机，组织准备工作要周密一些，不要打自己，天亮前要撤出战斗，要发扬英勇作战精神。”

11月13日晚11时33分，海战第一炮打响。588艇随护卫艇突击群集火攻击“永泰”号，使其受重伤逃往乌丘屿，而后转火攻击“永昌”号，战斗中指挥舰中弹，编队指挥员受重伤，海上指挥中断近一个小时。各舰艇以火光为命令，主动攻击，连续突击。

次日0时31分，一枚鱼雷命中“永昌”号舰尾，使其失去机动能力。这时护卫艇第二突击群指挥员命令雷达开机搜索周围海面，在右前方两海里左右发现一个较大目标，微速行驶，疑是受伤敌舰，遂命令 588、589 两艇加速呈左右梯队接近目标。因敌我情况不明，两艇不敢贸然射击。担任前导任务的 588 艇在距敌舰不到一海里处，向敌舰上空打出一组曳光弹，借着微弱的亮光，看到舰上悬挂着国民党旗帜和其军舰特有的平顶雷达天线，这才确认敌舰。

在夜色中确定“永昌”号的位置后，588 艇指挥员命令轮机手以最快速度向敌舰冲过去。“我们就是要坚决把‘永昌’号给打沉，哪怕我们没有炮弹了，就是撞也要把它撞沉。”588 艇枪炮班班长吴加溪事后回忆道，“当时明明知道武器装备比不过敌人，明明知道上去了很可能就是个死，但依然义无反顾地冲上去。”

0 时 42 分，588、589 两艇放开手脚同时开火，4 座双联装三七炮、4 座双联装二五炮共 16 管炮弹像下冰雹一样砸向敌舰，从距离 5 链一直打到距敌 100 米。第一个航次打完，右转弯打第二个航次，以穿甲弹集射水线部位，打得敌舰不断发出爆炸和火光。吴加溪提前安排搬炮弹的战士把穿甲弹全部搬了过来，20 分钟之内打掉的弹药超过千发。

588 艇还启用了“秘密武器”，命令临时加装在前甲板锚机前面的 75 毫米无后坐力炮开火。因艇身摇摆，瞄准镜无法瞄准，副班长葛义手提瞄准具，用炮管直接瞄准，在 100 米距离内连开两炮，一炮在舰尾水线附近爆炸，另一炮将敌舰副桅杆炸倒。在近距离的集火攻击下，敌舰很快倾覆。1 时 06 分，“永昌”号向左后倾翻，终于沉没于茫茫大海中。

崇武以东海战是继“八六”海战之后，人民海军取得的又一次重大胜利。国民党军队在遭受沉重打击后，不得不逐渐减少窜扰袭扰活动，台湾海峡局势由此发生重大转折，由军事对抗转向军事对峙，武装冲突和海上战斗逐渐停止。海战一结束，中央军委就颁布嘉奖令，当地党政军机关还组织了两万多人的祝捷大会。11 月 26 日，周恩来在上海锦江饭店接见 588 艇代表，表扬他们打得快、打得好，创造了“小艇打大舰”的奇迹。

在此后的几场战斗中，556 艇又接连取得俘获两栖坦克、击沉间谍艇等战果，沉重地打击了敌方海军的嚣张气焰。

1966 年 2 月 3 日，国防部颁布命令，授予 588 艇“海上猛虎艇”荣誉称号。艇上共有 17 名官兵分别荣立一、二等战功。

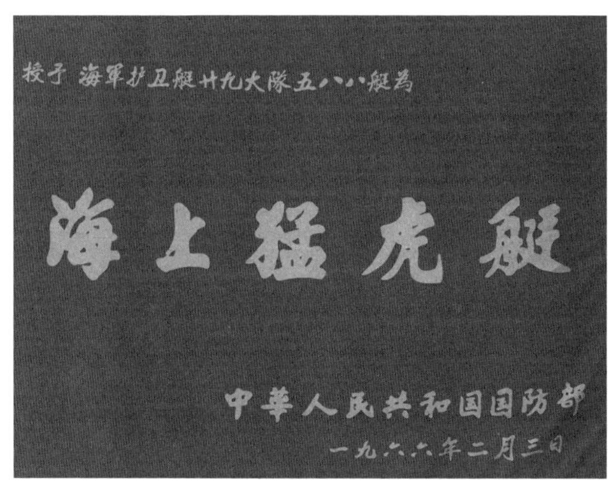

“海上猛虎艇”荣誉战旗

“海上猛虎艇”的英雄航迹见证了人民海军的发展历程。如今，已是第四代的“海上猛虎艇”泉州舰，是我国自行研制设计建造的新型导弹护卫舰，配备多型武器装备，具有隐身性能好、电磁兼容性强、先进技术应用广泛等特点。入列后，泉州舰主要担负巡逻警戒、护渔护航、反潜作战、对海作战等使命任务。

伴随着“海上猛虎艇”性能的不断提升，“海上猛虎精神”也在一代又一代“猛虎人”手中不断传承、不断丰富。

海空雄鹰团

战绩辉煌陆海空

这是一个充满传奇色彩的英雄团，创下了零高度击落敌机等世界空战史上的“八个首创”；这是一个战功显赫的胜利团，在万里高空奋勇击落击伤11种型号的美机、美制蒋机31架；这是一个英雄辈出的功勋团，涌现王昆、舒积成等一大批战斗英雄和王牌飞行员。

这一有着人民解放军陆军、空军、海军的战斗经历和辉煌战史的光荣团队，就是“海空雄鹰团”。

海空雄鹰团前身是抗战时期苏中军区较有名的“高邮独立团”，打了不少硬仗。尤其是在兴化战斗中，“高邮独立团”面对数倍于己的日伪军，敢于拼刺刀，勇于肉搏，被苏中军区授予“兴化部队”光荣称号，被誉为“老虎团”。该团的源头是1939年冬的新江抗部队，后加入一批新四军第6团北上留下的伤病员作为骨干。

皖南事变后，该部编为新四军第6师第18旅第54团。1942年，第54团团直带两个连与地方武装编为苏中军区第1军分区高宝独立团。1943年2月，苏中第52团3营编入高宝独立团，并改称高邮独立团。1945年8月，该团与苏中一分区特务营合编为苏中军区第1军分区特务2团。解放战争中，该团改编为苏中军区第2旅第5团、华中野战军第10纵队第89团。

“海空雄鹰团”荣誉战旗

在著名的苏中七战七捷中，坚守邵伯3天，第89团顽强铁血，受到粟裕司令员表扬。在淮海战役中，作为华东野战军第11纵队第32旅第95团，先是控制运河铁路桥西，腰斩陇海路；接着参加艰苦的徐东阻击，而后在南追李延年、北堵杜聿明战斗中，都有出色表现。1949年2月，全军统一整编，第95团改称第三野战军第10兵团第29军第86师第257团，随即参加了渡江战役、上海战役和进军福建等一系列重要战役。

1951年3月，第257团改编为空军航空兵第17师第49团，由陆军步兵团改为空军歼击机团，实现了军种的跨越，完成了战斗力的提升。先后在河北杨村、唐山两地进行了近一年的飞行训练。1952年3月，全团在人均飞行时长只有20小时的情况下，奉命出征，飞赴抗美援朝战场。

第49团先后转战13个机场，飞行员们发扬陆军拼刺刀精神，以初生牛犊不怕虎的劲头，与作战经验十分丰富的美国空军老牌飞行员英勇搏斗；以苏制米格-15比斯喷气战斗机，与技术性能相当的美国空军最先进的F-86喷气战斗机作战抗衡，打破了美国空军不可战胜的神话，击落美机13架，击伤3架，取得了优异战绩，被中朝空军联合司令部称为“空中霸王”。

1952年8月6日，第49团1大队大队长师臣胜率部执行任务，返航途经铁山半岛上空时，遭遇美空军4架F-86战斗轰炸机偷袭。这时，飞行时长仅有80小时的中队长王昆听到地面指挥所通报：“在你左前方出现4架美军F-86飞机。”王昆驾驶米格-15喷气战斗机，一边接受命令，一边向僚机通报敌情：“明白，明白，不放过目标！”而后，迅速逼近敌机猛扑上去。

在距敌机300米处射击光环完全套住敌机时，他按动炮钮，机炮猛烈开火射击，打得敌机当空爆炸。F-86战斗轰炸机又名“佩刀”，是二战后美国研制的一型单座单发后掠翼亚音速喷气式战斗机，用于空战拦截与轰炸，是此时世界上最为先进的喷气式战斗机，其性能比米格-15喷气式战斗机明显高出一筹。尽管美空军认为我空军第49团的人员与装备都不是他们的对手，但我第49团仍敢于亮剑！

接着，王昆又迅速咬住另一架敌机，调整一下角度，连续开火，将其击伤。这时，又有两架敌机扑来，副大队长马致荣见状，立即呼叫：“王昆快闪，王昆快闪！”并迅速将敌机截住。马致荣也是眼明手快，按动炮钮，机炮咚咚咚！一架敌机冒着黑烟被击落，另一架见状逃遁。

这是第49团首次空战的胜利，也是抗美援朝空战中志愿军空军反击战的首次胜利。同年9月17日和12月17日，领航主任杨汉黄又分别在我国东北宽甸县和朝鲜大同江上空，击落美军 F–86、F–4U 战斗机各一架。F–4U 又名“海盗”，是美海军舰载战斗机，是此时飞行速度最快的飞机。稚嫩的志愿军空军斗志勇猛地击败了“海盗”，让美国海军目瞪口呆。

志愿军空军巡逻

在朝鲜空战中，美国空军打了一种在空战史上少见的“圆圈阵”战法，就是在空中把它的机群组成一个圆圈，呈飞碟状向前飞行，互相掩护，共同对付各个方向的敌机。“圆圈阵战术”又叫“拉夫贝雷战术”，是第二次世界大战期间一名德国飞行员创造发明的。它的战术优点非常明显：一方面它构成一个 360 度球形火力网，不管对方从哪个角度进入攻击，它都能进行火力拦截射击，像一座空中堡垒；另一方面因为它的整个编队是螺旋式下降高度，并呈立体飞碟状向预定方向前进，有利于变被动为主动。

1953 年 2 月 17 日，第 49 团 2 飞行大队余开良中队奉命驾驶最新引进的苏制米格 –15 比斯歼击机，飞赴大同江江口空域参加空战。这时，美军 5 架 F–4U“海盗”战机排成了“圆圈阵”向我战鹰发起进攻。中队长余开良当机立断命令僚机:“我攻击，你掩护！”接着来了个急转弯，绕到背向阳光的有利方向，占据了攻击位置。当余开良瞄准圆圈右侧一架敌机，快到最佳开炮距离时，便遭到左侧一架敌机火力拦截。余开良立即向右上方拉起上升转变脱离。当余开良重新占据攻击位置时，脑海中突然浮现在陆军攻敌碉堡时正面主攻侧面佯攻的情景，立即命令3号机耿东清:“你攻击圆圈左边，我攻击右边！”

耿东清立即瞄准左侧一架敌机，先敌开火，三炮齐发，压制住了敌机的火力。余开良趁机瞄准圆圈右侧一架敌机，咚、咚、咚，三炮齐射，1架敌机拖着浓烟栽向大海。同时，3号机也击落敌机1架。剩下的敌机见状不妙，慌忙向海上逃窜。余开良中队紧追不舍。狡猾的敌机依仗其飞机低空性能优越，急速降低高度，贴海飞行。只有几十小时飞行时间、从未进行过海上训练的余开良毫无畏惧，一推杆也追了下去。此时，他只有一个念头:“不能让敌机跑掉。”不巧，耳机中突然又传来指挥员的命令:“在沙里院附近发现敌F-86飞机8架，你们马上返航！”杀敌心切的余开良，在不到最佳攻击距离时，紧急按动炮钮，将这架敌机击伤，敌飞行员弃机跳伞逃生。

余开良、耿东清、李春孟、陈泰渠等飞行员缩小队形，以中速小角度进入，一举打掉美空军“海盗”战机3架，打破了二战以来从未被击败的“拉夫贝雷战术”，中朝“空联司”还特意派出调查组核实。得知年轻的志愿军空军飞行员勇破美空军“圆圈阵”的优异战绩，苏军飞行员也纷纷竖起大拇指，连称:“哈啦绍（很好）！”“毛泽东乌拉（万岁）！”

从出征到实战，第49团年轻的飞行员，以铁血勇猛赢得了战术水平的提高，以聪明智慧换来了技术水平的更新。他们在半年时间内，就基本掌握了飞行速度、火力配置、机动性更好更强的苏制米格-15比斯歼击机。“比斯”的战斗性能超过“海盗”，与“佩刀”旗鼓相当，第49团越战越勇！

3月27日，第49团中队长王昆和僚机王海成完成战区远途巡逻任务返航途中，发现有两架英军FMK-8喷气式战斗轰炸机准备轰炸我军地面部队。在油料只剩500升，刚够返航的危险情况下，王昆得到地面指挥所的批准，与王海成突然出击。接连3次攻击，王昆击伤、王海成击落敌机各一架。当他们驾驶战鹰飞回机场跑道两头上空之时，油表指针已经指为零刻度。紧急关头，他们沉着地驾驶战鹰从跑道两头同时滑行着陆成功，创造了世界空战史上双机对头着陆的奇迹。

1954年8月21日，参加抗美援朝回国后的空军航空兵第49团，改编为海军航空兵第4师第10团，正式加入人民海军战斗序列，随即参与了浙闽沿海一系列国土防空作战。

1955年1月10日，在人民解放军陆、海、空三军首次协同作战的一江山岛战役中，第10团奉命配合兄弟部队夺取一江山岛的制空权，这也是第10团编入海军后参加的第一次空战。当日拂晓，第10团和兄弟部队掩护轰炸机袭击了敌在大陈岛锚地停泊的舰艇及岸上重要军事目标，击毁国民党海军“中权”号坦克登陆舰一艘，击伤“太和”号护卫舰和“衡山”号修理舰等舰艇4艘，为一江山岛战役的胜利做出重要贡献。

1955年6月27日，国民党空军4架F-84雷电式轰炸机进犯，10团团长张文清奉命率领米格-15比斯歼击机中队起飞截击。作战中，飞行员王鸿喜首先发现目标，猛扑上去，距敌机533米按动炮钮，一架敌机当场空中爆炸。

另一架敌机距海面70米至100米低空飞行的时候，张文清抓住有利战机，在距离海面100米处果断开炮，将敌机击落，敌机飞行员跳伞。张文清令大队长王昆率领歼击机中队起飞待战。果然，敌人出动了一架PBY-47海上巡逻救护机来进行救护。这时，王昆紧紧咬住敌机，从2000米高空一直打到了距海面70米的距离，最终击中敌机，使其当空爆炸，当王昆将飞机拉起爬高时，高度表指针已指到零刻度，王昆又创造了喷气式战斗机超低空零高度歼敌的奇迹。

20世纪50年代末60年代初，毛泽东主席曾经3次点将“海空雄鹰团”出征，每一次出征都取得了辉煌胜利，涌现了王昆、舒积成、王鸿喜、高翔等一批战斗英雄。1956年，25岁的王昆作为海军代表参加全国社会主义建设青年积极分子代表大会。会议期间，毛泽东主席接见代表，海军领导介绍了海军航空兵第10团和王昆的情况，毛泽东高兴地握着王昆的手说:“很好！我记住你，也记住你们海军航空兵10团了，祝你们多打胜仗！”

1958年7月，中央军委决定派一支航空部队进驻福建机场，毛泽东主席点将让第4师第10团出征。9月份，在时间紧迫、航程遥远、基地陌生的情况下，第10团副团长王昆率领部队紧急飞赴福州。当时福州的机场刚刚修建，导航设备还没有完全配套，甚至空中和地面联络都不是非常通畅。这时，王昆当机立断，进行无地面指挥着陆。当最后一架飞机着陆以后，王昆立即命令部队做好作战准备。果然不到40分钟，国民党空军两架F-84侦察机就扑过来了，王昆拉响战斗警报，飞行员程开信、陈怡恕分别追击敌人的长机和僚机，把两架敌机全部击伤。

1965年9月20日，美军1架F-104C型“鬼怪”式高空高速战斗轰炸机窜犯我海南岛西岸上空擦边挑衅。“鬼怪”是美国研制的第二代超声速战斗机，也是世界上第一种达到两倍声速的战斗机，配备一门 M61“火神”6 管机炮和 2 至 4 枚空空导弹，拥有雷达和光学瞄具，其各项性能都优于歼 –6 歼击机。

第 10 团大队长高翔、副大队长黄凤生奉命驾驶歼 –6 超声速战鹰迅速起飞迎敌。在地面雷达的引导下，当距离“鬼怪”30 公里时，他们以最快速度向正在爬高的美机隐蔽扑去。高翔趁着美机右转，大胆切半径抢占射击阵位，在距离“鬼怪”291 米处开始长点射，一直打到距其仅 39 米两机即将相撞时，才拉起机头脱离。由于距离太近，高翔的战机被敌机爆炸的碎片击伤 13 处，一部发动机也停止了转动，但他奇迹般地靠另一部发动机驾驶战鹰安全着陆。

美机“鬼怪”凌空爆炸摔进大海，美军“王牌”飞行员菲利普·史密斯紧急跳伞，很快成了我海南民兵的俘虏。这架被吹嘘为“20 世纪歼击机末代”的美制“鬼怪”式飞机，终于在出厂以来第一次被中国海军航空兵击落。这样，第 10 团首创高空近距离击落美军最先进战机的战例。

1965 年 12 月 29 日，海军航空兵第 4 师第 10 团被国防部授予“海空雄鹰团”荣誉称号。

“海空雄鹰团”命名大会

2017年，在强军兴军的伟大时代号召下，奉中央军委命令，海空雄鹰团改革重构，迎来换羽高飞的新时代。王牌雄风今犹在，雄鹰精神代代传，如今的“海空雄鹰”依然霸气如初，能打胜仗，锻造精兵劲旅，始终把备战打仗作为第一要务，深入贯彻新时代军事战略方针，坚持仗怎么打，兵就怎么练，主动聚焦实战、对接实战，时刻准备投身战争大考！

附录

部分参考书目

1. 中国人民解放军第二野战军政治部编《人民战士影集——襄樊战役》，人民战士出版社 1949 年 6 月版。

2. 装甲兵政治部文化部编《铁流行（二）》，中国人民解放军战士出版社 1979 年 12 月版。

3. 金春明《百团大战》，广西人民出版社 1981 年 12 月版。

4. 解放军文艺社编《新一代最可爱的人》，解放军文艺社 1980 年 7 月版。

5. 临汾旅编写组《光荣的临汾旅》，山西人民出版社 1987 年 7 月版。

6. 贾若瑜主编《中国人民解放军战役战例词典》，国防大学出版社 1988 年版。

7. 中国人民革命军事博物馆、《百团大战历史文献资料选编》编审组编著《百团大战历史文献资料选编》，解放军出版社 1991 年 7 月版。

8. 军事科学院军事历史研究部编著《中国人民解放军全国解放战争史》，军事科学出版社 1996 年 10 月版。

9. 郭宝恒、胡支援著《驰骋汉江南北——42 军在朝鲜》，辽宁人民出版社 1996 年 1 月版。

10.《志愿军一日》编辑委员会编《志愿军一日》，解放军文艺出版社 2000 年 8 月版。

11. 中国人民解放军历史资料丛书编审委员会编《济南战役》，解放军出版社 2004 年 11 月版。

12. 刘强伦著《1940：大破袭》，中共中央党校出版社 2005 年 2 月版。

13. 陈忠龙著《光荣的临汾旅》，中共党史出版社 2007 年 11 月版。

14. 军事科学院军事历史研究所著《抗美援朝战争史》(全二册)，军事科学出版社 2011 年 2 月版。

15. 兰州军区政治部编《热土·丰碑——大西北红色资源博览》，军事科学出版社 2011 年 6 月版。

16. 田艺编《我的 1950 年代：朝鲜战场亲历记》，长江文艺出版社 2011 年 7 月版。

17. 何宗光著《那年，那月，鸭绿江那边的记忆》，长征出版社 2011 年 6 月版。

18. 中共淮安市委党史工作办公室、中共淮安市淮阴区委员会、淮安市新四军历史研究会编《刘老庄连》，中共党史出版社 2011 年 3 月版。

19. 平型关大捷纪念馆编《平型关战役文献资料汇编》，中共党史出版社 2012 年 9 月版。

20. 宋国涛著《威猛军团》，人民日报出版社 2013 年 4 月版。

21. 中国军事百科全书编审委员会编《中国军事百科全书·军事历史》，中国大百科全书出版社 2014 年 12 月版。

22. 杨成武著《杨成武文集》，解放军出版社 2014 年 7 月版。

23. 周广双编写《运动防御——志愿军发起第四次战役》，蓝天出版社 2014 年 4 月版。

24. 岳思平著《百团大战》，军事科学出版社 2015 年 6 月版。

25. 张社卿、李涛编著《胜道 4——抗美援朝战争经典战例》，中国文史出版社 2015 年 8 月版。

26. 胡瑞平、李涛著《中国人民志愿军征战传奇》，长征出版社 2016 年 10 月版。

27. 军事科学院《山西新军史》编写组编《山西新军史》，军事科学出版社 2016 年 10 月版。

28. 李赟著《战铸辉煌——中国人民解放军第六十五军征战纪实》，解放军文艺出版社 2017 年 6 月版。

29. 张亚平、刘风光编著《铁血飞虎师》，中央文献出版社 2017 年 10 月版。

30. 郑怀盛、颜承纪主编《钢铁团记忆》，中国文史出版社 2019 年 1 月版。

本书部分战旗照片由中国革命军事博物馆提供，特此感谢！